Als *fortgeschrittener Trader* muss man zugeben,
dass die wirklich großen Verbrechen auf dem Konto
nicht dadurch entstehen,
dass man sie tut,
sondern dadurch,
dass man sie *gewähren* lässt!
Daher besteht die wichtigste Aufgabe darin,
einem Anfänger derart viel Durchblick zu verschaffen,
dass er von sich aus versteht, genau *dies* zu unterlassen!
Und dann ist es weniger das zerschossene Konto,
welches man maßlos verurteilt,
sondern vielmehr der Umstand, dass der Händler
trotz aller Möglichkeiten des Weitblicks
nicht die Weichen gestellt hat!

Michael Voigt, 2011

Campello Verlagshaus GmbH
Steinweg 17-19
98527 Suhl

TEL: 0049 3681 4544690
FAX: 0049 3681 727899

www.der-haendler.com

Das FSC-zertifizierte Papier Munken Lynx
aus dem Campello Verlag liefert Schneidersöhne.

1. Auflage
Deutsche Erstausgabe Juni 2011
Copyright © aller deutschsprachigen Ausgaben 2011
by Campello Verlagshaus, Suhl
Umschlagillustration: Daniel Lieske
Umschlaggestaltung: Bernd Günther
Satz: Holger Aderhold
Lektorat: Angela Braun, Sigrid Graf

Druck und Bindung: Druckerei Beckmann

Printed in Germany

ISBN 978-3-941577-05-3

Weitere Infos zum Thema Trading

www.trainingswochen.de

Ab einem gewissen Punkt erscheinen einem etwas fortgeschritteneren Trader die Gedanken um das eigene Trading so unnütz wie das Schaukelstuhlwippen; man ist zwar beschäftigt, kommt aber dennoch nicht voran, und damit …

Willkommen im Band 6 von DER HÄNDLER.

VORWORT

Was könnte die umfangreichen Seiten eines sechsten Bandes einer Buchreihe rechtfertigen, die sich, aufbauend auf dem »Großen Buch der Markttechnik«, mit eben jenem markttechnisch orientierten Handel beschäftigt und sich dabei, allem voran, an den eher *fortgeschrittenen* Leser richtet?

Autor: Soll nochmals der Trendaufbau, nochmals die *Punkte 1, 2, 3* durchgesprochen werden?

Leser: *Oje, bitte nicht nochmal!*

Autor: Sollen nochmals die Bedeutung und die Eigenschaften von *Bewegung* und *Korrektur* hervorgehoben werden?

Leser: *Gähn!*

Autor: Soll nochmals die Bedeutung von *Arbeitsstilen* und deren Unterschied zu *Handelsstilen* erörtert werden?

Leser: *… hatten wir doch erst!*

Autor: Ach, … soll vielleicht nochmals hervorgehoben werden, wie wichtig es ist, den *eigenen Stil* zu finden?

Leser: *Das stand doch bereits im Großen Buch der Markttechnik!*

Autor: Oder wie wäre es mit den Themen *Geldmanagement* und *Rumrutschfaktor*?

Leser: *… hab' ich doch schon längst aus den anderen Bänden begriffen!*

Autor: Hm, … und wie wäre es mit ein paar neuen Einstiegs- und Ausstiegsregeln?

Leser: *Huiii, … aber … ist das denn sinnvoll, wo doch erst im vorangegangen Band ausführlich der Vorteil der ›fachlichen Unschärfe‹ thematisiert wurde!?*

Womit die Absicht dieses Bandes eigentlich schon vorgezeichnet ist:

Wir werden uns den letzten noch offenen, höchst spannenden und ihrer Art nach weniger »Regelwerk-fachlichen«, sondern eher fast schon philosophischen Themen widmen, welche erfahrene Händler zwangsläufig zutiefst beschäftigen, – und einen nicht für gering zu schätzenden Einfluss auf den Handel haben!

Nun kann man sich als Leser freilich fragen, was denn in der Welt des Tradings so verkehrt zugeht, dass diese immerdar philosophisch umgedreht, hin und her gewendet und betrachtet werden muss. Doch darauf hat diese Welt längst selbst ihre Antwort gegeben, denn: Seit sie besteht, sind zahlreiche erfahrene Händler für *das Umdrehen* und *Hin-und-herwenden* gewesen. Und dachten diese an ihre eigenen Anfänge zurück, so war es auch ihnen lächerlich vorgekommen, dass die damaligen »Älteren« am »ursprünglich Bestehenden« gehangen und mit einer »Gesamtheit als Mensch« statt nur mit dem Taschenrechner gedacht und gehandelt hatten.

Oder mit anderen, jedem Leser sicher wohlbekannten, Worten: Zum einen war und ist im Börsenhandel ein »fachliches *Dazu*lernen« schon immer etwas *geringer an Fülle* ausgelegt, als in den allermeisten Bereichen von Wissenschaft und Lehre sonst üblich, was letztendlich dem begrenzteren Umfang an Stoff geschuldet ist, und zum anderen wissen die meisten fortgeschrittenen Händler ja ohnehin recht gut, *wie* sie sich verhalten sollten – das Problem ist also nicht etwa die Unwissenheit, sondern die *Umsetzung* …

Und genau aus diesem Grund wollen wir in diesem Band den Geheimnissen auf die Spur kommen, wer den Schicht- oder Dienstplan eines Traders entwirft, prüft und verantwortet; was bitte schön damit gemeint ist, dass jemand, der in einem frisch gemachten Bett »einschlafen« kann, eigentlich bereits ein *sehr gutes* Verständnis für den Börsenhandel mitbringt und warum das Wissen um *Widerspenstigkeit* und *Willenskraft* für den fortgeschrittenen Händler einen *enormen* Mehrwert hat und wie viel Charakterstärke ein erfolgreicher Trader wohl braucht; warum Kinder die besseren Börsenhändler abgeben würden und was demnach ein fortgeschrittener Händler von ihnen lernen kann; sowie noch viele weitere Fragen, welche weiße Stellen auf der Landkarte zum fortgeschrittenen und erfahrenen Trader darstellen …

Somit werde ich auch in diesem sechsten Band der Reihe DER HÄNDLER den Leser weder glauben machen, er fände hier etwas, wodurch der Stein der Weisen entstünde, noch wird jene heilige Dogmatik, die so manches andere Börsenbuch umweht, in Aussicht gestellt. Vielmehr geht es mir abermals einzig und allein darum, die Wege und Abwege der menschlichen Vernunft zu suchen und zu untersuchen und über diese zu berichten und damit letztendlich darum, zu vermitteln, dass alle Einflüsse und Handlungen vor den Monitoren sorgsam beachtet und betrachtet werden sollten, denn es geht um deren Ordnung, Ursachen und Wirkungen; kurzum: Es geht um die *schlichte menschliche Wirklichkeit*.

Was soll man schließlich auch berichten aus der möglichen Vielzahl komplizierter Regelwerke und angeblich geheimer Kniffe, wo doch jeder auch nur halbwegs vorangeschrittene Tradinganfänger zumindest ahnt, wenn er nicht gar schon aus eigener Erfahrung weiß und fühlt, dass ein »formloses« Traderleben die einzige Form ist, die dem vielfältigen Wollen und den zahlreichen Möglichkeiten entspricht, von denen das Leben eines gestandenen Händlers erfüllt ist, denn: Wirklich erfahrene Trader befinden sich meistens schon lange an dem Punkt, an dem sie einfach nur noch eine, einer unmöblierten Theaterbühne ähnelnde, schlichte, nackte Einfachheit lieben und nicht mehr von Schrankkoffern voller Regelwerke und selbst erdachten oder »herauszufindenden« geheimen Gesetzmäßigkeiten träumen!

Ohne den kommenden Seiten zu weit vorzugreifen, könnte man es so ausdrücken, dass, »mütterlicherseits« als ein Kind eigenen Denkens und »väterlicherseits« von der ganzen Welt der Marktteilnehmer und deren unterschiedlichster Ausrichtungen im Orderbuch abstammend, der markttechnisch orientierte Handel eigentlich fast *jedem* Trader innewohnte! *Okay* – zugegebenermaßen vielleicht nicht immer in ganz klarer und auch nicht immer in beständiger Gestalt, aber sicherlich doch überall zumindest in einem gestaltlosen Anfang.

Man ist daher als Trader gut beraten, gleich einem Bildhauer zu verfahren, der durch Bearbeitung von gestaltloser Materie mit dem Meißel die Gestalt nicht bildet, sondern aus ihr herausholt. Oder, um die Analogie zur Kunst beizubehalten: Auch wenn es schwer ist, das nüchtern auszudrücken, was damit gemeint ist, wenn man sagt: »Der wirkliche

Zustand eines Traders ist der, wo alles Denken, alles Tüfteln rund um den Handel ein für alle Mal eingestellt wird … Einfach alles!«, so fällt dennoch auf, dass es doch gerade einem uns wohlbekannten Sachverhalt dem Trading aufs Naheste verwandt ist, nämlich dem, was geschieht, wenn man ein Bild malt: Denn auch ein Bild schließt auf eine nicht bekannte Weise jede Farbe und Linie aus, die nicht mit seiner Grundform, seinem Stil, seiner Palette übereinstimmt, und zieht andererseits das aus der Hand des Malers, was es braucht, kraft genialer Gesetze, die irgendwie »anders als die gewöhnlichen« der Natur sind.

Kurzum: Man hat die *Freiheit*, jederzeit das Richtige für sich zu wählen! Doch jene bei der Kontoeröffnung so heiß ersehnte *Freiheit*, nun endlich Herr seiner selbst zu sein, ist jedoch für viele *Anfänger* weiß Gott kein »wunderbares Geschenk«. Im Gegenteil, sie ist zunächst Ausdruck und Konsequenz einer offensichtlichen Orientierungslosigkeit in einer Welt, deren Ordnung und Sinnhaftigkeit recht schnell nur als *scheinbar*, nur als Firnis empfunden werden, unter der sich, wie sich stattdessen zu zeigen anschickt, absolute Zufälligkeit verbirgt. Kurz gesagt: Viele Trader beginnen, sich vor ihrer eigenen Freiheit zu ängstigen und weichen ihr, beziehungsweise dem Wissen um sie, aus. Würde man deren Leben als Trader im weiteren Verlauf als »unwahrhaftig« bezeichnen, so wäre dies sicherlich keine zu negative Beurteilung.

»Unwahrhaftigkeit?! Ja, wieso das denn? Und ist das nicht ein viel zu großes Wort?«, könnte man fragen. Und doch klingt es plötzlich gar nicht mehr so seltsam oder gar zu groß, wenn man bedenkt, dass sich dahinter nichts anderes verbirgt als: Selbsttäuschung! Eine Täuschung, bei der man seine Freiheit zu verbergen sucht, indem man sich an irgendwelche Hirngespinste klammert, wie das *eigene Trading* und vor allem wie der *Alltag* eines Trader zu sein habe; und dies, obwohl man insgeheim doch weiß, dass über die Bedeutung dieser beiden Zustände niemand anderer als einzig und allein man selbst entscheidet. Und als Resultat? Diese Selbsttäuschung manifestiert sich eben in der Angst, der einzige »Autor« seines Lebens als Trader zu sein, dessen möglichen Sinn und dessen *Wozu* jedoch niemand als man selbst zu begründen vermag.

Fazit? Am Anfang jeden Denkens im Trading steht damit die Einsicht in die Einsamkeit des Traders angesichts seines Daseins und vor allem der vergeblichen Illusion, in den eigenen wie auch in den Augen der anderen zu dem getätigten Arbeitsaufwand einen Sinn oder eine

Notwendigkeit, alles in allem: eine Rechtfertigung der eigenen »arbeitsreichen« Existenz gespiegelt zu sehen. Also erst in der Folge und nur dadurch, dass man ernstlich willens ist, sich um dieses Thema zu mühen und eine Methode zu entwickeln und diese bei sich selbst anzuwenden, um das *Verworrene* zu zerteilen und zu unterscheiden und ein Jegliches, nachdem es die ihm zukommende Bezeichnung und Bedeutung erhalten hat, seinem festen Platz im Leben des Tradingalltags zuzuführen, kann sich eine Art der Handlung entwickeln, die der ursprünglich so leicht angemutet habenden »Schöpfung« im künstlerischen Sinn entsprechen würde.

Zu Recht sprechen folglich zahlreiche erfahrene Händler von einer großen »metaphysischen« Einsamkeit, die das Schicksal vieler Händler verkörpert. Und jenes Gesetz der Einsamkeit könnte man auch so ausdrücken: Kein Trader kann die Aufgabe, seine Existenz und Gedanken als Händler zu rechtfertigen, auf andere abwälzen! Denn mit der Unterschrift auf der Kontoeröffnung willigt man eben nicht nur in die Geschäftsbedingungen der Bank ein, sondern man unterzeichnet auch jenen pathetischen Begriff der *Freiheit*: Frei entscheidet der Einzelne über die Gestalt seines Tradings und darüber, wer er als Trader sein will!

Und so bin ich auch mit diesem Band geneigt, nichts aufzudrängen – auch wenn es meinen persönlichen Beifall findet –, sondern seinen Inhalt nur als Vorschlag an die Hand zu geben. Allem voran stelle ich deswegen folgenden Gedanken: Wie immer wird Alltägliches geschildert, aber auch das Alltägliche kann sonderbar wirken, wenn es auf sonderbarer Grundlage gedeiht. Daher soll, gleich welcher fachlichen Methode sich der einzelne Leser vor seinen Monitoren auch immer bedienen mag, ihm einzig – jedoch dringend! – die gedankliche Arbeit, das heißt das Streben nach Vernunft, deren Fehlen viel Leid und Geldvernichtung verursacht, ans Herz gelegt sein. Denn jeder fortgeschrittene Trader ahnt und jeder erfahrene Trader weiß, dass man die Vernunft lieben muss, denn die Schätze der Börse gefallen erst so recht im Spiegel der eigenen Weisheit.

Ein *wichtiger* Hinweis ist vorab noch nötig: In allen vorangegangenen Bänden gab es einen Roman- und einen Fachteil, dieses Mal wird der Leser nur einen Romanteil finden. Der Grund dafür ist schnell skizziert: Der Schreiber der E-Mails, die früher den Fachteil darstellten, begleitet den Leser dieses Mal fast von Anfang an ☺ ... Und so wie auch sonst lohnt es sich, nachdem dieser Band gelesen wurde, diesen mit dem Wissen der letzten Seiten ein wenig später noch mal von vorne zu beginnen.

Lassen Sie uns also erneut damit anfangen, das Trading zu erforschen, die seltsame Hartnäckigkeit der Unvernunft verstehen zu wollen, mit der es den Globus der Börsen umspannt und … ihm auf die Schliche kommen wollen!
Zudem könnte es sein, dass diese Geschichte auch mit Ihrem Trading, lieber Leser, das ein oder andere zu schaffen hat …

Michael Voigt

Danksagung

Es hat riesengroßen Spaß gemacht, diesen sechsten Band zu schreiben − wobei sowohl dieses Buch als auch die gesamte Buchreihe DER HÄNDLER ohne die vielen Mithelfer nicht an den Erfolg von »Das große Buch der Markttechnik« hätte anknüpfen können.
Meinen Lektoren Frau Braun, Frau Graf und Herrn Aderhold sei Dank ausgesprochen. Mein Dank gilt ferner Holger und Erdal, beide Meister der Kunst, auf unzähligen verschiedenen, so eleganten wie subtilen Weisen zu verstehen zu geben, dass das eine oder andere etwas besser oder anders geschrieben werden könnte!
Wie immer auch ein Dankeschön an meine Assistentin Frau Posselt, welche meine Handschrift mit der »Leselupe« entziffern musste, sowie an Bernd und dessen gestalterische Fähigkeiten.

Speziell bei diesem Band geht noch ein besonderer Gruß nach Boston − an Dr. Konstantin Mitgutsch, Massachusetts Institute of Technology, für dessen umfangreiche Hinweise, Anregungen, zur Verfügung gestellten Unterlagen, Gespräche und Diskussionen.

Wie alles begann und was bisher geschah …

Das Große Buch der Markttechnik

Alles war eigentlich so, wie es sich Philip erträumt hatte: Er wusste, was eine Aktie war, am Terminmarkt long und short gehen konnte er auch, und mit technischer Analyse kannte er sich ebenfalls schon ein bisschen aus. Alles war eigentlich perfekt! Doch als Philip sein Praktikum in einem Handelsbüro begann, merkte er, dass da irgendetwas nicht stimmen konnte! Denn: Immer, wenn er in den Markt ging, machte der genau das Gegenteil von dem, was er sich vorstellte.

Doch mit den Jahren seiner Ausbildung änderte sich alles: mehr Fachwissen, mehr Logiken, weniger mentale Verfangenheit. Mit Witz, ungestümen Emotionen und vielen Denkübungen schlug sich Philip durch den Dschungel des markttechnisch orientierten Tradings. Als Reiseführer dienten ihm einst wie auch heute noch seine Kollegen Hofner und Sander. Mit dem umfangreichen Wissen der beiden und den Abhandlungen über Markttechnik im aktiven Börsenhandel gelang es Philip, seinen Weg zu finden.

Nun, einige Jahre später, bekommt Philip die Chance, selbst ein Reisebegleiter für den neuen Praktikanten Stan zu sein …

DER HÄNDLER – Band 1

Durch seine lange Ausbildung lernte sich Philip selbst nach und nach kennen. Dabei waren die Trades, an die er sich erinnert, mindestens so unheimlich wie manchmal die Gegenwart. Die Suche nach weiterer innerer Reife, Duplizierbarkeit und Beständigkeit wird für Philip an diesem Tag zum grotesken Abenteuer. Ein zufälliges Treffen mit einem anderen Trader wirft ihn aus der Bahn. Ecki hat durch sein unüberlegtes Trading innerhalb kürzester Zeit nicht nur sein Geld, sondern auch seine Familie und das schöne Haus verloren. Philip muss nun irgendwie der Frage nachgehen, ob ihm das auch passieren könnte. Er gelangt am Abend vor dem Abflug nach Bangkok zu erstaunlichen Erkenntnissen …

DER HÄNDLER – Band 2

Philip – im Flieger nach Bangkok, um dort, in der Geschäftsstelle Bangkok, seinem Azubi Stan beim Trading unter die Arme zu greifen – fiel es in Anbetracht der Sichtweisen seiner Sitznachbarn in Bezug auf das Trading verdammt schwer, den Flug dorthin so richtig zu genießen.

Zum wiederholten Mal musste er sich eingestehen: Gott hat den Börsenhandel nicht erschaffen, und auch der Teufel lehnt jede Verantwortung dafür ab. Selbst der Horizont scheint sich vor dieser Bürde zu fürchten, denn die allgegenwärtige Trennungslinie zwischen den verschiedenen Handelsansätzen und Ansichten zum Börsenhandel verschwindet bei so manchem Tradinganfänger in der flirrenden Hitze der Bars und den Nachrichten über alles versengende Kursveränderungen. Philip sieht sich gezwungen, seine Nachbarn über die wahren Ansichten zum Trading aufzuklären, und wird hierbei von so mancher Gegenfrage überrascht …

DER HÄNDLER – Band 3

Für den Praktikanten Stan heißt Trading: Wer hat die stärksten Nerven? Und für den Rest seiner Kollegen: Wer blufft sich selbst in die Taschen, und wer kann es wirklich? Demnach ist ein Trade eigentlich nur dann ein guter Trade, wenn der Trader dabei auch im Verlustfall sein Gesicht wahren kann und ein gutes Gefühl hat.

Leider hat sich das noch nicht überall herumgesprochen, und so denkt Stan allzu oft nur bis zur nächsten Tischkante und fühlt sich vom Pech verfolgt, denn ob Minus- oder Plustrade, egal: Er hat immer das Gefühl, ein gehetzter Stier zu sein. Philip beobachtet den Praktikanten bei dessen Ausbruchs-, Bewegungs- und Trendtrades und hält so manchen wichtigen Rat parat …

Themenschwerpunkte des Fachteils:
- Optische Fehlerquellen und deren Vermeidung
- Fehlverhalten in der Anwendung von Zeiteinheiten
- Handelspsychologie

DER HÄNDLER – Band 4

Es gibt als Trader schöne und weniger schöne Augenblicke. Nach ein paar Plustrades mit einem Cocktail an der Copacabana zu liegen und hübschen Salsa-Hintern beim Beachvolleyball zuzuschauen, wäre zum Beispiel ein schöner Augenblick. Als aber Stan seinem Chef John erklären muss, weshalb er in nur drei Tagen knapp 200.000 Euro Minus gemacht hat, nachdem er nur auf seine Positionen hatte aufpassen sollen – tja, das ist weniger schön … Und als John von Stans desaströsem Ergebnis erfährt, lässt er diesen eine sehr ungewöhnliche Lektion erleben, aber die Tatsache, dass Stan die Relevanz nicht auf Anhieb erkennt, macht dies umso relevanter! John sieht sich sogar gezwungen, Stan in eine längere Auszeit zu schicken.
Von diesen Ereignissen ausgelöst, geht Philip der Frage nach, welche Faktoren es genau es sind, die zu falschen Ansichten über Geldmanagement führen, und gelangt zu erstaunlichen Erkenntnissen …

Themenschwerpunkte des Fachteils:
- Geldmanagement
- Diversifikatives Trading
- Handelsstile versus Arbeitsstile

DER HÄNDLER – Band 5

Während sich Praktikant Stan gerade das vielleicht sympathischste Paradoxon des Tradings erschließt – er kann viele der Regelwerke zur Seite schieben und auf diese Weise dennoch in bester Tradertradition handeln –, platzt Händler Philip fast der Kopf. Auch wenn es ein sehr gewöhnliches Ereignis gewesen sein mochte – dieses Treffen mit dem Tradingveteran Torbach –, so war es trotzdem ursächlich für einen kleinen Riss im Schleier des Tradings, durch den plötzlich die schwierige Frage schaut: »Verheizt du die Axt als Brennholz, oder benutzt du sie, um Brennholz zu gewinnen?«, kurzum: Als die Frage nach dem »Wozu« gestellt wurde.

Dieses Treffen wurde für Philip zum Grundstein vieler Gespräche mit anderen Tradern, an deren Ende sich das tiefe Geheimnis des »*Wozu* betreibe ich Trading« offenbart ...

Themenschwerpunkte des Fachteils:
- fachliche Unschärfe
- Bewegungshandel aus der Korrektur beginnend
- Handelspsychologie

Michael Voigt

Band 6 von 8

DER HÄNDLER

BÖRSENHANDEL FACHROMAN

P.S.: Was ist Lust, und was ist Pflicht?

Campello Verlagshaus

Ein letzter Hinweis sei bei diesem Band gestattet …

Angenommen:
Ein Trader hätte sich intensiv mit folgender Frage beschäftigt:
»Lerne ich im Trading als Fortgeschrittener eigentlich *dazu* oder lerne
ich *um*?«
Was meinen Sie: Würde die Antwort Einfluss auf seine
Erwartungshaltung an ein *fortgeschrittenes* Börsenbuch haben?

Eines sei vorausgeschickt:
Ganz leicht sind die kommenden Seiten
im Vergleich mit den anderen Bänden *gewiss* nicht!
Aber welcher Leser würde schon im Ernst von einer Buch*reihe* erwarten,
dass ihr inhaltliches Niveau mit fortschreitender Ausgabe sinkt?

Zum andern:
Wer hat auch je behauptet,
dass die Beantwortung *bedeutsamer* Fragen im Trading
dem eigenen Denken erlaubt, sich auf die faule Haut zu legen …?

Nun aber …
willkommen beim Band 6 von DER HÄNDLER,
der diesmal alles sein könnte, nur eines nicht:
ein *einfaches Lesebuch* …

Auszug aus Hofners Tagebuch:
»Wenn ein *fortgeschrittener* Trader mehr über das
Trading erlernen möchte, so möge er hinaus auf
die Straße gehen und in den Himmel schauen;
er wird erkennen, dass sein Trading dem Flug
eines Vogelschwarms am Himmel gleicht: Wenn
sie in der Ferne auf dem Wind gleiten,
sieht es für ihn, der er unten auf der Erde steht,
so aus, als schwebten sie völlig mühelos.
Tatsächlich aber nehmen sie unentwegt Korrekturen
vor, neigen sich leicht in die eine Richtung,
wenn der Wind wechselt, dann in die
andere, wenn der Wind erneut wechselt.
Ähnlich verhält es sich beim Trading: Man muss
sich unablässig beobachten und korrigieren, sich,
wie die Saite einer Gitarre, richtig stimmen:
weder zu straff noch zu locker.
Dann kommt, nach langer Übung, jener Augenblick,
wo der *eigene Stil* völlig *reibungslos* läuft.
Und trotzdem darf man sich dann noch immer
nur ein *fortgeschrittener* und noch lange nicht
erfahrener Händler nennen! – *Warum?*
Dann wiederum ist es Zeit, nach dem *letzten,*
dem erbärmlichsten *aller* erbärmlichsten Feinde
Ausschau zu halten: dem Drang, erneut zu korrigieren,
wo *keine* Korrektur erforderlich ist! – *Eieiei …*«

*

Als Stan am Morgen aufwachte, merkte er sofort, dass etwas faul war.
Er spürte es. In seinem Zimmer war es so ungewöhnlich warm und hell.
Er rollte sich auf die Seite und warf einen Blick auf den Wecker. – *Huch!*
Er rieb sich die Augen und starrte erneut angestrengt auf die ver-
schwommenen roten Ziffern … Zwei Uhr mittags!

O mein Gott!

Er sollte schon seit über einer Stunde im Büro sein. – *Das darf doch
nicht wahr sein!* Stan sprang aus dem Bett, riss sich T-Shirt und Boxer-
shorts vom Leib und ließ beides auf den Boden fallen.

Was ist bloß los mit mir?

Wie konnte ich nur verschlafen? SCHON WIEDER!

Stan musste zugeben, er hatte in letzter Zeit tatsächlich ein klitze-
kleines Problem damit, pünktlich im Büro zu erscheinen. Die Nächte in

Bangkok kannten kein Ende ... aber das war jetzt ein denkbar ungeeigneter Zeitpunkt, um auf dieser Schwäche herumzureiten. Er überlegte, was nun zu tun sei, denn er konnte unmöglich ins Büro gehen, oder? *Nein!* Dafür war es irgendwie viel zu spät. Bis er sich angezogen und im Büro eingetrudelt war, wäre es fast drei Uhr.

Okay. Konzentrier dich!

Splitterfasernackt an den Türrahmen gelehnt, zwang er sich nachzudenken. Wie wäre es, wenn er anriefe und behauptete, er sei krank? *Nein. Ausgeschlossen!* Vielleicht ein Arzttermin? – *Hm* ... Das ging auch nicht – die Ausrede funktionierte vielleicht in Deutschland, aber nicht mitten in Bangkok, denn: Da er doch kaum ein Wort *Thai* konnte, müsste es schon ein Arzt sein, der zumindest Englisch sprach, und einen solchen kannte er nicht. Sollte er vielleicht behaupten, seine Oma wäre gestorben? *Nun ja* ... Eigentlich mochte er sie da lieber raushalten. Sollte er einfach die Wahrheit sagen, nämlich dass er wieder verschlafen hatte? – *Hmm.* Das alles klang ziemlich unbrauchbar.

Irgendwas ganz Einfaches müsste es sein, bei dem keiner nachfragt, weil jeder das mal ...

Aber ... Mo-Moment mal!

Da kam ihm die Idee. *Genau. Das ist es!* Er würde einfach so tun, als hätte er sich den heutigen Tag freigenommen! Schließlich schwatzten doch alle immer vom finalen Ziel: ... FREIZEIT, und zum anderen hatte er ja ohnehin keine »festen« Arbeitszeiten. – *Perfekt!* Dann musste er weder anrufen noch zur Arbeit gehen. Schließlich war heute sein individuellen »freier Tag«, und morgen würde er einfach mit vollkommener Unschuldsmiene ins Büro schlendern und so tun, als sei alles in bester Ordnung, und wenn irgendeiner darauf hinweisen würde, dass Stan sich ja wenigstens hätte abmelden können, könnte er antworten, dass er vorgestern beim Nachhausegehen Kim oder Philip was Entsprechendes zugerufen hätte, und wenn die oder der es nicht mitbekommen hätte, wäre das schließlich nicht seine Schuld.

– Ha! Brillant.

Warum war ihm das nicht schon früher eingefallen! Schlichtweg begeistert von diesem genialen Einfall, tappte er ins Bad und stieg unter die Dusche. »Also, wenn das kein kreativer, positiver Lösungsansatz für dieses vertrackte Problem war, was dann?«, dachte Stan und nahm sich ab sofort vor, an seinem wertvollen »freien Tag« seine Gedanken nicht an die Arbeit und die bescheuerten Charts zu verschwenden, sondern sich stattdessen zu überlegen, was er heute unternehmen würde … Shopping etwa oder hier rumhängen oder mit einen Tuk-Tuk neue Ecken Bangkoks erkunden oder Lilly anrufen und fragen, ob sie nicht Lust hätte, auch blau zu machen und zusammen mit ihm um die Häuser zu ziehen, oder eine Massage in seinem Lieblingssalon Shorinara … *mmh!* Na, jedenfalls könnte er heute so ziemlich alles machen, schließlich stand an diesem schönen Tag *Freizeit* statt Charts auf dem Programm! *Lalala* …

Als Stan sich rasierte, klingelte sein Handy. Ohne nachzudenken, nahm Stan das Gespräch entgegen. »Ja bitte …?«

»Hey *Bambino!* Sag mal, wo zum Teufel hast du denn den Ordner hingelegt, den ich dir vor drei Tagen geliehen habe?«

Ach du Schreck … oh, oh … Nick!

Stan biss sich in die Faust und fragte sich, warum er nicht auf das Display sah, bevor er abhob. – *Ich Idiot!* Sollte er einfach auflegen?

»Hallo!?!«, hörte er Nicks Stimme.

Stille.

»HA-AAL-LO!?!«, bellte Nick.

Noch immer Stille.

Dann schnaubte Nick vernehmlich. »Bambino, kannst du mich hören? Ich brauch den Ordner! Hey … sag halt mal irgendwas!!! Ich weiß doch, dass du dran bist!«

Huch … Wie denn das?

Stan wirbelte herum und sah sich misstrauisch im Flur um. *Beobachten die mich etwa?* »Also, ähm … Die Verbindung ist seltsam … ähm, der Ordner liegt …«, und nachdem Nicks Problem mit wenigen Worten gelöst war, verabschiedete dieser sich mit den Worten: »Schade, dass du nicht hier bist. Der Markt läuft genauso wie gestern wieder wundervoll! … Na, egal. Also, dir noch einen schönen Tag!«

Rums. Aufgelegt!

»Yeap … genau *den* werde ich haben!«, trällerte Stan Nick in das verstummte Handy hinterher. *Lalala* … und kurze Zeit später knallte die Haustür ins Schloss. Stan kramte seine Sonnenbrille hervor und schlenderte, die Lin Daeng Road hinter sich lassend, auf der Jagd nach einem reichhaltigen Frühstück die kleine Soi Daeng Road hinab, eine jener Straßen, in denen es nur wenigen Sonnenstrahlen gelang, zwischen die dicht stehenden Häusern zu dringen, und dies umso weniger, je mehr die Sonne bereits den Zenit überschritten hatte. Auch heute lagen die schmalen Seitenstraßen, die von quietschenden Tuk-Tuks, klapprigen Fahrrädern, dampfenden Garküchen und bunten Ständen verstopft waren, nur im Halbdunkel, und lediglich ein Blick dann und wann nach oben versicherte Stan, dass nicht ein düsterer, von Wolken verhangener Himmel Regen ankündigte, sondern dass das Sonnenlicht träge auf den Dächern lag. Doch als die Enge der Gasse sich endlich zu einem der freieren Plätze öffnete, wurde Stan wieder von einer so warmen Helligkeit umfangen, dass ihm dies sein Leben als Trader einfach und leicht, fast zeitlos erscheinen ließ. Eben noch im Halbdunkel einer kleinen Gasse, öffnete sich vor Stan der Lumpeenee-Park, in dem – eingebettet in die charmante Atmosphäre der riesigen Parkanlage – sein Lieblingscafé lag. – *Wundervoll!*

Mit knurrendem Magen hatte Stan eine umfangreiche Bestellung aufgegeben und lehnte sich nun, eine Gruppe Frauen, die sich zum gemeinsamen Tai-Chi zusammengefunden hatten, betrachtend, wartend in dem breiten Korbstuhl zurück.

»Sir, please …«, Stan atmete genussvoll den aromatischen Geruch des servierten Kaffees ein, streckte die Füße von sich und erinnerte sich grinsend an den gestrigen Handelstag: *Sauber den 10-Minuten-Trend gehandelt! Voll abgesahnt!* Ergebnis der vier Plus- und der zwei Minustrades: knapp 3.500 Dollar. … *Ha!* … *3-5-0-0 Dollar!* Stan war sich eines sicher: Eine *wohlverdiente Pause* war demnach durchaus angesagt und legitim!

– Yeap!

Und da in Stans Traderleben die bestens bekannte Einstellung »Ich mach mal Pause und handle morgen dann mal weiter … schließlich bin ich *Trader* und kann meinen Tagesrhythmus *selbst* gestalten« schon wiederholt Erfolg gehabt hatte, bediente er sich jener auch jetzt und nahm sich, breit in die Sonne grinsend, sogar vor, statt einem … – *Ach, was soll's!* – besser gleich *zwei* Tage freizunehmen …

*

Als die Zimmer und der Garten von den Strahlen der Festbeleuchtung und der Gesellschaft immer mehr erfüllt waren, drehte Nick, der mit Philip etwas abseits am Rande der Terrasse stand und das festliche Treiben vor sich im Garten beobachtete, den Kopf und deutete in Richtung der Gäste. »Heiliger Bimbam… ganz schön was los hier, was? Und das wird im Laufe des Abends garantiert noch voller.« Nick nahm seine Sonnenbrille ab. »Kennst du eigentlich, außer unseren Leuten, hier irgendjemanden?«

»Bis auf zwei, drei Gesichter eigentlich nicht…«, meinte Philip, was Nick seinerseits dazu veranlasste, mittels kleinen Fingerzeigen zu etlichen der Gäste an den weiß umhüllten Stehtischen leise deren Namen und Stellungen zu nennen sowie gelegentlich interessante Anekdötchen über die Genannten zum Besten zu geben. Neben etlichen Größen des Bangkoker Finanzwesens befanden sich darunter höhergestellte Beamte aus diversen Ministerien und Botschaften, bekannte Namen aus Industrie und Wissenschaft, ein paar Fernseh- und Kulturschaffende sowie Personen aus hochrangigen karitativen Verbänden und Vereinigungen. Gerade als Nick zu einer besonders pikanten Geschichte über einen Botschaftsangestellten und dessen Begleitung ansetzen wollte, erkannte Philip in der Menge Jani, den Chef des Handelsbüros aus dem Stockwerk unter Johns Büro. In Janis Gefolge befanden sich sogar Frank, das etwas überarbeitet wirkende mathematische Genie, sowie weitere Händler, denen er schon oft im Treppenhaus begegnet war, gefolgt von einigen Damen in beige-, rosa-, kirsch- und cremefarbenen Kleidern, von denen Philip sogar eine wiedererkannte: die hier ansässige Mrs. O'Connell, Witwe eines bekannten irischen Fondsmanagers, die sich so in Bangkok eingelebt hatte, dass sie auch nach dem Tod ihres Mannes hier geblieben und selbst gewohnt war, dem Geist auf liebenswürdige Weise in ihrem Haus eine Stätte zu bereiten – wie Philip anlässlich einer Einladung dorthin, zu der er hatte John begleiten dürfen, aus eigener Erfahrung wusste.

Nach und nach trudelten immer mehr Gäste ein, darunter der als Teilnehmer eines Golfturniers vorübergehend in der Stadt weilende bekannte Trader Connors und der sich seit Kurzem ebenfalls am Trading ausprobierende Hektor, dessen Vater im Südteil der Stadt eine Arztpraxis betrieb, zu deren Patienten auch John und Nick gehörten, sowie Matthew, dessen Tätigkeit, wie Nick Philip erklärte, ebenfalls im aufopfernden Dienste an den Charts bestand. Auch er stellte komplizierte Berechnungen über Geld an, und er konnte einem sagen, ob man zum Beispiel ein paar Stückchen von einer großen Firma kaufen sollte oder lieber nicht. Dank dieser Berechnungen verschaffte er Leuten, die ohnehin schon reich waren, eine schöne Stange Geld, und auch er selbst verdiente nicht gerade wenig. Außerdem wechselte Matthew, gleichsam seinen Freundinnen, häufig seinen Posten, denn er langweilte sich ziemlich schnell, wenn er zu lange bei derselben Firma oder im selben Land blieb. Natürlich gab es aber auch etliche Gäste, zu denen auch Nick nichts zu sagen wusste, und während Philip das Treiben genüsslich beobachtete, stieß Nick ihn plötzlich mit dem Ellenbogen an.

»Sieh da, sieh da … Schau mal, wer auch schon eingetroffen ist!« Ein Kopfnicken wies in Stans Richtung, der eben sein Glas auf einem der noch freien Stehtische abstellte. Nick kramte eine Zigarette hervor und ließ sie zwischen den Fingern spielen, ohne sie anzuzünden. »Komm, lass uns mal den Supertrader begrüßen!«

Philip dicht hinter sich, schlenderte Nick zu Stan hinüber und stellte sich hospitierend neben ihn. »Hey, *Bambino*, wie geht's? Amüsierst du dich?«

»Nenn mich nicht immer *Bambino*!«, zischte Stan und sah auf.

»Okay, *Bambino*!«, stöhnte Nick in gespielter Verzweiflung auf, zündete sich die Zigarette an und wandte sich schauspielerisch an Philip. »Findest du nicht auch, dass die beiden Tage *Freizeit*, gestern und heute, Stan so richtig gut getan haben?« Er musterte Stan von oben bis unten. »So wie unser Bambino wirkt, hat er sich bestimmt *sooo richtig* entspannt!«

»YEAP! – Das kannst du wohl annehmen!«, frohlockte Stan und ließ genussvoll seinen Blick über die Terrasse gleiten und … *Himmel!* Sein Blick blieb im Schattenbereich eines Sonnenschirms an einer jungen Dame im weit ausgeschnittenen roten Abendkleid kleben. – *Boah!* Nick, der Stans Interesse bemerkte, lobte ihn eines hervorragenden Geschmacks. »Tausend Euro für einen einzigen Kuss würde ich zahlen!«, seufzte Stan.

»Na ja, wenn du gestern und heute die richtigen Positionen aufgemacht hättest, könntest du sogar noch ein paar Scheine drauflegen und es mit der Dame in Rot richtig krachen lassen!« Nick konnte es sich wie immer nicht verkneifen, Stan aufzuziehen. Aber leider blieb der Tiefsinn seiner Worte unerkannt, denn Stan stutzte nur ganz beiläufig, sah Nick lediglich für eine Sekunde fragend an, wollte aber eigentlich gar keine Antwort, sondern nickte erneut in Richtung der Dame seiner Begierde und schwärmte abermals: »Tausend Euro!«, und es war offensichtlich, dass Stan gerade überlegte, mit welchem Killersatz er eine

Konversation starten könnte. Doch Nick kam ihm zuvor und winkte die Dame von Weitem heran.

»*WAAAS*, du kennst sie?«

»Hm! ... *psst*, sie kommt!«

Stan überflog mit einem ausgiebigen Blick die Eleganz der Gestalt, während in ihren Augen ein leises Lächeln aufleuchtete. – *HIMMEL!* Was für ein Blick war das! Ein Blick, der Stans Magen binnen Sekunden fest einschnürte. Und dann ein Duft! Ein Hauch von Vanille. Und dann das Kleid! Ein Kleid, das sich eng an die Formen schmiegte und nicht gerade auf »keinen Sex vor der Ehe« hindeutete.

»Stan, das ist Alexandra! Alexandra – Stan!«, stellte sie Nick gegenseitig vor, dann legte er seinen Arm um Stans Schulter, und als kleine Starthilfe fürs Gespräch ergänzte er: »Alexandra arbeitet in einem Wirtschaftsprüfungsunternehmen. – Stan ist unser *Bambino* im Büro und heute sogar unser ... *Held des Tages!* ... denn er nahm sich die letzten beiden Handelstage frei und unterließ damit einige wundervolle Trades!«

Die Frau mit dem Vanilleduft ließ bei Stans Anblick ihre Augen aufblitzen, beließ es aber vorab bei einem kurzen netten Lächeln und wandte sich nach einem kurzen gehauchten »Hallo Stan, schön dich kennenzulernen!« ab.

Stan warf Nick einen bitterbösen Blick zu und zischte zwischen den Zähnen: »Vielen Dank. Was glaubst du, was so eine Partyschnecke darauf sagt? – *Oh ... du bist der Bambino des Büros und ... ohhh ... du hast ein paar Trades versiebt? Das ist ja sooo sexy! Darf ich mit dir schlafen?*« Stan legte wütend den Strohhalm seines Drinks beiseite, weil er fand, dass Strohhalme ohnehin nur was für Weicheier waren, dann wandte er sich abermals kurz Nick zu, »... und außerdem, was hast du immer nur mit dem *Held des Tages*?!«

Nick legt seinen Arm abermals um Stans Schulter. »Na ja ... nur so halt!« Er erhob sein Glas und meinte lachend an Philip gewandt: »Komm! Am besten lassen wir unseren *Held der Arbeit* sich erst mal fertig erholen, schließlich ist ja heute noch sein freier Tag, da wollen wir ihn nicht mit dem Börsenscheiß und dem aktuellen Marktstand belästigen!« Auf sein leeres Glas zeigend, zog Nick Philip am Arm und blinzelte Stan im Weggehen über die Schulter zu: »Bis später dann, du *Held der Arbeit*!«

»*He*?!« Stan kapierte gar nichts, dennoch übte Nicks unbewachter Zynismus noch immer eine ungewohnte Wirkung auf Stan aus, wenn es auch längst nicht mehr jene Heftigkeit war wie in den ersten Tagen mit

Nicks erstem Beisammensein, als Nick gleich sein Recht forderte, möglichst ohne jede seelische Verblümung mit ihm zu sprechen. Und während sein Blick sehnsüchtig wieder auf die Vanillefrau schwenkte, kam Stan ins Grübeln …

Zurück an ihren vorherigen Plätzen am Rande der Terrasse, gluckste Nick in sein Glas: »*Hai-ei-iiei* … da hab ich mal wieder was angerichtet!« Nick rückte seine Sonnenbrille zurecht. »Achtung – gleich geht's los! Gleich … Gleich … Komm schon, *Bambino*! Ruf die Kurse auf!«, feuerte Nick Stan an, ohne dass dieser ihn hätte hören können. Und tatsächlich fing Stan an, in seiner Tasche rumzufingern, und zog sein iPhone heraus. »Jetzt … jetzt müsste man es schon sehen. *Da!* … Philip, siehst du, was ich sehe?!« Nicks Kommentar klang in Philips Ohren wie der eines Länderspielreporters kurz vorm Sieg der eigenen Mannschaft. »So wie es ausschaut, geht Bambino gerade stehend ins K.O.!«, jubelte Nick und stieß Philip vor lauter Freude mit dem Ellenbogen in die Rippen, und Philip konnte Nicks Vermutung nur mit einem Grinsen bestätigen, denn auch er hatte bei Stans Anblick das Gefühl, dass diesen beim Anblick der Kurse gerade eine Art lautlosen Nebels, ein schweres Unbehagen umhüllte. Stan erweckte schlagartig den so üblichen Eindruck eines »stöhnenden Traders«, der wieder einmal innerlich sein eigenes Verhalten beklagte und wegen der plötzlichen Fragen, die in ihm im Stillen offensichtlich lebhaft aufkeimten, nun die übliche Teilnahmslosigkeit, um nicht zu sagen Trägheit an seiner Umgebung an den Tag legte.

Und tatsächlich war Stan gerade zum Heulen zumute. Er fuhr sich mehrfach wirsch durch die Haare, sodass nun an seinem Kopf ein besonders großes und widerspenstiges Haarbüschel wie eine Sprungschanze über dem rechten Ohr nach oben emporragte. Die Frau mit dem Vanilleduft war plötzlich tabu! – *Heilige Scheiße!* Schwer auf seinen Stehtisch gestützt, ergriff Stan sein Glas und schüttete den Inhalt auf ex hinunter. Dann stellte er wie in Trance das leere Glas auf den Tisch, dabei die Augen einzig auf sein iPhone gerichtet. Das Einzige, was sich an Stan noch bewegte, war sein Daumen.

6973! … Oh Scheiße! … SCHEISSE!

Eine Weile blieb er regungslos stehen, dann fuhr er auf, wirr um sich blickend, wie ein aus dem Schlaf Gestörter; gern hätte er jetzt seine aufkommende Wut auf sich selbst, auf die Welt im Allgemeinen und auf Nick im Besonderen an irgendjemandem oder irgendetwas ausgelassen, aber auf einer Party mit circa hundert Gästen war das wohl doch eher schwierig … Stattdessen winkte er eine der bildhübschen Kellnerinnen heran. Ausgestattet mit Livree und Glacéhandschuhen, balancierten diese auf ihren Tabletts Aperitifs durch die Menge und warteten auf Zuruf oder Handzeichen der Gäste. Stan nahm gleich zwei Gläser und trank das erste davon in gieriger Hast und starrte minutenlang mit bebendem Blick in die Massen, ohne etwas zu sehen. Dann griff er nach dem zweiten in gieriger Hast, um sich zu betäuben und den vor wenigen Sekunden erlebten Augenblick zu »vergessen«, wo alle seine Gedanken und Empfindungen ins Rasen geraten waren.

… 6973 … !

Aber es gelang natürlich nicht. – *Fuck!!!* Stan ließ erneut seinen Daumen über das iPhone gleiten und betrachtete den Marktverlauf des DAX der beiden Tage gestern und heute, an denen er sich freigenommen hatte: »Oh Scheiße, ich Arsch! … Mann, wäre ich doch, statt Spaß und Halligalli zu machen, gestern und heute lieber mal vor den Monitoren gewesen! – 6-9-7-3 Punkte!« Er erinnerte sich daran, wie er gestern erst lange durch Bangkok geschlendert und ein Eis nach dem anderen gegessen hatte und sich abends stundenlang versonnen in der angenehm kühlen Badewanne gesuhlt und sich dort eine Dose Bier nach der anderen genehmigte, um daraufhin in einen dämmrig-süßen Schlaf zu sinken. Mit seiner Mitbewohnerin Lilly, die er für heute ebenfalls zum Blaumachen hatte überreden können, hatte er heute – an seinem *zweiten* freien Tag – auf einem Longtail-Boot einen wunderschönen Ausflug in Bangkoks Klongs unternommen, und nachmittags waren sie noch ein wenig durch die Seitenstraßen Bangkoks geschlendert, klapperten unzählige Läden in Chinatown ab und erstanden ein Hemd für Stan und ein Top für Lilly, bevor sie noch gemächlich durch den Lumpeenee-Park schlenderten. Kurzum: Stan hatte sein »Wozu« genossen, bis er sich für die Party hier fertig machen wollte.

Seufz!

Stan fummelte weiter am Börsen-App seines Telefons rum. »Der Markt steht kurz vor 7-0-0-0!?? – Du kannst mich mal am Ar… lecken! Verdammter Drecksmarkt!!«

Und auch der dritte, eiligst bestellte und eigentlich sehr leckere Aperitif hatte Stans Ärger über Nicks unverschämtes Getue und die, angesichts der ersten Eindrücke von den Kursen, mit seinem oberschlauen

Einfall von der »Freizeit« vertrödelte Zeit nicht wieder in die Freude zurückverwandeln können, mit der er heute Abend hier angekommen war.

… 6975; … 6977; … 6978

Mit Qual, die nicht deshalb unterschätzt werden durfte, weil Stan jene Marktphase, deren beide aufeinanderfolgenden traumhaften Einstiegssignale zu handeln er an seinen »freien« Tagen versäumt hatte und die zu guten, leichten und fachlich einfachen Trades und damit zu einer dringend erforderlichen Kontoanhäufung geführt hätten, starrte Stan unverwandt und mit hasserfülltem Blick auf die sich sekündlich ändernden Kurse. »Immer komm ich zu spät! Fuck! Fuck!!! FUCK!!!« Mühsam riss Stan seinen Blick von seinem iPhone los und betrachtete, ohne sie eigentlich wahrzunehmen, die Menge der Gäste um ihn herum; dabei war ihm zumute, als könne das alles gar nicht wahr sein, was sich ihm da gezeigt hatte: knapp 7000 Punkte!

Kaum bin ich mal nicht da, steigt der sch… Markt um 330 Punkte! 3-3-0!

Erst nach einigen Minuten kam in seinen Zustand wieder etwas Festigkeit, und er kam – wie so oft – zu jenem Entschluss, dass egal, wie er es auch anstellte, es immer falsch war: Saß er vor den Charts, passierte oft nichts; widmete er sich statt den Charts dann seiner Freizeit und genoss das »Wozu« oder erledigte private Aufgaben, sauste der Markt gen Himmel, als gäbe es kein Halten.

Stöhn!

In Stan rumorte die Frage: »Wer entwirft den Schicht- oder Dienstplan eines Traders?« – *Aber sch… egal!* Stan war nicht zur Selbstkritik aufgelegt, denn weder der Ärger über den Marktstand noch seine Selbstachtung machten ihn geneigt, seine Beweggründe zu zergliedern und zu entscheiden, ob er aus Verantwortungslosigkeit, aus Schwäche oder schlicht aus Liederlichkeit an dieser riesigen Marktbewegung nicht partizipiert hatte. Auch in dieser Situation, wie in so vielen ähnlichen vorangegangener Tage, geschah es, dass Stan sich so schlicht wie achselzuckend sagte, dass er als Trader einfach eine besondere Veranlagung zum »Pech haben« besaß und nur deswegen unter mehreren Möglichkeiten – hier zwischen Anwesenheit oder Abwesenheit – instinktiv die schlechtere auswählte; eben jene, die keinen öffentlichen Erfolg verbürgte, sondern stattdessen dazu führte, dass er im Gedächtnis von John und Nick dauernd den negativen Platz einnahm.

… 6980; … 6982; … 6975

Dennoch, Stan war verwirrt und ängstigte sich davor, dass neben Nick auch die anderen im Büro sein *Nicht*-Trading, also sein *Unterlassen*, seine »Niederlage«, mitbekommen hatten, und fürchtete sich vor deren Spott wie vor der eigenen Lächerlichkeit.

… 6980; … 6982; … 6985

Der Markt stieg und stieg!

Mmpf …! 16.000 Euro hätte ich gehabt!

1-6-0-0-0!

Also … wer zum Teufel stellt den verschissenen Schicht- oder Dienstplan eines Traders zusammen?!

Das Blut stieg Stan zu Kopf, das schlechte Gewissen fuhr ihm in Arme und Beine und machte ihn erneut nahezu unbeweglich. Er konnte an nichts anderes denken als ununterbrochen an das eine: dass er als Trader häufig dann seine Freizeit genoss, wenn Marktbewegungen stattfanden, hingegen meist dann auf Freizeit »verzichtete« und auf die Monitore schaute, wenn nichts los war!

Seine eigenen Worte »… diese Marktbewegung hätte mein ganzes bisheriges Minus locker ausgeglichen …« hallten wie ein Echo in Wellen durch seinen Kopf und hatten etwas den Geist Hemmendes an sich, denn sie mündeten, alles in allem, immer und immer wieder in derselben Frage: »Wer um alles in der Welt *entwirft und prüft, verantwortet oder verwirft* den Schicht- oder Dienstplan eines Traders?«

Stan, immer noch an den Stehtisch gelehnt, wurde vom lauten Kichern einer Frau am Nachbartisch in die Gegenwart zurückgeholt. Er schaute auf und fühlte sich, nun zurück in der Gegenwart – mit dieser Vorstellung des gestrigen und heutigen Handelstages vor seinem inneren Auge –, wie ein Mensch, der gerade aus einem Gewitter kommt und noch am ganzen Leib dessen die Sinne überfordernde Kraft verspürt.

Mmpf …

Da half nur eines: Austrinken und … – eine der Bediensteten sah Stans erhobenen Arm und schwirrte sogleich mit ihrem vollen Tablett herbei!

Und während Nick hoch befriedigt über seinen gelungenen – und sich an diesem, als auch die kommenden Tage, noch als sehr tiefgründig Thema erweisenden – Spaß mit Stan war, trudelten immer mehr Gäste ein und Nick bot Philip eine kurze Führung durch den Garten und die öffentlichen Räume des Hauses an. Beide waren schon auf dem Weg, da drehte sich Nick noch mal zu Stan um. – *Oh Mann!* Er tat ihm plötzlich doch so was wie leid, wie er so gefangen war in seiner kleinen Welt des *Tradings* und wie ein wildes Tier im Käfig auf der Terrasse auf- und abschritt, beständig sein iPhone und dessen Botschaft der davongerannten Kurse im Blick. Auch Stan schaute noch mal zu Nick und Philip herüber, wie ein Kind, das gemerkt hatte, dass es etwas falsch gemacht hatte, aber noch nicht so ganz wusste, was. – *Na ja!*

»Also, schau mal der da dort …«, und Philip spürte Nicks Finger in der Seite, und auf dem beginnenden Rundgang machte Nick Philip auch gleich auf diejenigen unter den Gästen aufmerksam, die man beeindrucken sollte, und wies auf andere hin, die man beruhigt ignorieren konnte. Nick drückte diesem und jenem fest die Hand, und so erfuhr Philip, welche Gäste »hip« waren und welche nicht, welche die Intelligenzbestien, die Schleimer, die Schlampen und – natürlich ganz Nick – wer die »heißeste« Braut war und wer was mit wem zu tun hatte. Kurzum: die Basics eben. Als Kim – ihr Haar elegant hochgesteckt, in einem engen, grünen Kleid aus schwerer Thaiseide, das sie genauso wenig in ihren Bewegungen zu behindern schien, wie es bei manch anderen Damen der Fall war – an ihnen vorbeischwebte, lobte Nick ihren großen Fleiß, der in dieser Zusammenstellung der Gäste lag, wusste er doch von etlichen vorangegangenen Feiern, dass lückenlose Präsenzlisten eine ihrer Spezialitäten war. Gleich einem alten Kavalier hatte Kim offensichtlich ein schier untrügliches Gespür dafür, welche Leute sich füreinander interessieren oder sich nützen könnten und ging, ausgestattet mit einem außergewöhnlichen Gedächtnis für Personen und was man von ihnen erzählte sowie zur Beurteilung der daraus resultierenden Kenntnisse über die große Welt Bangkoks durch ein gerüttelt Maß Menschenkenntnis befähigt, ihrer selbst gewählten Aufgabe, die passenden Leute miteinander bekannt zu machen, mit unerschöpflicher Hingabe nach.

Nur kurze Zeit später vernahm Philip, gerade am Rand der Terrasse stehend und im Begriff, sich einen Drink zu ergattern, die leisen Töne eines Klaviers. Die Klänge kamen offensichtlich aus dem Haus, und beim Blick durch die weit geöffnete vierflügelige Terrassentür gewahrte er, wie eine Frau in der gegenüberliegenden Ecke des großen Raums am Klavier saß und in einem Notenbuch blätterte, das sie auf den Knien hielt, während an ihrer Seite ein älterer Herr dort am Klavier saß und gekonnt in die Tasten griff. – *Torbach!*

Überwältigt von der empfundenen Freude über Torbachs Anwesenheit, lauschte Philip den sanften Tönen, ohne auf sich aufmerksam zu machen und den Blick unverwandt auf Torbach gerichtet. Und plötzlich, als wäre eine zuvor geschlossene Tür ruckartig geöffnet worden, überfiel ihn mit Wucht die Erinnerung an eine Bemerkung, die Torbach während Philips Besuch an dessen Kloster vor ein paar Tagen hatte fallen lassen: Auch bei Torbach hätte das ansteigende Fachwissen eine »neue Welt« über sich selbst und seine Gedanken hervorgebracht, die voll von allen nur vorstellbaren Qualen und Leiden gewesen war und vordergründig bezeichnet werden konnte als die Unfähigkeit, dauerhafte Zufriedenheit durch den Gedanken an das eigene »WOZU« zu erleben! Philip fühlte sich förmlich in die Szene zurückversetzt, und es kam ihm vor, als hörte er Torbach erneut sagen: »Ich … ich erkannte, dass mein fachlicher Stand als fortgeschrittener Trader zwei der drei Punkte der ursprünglichen Trinität, nämlich *Freizeit* und *Freiheit*, nun als Bedingung einforderte, um auch den letzten Punkt der Trinität, nämlich das *Geld*, zu erreichen! – *Verstehst du?* Mein fachlicher Stand hat es e-i-n-g-e-f-o-r-d-e-r-t …!«[1]

Noch etliche Tage nach diesem Treffen hatte sich Philip mit der rückblickenden Betrachtung der Bedingung seiner Existenz als erfahrener Trader und der einfachen und dennoch so unendlich schwierig umzusetzenden Frage des persönlichen »Wozu?« beschäftigt und versucht, irgendeinen Zusammenhang zwischen Torbachs Gedanken und den seinigen herzustellen. Aber immer wieder war er an einen Punkt gelangt, an dem er nicht weiterkam, an dem ihm anscheinend irgendein Bindeglied fehlte, sodass er die Grübelei darüber vorerst aufgegeben hatte, nicht ahnend, dass diese Lücke, mittels sehr tiefgreifenden Gesprächen, im Laufe des heutigen Abends geschlossen werden sollte!

Philip, nach wie vor an die Terrassentür gelehnt, betrachtete weiterhin die beiden Personen und bewunderte den einstigen Händler Torbach mit einer Empfindung, wie sie ein gewöhnlicher Mensch für einen berühmten hatte, und das Leben Torbachs erregte seine Bewunderung viel mehr als seinen Neid oder seine Eifersucht, also jenes Gefühl, das noch heftiger als Letzteres nach innen schlug. Der Wunsch, der einfache Gedanke, die Gelegenheit nun ebenfalls zu nutzen und mit dem Mann, der ihm vor wenigen Tagen so viel gedankliche Erhebung und Bewegung bereitet hatte, die Hand zu schütteln, ihn anzusprechen, sich seiner Antworten, seiner Blicke zu erfreuen, vielleicht sogar da fortfahren zu können, wo das Gespräch beim letzten Mal geendet hatte, lag für Philip, trotz seiner momentanen Verwirrung und seines mangelnden Vertrauens, seine offenen Fragen überhaupt in Worte kleiden zu können, nahe und drängte ihn innerlich vorwärts. Endlich gab er sich einen Ruck und wollte gerade den Raum betreten, als er eine Hand auf seiner Schulter spürte und eine vertraute Stimme hinter ihm sagte: »Hey mein Freund!«

Das … das glaub ich jetzt nicht!

Philip drehte sich mit zugekniffenen Augen um. Augen auf!

Hofner!

… und Sander!

… und … ich werde verrückt: auch noch Claudia!

Die Freude über die Anwesenheit seiner Kollegen aus Deutschland war riesig und die persönliche Überraschung für Philip mehr als gelungen. Es folgte eine herzliche Begrüßung, zu welcher sich nun auch Torbach mit seiner robusten Vitalität und gutmütigem Natur gesellte und damit die Freude aller noch steigerte. Kim, welche die Ankunft der drei heimlich arrangiert und hinter Claudia gestanden hatte, zwinkerte Philip, begleitet von einem Luftkuss, zu und meinte: »Na, da ist die Familie ja wieder beisammen!«[2] Sie strich sich eine aus der ordentlichen Frisur entfleuchte Strähne hinters Ohr und drängte nun alle in Richtung Garten. »Voilà! Los, gleich kommt das Tüpfelchen auf dem i …«

Und tatsächlich – irgendetwas schien noch geplant zu sein, denn die Damen und Herren formten inmitten des nahezu baumlosen Gartens, der in der vollen Abendsonne lag, einen großen Halbkreis, in dessen Zentrum sich John und seine Frau befanden. Zeitgleich wurde eine riesige Torte mit brennenden und wild um sich funkenden Wunderkerzen in den Garten getragen und auf einen bereitgestellten Tisch platziert. Johns Frau setzte nun zu einer Rede an, welche unter anderem die Worte *Geburtstag* und *Danke für die schönen Jahre* enthielt, und überreichte John, begleitet von einem liebevollen Kuss, das erste Stück des großen Kuchens, den die Zahl *Sechzig* zierte. John probierte genussvoll, setzte dann seinerseits zu einer langen und liebevollen Rede über das Älterwerden an, in der unter anderem als sein »bestes Geschenk« seine Frau hervorhob und sich am Ende zu, bei seinen Gästen für deren zahlreiche Anwesenheit und die vielen Glückwünsche bedankte.

Tara-aa …

[2] Die Figuren Hofner, Sander und Sekretärin Claudia, tauchten erstmalig im Großen Buch der Markttechnik auf.

Ein Tusch spielte auf, und von nun an war die Band neben dem Geburtstagskind der Star der Party und spielte im Schein der Fackeln vor dem beleuchteten Swimmingpool bekannte Titel. Der erste, offizielle Teil war damit beendet, die Gesellschaft auf dem Rasen begann sich aufzulösen, zu zirkulieren. Man besuchte einander, wechselte die Tische, flanierte. Und während ein Teil der Gäste auf der Terrasse sesshaft blieb, dem Weine weiterhin stehend zusprechend, zogen sich andere ins Haus zurück. Die Gruppe der Personen, die von Kim vorhin in den Garten gedrängt worden war, hatte sich ebenfalls ein wenig aufgelöst. Kim, als Unterstützung der Hausfrau und ewig sich Sorgende, hatte bald wieder begonnen, den Fluss der Hilfskräfte zu überwachen, und schwirrte gleichzeitig überall und nirgends umher; Claudia war von Johns Frau aus der Runde entführt worden, sodass, nach einem gemütlichen Schlendern durch den festlich beleuchteten Garten, von der vorherigen Runde nur noch Torbach, Hofner, Sander, Nick und Philip durch die breite Terrassentür den dahinter liegenden großen Raum betraten, der in verschiedenen Stilen geschmückt war: In der Mitte befand sich ein riesiger Couchtisch, umgeben von einer Art Sitzlandschaft, die auch von einem Dutzend Leuten noch nicht übervölkert werden würde, und daneben das Klavier, an dem, zu Philips Verblüffung, bereits wieder Torbach saß und in den ausliegenden Noten blätterte. An den Wänden hingen und auf dem Boden und diversen Vitrinen standen etrurische und japanische Vasen, spanische Fächer, eine wächserne Madonna, einige uralte chinesische Schirme und zwei afrikanische Muschelhörner. Aber nicht nur dieser Raum, sondern Johns gesamtes Haus war voll von Andenken aus fast vier Jahrzehnten glanzvoller Reisen rund um den Globus: Man fand afrikanische Schnitzereien, im Flur einen goldenen Buddha, einen seidenen Wandbehang aus der verbotenen Stadt in Peking und vieles, vieles mehr ... und all diese sichtbaren Zeugen eines interessanten Lebens waren von Johns Frau so geschmack- und stilvoll arrangiert worden, dass die Kombination Behaglichkeit und Wärme ausstrahlte.

Hofner schaute sich um und erklärte, dass nach dem langen Flug diese einladende Couchlandschaft jetzt genau nach seinem Geschmack sei. Da Sander uneingeschränkt zustimmte, ergriffen Nick und Philip ebenso die Gelegenheit, sich dazuzusetzen. Eine Bedienstete nahm die Bestellungen der sich einfindenden Personen entgegen, und am unteren Ende des

Couchtischs begann man sich über belangloses Dies und Das zu unterhalten. Die Themen rotierten eine Weile – begleitet von den erneuten zarten Tönen des von Torbach leise vor sich hin gespielten Klaviers –, und plötzlich war da die Rede von Marktverläufen und Dow Jones & Co., woraufhin sich ein Herr, dessen große hervorstehenden Augen eine immense Hartnäckigkeit ausdrückten, sich sehr erbittert über die Börse äußerte. Er sagte, man müsse wohl ein großer Gauner sein, um dort Glück zu haben, und bat um einen Themenwechsel, woraufhin einige scherzhaft fragten, ob sein Groll daher rühre, dass er selbst in der Gaunerei Pech gehabt habe. Und als der Herr daraufhin verstummte, plauderte man zwanglos weiter über Märkte, Charts und die enormen Ausschläge des Euro, in deren Folge Hofner nun fragte, wie es denn um Stan bestellt sei, woraufhin Philip nun von jenem gleichmäßigen Gang des Lebens eines Tradinganfängers, diesem abenteuerreichen und eher ungeregelten Leben auf dem engen Schauplatz vor den Monitoren berichtete. Auf diese Weise erfuhr Hofner von Stans aktuellen Fragen und Ansichten sowie davon, dass Stan in Erwartung guter Trades immer mehr dazu überging, seine Ansichten offensichtlich denen Philips und der anderen Kollegen anzupassen, indem er es Stunde für Stunde, Trade für Trade immer mehr genauso trieb wie diese. Demnach war diese »Schreibtisch-Nachbarschaft« ganz gut für den Bambino, und obgleich es natürlich Philip betreffend nur eine vorübergehende Nachbarschaft war – seine Heimreise stand in den kommenden Tagen an –, so befanden sich darin viel Ehrlichkeit und exakte Tiefgründigkeit, und zwar eine Tiefgründigkeit, die mittlerweile bereits im Begriff stand, einfach nur durch einen einzigen Kontrollblick Genüge zu finden.

Hofner hörte Philip aufmerksam zu, stellte hier und da eine Frage, und als er dann nach allem Gehörtem im weiteren Verlauf des Gesprächs ganz beiläufig und mehr zu sich selbst als in die Runde gesprochen meinte, dass der Bambino demnach nun *neben* den vielen fachlichen Baustellen wohl bald auch an jene Tür anklopfe, bei deren Überschreitung eines der *langwierigsten Lernkapitel* eingeläutet werde, blickte Hektor, ein junger Mann Ende zwanzig, der die gemurmelten Worte seines Nachbarn eher zufällig mitbekam, zu diesem hinüber, stellte sich vor und fragte: »Ich dachte, der schwierigste Weg sei, das Fachwissen um die Analyse und deren *Regelwerke* zu erlangen?!«

Hofner musterte Hektor einen Augenblick lang mit einer gewissen Melancholie und winkte dann ab: »*Regelwerke?* Das bisschen Fachwissen um deren Beschreibung passt auf eine Serviette.« Während Hektor das Gesicht verzog, nahm Hofner indes einen Stift und entwarf damit auf einer auf dem Tisch liegenden Stoffserviette mittels weniger Striche den Grundriss seines Lieblingssetups und mittels einiger waagerechter gestrichelter Linien die Einteilung der Stopps. Das ging leicht und war so rasch getan, dass Kims hausmütterliche Bewegung, das Tuch zu schützen, zu spät kam und zwecklos auf ihrer Hand endete. Hofner reichte Hektor die Serviette: »Ende. Aus. Mehr ist es nicht. – Wie gesagt: passt auf eine Serviette!«

Im Gegensatz zu Hektor musste Philip schmunzeln, wusste er doch sofort, was Hofner damit beiläufig andeutete, nämlich dass die wahrhaften Schwierigkeiten sich erst bei der Umsetzung des Plans einstellten; oder anders formuliert: »Ich trade« täuschte ein Schaufensterseite vor, hinter der sich Seltsames mehr findet, nämlich die Frage, ob denn die persönlichen Verhältnisse fest und stabil genug für das Leben vor den Monitoren sind. Doch diese Frage bereitet keinem Tradinganfänger ein ehrliches Vergnügen!

»Aber …«, Hektors blanke, schwarze Augen umspielte plötzlich ein fast mitleidiges Lächeln, »wenn es doch nur *soooo* wenig ist, was es zu wissen gibt, *wieso* lassen Sie dann diesen jungen Mann überhaupt ein Praktikum machen? Und wie es scheint, sogar über einen *längeren* Zeitraum?« Die braun beschuhten Füße weit von sich gestreckt, ergänzte Hektor seine Frage mit der Erklärung, dass er sich seit Kurzem ebenfalls dem Trading verschrieben habe und deshalb bei dem erwähnten Praktikanten Stan hellhörig geworden sei; im Gegensatz zu diesem Stan zöge er es jedoch vor, sich das Trading selbst beizubringen.

Hofner, der, wie Sander und Philip, Hektor an diesem Tag zum ersten Mal begegnete, prüfte dessen Blick sehr aufmerksam; wohl wissend, dass durch die Diskrepanz zwischen der Einfachheit der Antwort und der Komplexität deren Herleitung eine *gleichzeitig* ehrliche *und* einfache Beantwortung der Frage Hektors nicht wirklich auf die Schnelle möglich war, und aufgrund der Tatsache, dass es sich hier um Johns Geburtstagsfeier und nicht um ein Arbeitstreffen handelte, entschied er sich für eine schnelle, kompakte – und äußerst schmale Antwort: »In den kommenden Jahren wird für unseren Stan über die Betrachtung der Charts und allen damit verbundenen fachlichen Fragen hinaus die Suche nach …«, Hofner blinzelte und suchte nach dem griffigsten Begriff, »… nach seinem *inneren* oder *allabendlichen Frieden* wesentlich werden. Er wird es sein, welcher zunehmend für die kommenden Jahre immer mehr der erste aller seiner Wünsche sein wird, der laut und lebendig aus jeder Ader und jedem Nerv seines Wesens sprechen, ja nahezu *schreien* wird und der ihn durch den ganzen Lauf seines weiteren Traderlebens bis zum letzten seiner Trades begleiten wird!«

Während Philip aufhorchte, denn da war es wieder … das, wenn auch etwas geschwollen klingende, Wort: *allabendlicher Frieden*, stellte Hofner lächelnd Blickkontakt zu Philip, Nick und Sander her. »Was ich gesagt habe, stimmt doch, oder?«

Philip, das Kinn in der Faust, nickte Hofner zu und sah dann Hektor mit einem Blick an, für den dieser keine Bezeichnung wusste. – *Mein Junge, du hast noch viel vor dir!* Während eines Handelstages, so Philip in Gedanken und Hektor weiter im Blick festhaltend, werden in jedem Augenblick so viele Worte gesprochen, um die persönlichen Wünsche als Händler auszudrücken – eines war aber nur selten darunter: »innere-« oder »allabendlicher Frieden«. Vom Beginn seiner eigenen Karriere durfte auch Philip von sich zu Recht behaupten, dass alle möglichen, auch die leidenschaftlichsten Worte und Ausdrücke, selbst die verwickeltsten, ja sogar deutlich als reine Ausnahme gekennzeichneten Beziehungen wie Duplikate gleichzeitig in seinem Tradingtagebuch geschrieben standen und vor dem Spiegelbild geflüstert wurden, zum Beispiel: »Z a-u-b-e-r-r-e-g-e-l-w-e-r-k« oder »Nie mehr Minustrades!« oder der »Mega-Mega-Monstertrade«, sodass sich diese höchstpersönlichen geflüsterten Wünsche geradezu durch schöne statistische Kurven in ihrer Massenverteilung über den ganzen Handelstag darstellen ließen. Niemals aber sagte er zu einem anderen Tradinganfänger: »Erzähl mir, wie du deinen *allabendlichen Frieden* findest« oder »Bitte … erlös mich von meinen unendlichen Gedankenschleifen!« Man hätte ihn einst an seinen Handelsplatz binden und hungern lassen können, man hätte ihn nach monatelanger Tradingabstinenz zusammen mit Tausenden Fachbüchern vor Tausende flackernde Chartmonitore setzen können: Alle Worte der Welt hätten sich in seinem Mund versammelt, aber bestimmt hätte er nie, solange er wahrhaft bewegt war, das Wort »Frieden« ausgesprochen, obgleich, so Philip nun – Jahre später in Gedanken –, sprachlich, als auch inhaltlich, gar nichts dagegen einzuwenden wäre. Und wirklich, wenn Philip sich hier und jetzt fragte, wo er, außer in der Kirche, schon von »Frieden« habe reden hören, so war das in Politik und Zeitungen gewesen. Auf diese Art wurde Philip deutlich, dass es sich um ein natürliches, einfaches und menschliches

Geschehen handelte, was mit solchen Worten ausgedrückt wurde und daher eigentlich nichts »Abstraktes« repräsentierte … aber Philip kam nicht dazu seine Gedanken zu Ende zu denken, denn:

Am Tisch hatte sich darüber nun eine immer heftiger werdende Diskussion entwickelt, und Hofner, der das langwierigste Kapitel in einer Traderkarriere – die Suche nach dem *allabendlichen Frieden* – ursprünglich gar nicht hatte vertiefen oder gar hinreichend erklären wollen, musste plötzlich zur Kenntnis nehmen, dass er damit eine Kontroverse – natürlich eine Kontroverse zwischen Tradinglaien, -anfängern und fortgeschrittenen Tradern – entfacht hatte, die mit den ursprünglichen Sondererörterungen über Stans Erlebnisse nur noch in einem lockeren Zusammenhang stand. Matthew und Connor, beides sehr erfahrene Händler aus einem befreundeten Handelsbüro, die große Mandate verwalteten, waren, genau wie Johnson, ein hoher Bankbeamte um die sechzig, sowie Gustav, dessen Arbeitgeber ein asiatischer Hedgefonds war, nun zugegen und nahmen Platz. Die Teilnahme an der Diskussion war rege, obgleich nicht alle dem Gegenstand »Börse« fachlich gewachsen waren – Herr Wehnert zum Beispiel, ein älterer Deutscher, der sein Weinglas mit einer kräftigen, aber doch schon altersfleckigen Hand umklammerte, war es ausdrücklich nicht. Die Herren Bellier und Bonnet, beides Verwandte Johns aus Frankreich, ebenfalls nicht. Und auch Herr Sontaya, ein thailändischer Freund, hatte mit dem Börsenhandel herzlichst wenig zu tun. Doch eine Kontroverse, die geführt wird, als ob es »ums Leben« ginge, außerdem aber auch mit Witz, Schliff und Gedankenfülle wie ein elegantes »Wettspiel« – und so wurden Dispute, bei denen Hofner oder John anwesend waren, schon immer geführt –, ein solches Gespräch war selbstverständlich an und für sich unterhaltend anzuhören, auch für denjenigen, der weniger in die Materie involviert war und daher Tragweite und Tiefsinn nur sehr undeutlich absehen konnte.

Philip hörte mit gesteigertem Interesse den sehr verschiedenen Auffassungen zur Begrifflichkeit des *allabendlichen Friedens* zu, in deren ersten Thesen die Nichttrader, aber auch die Tradinganfänger diesen schlicht mit den Begriffen »Glück«, »Begeisterung«, »Spaß« und »Wohlgefühl« gleichsetzten und aus ihrer Sicht damit begründeten, dass der von Hofner angesprochene *allabendliche Frieden* für einen Händler sicherlich dann gegeben sei, wenn der Tag mit glücklichen Momenten gespickt war. Und nachdem die Nichttrader und Tradinganfänger am Tisch ihre

Mutmaßungen kundgetan hatten, erwarteten sie nun von den anwesenden fortgeschritteneren Händlern deren Antworten, welche auch sogleich kamen. Während am Tisch die diversen Antworten und Meinungen wild rotierten, stellte Philip fest, dass die unterschiedlichen Äußerungen zeigten, was er auch selbst schon gedacht hatte, nämlich dass egal, was man über den *allabendlichen Frieden* zu sagen wusste – und dies galt auch für die hier in der Runde dafür gehaltenen Begriffe des »Glücks«, der »Begeisterung« oder des »Spaßes« –, dies im Börsenhandel alles andere als einen eindeutig fachlichen Ausdruck darstellte und dieser Ausdruck die unterschiedlichsten Rollen und Ansichten beinhalten konnte. – *Na ja!*

Irgendwann war nun auch Philip als erfahrener Händler an der Reihe, denn ein für Philip bisher unbekannter älterer, grau melierter Herr, dessen Anwesenheit Philip aber bereits zu Beginn des Gesprächs im Augenwinkel deutlich wahrgenommen hatte, verbarg nur mit Mühe eine fröhliche Neugierde zwischen den braunen Falten seines Gesichts und fragte am Bücherregal stehend: »Na, junger Mann, was meinen denn Sie, ist der *allabendliche Frieden*?«

»Mhmm … Nun, ich denke …«, und Philip begann, sehr zur Freude der anderen erfahrenen Trader, mit einer *vorerst* ganz guten Steilvorlage, indem er der Tischrunde erklärte, dass er sich schon seit Längerem – und besonders intensiv in den letzten Tagen – Gedanken darüber gemacht hätte und zu dem wichtigen Schluss gekommen sei, früher auch selbst gedacht zu haben, »Glück« oder »Begeisterung« seien dem vom Hofner erwähnten »allabendlichen Frieden« gleichzusetzen. Nach langen Überlegungen und gesammelten Erfahrungen sei er indes zu der Erkenntnis gelangt, dass der wirkliche *allabendliche Frieden* als Trader von den Begriffen »Glück« und »Begeisterung« strikt getrennt werden müsse! Philip, von seiner eigenen Rede mitgerissen und ganz in seinem Element, rutschte etwas nach vorn und erklärte – vorausschickend das es nun etwas »trocken« werden würde – zunächst, weshalb der hier vorgeschlagene Begriff des Glücks für ihn zwar seine ernsthafte Berechtigung im Börsenhandel besäße, aber dennoch definitiv *nicht* als rechte Begrifflichkeit für den hier angesprochenen *allabendlichen Frieden* dienen könne. Zur Begründung seiner Ansicht schlug er vor, dass es von Vorteil sei, die Rollen, welche die Begriffe von »Begeisterung« oder »Glück« im Trading übernahmen, in *zwei* Begriffsfelder zu unterteilen: zum einen war da jenes *akut* aufflackernde »Triumph- oder Glücksgefühl«, welches einen Händler sowohl nach einem einzelnen positiven Trade als auch nach einem positiv beendeten

Handelstag befiel, mithin jener Zustand des kurzfristigen Glückgefühls, in welchem sich der Trader in seiner Rolle als *aktiver Händler* in höchstem Maße selbst bewusst war. Zu dieser Art zählte Philip auch jenes Gefühl, das einen Händler »himmelhoch jauchzend«, voller Hingabe und Erwartung, in wenigen Sekunden *den Mega*-Trade zu finden, seine Rechner hochfahren ließ. Beide Formen dieses kurzzeitigen Glücksgefühls drängten sich dem Bewusstsein des Händlers in Form plötzlicher Euphorie auf und durchzuckten ihn wie ein Blitzstrahl, obwohl eigentlich ein vielleicht eher ausgeprägt »öder Handelsverlauf« stattgefunden hatte oder noch stattfand beziehungsweise zu erwarten war. Kurzum: Die innere Wahrnehmung kann vom Handelsverlauf selbst völlig entkoppelt sein.

Neben dieses »Akut-bewusst-Glücklichsein« stellte Philip als zweite Art des Glücklichseins die Form der *Versenkung* oder auch *Hingabe* vor den Charts, deren Charakteristik er damit beschrieb, dass man seiner selbst nur gelegentlich, in seltene reflektive Momenten bewusst wurde, oder anders: Bei dieser Art des Glücksgefühls war die Aufmerksamkeit durch den Chart fest gebunden und schwang mit diesem so im Rhythmus mit, dass Philip diese Form des Glücksgefühls etwas pathetisch und kompliziert ausgedrückt, als »tiefgehendes, instinktiv gefesseltes Einssein mit dem nie abreißenden Strom der sich entwickelnden Perioden und Bars« beschrieb, wobei »gefesselt« hier im Sinne einer eingeschränkten Bewegungsfreiheit – hierbei vor allem die des Selbstbewusstseins, des Denkens an das eigene *Ich* – gemeint war. Damit machte den wesentlichen Teil dieser zweiten Art der Glückserfahrung, gleichsam Computer spielenden Kindern, das Glück der Selbstvergessenheit aus; wenngleich man als »sich hingebender« beziehungsweise »gefesselter« Trader nur *deswegen* glücklich war, weil man sich selbst das Glück indirekt beziehungsweise rückblickend zusprach, gewissermaßen beim zeitweiligen Auftauchen aus dem Strom der wackelnden Charts, denen man sich anheim gegeben hatte wie ein Schwimmer dem Wasser. Philip ließ seine Worte kurz wirken, und prüfte mittels Augenkontakt, ob er den ein oder anderen Zuhörer bereits verloren hatte, und fügte sodann erklärend hinzu, dass man – anders als bei der erstgenannten Art des »Glücksgefühls« – die zweite auch kennen konnte, *ohne* etwas darüber zu wissen, denn *Wissen* war dabei keineswegs notwendig; dieses Glück des *Gefesseltseins* entzog sich sogar jeglicher Zielvorgabe und Planung, war demnach nahezu begrifflos und nicht einmal daran gebunden, dass man sich selbst als glücklich beurteilte.

»Wichtig ist aber nun Folgendes, …«, betonte Philip und erklärte, während der ältere Herr am Bücherregal Hofner fast unmerklich anerkennend zunickte, dass für ihn beide Formen, also sowohl das mit einer gesteigerten Bewusstheit verbundene – Philip nannte es zur großen Freude Hofners – »episodische« Glücklichsein als auch das mit einem gedämpften Bewusstheit verknüpfte Glück der Versunkenheit oder Gefesseltheit eher zur Kategorie der Empfindungen oder Stimmungen gehörten. Und wenngleich Philip, was er in einem Nebensatz hervorhob »sicherlich *nicht* in Wortklauberei enden wolle«, so handelte es sich in beiden Fällen für ihn dennoch »nur« um *innere* Zustände. Wenn auch zugegebenermaßen um Zustände äußerst komplexer Art; welche, obwohl aus Aktivitäten vor den Monitoren entspringend, etwas Passives, Rezeptives, sich teilweise einer direkten, willentlichen Steuerung Entziehendes, besaßen. »… und genau in dieser fehlenden Steuerung«, Philip erhob sein Glas, »besteht für mich der tiefgreifende, kategorische Unterschied zum – wie es der Name schon sagt – *allabendlichen Frieden!*«

Während Philip nach dieser Rede seinen strohfarbenen Wein genoss, griff Hektor in der nun einsetzenden, nachdenklichen Stille ebenfalls nach seinem Glas und erhob es wie Philip vor ihm, und rollte, von Philips Worten gelangweilt, unbemerkt mit seinen Augen und meinte: »Ja-aa … toll – jetzt wissen wir, was er nicht ist! Aber was ist er denn nun, euer *all*-abendliche Frieden?«

Uff!

Tja, wo er recht hat … also, was ist dieser bisher eher krampfhaft diskutierte »allabendliche Frieden« tatsächlich? – Philip bog den Kopf aus der Linie, auf der sich Hektors mit den seinigen Blicken bisher vereinigt hatten. Manchmal meinte Philip, es zu wissen, einen Moment später jedoch hielt diese Vermutung allerdings keinem weiteren Gedanken mehr stand. Aber auch wenn er selbst nicht zu hundert Prozent genau wusste, um was es da ging, so wusste er dennoch, dass auch viele der anderen fortgeschrittenen Händler, die er bis jetzt auf seinen Wegen getroffen hatte, trotz ihrer – den Handel betreffenden – fachlich fortgeschrittenen Fähigkeiten nichts damit anzufangen wussten. Philip erkannte es daran, dass diese trotz ihres Fachwissens ebenfalls nicht glücklich, nicht befriedigt waren; sie hatten an allem etwas auszusetzen, überall geschah ihnen zu wenig oder zu viel, und die Dinge – ihr *eigenes* Trading betreffend – schienen niemals stimmig. Irgendwie glichen sie stets jenen unglücklichen empfindlichen Leuten, die ständig dort sitzen, wo es zieht.

Tja, was verbirgt sich hinter dem allabendlichen Frieden?

Sicherlich hätte Philip einige seiner möglichen Vermutungen geben können, sah aber nach wie vor stumm in Hektors fragendes Gesicht und strich sich mit den Fingern über die Augen, doch sein Blick behielt immer noch etwas von der immer tiefer einsinkenden Berührung der Frage. Philip sah Hilfe suchend erst zu Hofner, dann zu Sander und zu guter Letzt zu dem am Klavier sitzenden Torbach und tat dann, als hätte er etwas an dem Saum seines Hemdärmels zu schaffen.

– Hmm …

Hofner erkannte, dass Philip selbst um die Lösung dieser Frage rang und daher nichts dagegen haben könne, wenn er das Wort übernahm, und verteilte, zur Beruhigung der Diskussion und um eine unangenehm werdende Pause zu umgehen, brockenhaft einige Anhaltspunkte, welche sich jedoch abermals *lediglich* in einer relativ kurzen und ehr *oberflächlichen* Antwort vereinigten. Er erklärte mit ruhiger, fast schon verträumter Stimme, dass für den einen Trader der *allabendliche Frieden* seit Anbeginn die Qualität eines gelungenen Lebens bedeutete, sprich: das eigene *ganze* Dasein als Trader glückte. Dann erklärte er weiter, wo dieses gelungene Dasein geschah, man das Leben als Trader zu Recht »erfüllt« nennen konnte, denn hier ging es *nicht* um das in der Runde bisher beschriebene »Glück«, das einem lediglich zufällig »widerfuhr«. Abgesehen davon, dass ein solches »akutes Glücksgefühl« nicht nur ein seltsamer, sondern eigentlich auch ein ungern gesehener Gast war, konnte es in seiner Penetranz sogar ausgesprochen irritierend sein; etwa dann, wenn es sich um ein bloßes subjektives Empfinden, ein *Sich-wohl-Fühlen* ausgelöst vom »Lottoglück«, sprich: einem glücklichen Zufall mit ein paar Dollars aus ein paar positiven Trades, ausgeteilt von der launischen Fortuna, entspringenden Zustand handelte. »Beides, ein *positiver Handelsverlauf* und eine *behagliche Zufriedenheit*, mögen tatsächlich im *Beiprogramm des allabendlichen Friedens* eine Rolle spielen«, fuhr Hofner, Philip zuzwinkernd, fort. »Aber wesentlich für diesen ist, dass es sich hierbei *nicht* um periodische, von Einzeltrades bedingte Zustände, sondern um …«, Hofner hielt nach dem rechten Wort suchend kurz inne, und Torbach, der bereits vor einer Weile mit dem Klavierspiel aufgehört hatte, warf mit einem feinen Lächeln ein: »*Urteile handelt!*«

»*Urteile?!*« Mit der rechten Hand gerade wieder in die Schale mit Erdnüssen greifend, verschluckte sich Hektor, den das Thema irgendwie zu langweilen begann, fast an einer Nuss in seinem Mund. »Was bitte für … *Urteile*? «

»Ja, *Urteile*!« Hofner nickte in Richtung Torbach und fuhr, sich Hektor zuwendend, fort: »*Urteile* ist genau das rechte Wort! Nämlich Urteile über die *Gesamt*qualität eines Lebens als Trader. Es geht also um die *äußeren* und um die *inneren* vom Chart bedingten Zustände eines Traders. Es geht um den Einzeltrade und den Handelstag nur insoweit, als sich dieser ...«, Hofner hob die Stimme und wiederholte, während des Sprechens in die Runde blickend, »... als sich dieser als einer von Tausenden, die noch kommen werden, in einem Gesamterleben über Monate, Jahre und Jahrzehnte niederschlägt!« Mit seinen Worten verdeutlichte er, dass das Zusprechen von »Glücklichsein« beim *allabendlichen Frieden* demnach aus einem zusammenfassenden Urteil entspringe und nicht aus dem aktuellen Bewusstmachen von Empfindungen oder Stimmungen infolge eines *einzelnen* Trades – was entsprechend gravierende Folgen für den Wahrheitsgehalt und der Chancen der entsprechenden Aussagen nach sich ziehe.

Beifällig nickend begann Sander, einen Tradinganfänger nachzuahmen: »Hey, ich habe gerade tausend Dollar verdient – bin ich nicht ein toller Trader?! THE KING of the CHART ... *yeaaah*! Jetzt ist es bewiesen: Ich hab's drauf! Ab jetzt beginnt für mich endlich das Lebenskapitel ohne Güterknappheit! Ab jetzt gilt nur noch mundgerecht angebotener Überfluss im strengsten Wortsinn!« Sander wechselte von der triumphierenden wieder in seine normale Tonlage. »So funktioniert das nicht!«, sagte er und verwies darauf, was den ansässig erfahrenen Tradern ohnehin bereits klar war: Weil ein einzelner Tag oder eine ganze Handelswoche ein glückliches Ende genommen hatten, galt für sie noch lange nicht das landläufige »Ende gut, alles gut«. Denn wie im normalem Leben bildet auch im Börsenhandel das Finale nicht die ganze Sinfonie, konnte ein Zeitabschnitt nur als *Ganzes* mit Begriffen wie »glücklich« oder »unglücklich« definiert werden

»Genau!« Hofner nickte bestätigend zu Sanders Worten und meinte, dass entscheidend war, dass man sein Leben als Trader in *allen* Facetten persönlich in die Hand nahm und als Trader die Sache, die man Leben nannte, nicht nur in der *aktiven* Zeit *vor* den Monitoren, sondern *vierundzwanzig* Stunden gut machte, und Hofner spielte damit – wenn auch unausgesprochen – auf einen *tiefgreifenden* Fehler vieler Trader im Umgang mit ihrem Trading, speziell den Umgang mit der Großwetterlage an, nicht ahnend, dass er zu dessen Erklärung, sowohl an diesem als auch an den kommenden Tagen noch ausführlich Gelegenheit bekommen sollte. Hofner nannte es sodann *absichtlich* übertrieben die »Lebenskunst als Trader«, wobei er Wert darauf legte, festzustellen, dass hierunter natürlich kein Beitrag der schönen Künste oder Kunst im Sinne von Handwerk, sondern vielmehr die Kunst der gesamten Lebensführung *zuzüglich* der Anwendung des praxisorientierten Fachwissens gemeint war. Hofner wusste sehr genau, dass dieses Thema nicht durch die paar wenigen, wenn auch richtigen Sätze erklärt werden konnte, diese konnten eine sehr oberflächliche Antwort darstellen, Dennoch hoffte er, dass sich die Tischrunde damit nun endlich damit zufrieden geben mochte. Er fasste das bisher Gesagte abschließend damit zusammen, dass für ihn als Trader ein Urteil über »Glück« und »Unglück« einzig und adäquat nur dann möglich war, wenn aus der *Gesamtheit* der einzelnen Trades eine Summe gezogen werden konnte und wurde, in der *alle* Episoden des Lebens als Trader vor den Monitoren gleichberechtigt berücksichtigt worden waren. Um zu demonstrieren, dass dieses Thema für ihn damit beendet war, ergriff er sein Glas, wandte sich Torbach zu und wollte fragen, was das Klosterleben fernab der Charts so mache.

Doch es kam anders …

Ganz anders!!!

Denn während Hofners Worte an dem einen Ende des Tischs Zustimmung erfuhren, führten sie am anderen Ende zu Verstimmung. Hektor zum Beispiel hatte Hofners Antwort zwar verstanden, konnte diese aber absolut nicht mit dessen vorheriger Aussage »… neben der fachlichen Ausbildung ist dies das langwierigste Lernkapitel in Stans Ausbildung« in Verbindung bringen. »… *Lebenskunst … Glück … Unglück … all*-abendlicher Frieden … Ich komme mir vor wie in der Philosophiestunde. – Was soll das nur? Macht ihr da nicht etwas viel Brimborium und geschwollene, hochtrabende Worte drumherum? … Von wegen *Mystik der längsten und durstigsten Strecke* und so?«, fragte Hektor ernster, als es diesem Gespräch bisher zukam, woraufhin nun auch bei einigen der anderen Anwesenden die Frage aufkeimte, ob da vorhin nicht etwas – vielleicht sogar absichtlich – zu dick und nebulös aufgetragen worden war …

Huii …

»*Mystik?!*« Hofner schüttelte unwillig den Kopf und beeilte sich, erneut zu versichern, dass die Frage nach der *inneren Ausgeglichenheit* und *allabendlichen Frieden* zu jenen Fragen eines fortgeschrittenen Traders gehöre, die dieser mit sich herumtrage, ja geradezu wie eine schwere Last mit sich herumschleppe, um sich, je länger er an Jahren dabei sei, umso mehr nach einer Antwort zu sehnen – und dies aus einigen Gründen sogar schon fast mit *Notwendigkeit*!

»*Notwendigkeit*?«, ätzte Hektor, auf seiner Seite des Tischs nach Beifall heischend, zurück.

»Ja, Notwendigkeit!« Ohne auf Hektors verbale Attacke näher einzugehen, wendete sich Hofner stattdessen der Platte mit Häppchen zu, die gerade von einer der Serviererinnen auf seiner Seite der Sitzlandschaft angeboten wurde. Dann sagte er: »Jeder Händler, der im jahrelangen Alltag vor und mit den Charts Stress, Mühsal und nahezu einen Nervenzusammenbruch erleidet, sehnt sich nach einem Zustand, in dem nicht bloß das gegenwärtige – ich nenn es jetzt mal – *Elend*, sondern alle nur denkbaren Mühen und Plagen und davon besonders die endlosen Gedankenschleifen endlich aufgehoben sind.« Hofner blickte in die Runde und fand bei so manchem Blickkontakt mittels leichten Kopfnickens eine Bestätigung seiner Worte. »So, und was sagt uns das?«

Die Anwesenden, die bestimmt eine Antwort hätten liefern können, zogen es momentan vor, zu schmunzeln und zu schweigen. »Nun«, fuhr Hofner fort, seine Frage selbst zu beantworten, »es könnte ein Indiz dafür sein, dass es sich bei solchen Fragen wie: *Was wünscht man sich vom Leben als Trader? ... Was will man? ...* und: *Was ist der allabendliche Frieden? Wie führt man ein glückliches Leben als Trader?*, um ein wahrhaftes und echtes Problem handelt. Eines, das, um eine endgültige Klärung und nachhaltige Lösung zu erfahren, vieler Jahre des Nachdenkens bedarf; was meiner Meinung nach zu Recht als ein langwieriger Weg angesehen werden kann!«

»Also, liebe Leute! Ich ... ich versteh' hier jetzt gar nichts mehr!« In Hektors Augen war immer noch ein gewisses Unverständnis und eine ansteigende Gereiztheit über die Zähigkeit des Themas zu lesen. »Glücklich sein kann doch nicht sooo schwer sein?! Die Absicht, dass ein Trader *glücklich* ist, ist wohl nach Ihrer Meinung im Schöpfungsplan eines Händlers nicht vorgesehen?« Damit sorgte er für herzliches Gelächter – vornehmlich unter den Tradinglaien und -anfängern, und als sich dieses gelegt hatte, machte Hektor keinen Hehl daraus, dass er nach wie vor nicht verstand, weshalb diese Frage zu den *schwierigsten* für einen Händler gehören sollte und dass ihm in der Folge schon gleich gar nicht klar war, welchen *praktischen* Beitrag zur Beantwortung der Frage »Was wünscht man sich vom Leben als Trader, was will man?« von Hofner als

»Ausbilder« denn konkret geleistet werden könne. »… das ergibt doch alles keinen Sinn!?«

Auch Herr Wehnert, der ältere Mann zur Rechten Hektors, hatte, obwohl er noch nie in seinem Leben einen Chart aus der Nähe gesehen hatte, das Gespräch dennoch mit großer Freude verfolgt und stellte, angeregt durch Hektors Ironie, nun ebenfalls eine Behauptung in den Raum: »Kann es denn nicht sein, dass der als lang und schwer beschriebene Weg ein Indiz dafür ist, dass es sich hierbei um eine Frage handelt, die von einem Trader gar nicht ernsthaft geklärt, geschweige denn *jemals* gelöst werden kann, da die bisher noch nicht erwähnte Tatsache, dass die Frage nach dem *Glück* und der *Zufriedenheit* auch eine der generellen, seit Jahrhunderten ungelösten Fragen der Philosophie darstellt, als Hinweis darauf gedeutet werden könnte, dass ein Händler sich hieran einfach vergeblich die Zähne ausbeißt – was meinen Sie?!«

Hektor, ohne sich bewusst zu sein, dass er eine hier ziemliche unübliche Großmäuligkeit an den Tag legte, klatschte sich auf die Knie, griff mehrfach in die vor ihm stehenden Schälchen mit Nüssen und nuschelte lautstark mit vollem Mund: »Ha, dann steht ja meine Frage erst recht: *Was* und *wie* soll ein Tradingausbilder seine Schützlinge in dieser Hinsicht denn lehren können?!«

Plötzlich Stille.

Hektor kaute auf seinen Nüssen, und sein Blick ließ erahnen, was er dachte: »So viele Sätze um nichts! Null praktischen Anhaltpunkt!«

So wie alle anderen richtete nun auch Philip seine Augen auf Hofner. – *Oje.* Ohne dass Philip Hofners Antwort kannte, war ihm die radikale Konsequenz einer derart gestellten Frage dennoch vollkommen klar, denn: *Wie* sollen einem Händler dominierende Weisheitslehren und Anweisungen zum persönlichen »allabendlichen Frieden« gegeben werden können, und *wer* sollte dies tun? Und noch bevor Hofner antworten konnte, krähte Hektor, mittlerweile immer mehr Gefallen an seinen Provokationen findend, hinterher: »Wenn Zufriedenheit mit dem eigenen Leben als Trader seinem Inhalt nach von Händler zu Händler stets hochgradig individuell bestimmt ist, kann es irgendwelche allgemeinen Anleitungen, außer solch rein formalen wie wenig hilfreichen wie: *Jeder soll nach seiner Facon selig werden*, doch gar nicht geben. Euer *allabendliche Frieden* ist und wäre also eine reine Geschmackssache, über die sich demnach weder streiten noch Verbindliches sagen lässt! Also, was will oder kann man da langatmig mittels Praktikum l-e-h-r-e-n?«

Erneute Stille.

Hektor schob das nun fast leere Schälchen Nüsse von sich, griff nach der von Hofner mit dem Handelssetup bemalten Serviette und fuhr fort, dass schon alleine *deswegen* eine Ausbildung wohl weit schneller beendet sein müsste, als allgemein behauptet wurde, und dies exakt einer der Gründe sei, warum *er* sich das Trading *selbst* beibringe, denn: »Wie hier deutlich zu erkennen ist, gibt es keinen Grund für dieses mystische …«, hier wechselte sein Ton von ironisch zu sarkastisch, »*das dauert sooooo lange* … und all die ganzen bisherigen hochtrabenden Worte!«

Ein Raunen ging durch die Runde, und während das Gespräch am Tisch gänzlich verstummte, spielte Torbach, wie zur Untermalung der am Tisch herrschenden Stimmung, leise einen dissonanten Akkord und legte anschließend die Hand, mit der er die Klaviertasten leicht berührt hatte, in den Schoß.

Das Gespräch war an einer entscheidenden Stelle angelangt, denn Hektor überlegte sichtlich krampfhaft, ob er einfach aufstehen und die Tischrunde verlassen solle, denn er fand das bisherige Gespräch für eher vertane, als nutzvolle Zeit!

Plötzlich trat John, der den Wortwechsel von den anderen bisher unbemerkt vom Türrahmen aus verfolgt hatte, mit dem – hauptsächlich an Hektor, aber auch an Wehnert gerichteten – Ausruf »Mo-moment! Moment!« an den Tisch. Neben Wehnert, der bereitwillig zur Seite rückte, Platz nehmend, klopfte er sich seelenruhig eine Zigarette aus seiner Packung, und während er diese mit einem kleinen Kopfschütteln ansteckte, nahm er Blickkontakt zu Hofner auf und fand bestätigt, was er schon vorher vermutet hatte, nämlich dass Hofner sicherlich mehr als abendfüllende Antworten parat hatte, aber aus Achtung vor John und dessen Feier aus dieser Geburtstagsrunde keine Tradingfachrunde machen wollte und es daher vorgezogen hatte, sich zurückzuhalten. John nahm einen tiefen Zug und gab Hofner durch ein, von einem feinen Augenzwinkern begleitetes, Nicken zu verstehen, dass er durchaus nichts gegen ein ausführliches Gespräch einzuwenden hatte. Im Gegenteil: Jedem, der ihn genauer kannte, war beim Anblick seiner funkelnden Augen klar, dass er sich bei solchen Themen in seinem Element befand und kontroversen Meinungen durchaus gekonnt entgegenzutreten wusste, was er auch sogleich damit unter Beweis stellte, dass er die Anwesenden ganz beiläufig auf eine – nur auf den ersten Blick und nur scheinbar kleine – Unterscheidung hinwies, nämlich jene zwischen den Fragen, *was* der allabendliche Frieden im Allgemeinen sei und was er bedeute, und der Frage, *woraus* ein Händler seinen allabendlichen Frieden schöpfe, sprich: was seinen Frieden konkret ausmache. Aus Johns Sicht betraf die erste Frage das, *was* ein Trader sucht, wenn er den allabendlichen Frieden sucht, und die andere das, *worin* er den Frieden findet, wenn er ihn denn findet.

Außer Hofner, Sander, Connor, Matthew, Nick und Torbach sahen alle Anwesenden – Philip hierbei eingeschlossen – schweigend an die Decke und grübelten über Johns zugegebenermaßen recht feinsinnige Unterscheidung nach und fragten sich, was für einen Vorteil diese feinsinnige Art der Aufspaltung für das eigene Trading habe …

WAS sucht ein Trader, wenn er den allabendlichen Frieden sucht?

Und: WORIN findet er den Frieden, wenn er ihn denn findet?

Und während der eine oder andere am Tisch das Wort »allabendlicher Frieden« schon *nicht mehr hören konnte*, und es schon nahezu »Wut« auslöste, musste Philip nach einer Weile des – zugegebener Maßen auch bereits schwermütigen – Nachdenkens zugeben, dass es sich hierbei wirklich um zwei *unterschiedliche* Fragen handelte. Er nahm sein Glas, ließ den Inhalt leicht in der Hand rotieren und überlegte, ob es sich bei den vor einigen Tagen vernommenen Worten Torbachs zum persönlichen »Wozu« und der dazu gestellten Frage: »Verheizt du die Axt als Brennholz, oder benutzt du sie, um Brennholz zu gewinnen?«[3] und dem hier angesprochenen Thema des *allabendlichen Friedens* um ein und dasselbe oder um zwei voneinander zu trennende Themen handelte. – *Hm?!* Philip erinnerte sich, dass ihm erst durch die Begegnung mit Torbach richtig bewusst geworden war, dass Händler ihr persönliches »Wozu« für diesen Beruf und dessen Anwendung in *sehr* unterschiedlichen Dingen finden konnten und fanden. Dies zeigte ein Blick auf die unterschiedlichen Tradertypen, so Philip in Gedanken rückblickend, deutlich: Kennzeichnend für Frank aus Janis Büro war zum Beispiel die enge Verbindung, die dieser zwischen Mathematik und der allgemeinen Datenfülle identifizierte; den »Königsweg« für sein »Wozu« sah er daher in der produktiv schöpferischen Tätigkeit des kraftvollen Tüftelns und erfolgreichen Meisterns von Herausforderungen. In Nick war die vorherrschende Glücksauffassung dagegen fast genau umgekehrt gepolt. So hatte etwa für diesen die Dimension der Nähe gegenüber den Charts stark an Bedeutung verloren. Während hingegen in der Welt Farmers – jenem Trader,

---

der allein zu Hause vor den Rechnern saß – genau diese an Bedeutung immer mehr zugenommen hatte. Und während Nick das In-Ruhe-gelassen-Werden und die Abwesenheit von Charts & Co. wichtig war, war es für Farmer undenkbar, seinen Arbeitsplatz zu verlassen.

Hm!?

Auch wenn sich am Ende des gemeinsamen Tages mit Torbach für Philip herausgestellt hatte, dass es keine konkretere Anweisung zum »Wozu« geben konnte als die, nach seiner eigenen, persönlichkeitsbedingten Facon selig zu werden, so spürte Philip in Johns eben gesprochenen Worten dennoch, dass es keineswegs ausgeschlossen war, dass sich über das, was man als Trader den *allabendlichen oder inneren Frieden* nannte, und das, was man suchte, wenn man es denn suchte, doch eine Reihe von durchaus erhellenden und diskutierbaren Aussagen machen ließ, die den Grundstock zu einer Philosophie über den *allabendlichen Frieden* als Trader liefern konnten, weshalb dieses Thema nur wenig bis *nichts* mit der bereits erschlossenen Frage des »Wozu« zu tun hatte!

John ließ die Stille über der Sitzlandschaft noch etwas gewähren und überlegte, während die Anwesenden noch über den feinen Unterschied beider Fragen nachdachten, ebenfalls angestrengt: Er benötigte eine Art argumentativen Schlachtplan, denn bei dem momentanen eher zähe Gesprächsstand konnte, auch wenn dies nicht mehr sehr wahrscheinlich war, bei seinem Schützling Philip hinsichtlich der Existenzberechtigung eines Ausbilder möglicherweise noch genauso eine Erklärungsnot auftreten, wie sie zum Beispiel bei Hektor und einigen anderen Mitgliedern der Runde so unverkennbar wie unvertretbar vorlag. John wusste, dass die Argumentation *schwer* werden würde, denn schon zu Beginn des belauschten Gesprächs war ihm klar geworden, dass es sich hier nicht um einen Erfahrungsaustausch, sondern um eine elementare Diskussion zwischen *Anfängern* und *Erfahrenen* handelte und er sich seinem Ziel daher nur über Umwege nähern konnte. Aber da er heute Geburtstag hatte und deswegen allerbester Laune war, hatte er sich vorgenommen, es darauf kommen zu lassen, und tatsächlich, wenige Augenblicke später hatte er sich einen Schlachtplan zurechtgelegt; eine Schlachtplan, der Hektor beweisen sollte, dass der innere Frieden ein paar erstaunliche fachliche Anforderungen an einen Trader stelle, und dass auf dem Weg dahin sich ein jeder Trader auf der Welt mit zwei umfassenden Fragen auseinanderzusetzen habe ... – Und da John die Tradingurgesteine unter den anwesenden Tradern schon lange und gut genug kannte, sollte die hierfür notwendige Unterstützung von dieser Seite kein Problem darstellen und ließ im Anschluss auch wirklich nicht lange auf sich warten!

Die erste und grundlegende Stufe zur Beantwortung der beiden Fragen nach »*Was* sucht ein Trader, wenn er den *allabendlichen Frieden* sucht?« und »*Worin* findet er den Frieden, wenn er ihn denn findet?« beschritt John damit, dass er begann, auf etwas zu verweisen, was eigentlich bereits seit Menschengedenken nicht nur ihm, sondern auch allen Anwesenden bekannt war: nämlich das generelle Paradoxon zum Thema *Glücklichsein* beziehungsweise *Zufriedenheit*, welches in der Unmöglichkeit bestand, diese *direkt strebend* erreichen zu können. John berief sich darauf, dass man nur schwer dadurch glücklich würde, dass man Glücklichsein unmittelbar erstrebe, denn: »… Glücklichsein entzieht sich einer direkten Intention und Anstrengung!«

Hofner, der die argumentativ eingeschlagene Angriffsrichtung Johns sofort erkannte, verstand dessen Worte als Aufforderung zum argumentativen Kreuzfeuer und gab nun weitere und umfangreichere Schützenhilfe: »Glücklichsein gibt es gewissermaßen immer nur *ex post*, nicht *ex ante* …« Hofner zwinkerte Sander anspornend zu, schließlich galt es das *höchste*, ja nahezu das »Gipfelthema« des Tradings umfangreich anzusprechen, dessen, wenn auch bisher für viele Anwesenden noch nicht erkennbare *praktische Bezug*, einen Tiefgang gleich dem Marianengraben des Pazifischen Ozeans hatte.

»… und niemals mit Liefergarantie!«, kam ergänzend von Sander, dem der Schlachtplan nun auch klar war.

John musste schmunzeln, denn nun wusste er, dass die beiden mit ihm am selben Strang zogen.

Hektor reckte frustriert die Arme gen Himmel. »Na, das hab ich doch gemeint! Diesen…«, er verdrehte leicht die Augen, »*allabendlichen Frieden* kann man gar nicht erlernen!« Sich nun erst recht in seinen vorherigen Aussagen bestätigt fühlend, erwähnte er die Tausende von Scharlatanen, welche im alltäglichen Leben genau jene Regeln und Rezepte für ein »nur so erhält man ein glückliches Leben« anpriesen. Hektor argumentierte, dass *kein* klar denkender Mensch jemals von jemandem erwarten würde, dass er ein glückliches Leben auch nur für sich, geschweige denn für andere zu *garantieren* vermöge. Noch weniger dürfe man glauben, aus den Büchern zur Lebenskunst, die ja immer mehr Hochkonjunktur hatten, das gute, das erfüllte Leben so zu lernen, wie man aus Kochbüchern das Kochen und aus Schachbüchern das Schachspielen lernen könne.

Zur Verwunderung Hektors bestätigte John diese Aussage wohlwollend und gestand ein, dass es eine Schule für die »Lebenskunst als Trader« sicherlich nicht gäbe, und für eine solche solle sein oder Hofners Büro auch *gar nicht* stehen. Dann fügte er hinzu, dass dies auch zu Recht so sei, da es sich bei der »Lebenskunst als Trader« um das Gegenteil allen *fachlichen* Lernens, folglich um eine Art »Un-Fach«, nämlich das Leben als Ganzes, handele.

»*Un-Fach*? Das gefällt mir!« Hektor angelte die letzten Nüsse aus der nun leeren Schale. »Na, jetzt bin ich ja mal gespannt!«

»Nun, ich beginne mal so …«, John häufelte etwas Zucker in seinen ihm gerade gereichten Espresso. »Wie jeder junge Händler hier am Tisch habe auch ich mich anfangs ins Abenteuer, ins scheinbare Vergnügen der Charts gestürzt; es war mir gleich, was ich unternahm, sofern es nur mit vollem Einsatz geschah!« John sprach nun, sich deren Zustimmung sicher, direkt die erfahrenen Händler Matthew und Connor an: »Erinnert ihr euch, wie oft wir über das Thema *Stress gleich Erfolg* gesprochen haben?« Beide nickten in guter Erinnerung an unzählige solcher Abende in Johns Haus. »Es war das uns Menschen vom Alltag eingebrannte Bild, nach dem ich mich damals richtete! Doch je länger ich in Diskussion mit den Charts stand, desto deutlicher habe ich erfahren, dass dieses offensichtliche Übermaß, diese Unabhängigkeit und Beweglichkeit in allem, diese Souveränität der treibenden Teile und der Teilantriebe – sowohl die meiner eigenen als auch die der gegen mich sowie gegen die Welt der Charts gerichteten – kurz, dass alles, was ich als Händler für eine Kraft und mich auszeichnende Arteigentümlichkeit gehalten habe, im Grunde nichts war als eine Schwäche des Ganzen gegenüber seinen Teilen. Mit ›aktivem‹ Bemühen und ›aktiven‹ Anstrengungen war gegen die Marktverläufe nichts auszurichten. Kaum wollte ich ganz aktiv und mitten in einem Trade sein, sah ich mich schon wieder an den Rand gespült!« John rührte in aller Seelenruhe seinen Espresso um. »Das ist heute das zusammenfassende Erlebnis in allen Erlebnissen!« Dann nahm er einen bedächtigen Schluck. »So, und was sagt uns das?«

Nachdenkliche Stille.

John ließ einen langsamen Blick durch die Runde schweifen.

Immer noch Stille.

Er ließ nicht locker. »Los, kommt schon! Was sagt uns das?«

Der ältere Herr, der während des ganzen bisherigen Gesprächs vor dem schweren Bücherregal gestanden und Philip bereits zuvor freundlich angesprochen hatte, drehte sich, den Daumen zwischen den Seiten eines aufgeschlagenen Buchs, nun wieder zu der Runde um und warf, nachdem niemand antwortete, ein: »Tja, demnach ist *alles* im Börsenhandel eine Frage von ›*Was ist Lust?* … und … *Was ist Pflicht?*‹.« Dann zwinkerte der Mann, dessen gepflegtes und durchgeistigtes Antlitz von reichlich weißen Haaren umrahmt wurde, John und Hofner zu, nahm neben Philip den freien Platz und gab diesem einen festen Händedruck: »Ehrenbach!«

EHRENB…

Was! WAS! W-A-S!

EHRENBACH?!

– Ach du heilige Schei…

Philip bekam nur ein krächzendes »Ich grüße S-i-i-e!« heraus. – *Ehrenbach! Boah!* Sieben Jahre handelte Philip nun in dem Büro, dessen Chef Hofner war, doch noch nie hatte er diesen Mandatsgeber persönlich kennenlernen können. Da weder Hofner noch John viel über ihn gesprochen hatten, war Ehrenbach für die jüngeren Händler zu einer Art Mythos geworden, und nun saß dieser Mythos einfach so neben ihm …

Bo-ah!

Während Ehrenbach kurz in die Runde winkte und sich vorstellte, suchte Philip mit erhöhtem Pulsschlag den Blickkontakt zu Hofner, und dieser gab ihm mit einem für die anderen unbemerkten Kopfnicken zu verstehen, dass alles in Ordnung sei. Und während sich Philips Pulsschlag normalisierte, verlieh die gerade vorher von Ehrenbach aufgestellte Behauptung der Tischrunde erneuten Auftrieb, und gerade aus den Reihen der Anfänger wurde nun die Forderung gestellt, Ehrenbach möge Näheres erklären, daraufhin Ehrenbach, der das Gespräch von seinem Tribünenplatz am Bücherregal bisher ja aufmerksam verfolgt hatte, zum besseren Verständnis seiner kommenden Worte, zunächst vorab die bisherige Ausgangslage noch einmal drehbuchartig zusammenfasste:

Auf die Ausgangsfrage, was denn der *innerliche Frieden* eines Traders sei, habe Hofner als erste Antwort gegeben, dass sich dieser auf allgemein-menschliche Erfahrung stütze, aber dass man bereits in den ersten Schritten der Diskussion auf schier unüberwindliche Schwierigkeiten gestoßen sei, in dessen Folge nach einer Alternative für diesen Begriff gesucht wurde. Daraufhin hatte sich der aber hiervon zu trennende und vielfältige Begriff des »Glücks« und der »Begeisterung« ergeben, in dessen Folge die Anwesenden dann von John gebeten worden waren, weiter gründlich nachzudenken, um vielleicht auf einen Inhalt vom *allabendlichen Frieden* zu stoßen, auf den es sich als Trader mit guten Erfolgschancen hinarbeiten ließe. John habe den Tipp gegeben, die Frage zu teilen in: *WAS sucht ein Trader, wenn er den allabendlichen Frieden sucht?* Und: *WORIN findet er den Frieden, wenn er ihn denn findet?* Die hinweisgebenden Worte Johns über seine eigenen frühen Anfänge ließen die Erkenntnis erahnen, dass mit *aktiver* Arbeit und *aktivem* Stress nichts gegen die Marktverläufe auszurichten sei, und schufen damit die Vorlage für die von Ehrenbach gestellte Aussage: »Alles ist eine Frage von: Was ist Lust, und was ist Pflicht?«.

Hektor, der sich irgendwie selbst zu einem der Wortführer erkoren hatte, neigte seinen Kopf von der einen auf die andere Seite und fragte dann dreist, ob sich demnach mit der Antwort auf die Frage nach *der Lust und der Pflicht* auch die alles auslösende Frage nach dem *allabendlichen Frieden* beantworten ließe, und nun endlich ein praktischer Bezug erkennbar wäre.

»Ich denke schon!«, konterte Ehrenbach. »Der praktische Bezug wird sich gleich herausstellen, nur … dieser will wohl gut vorbreitet sein, damit du ihn auch niemals vergisst!«, und Ehrenbach griff, *zwangsläufig* einen zugegebender Maßen »weiten« philosophischen Umweg nehmend, von seiner vorherigen Behauptung zunächst den Einzelgesichtspunkt heraus, dass ein bekanntes und weit verbreitetes Verlangen der Menschen doch sei, nach *Lust* und dem *Vermeiden* von Unlust zu streben. Dem konnte kaum jemand widersprechen, und die Fraktion um Hektor äußerte die Meinung, dass also derjenige, der rundum froh und frei von Leid war, »glücklich« sein müsse. Ehrenbach wollte dies so jedoch nicht stehen lassen und verlangte nach einer genaueren Klärung des Begriffs »Lust«. In diesem Rahmen stellte sich schnell heraus, dass dabei leider allzu häufig nur an die *sinnliche* Lust oder Unlust gedacht wurde. Tatsächlich stand aber für Ehrenbach aufseiten der Unlust die *Gesamtheit* von Mühsal, Schmerz und Leid, von materieller und vor allem auch seelischer Not. Die positive Seite, die Lust, umfasste für ihn entsprechend das gesamte Spektrum aus körperlicher, seelischer, sozialer und geistiger Lust: von der flüchtigen Begierde über die ekstatische Wollust bis zum beständigen Wohlgefallen; von vegetativ-bescheidener Lust, frei nach dem Motto »Die Sonne wärmt mich, und ich atme ohne Beschwerden«, bis hin zum netten Abend mit lieben Menschen ebenso wie das beim Lösen kniffliger Mathematik-, Schach- oder Philosophieaufgaben empfundene Vergnügen oder die Lust am Musizieren, Malen, Lesen oder Schreiben von Gedichten bis zum Freudentaumel bei Wein, Weib und Gesang. Kurzum: Es gab die kleinere, aber nahrhafte Vollkornbrot- und die größere, aber ungesunde Praline-Freude, womit die Welt der Freuden also schon immer bunt und reichhaltig gewesen war. »Man kann also«, fasste Ehrenbach zusammen und betonte zur Verwunderung einiger seine nachfolgenden Worte besonders, »eine generelle *Lebens*freude und – Achtung: dieser ähnlich! – eine generelle *Arbeits*freude beobachten!« Ehrenbach sprach seinen Herausforderer Hektor nun direkt an: »Stimmt doch, oder?!«

Während Hektor nach einer Antwort suchte, betrachtete Philip Ehrenbach und las durch eine nervöse innere Feinfühligkeit, die ihn selbst immer wieder in Erstaunen versetzte, dass dieser auf etwas ganz Bestimmtes aus war, und als Ehrenbach seinen Kopf aufrichtete, übersprang dieser alle gedanklichen Zwischenstufen Philips, indem er gleich auf dem Höhepunkt der dringlich vorgebrachten Frage landete und mit erhobenem Glas in Richtung Philip und dann in Richtung des immer noch nach einer Antwort suchenden Hektors mit höchst bedeutsamem Ton sprach: »Demnach sei doch die offensichtliche Frage erlaubt: Ist es für das Ergebnis von Vorteil, wenn … Achtung: Trading *Spaß* macht?« Mit erhobenem Glas prostete Ehrenbach nach diesen Worten erst Philip, dann Hektor und anschließend der ganzen Runde zu.

Ach … du … Scheiße!

Hat er jetzt gefragt, ob … Ja, er hat!

Philip rutschte in seinem Sessel ein paar Zentimeter tiefer und traute seinen Ohren kaum, schließlich sprach dieser ältere Herr – indirekt sein Arbeitgeber! – das aus, was Philip nicht mal in sein Tagebuch zu schreiben wagte! Und nicht nur in Philips Kopf, sondern auch am Tisch überschlugen sich die Antworten und deckten eine Bandbreite zwischen »Ja, natürlich« – »Hm … weiß nicht« bis hin zu *»Ob Trading Spaß macht? –* Um Himmels willen!« ab.

Als sich das Wortgefecht und Tohuwabohu etwas gelegt hatte, gab Ehrenbach, die bisher geäußerten Ansichten des jungen Tradinganfängers Hektors damit angreifend, zu bedenken, dass *Lust* beziehungsweise *Spaß* kein Ergebnis sei, das am Ende des »Tradings« mal ebenso heraussprang. Lust, Spaß, *Arbeits*freude, oder wie auch immer genannt, mochte möglicherweise im Vollzug des Börsenhandels auftreten, hier jedoch, so Ehrenbach mahnend, weder *neben* den ursprünglichen Zielen noch *oberhalb* von ihnen! Ehrenbach gab Hektor und dessen Gefolgschaft daher nur insofern recht, als dass die Lust, verstanden als die erlebte Zustimmung zum eigenen Tun vor dem Monitoren, fast immer ein – Ehrenbach bezeichnete es anfangs als »mitlaufendes Ziel« – sei, fand dann aber hierfür das bessere Wort »Begleitumstand«. Um die Tiefe der Frage, ob es von Vorteil sei, wenn Trading Spaß mache, noch besser auszuloten, hielt es Ehrenbach für sinnvoll, diese noch konkreter zu formulieren. Daher fragte er provokant in die Runde, ob denn Lust und Spaß und Trading *überhaupt* miteinander vereinbar seien.

Huiii!

Philip traute seinen Ohren kaum! Und auch für die Tischrunde war es Öl in das ohnehin schon hitzige Diskussionsfeuer, und während Ehrenbach sich mit seinen letzten Worten sogar die Zornesfalten zweier Tradingneulinge zuzog – schließlich kamen für diese Ehrenbachs Worte fast schon einer Ketzerei gleich –, reagierten Hofner, Sander, Torbach und John mit feinem Lächeln und bestätigendem Nicken … während Philip sich fragte, wo um Himmels willen das wohl alles hinführen würde!

Ehrenbach, sich seiner Sache absolut sicher, nickte Hofner zu, und dieser verwies nun in so ruhigem wie ernstem Ton darauf, dass, anders als bei erfahrenen Händlern, Anfänger fast all ihre – und selbst Fortgeschrittene immer noch viel zu viele – Trades um der Trades selbst willen ausführten und diese damit eine Art *Selbstzweck* darstellten. Was diesen Tradern also fehle, sei das, was die alten Griechen *Poesie* nannten. Sander warf daraufhin ein, dass vielleicht nicht jeder in der Runde sattelfest im Griechischen sei, und verdeutlichte Hofners Worte dahin gehend, dass unter *Poiesis* in diesem Zusammenhang die Zweckbindung, sprich: ein das »Wozu« hinterfragendes Trading, zu verstehen sei.

Hofner, dem klar war, dass das Ganze weiterer umfassenderer Worte bedurfte, ergriff aus diesem Grund wieder das Wort und begann voller Sorgfalt damit, den Anwesenden zunächst den alltagsbekannten Unterschied zwischen einem *zweckgebundenen*, also *poetischen*, und einem *praktischen* Tun oder Handeln aufzuzeigen. »Während beispielsweise der Zweck von Kunst oder Meditation im Handeln *selbst*, sprich: in der *praktischen Anwendung*, liegt, ist eine *poetische* Arbeit darauf ausgerichtet, beispielsweise etwas herzustellen oder auf dem Umweg der Arbeit einen anderen Zweck, etwa den eines geldwerten oder anderweitigen Vorteils, zu erreichen.«

Ehrenbach übernahm und fasste Hofners Worte damit zusammen, dass sich *poetische Handlungen* daher von *praktischen Handlungen* durch den definierten, in sich abgeschlossenen und erreichbaren Endzustand unterschieden. »Soweit einverstanden?«

Ein gemeinschaftliches Nicken, und die fragenden Blicke »Wir sind aber noch beim *Börsenhandel*?!« war Antwort genug.

»Achtung! Ich bin weit davon mich in Wortspalterei zu verfangen …, aber …«, Ehrenbach hob seinen Zeigefinger und gab lächelnd zu bedenken, dass es neben diesen *zwei* Arten von Handlungen im Leben noch eine weitere – eine *dritte Art* – gäbe. »Diese *dritte* Art ist gekennzeichnet dadurch, dass sie *weder* durch ein *praxisgebundenes Handeln* …«, er zeigte auf den vor dem Klavier sitzenden Torbach und meinte dementsprechend beispielsweise das Musizieren, »noch durch *poetisches*, sprich: *zweckgebundenes Handeln* sinnvoll verfolgt werden kann, weil man sich desto weiter von ihr entfernt, je mehr man sie zu erreichen versucht!« Ehrenbach nahm seinen mahnenden Zeigefinger wieder herunter und führte zu dieser *dritten* Art von Handlung vorerst nichts weiter aus. – Vorerst! Stattdessen griff er nun die vorangegangene Frage in Bezug auf Lust und Spaß wieder auf und stellte die ergänzende Behauptung auf, dass Handlungen, die der *Lust* oder dem *Spaß* angehören, per Definition irgendwie *Selbstzweck* waren, denn: Sie verfolgten gleichsam wie eine »Pflicht-«Handlung einen *Zweck* – womit Ehrenbach verdeutlichte, dass deren Unterschied demnach nicht in ihrer Zweckhaftigkeit, sondern einzig darin zu suchen sei, ob deren Zweck *außerhalb* der Handlung läge oder schlichtweg ein Teil von ihr wäre; kurzum: im ersten Fall könnte man folglich von einem *externen*, im zweiten von einem *internen Zweck* reden.

Hmm …

Philip hatte Ehrenbach gut folgen können, schließlich waren dessen Worte durchaus mit dem alltäglichen Sprachgebrauch verträglich, denn wie oft hörte man fernab des Tradings auf die Frage nach dem Zweck einer beliebigen alltäglichen Handlung die klassische Antwort: »Och, es hatte keinen besonderen Zweck, ich hab's einfach gemacht, weil ich *Lust* dazu hatte!« Damit hatte Ehrenbach zu Recht angesprochen, dass ein *interner Zweck* oftmals gar nicht zu den *Zwecken* gezählt wurde. Philip transformierte diese Gedanken im Stillen auf das Trading und erkannte, dass man demnach auch bei der Betrachtung eines Händlers eine Aussage darüber treffen können müsste, was für diesen der *interne* beziehungsweise *externe* Zweck seiner Handlungen vor den Monitoren war …!

Um die Richtigkeit seiner Überlegung zu überprüfen, tat Philip seine Gedanken sogleich öffentlich kund, was Ehrenbach dankend begrüßte und daraufhin die Zuhörer bat, präzisierend darüber nachzudenken, ob Trades ihren *Sinn* bevorzugt oder sogar *ausschließlich* aus einem verfolgten Zweck *außerhalb* des Tradings erhielten, also ob sie Teil eines externen Zwecks seien – wobei Ehrenbach darauf hinwies, dass das verwendete Wort »Sinn« in seinem Verständnis weniger auf die fachliche Komponente eines Trades ziele, sondern einen oder besser sogar *den* Oberbegriff zu »internem« und »externem Zweck« verkörpere.

Dieser Fragestellung Ehrenbachs konnte Philip ebenfalls gut folgen, denn auch dies passte nach seiner Auffassung zum alltäglichen Sprachgebrauch. Die Frage nach dem *Sinn* einer Handlung wurde in den meisten alltäglichen Fällen im Allgemeinen durch Angabe eines *externen* Zwecks beantwortet. Aus diesem Grund bezeichnete man eine Handlung dann als »sinnlos«, wenn sie weder einen *internen* noch einen *externen* Zweck erfüllte und demnach scheinbar überhaupt keinen besaß. – Philip ließ den Wein in seinem Glas rotieren.

Müsste aber, so betrachtet, die Ausgangsfrage dann nicht lauten: Ist Börsenhandel immer zweckgebunden?

Der Wein in seinem Glas rotierte schneller.

Ist Trading immer zweckgebunden?

Ist Trading … immer zweckgebunden??

Ist Trading … immer … zweckgebunden???

Philip musste nicht lange grübeln, denn die Antwort lag sozusagen auf der Hand: *Nein!* Gerade zu Beginn seiner Karriere hatte er vieles einfach getan, weil es möglich war. Vieles, was er tat, tat er um seiner selbst willen! Dementsprechend waren viele seiner Trades *purer* Selbstzweck gewesen, weil sie einzig einem internen Zweck gedient hatten: Trading hatte *Lust* gemacht!

… Hm?

… Moment!

Besser noch mal kurz von vorn: Die Begegnung mit den Kursen war eine *Herausforderung*, und Herausforderungen machen … *ja was?* … sie machen *Spaß*! Sich selbst als lebendig, aufmerksam und handlungsbereit wahrzunehmen, gehörte eindeutig zu der Sorte Gefühle, welche … Spaß bereiteten! …

Philips Gedanken wurden an dieser Stelle durch John unterbrochen, der sich während Ehrenbachs letzten Ausführungen eine Zigarre angezündet hatte. John hielt die eben entzündete Zigarre hoch und fragte in die Runde: »Warum rauche ich diese leckere Zigarre?«

»He, wie jetzt … *Warum du rauchst?*«, ertönte es im Kanon.

»Ja, ihr habt schon richtig verstanden: *Warum* rauche ich?« John hielt seine erhobene Hand etwas von sich gestreckt und betrachtete die glimmende Zigarre und den von ihr aufsteigenden dünnen Rauchfaden von allen Seiten. »Meiner Gesundheit wegen? Um Energie zu tanken? Meinem seelischen Gleichgewicht zuliebe?« John schlug übereinstimmendes Kopfschütteln entgegen. »Genau! Alles Blödsinn! Ich rauche sie, einfach weil sie mir schmeckt.« John tat einen genüsslichen Zug an seiner im Aroma sehr intensiven *Cohiba Siglo*. »Einfach nur, weil sie mir schmeckt! Also nur um des *Genusses* willen, den es mir bereitet!« Ein weiterer, leichterer Zug und ein perfekt geformter Rauchkringel folgten. »Aber Achtung: Es ist nicht so zu verstehen, dass der Genuss für mich etwas *außerhalb* der Zigarre wäre, denn: Wenn ich diese Zigarre rauchen würde, nur um *Genuss* zu erleben, dann wäre ja auch Folgendes denkbar: Nämlich, dass ich es eigentlich vorziehen würde, mir hier und jetzt durch etwas Handfesteres, einen Segeltörn etwa, Genuss zu verschaffen, aber *notgedrungen* stattdessen diese Zigarre rauche, weil diese mir erfahrungsgemäß zwar einen kürzeren, aber deutlich höheren Genuss verschafft!« Dass die Vorstellung einer solchen Motivationslage völlig abwegig war, musste John nicht weiter erklären, denn: eine Zigarre zu rauchen, war kein bloßes Mittel zu einem *externen* Zweck, den man eventuell auch mit anderen Mitteln erreichen könnte – es war der *interne* Zweck *selbst*.

Torbach, der hierzu noch immer am Klavier saß, schlug in die Tasten und meinte, sich damit dem Duo *Ehrenbach-John* anschließend und den Bezug zum Trading fest im Visier, dazu: »Oft machen Menschen Musik, um Geld zu verdienen; aber genauso oft musizieren sie auch einfach nur aus Spaß, weil es ihnen *Lust* bereitet.« Torbach spielte ein bekanntes Lied mit wundervoller Gewalt an und verlor sich selbst für einen Moment in diesen Tönen. »Wäre es daher also nicht sinnvoll, hier vom *Spaß* als einem *externen Zweck* des Musizierens zu reden, den zu erreichen das

Musizieren nur ein Mittel war?« Ein Großteil der Anwesenden lachte auf, denn dies war ein zu Recht befremdlicher Gedanke, den man sich bei jemandem, der aus Spaß musizierte, unmöglich vorstellen konnte.

»Wenn ja«, setzte Ehrenbach seinerseits nun nach, »dann könnte man erwarten, dass solcher Art Musizierende sich gelegentlich fragen: Wann kommt denn jetzt *endlich* der Spaß? Wie lange muss ich denn noch musizieren, bis er einsetzt?«

Nachdem das erneute Gelächter verhallt war, blitzten Ehrenbachs Augen ebenso auf wie die der anderen erfahrenen Händler. Die Tischrunde war nun da, wo man sie brauchte! Ehrenbach wiederholte seine letzten Worte: »Wann kommt denn jetzt *endlich* der Spaß? Muss ich noch lange musizieren, bis er einsetzt?« Nach kurzer Kunstpause meinte er dann in gewichtigem Tonfall: »Vorstellen kann man sich das höchstens bei jemandem, dem – Achtung, Achtung! – gesagt wurde, dass Musizieren *Spaß* macht; etwa bei einem Kind, das auf diese Art dazu animiert wird, ein Instrument zu erlernen, und nun darauf wartet, dass der *versprochene Spaß* sich einstellt!«

Philip blickte fragend zu Nick, von dem er annahm, dass auch dieser sofort gemerkt hatte, dass Ehrenbach, John, Hofner und Torbach in derselben Liga spielten und – auch wenn sie abwechselnd die Worte ergriffen – dieselben Spielzüge verfolgten. Nick gab Philip einzig durch ein leichtes Kopfnicken zu verstehen, dass dieser sich gedulden solle.

– Hm! Das hieß wohl: Noch einen Moment Abwarten!

Ehrenbach räusperte sich. »Etwas aus Spaß oder Freude zu tun, heißt nicht, es zu tun, um damit Spaß oder Freude zu erzielen! Es heißt einfach, es gerne und *ohne externen Zweck* zu tun; und das heißt, was man will, ist die Handlung selbst, als ihr eigener *interner Zweck*!« Ehrenbach stand auf, ging hinter Philip vorbei und klopfte ihm dabei kurz auf die Schulter. Dann meinte er, ohne jemanden direkt anzusprechen, dass das Thema »Spaß und Lust« jedoch noch die Möglichkeit einer weiteren, *viel* interessanteren Antwort offenbare!

Stille, und in den Augen vieler stand die Frage: »Wann kommt der Bezug zum Trading?«

Ehrenbach stand nun neben John und fragte: »Darf ich?« John reichte Ehrenbach zusammen mit einer Zigarre auch das Besteck. Ehrenbach knipste das hintere Teil des Mundstücks ab und fuhr fort. »Wer beim Musizieren oder Zigarrerauchen sehnsüchtig darauf wartet, dass sich endlich der *Spaß* oder die *Begeisterung* einstellt, der scheint mit dieser Motivationslage dem eigenen Spaß eher im Wege zu stehen! – *Soweit klar?*« Dann entzündete er ein Zedernholzstreichholz und hielt die Zigarre, mit einem Finger den Rauchkanal hinten verschließend, in einem schrägen Winkel über die Flamme. Unter ständigem Drehen der Zigarre meinte er, ohne aufzublicken und in fast schon verschwörerischem Ton: »Das Vergnügen als *externen* Zweck zu verfolgen, scheint dem Vergnügen geradezu abträglich zu sein …!«

Schluck!

Oh … oh … o-oh …

Philip rutschte auf seinen Stuhl hin und her, denn er ahnte schlagartig, dass nun angesprochen werden könnte, was ihn seit Jahren beschäftigte, was er aber nur ganz, wirklich nur ganz, ganz heimlich, hinter verschlossenen Türen, hinter zugezogenen Gardinen für Bruchteile von Sekunden zu denken wagte! – Und so kam es denn dann auch!

Genüsslich seine Zigarre anrauchend, erklärte Ehrenbach nun, dass er Ziele, bei denen der Versuch, sie zu erreichen, ihr Erreichen nicht behinderte, sondern dieses sogar förderte, für sich »fügsame Ziele« nannte. An der jetzigen Stelle des Disputs müsse sich die Runde allerdings mit den von ihm vorhin als *dritte Art* von Handlung erwähnten Zielen beschäftigen; womit jene Ziele gemeint seien, die man besser erreichte, wenn man sie *nicht* verfolgte, und er begann, von jener manchen Zielen innewohnenden Kraft zu sprechen, die deren Erreichung im Wege stand – und die er deswegen als »widerspenstige Ziele« bezeichnete. Zum allgemeinen Verständnis wählte er ein Beispiel, das jeder der Zuhörer auf Anhieb verstand: »Wenn wir *einschlafen* wollen, dann können wir dafür zwar geeignete Bedingungen schaffen – wir legen uns ins frisch gemachte Bett und löschen das Licht –, aber das Einschlafen *selbst* steht *nicht* unter unserer Kontrolle! Stimmt's?«

Ein gemeinschaftliches Nicken war das Ergebnis.

»Also … Achtung: Wir können demnach das Einschlafen zwar verhindern, wenn wir das wollten, aber: Wir können es *niemals* herbeiführen!« Ehrenbach musste seine Worte nicht weiter ausbauen, denn jedem in der Runde war klar, dass dies ein eindeutiges Beispiel für ein *widerspenstiges Ziel* war, denn: Je stärker man sich das Einschlafen wünschte, desto weniger erreichte man es – wenn man einmal unterstellte, dass das Einnehmen eines Schlafmittels gerade keine Option darstelle.

»Stimmt schon! Stimmt schon! – Mit *Entspannung* dürfte es sich im Allgemeinen ähnlich verhalten«, führte Wehnert Ehrenbachs Beispiel fort, und fügte hinzu, dass auch das Verdrängen von Sorgen ebenso wie locker und spontan zu sein, Ziele waren, die man höchstens auf Umwegen verfolgen konnte, denn solange man dies *direkt* verfolgte, behinderte das eigene Bewusstsein das Erreichen dieser Ziele und erhöhte stattdessen stets noch den Abstand zum gesteckten Ziel. Ferner wurde am Tisch der Wunsch, in einer Beziehung ein guter Partner zu sein, als weitere Ausnahme angeführt, denn: Sofern man nämlich dabei irgendwelchen ehrenhaften Prinzipien nacheiferte, bestand die Gefahr, sich dergestalt selbst zu zensieren, dass man erst recht ein frustrierter, langweiliger und damit noch schlechterer Partner wurde. Torbach hatte ebenfalls einen passenden Beitrag auf Lager und verschaffte sich durch das Anspiel der ersten vier Takte von Beethovens fünfter Sinfonie Gehör: »Klavierspielen zum Beispiel kann dann beginnen, Spaß zu machen, wenn man es um seiner selbst willen tut und den Spaß vergisst!«, und setzte dies beispielsweise mit den vom Geist des Zen inspirierten Kampfkünsten gleich, in denen danach gestrebt wird, im Kampf den Gedanken ans Siegen loszulassen, weil der Geist sonst mit Fantasien, Erwartungen oder Ängsten besetzt wird, die vom eigentlichen Geschehen ablenkten. Torbach schloss folglich zu Recht: »Man könnte dies sicherlich auch als *internen Zweck* auffassen, indem man sagt: Kämpfen ist Vergnügen. Dann hieße, Vergnügen anzustreben, aber auch … das Kämpfen anzustreben!«

Ehrenbach dankte schmunzelnd für die zahlreichen Bestätigungen und fasste, nun auf der Zielgeraden, diese damit zusammen, dass er den Finger in die Wunde legte und die Frage stellte, die Philip so »gefürchtet« wie herbeigesehnt, bisher nicht fertig zu denken gewagt hatte:

»Könnte es nicht sein, dass… – ACHTUNG! das *Geldverdienen mittels Trading* auch so ein *widerspenstiges Ziel* ist?« Ehrbach ließ seine Zigarre aufglimmen. »Gehört der Börsenhandel demnach ebenfalls zu jenen Zielen, bei denen das Eintreten umso unwahrscheinlicher wird, je mehr einer, hier ein Trader, dafür *tut*, es zu erreichen?«

Autsch!

Gewiss war damit nun etwas überraschend gesagt, welches das Verständnis vieler – vornehmlich der Tradinganfänger und -fortgeschrittenen – und deren Grenzen des Erlaubten maßlos überschritt. Zunächst trat Schweigen ein. Stille. Absolute Stille. Man kniff die Lippen zusammen.

Man hüstelte. Man stellte den Unterkiefer schief. Man seufzte. Einer bemerkte mit flüsternder Stimme: »Was soll das nur?!«

Und während sich ein Großteil der Anwesenden dahin gehend ausdrückte, zu dieser fragwürdigen Aussage entschlossen zu schweigen, war Philip im Verhältnis zu ihnen bereits von seinem eigenen Denken in die Nähe solcher Gedankenbekenntnisse geführt worden. Er seufzte bei der Überlegung, ob er *je* den Mut besessen hätte, selbst so weit zu denken oder gar *laut* zu fragen, ob Trading ein »widerspenstiges Ziel« sein könnte …

Au Scheiße!

Da war sie, die Frage! … Ausgesprochen und auf den Punkt gebracht!

Au Mann!

Philip nahm hastig einen Schluck und versuchte – ausgelöst durch Ehrenbachs Worte und zunächst ganz allgemein –, über *widerspenstige Ziele* nachzudenken: Einerseits können diese zwar externe Zwecke von Handlungen sein, aber aktive Verfolgung lässt diese Handlungen fruchtlos sein und immer bleiben. Andererseits können widerspenstige Ziele aber niemals interne Zwecke von Handlungen sein, es sei denn, es handelte sich dabei um Handlungen, die der Handelnde nicht als Selbstzweck ausführen kann, denn wenn man eine Handlung um ihrer selbst willen ausführen kann, dann stellt sie ja wiederum kein widerspenstiges Ziel mehr dar. – *Hm?!* Das Erreichen widerspenstiger Ziele war also, wenn das so stimmte, immer nur … – *ja, wie könnte man das nennen?* – … möglicher »Effekt«, besser noch »Nebenprodukt«, aber irgendwie niemals *vernünftiger* Zweck von Handlungen.

Mannomann!

Der gefühlsmäßige Vergleich mit seinen eigenen bisherigen Erlebnissen führte Philip zu der mit hell aufleuchtenden Buchstaben naheliegenden Frage, ob, ähnlich dem bewussten Vorsatz des Einschlafens, auch der fortgeschrittene *technisch* orientierte Börsenhandel – dessen betont *sauberer* Handel von Fünf-Sterne-Setups, wie von Hofner vorhin auf eine Serviette gemalt, anscheinend auch bei Ehrenbach als generelle Voraussetzung zu allem Gesagten stand![4] – ein *widerspenstiges Ziel* darstellte?!

Hai-ei-ei-iei!

Philip konnte nicht mehr an sich halten und sprach seine bisherigen Gedanken laut aus. Dabei fügte er mit einem nervösen Lachen hinzu:

---

[4] Wichtiger und daher sogar nochmals als externe Fußnote zu wiederholender Hinweis: Alle hier getroffenen Aussagen zur *Widerspenstigkeit* des Börsenhandels setzen einen fachlich sauberen Handel als Bedingung zwingend voraus!

»… wenn ich soweit alles richtig verstanden habe, befindet man sich, hat man ein *widerspenstiges* Ziel gewählt, demnach in einer *paradoxen* Lage: Alles, was man tut, um sein Ziel zu erreichen, entfernt einen von diesem! Und …«, er hielt kurz inne, »wenn man sich dieser Lage bewusst wird, bleibt wenig anderes übrig, als einzusehen, dass man es eher erreicht, wenn man aufhört, danach zu streben und sich Gedanken darüber zu machen, wie nah man ihm schon war, und sich stattdessen anderen, untergeordneteren, weniger *luftigen* Zielen zuzuwenden, ohne dass man von diesen im Einzelnen die Erfüllung des *großen Ziels* erwarten sollte. Das Hauptziel …«, Philip versuchte, sich an einen bestimmten Begriff zu erinnern, »stellt sich dann quasi als ›Nebenprodukt‹ der sonstigen Handlungen ein!«

»Ge-nau!« Ehrenbach hob anerkennend den Daumen. »Aber was ist nun hierbei das Problem?«

Philip ließ seinen Blick an Ehrenbach hinaufwandern und erkannte in dessen Blick schlagartig, worauf dieser nun wirklich aus war!

Heiliger Bimbam!

»Je wichtiger einem das Ziel ist«, fing Philip nachdenklich an, »… desto … desto schwerer wird dieses *Loslassen* fallen! Und … ähm …«, wie ein Blitz durchschoss ihn plötzlich ein Gedanke, und mit einem Mal lag alles einfach und zum Lachen, zum Weinen klar vor ihm: »… genau das ist *das* Problem im Trading!«, vollendete er aufstöhnend den angefangenen Satz.

Die erfahrenen Händler der Runde nickten Philip zu, und Ehrenbach gab Philips Worten eine noch schärfere Bedeutung, indem er zusammenfassend meinte: »In diesem Sinne bilden sowohl die *Dauerobservation* als auch das permanente erneute Rumtüfteln nach *drei, vier Minustrades* und vor allem das dauernde *Interpretieren* von Marktverläufen einen nicht zweckhaften Sinn von Handlungen vor den Charts!« Ehrenbach ließ dies wirken und fuhr anschließend damit fort, dass es mit der Ausgangsfrage nun so stünde: »Bisher haben wir erkannt, dass als mögliche Zwecke einer Handlung sowohl *interne Zwecke* als auch *externe Zwecke* vorliegen können. Nun müssen wir uns jedoch fragen, ob *Sinn* einer Handlung auch etwas sein kann, das weder im *externen Zweck* der Handlung noch in der Handlung selbst, sprich: *im internen Zweck*, besteht!« Zur besseren Verdeutlichung zog Ehrenbach ein praxisnahes Beispiel heran: »Angenommen: Bei einer offenen Position fördere die … Achtung: mittels einer Form des Freizeitgenusses namens … hm … beispielsweise *Joggen* hervorgerufene *Abwesenheit* vor den Monitoren das widerspenstige Ziel des Geldverdienens mittels Tradings, jedoch ohne dass das *Joggen* einen direkten externen oder direkten internen Zweck dieses, in Markt und Richtung wie auch immer gearteten, Trades bildet. So ... daraufhin könnte nun die Frage lauten: Inwiefern ist es gerechtfertigt, *Joggen* als den Sinn eines Trades zu bezeichnen?« Als Hilfestellung fügte Ehrenbach lächelnd an, dass man ja auch *ohne* offenen Trade joggen könne.

Huiii, jetzt wird es kompliziert!

Philip kniff die Augen leicht zusammen und ließ sich Ehrenbachs Worte langsam durch den Kopf gehen. Dabei erkannte er, dass der normale Sprachgebrauch es zwar nicht unbedingt nahelegte, man diesem aber dennoch keine Gewalt antat, wenn man sagen würde, irgendein Ereignis hätte, selbst wenn dieses *völlig* außerhalb seiner Kontrolle lag, für ihn als Person einen gewissen Sinn, sofern das Ergebnis für ihn einen Nutzeffekt besaß. Zu diesen Gedanken erinnerte Philip sich an einen kürzlich geschehenen Autounfall eines Bekannten: Dieser hatte seinem Unfall im Nachhinein einen sehr hohen Sinn zugewiesen, als er davon gesprochen hatte, dass er durch diesen Unfall den Wert des Lebens wieder zu schätzen gelernt hätte. In diesem Zusammenhang lag sprachlich sozusagen auf der Hand, statt vom »Ziel« besser vom »Sinn« dieses Unfalls zu sprechen, allem voran gerade dann, wenn man – wie sein sehr frommer Bekannter – glaubte, dass dieser Unfall von einer »höheren Macht« aus genau diesem Grund ins Werk gesetzt worden war, sozusagen also eine zielbezweckende Handlung Gottes repräsentierte. Hieraus ergab sich dann eine jener Gelegenheiten, bei denen man im Alltag konstatieren konnte: »Es hatte auch sein Gutes – es hatte seinen *Sinn* für mich« oder: »Es war gut, dass mir das passiert ist« oder sogar: »Das war eine wertvolle Erfahrung!«.

Hm ...

Somit stand für Philip fest, dass es auch erlaubt sein sollte, dem Sinn einer Handlung die unbeabsichtigten Nutzeffekte *mit* hinzuzurechnen! Dementsprechend durfte auch ... *Teufel noch mal!* ... Joggen, das Lesen eines Buchs, Ausschlafen, die Fahrt in den Urlaub, stundenlanges Kaffeetrinken, Rumgammeln, Radfahren, ein Kinobesuch, Essengehen, das Spiel mit den Kindern, das Starren an die weiße Wand, das Schreiben eines Buches, das Ansehen von Videos, ein Treffen mit Freunden oder ein langes Schaumbad am Vormittag, also wirklich alles ... *Sinn* einer eröffneten Marktposition sein!

Philip weihte die Tischrunde abermals in seine Gedanken ein, und nach einem kurzen Wortgefecht zwischen Laien, Tradinganfängern und -fortgeschrittenen kam man vorerst einmal darin überein, dass man im normalen *alltäglichen* Sinne ein widerspenstiges Ziel nicht verfolgen könne und es daher von Vorteil wäre, wenn man dessen Widerspenstigkeit einsah und sich nicht mehr krampfhaft an dieses Ziel klammerte, kurzum: es schlicht *losließ*.

Rumms!

Ein harter Tastenton aus der Ecke des Klaviers erklang! Wie schon zuvor zog Torbach damit die Aufmerksamkeit auf sich und gab mit funkelnden Augen zu bedenken, dass für mindestens fünfundneunzig Prozent aller Tradinganfänger das *Loslassen* im eigentlichen Sinne aber gar keine *Handlung* wäre, denn diese hätten ihre eigene Motivationslage in den allermeisten Fällen ja noch gar nicht unter direkter willentlicher Kontrolle. Außerdem stelle das *Loslassen* des Ziels als »Mittel« zum Erreichen des Ziels selbst für die meisten schon etwas erfahreneren Trader eine *paradoxe* Handlungsweise dar und sei damit womöglich in sich selbst ein *widerspenstiges Ziel*. Zur Verdeutlichung der vorhandenen Möglichkeiten griff Torbach erneut das vorhin bereits erwähnte Beispiel des *Einschlafens* auf: »Alles, was wir zum Erreichen dieses Ziels tun können, ist, förderliche Umstände und gegebenenfalls nötige Vorbedingungen zu schaffen! Mehr geht nicht! M-e-h-r geht einfach nicht!« Anschließend räumte er ein, dass die Frage, welche Sorten von Umständen dem Loslassen eines widerspenstigen Ziels *im Alltag* förderlich sind, je nach alltäglichem Ziel eine eher psychologische Frage sei. Dann kam er wieder auf den Börsenhandel zurück. »Es war demnach schon immer hilfreich und ist es auch heute, nur nach *fügsamen Zielen* wie Freizeit und Ähnlichem zu streben … was dem *widerspenstigen Ziel des Geldverdienens* mittels offener Position damit natürlich komplett die … *na?* … *Na?*« Während sich die erfahrenen Trader amüsiert zurückhielten, wiesen die Gesichter der anderen Teilnehmer der Runde pure Verblüffung auf. Torbach ließ, während er auf eine Antwort wartete, seine Finger einmal längs über die Tasten spielen und schloss dann mit »… Na, wirklich keiner? Na gut: … Es nimmt dem Geldverdienen komplett die *Dringlichkeit!*«

Hai-ei-ei-iei!

Nun war der »Tumult« nahezu am Tisch perfekt, denn mit dieser Aussage war ein Großteil der Runde, allen voran Hektor, der auf einem

Future-Konto seit einigen Wochen mehr schlecht als recht sein Glück versuchte, nun gar nicht mehr einverstanden. Ehrenbach zog sich von Letzterem sogar einen fast schon großmäulig zu nennenden Verweis zu, indem dieser ausdrücklich darauf verwies: »Man muss doch *hungrig* nach Geld sein, sonst kann man doch kein Geld verdienen!«

Huiii … Aber wer ließ sich schon gerne von einem Laien reinreden – und da im Börsenhandel überdies immer nur ein *Genie* für einen *Lümmel* gehalten wurde, aber niemals, wie es anderswo ständig vorkam, schon der Lümmel für ein Genie gehalten wurde, konnten der Kummer und das »Herzensweh« Hektors Ehrenbach nicht daran hindern, das Phänomen des *widerspenstigen Ziels* weiterhin mit Sachlichkeit ins Auge zu fassen. Sanft, aber unnachgiebig fuhr Ehrenbach daher fort, indem er Hektor über das Befinden fortgeschrittener Händler Bericht erstattete: »Ein verbreiteter Standpunkt, sozusagen ein Teil der gängigen Alltagshandlungstheorie, ist doch folgender: Welches Ziel auch immer man hat – um es zu erreichen, muss man dazu geeignete Mittel finden und diese anwenden. Kurzum: Ein Ziel kann nur als – Achtung – *Zweck einer Handlung* erreicht werden. Und was sagt uns das? – *Hmm?!*« Ehrenbach blickte in die Runde, und als aus den Reihen der Anfänger oder Laien keine Antwort kam, nickte er Hofner zu.

»Das sagt uns«, ergriff nun Hofner das Wort, »dass die angestrebte Ausprägung nach *Glück* und *Zufriedenheit* demnach Ziele braucht, zu deren Ereichen man mittels *Handlungen* stetig bemüht ist!« Hofner spähte in die Runde, um die Gesichtausdrücke der Zuhörer zu erforschen, und als er sah, dass alle ihm folgen konnten, fuhr er fort: »Mit diesem *Relikt* aus dem Alltag kommen wir aber hier im Trading nicht weiter! Überhaupt nicht weiter! Denn: Wenn das wichtigste Ziel, nämlich Geldverdienen, *widerspenstig* ist, so läge in dieser Handlungsweise ein schwerwiegender Irrtum vor. Nahezu alle Handlungen, die man um dieses *widerspenstigen* Ziels willen ausführt, sind zum Scheitern verurteilt! Versteht ihr? Demnach besteht die beste Chance, die Ziele des technisch orientierten Tradings zu erreichen, darin, *loszulassen* und stattdessen dem ersten Anschein nach nachrangige Wünsche zu verfolgen.«

Ehrenbach nickte leicht, und die anderen erfahrenen Händler zeigten ebenfalls Zustimmung, während Hofner nun zum gedanklichen Todesstoß ansetzte: »Aber Achtung: Wenn ein Trader nun das *widerspenstige* Ziel *Geldverdienen* mittels Trading loslässt, es also nicht mehr zum Zweck seiner Handlungen macht, dann heißt das …? Na, was wohl?!«

Absolute Stille und Regungslosigkeit machten sich breit; einzig Philips Gesichtsausdruck veränderte sich schlagartig von dem eines aufgeregten kleinen Jungen, der die Gespräche der »Erwachsenen« heimlich belauscht, in den eines erfahrenen Mannes, der schon mehr in seinem Leben gesehen hatte als die meisten seiner Altersgenossen. Ihm wurde schlagartig klar, weshalb Torbach, Hofner, John und Ehrenbach die vorherigen Themen *so ewig breit, fast schon langatmig* ausgewalzt hatten und weswegen dies so enorm wichtig war und *niemals!* als unwichtiges Geschwafel abgetan werden dürfe! Er fing an zu begreifen, dass sich damit der Kreis zu allen bisher angesprochenen Themen nahezu nahtlos geschlossen hatte und die Ausgangslage wieder erreicht war![5]

»Ja ... was heißt das?!«, fragte nun auch John in die Runde.

Philip hielt vor Spannung den Atem an. – *Das traut sich Ehrenbach nicht auszusprechen!*

Fordernd wiederholte nun auch Ehrenbach die Frage. »Na los doch, Leute! Nur Mut ... was heißt das?!«

Das ... das traut sich keiner!!!

Kein Mensch würde das je offen aussprechen!

John ließ nicht locker. »*Was* hieße es, wenn ein Trader sein *widerspenstiges* Ziel *Geldverdienen* mittels Trading loslässt, es also nicht mehr zum Zweck seiner Handlungen macht?!« Als immer noch keine Antwort kam, nickte Ehrenbach wieder John zu, und dieser sprach Philip an. »Komm, dann sag du es!«

Schluck!!!

»Das ... also ... das ... hieße«, begann Philip vorsichtig, während er der Reihe nach Blickkontakt zu den erfahrenen Händlern suchte und durch deren leichtes Kopfnicken irgendwie Bestärkung fand, »dass das Trading ...«

»Jaaa?!«

Philip fühlte einen starken Reiz und ein großes Unbehagen von den in ihm aufsteigenden Gedanken; es fühlte sich schwierig an, die Grenze zwischen den *neuen* Ansichten und der Verzerrung der bisherigen richtig zu ziehen. »Es hieße ... dass das Trading *niemals* ... «, Philip fasste seinen ganzen Mut zusammen, »dass das Trading ... *niemals* ... niemals *Spaß* machen kann?!«

Ungefähr zehn Sekunden lang war es so totenstill, als wäre die Zeit stehen geblieben, dann ging es los, und Philip war von der Heftigkeit der einsetzenden Reaktion der Fraktion der Laien und Anfänger überrascht:

---

[5] Ein Hinweis des Autors: Ich könnte mir vorstellen, dass die bisherigen Gedankengänge, manchen Leser geneigt machen, »die Augen zu rollen«, aber: Das nun angesproche Thema und dessen Ausmaß ist viel zu bedeutsam, als dass man es nicht auf den vorherigen Seiten sachlich richtig *herleitet*, oder ... ganz und gar verschweigt!

Hektor und zwei weitere Tradinganfänger rutschten auf ihren Sitzen herum und fuchtelten fast schon wutentbrannt mit den Armen. Wortfetzen flogen aus verzerrten Mündern und, wären nicht auch besonnenere Laien wie Wehnert am Tisch gewesen, die den einsetzenden Tumult sozusagen aus »den eigenen Reihen heraus« einzudämmen halfen, wer weiß, wie die Sache ausgegangen wäre …

In den ausklingenden Heftigkeit der Diskussion hinein erklang kühl die Stimme Ehrenbachs: »Trading kann keinen Spaß, Lust, Faszination oder Begeisterung bereiten!« Ehrenbach lobte Philip mit stolzem Blick, dass dieser den Mut besessen hatte, das ganze Ereignis »technisch orientiertes Trading« öffentlich in die kalten, vernichtenden Worte der Tatsächlichkeit zu kleiden. »Das ist unser Mann! ›Trading, als eine der höchsten Formen *widerspenstiger Ziele*, verweigert sich sowohl der *Praxis* als auch der *Poesie*‹!« Gleichwohl räumte Ehrenbach natürlich ein, dass das widerspenstige Ziel des »Geldverdienens« mittels Loslassen beim Trading natürlich nicht notwendigerweise einer Absage an jegliches zweckgebundene Handeln gleichkäme, sondern nur an jenen Teil, der *widerspenstige Ziele* verfolge!

Abermals trat absolute Stille ein. Abermals kniff man die Lippen zusammen. Abermals hüstelte man. Abermals stellte man den Unterkiefer schief. Man seufzte abermals. Und abermals bemerkte jemand mit feiner Stimme: »Was soll das nur, ich dacht', es geht ums Trading?!«, und aus Hektors Richtung war die halblaute Bemerkung zu vernehmen: »Das ist doch alles nur Geschwafel und Quatsch!«

Ehrenbach zeigte sich hiervon nach wie vor völlig unbeeindruckt, setzte sich nun wieder neben Philip und sagte mit einer Stimme, die leicht und aufrichtig hervorkam: »Nehmen wir beispielsweise mich! … Ich möchte nur mit solchen Händlern arbeiten, die sich vor Augen halten, dass der Börsenhandel, wie eben erklärt, ein *widerspenstiges Ziel* ist und immer bleiben wird! Ein Händler, der für mich handelt, muss begriffen haben, dass er den Erfolg im Trading, wenn er das wirklich wollte, zwar verhindern, aber nicht mittels heldenhafter Taten … *herbeiführen kann*! Und *das*«, Ehrenbach hatte eine senkrechte Falte zwischen seinen Augenbrauen, »geht nur mit solchen Tradern, bei denen das Trading selbst keinerlei Faszination oder Begeisterung hervorruft, und niemals mit Tradern, denen das Trading ganz und gar«, Ehrenbach schüttelte belustigt den Kopf, »*S-p-a-ß* macht!«

Nachdem Ehrenbach geendet und zuvor unmissverständlich klargemacht hatte, dass *fehlender* Spaß für ihn damit weder irgendeine theoretische Gerichtsbarkeit oder Gesetzmäßigkeit noch veraltete Gedankenweisheit darstellte, sondern das einzige und unendliche Ganze aller Möglichkeiten war, als *technisch* orientierter Trader zu leben, tastete Philips Blick vorsichtig und nacheinander Torbach, John, Sander und Hofner ab. Er musste sich eingestehen, dass der nun bereits einige Male empfangene Eindruck, diese Männer seien nicht bloß ungewöhnliche, sondern im Geheimen wohl *glückliche* Menschen, wohl wahr war, und dennoch bestand kein Zweifel daran, dass diese drei trotz allem *keinerlei* Spaß, Faszination oder Begeisterung am Börsenhandel empfanden. Dessen ungeachtet hatte sie die Berufung »Händler« – oder wie immer man diesen Zustand des »unintellektuellen«, nahezu »demütigen«, *Suchens* und *Wartens* auf gute Setups betiteln mochte, in dem sie sich seit Jahren befanden – aus Beweggründen erreicht, die manchen von Philips eigenen, zum Beispiel der »Freude am Tun«, bedenklich ähnlich waren. Mit kühler Gleichgültigkeit erledigten sie ihre Pflichten, und ihre Gebärden vor den Monitoren wohnte – fernab einer trügerischen Maske – eine so sichere und sorglose »Kraft« inne, dass jeder, der genau hinsah, erkennen konnte und erkennen musste, dass deren Freude einzig dem Erleben des »Wozu« und niemals dem Handel als solchem galt!

O Mann!

Nicht wirklich überlegend, sondern eher hin und her schwingenden Erinnerungen folgend, dachte Philip an die völlige Mutlosigkeit, die ihn früher so oft, aber heute zum Glück nur noch zuweilen befiel, und daran, wie die Vorgänge vor den Monitoren in der Vergangenheit an ihm gezehrt hatten. Sein Verhältnis zu den Charts kam ihm gerade so vor, als hätte er über all die Jahre mit aller Aufmerksamkeit aus dem »Trading« etwas Verwickeltes gemacht, das eigentlich ... *ja was?* ... ja, eigentlich ganz einfach war. Die Charts hatten mit ihrem »Verhalten« seine Nerven aufgerieben; sie behandelten – *nein*, besser *misshandelten* – ihn mit Heftigkeit und nur allzu oft mit Verachtung, aber er selbst antwortete stattdessen mit noch größerer Heftigkeit, wie ein Knabe, der drohte, sich ein Leid anzutun, wenn man ihn nicht bald aufhöre zu ärgern. Mit allen diesen Qualen hatte Philip nie ganz richtig abgeschlossen! – *Aber warum eigentlich?* Philip stellte sein ohnehin leeres Glas beiseite.

Warum?

WARUM?

W-A-R-U-M?

Und dann, dann plötzlich hatte er es! Im selben Augenblick war es Philip, als griffe eine Hand nach seinem Herzen, und er zuckte kurz zusammen. *Würg!!* Ehrenbachs Worte hatten genau die verwundbare Stelle berührt: Die Angst vor dem eigenen Spiegelbild, etwas als Lebensaufgabe anzustreben und zu tun, was *keinen* Spaß macht – und von dem er nun wusste, dass es keinen Spaß machen *kann*! Öde, leere Traderjahre, zermartert von der Sehnsucht nach dem *Kick*, der *Action* – sollte diese törichte Lächerlichkeit ernsthaft bis zum Lebensende seine Zukunft darstellen? Wie ein Schaudern war es jedes Mal über ihn gekommen, in dessen Folge sich Angst, tolle, unbändige Angst einstellte! Tausend erschreckte Stimmen erwachten dann in ihm, warnten und lärmten und überschrien sich selbst. Und genau *jene* Angst fand immer erst dadurch ein Ende, dass er nach den aufkeimenden Gedanken zur »fehlenden Begeisterung« und zum nicht vorhandenen »Spaß« rasch wieder aufstand und sich in den nächsten Trade stürzte, sich dem nächsten Buch, dem nächsten Seminar, dem nächsten Forum widmete, neu tüftelte, neu laborierte, neu über das gesamte Thema nachdachte, kurzum: trotz fortschreitenden Fachwissens in allen Bereichen einer ständigen Renovierungssucht unterlag, ohne sich im Geringsten von dieser Angst befreien zu können … *nein, besser noch* … er hatte sich dieser Renovierungssucht unterworfen, um die Angst zu *umgehen*! In seinem Innersten hatte einst so viel Bereitschaft zu Bewegung und Kampf geherrscht, dass ihm dies heute genauso unangenehm war wie das Gesicht eines schlechten Komödianten, das nur gespielte, *unwahre* Leidenschaften zeigte! »Spaß« war eine Erscheinung, die, so erstrebenswert und selbstbetörend diese Empfindung im Alltag auch sein mochte, im Trading tatsächlich nur den Zerstörungsprozess des Ziels nährte und beschleunigte; ähnlich wie der Schlafwunsch, der einen Erfrierenden umstrickte, oder das Im-Kreise-Laufen eines Verirrten. *So viel zum Spaß am eigenen Tun …*

»Die souveräne Einstellung zum Thema *Lust* oder Spaß«, sagte Ehrenbach gedämpft, »ist eine Haltung *vorbildlicher* Trader, also eine Haltung, die durchaus einer Tugend gleichen könnte!« Ehrenbach führte an, dass ja bereits im Alltag angesichts von Spaß, Lust und Begeisterung die Gefahr bestand, den Begierden immer so, wie sie auftraten, nachzugeben, also die Freuden des Essens, Trinkens oder Sex jeweils zu genießen, ohne die Folgen zu bedenken oder Zusammenhänge zu berücksichtigen. »Dann und wann steigert sich dies zu einer veritablen Zügellosigkeit, kurzum: man hat ... *Na?!* – Ein L a-s-t-e-r!«

»Laster?« Hektor, der zuletzt eher mürrisch dagesessen hatte, richtete sich in den Polstern plötzlich auf. »Moment mal!– Wer sich in einer Tätigkeit verliert, die er voll bejaht, übt sie doch zu Recht lustvoll und glücklich aus! Also jetzt mal im Ernst! Das kann doch nicht schlecht sein?!«, rief er unwillig, denn ihm kam es mittlerweile so vor, als wollte Ehrenbach die hier Anwesenden vom Trading abhalten, und einige der Anfänger und Laien der Runde und sogar ein neben der Couchlandschaft stehender jüngerer Händler aus einem anderen Büro nickten Hektor beipflichtend zu.

Ehrenbach saß still in der Mitte der ihn umgebenden Herrn – und er war mit deren Reaktionen nicht zufrieden; und obwohl er sich als klüger und erfahrener betrachtete, so hielt er Tradinganfänger oder -laien jedoch keineswegs für dumm, und deswegen verstand er nicht, weshalb die hier Versammelten auf ihn einen derart schlechten Eindruck machten. In Ehrenbachs Mund zuckten die Worte. Gerne hätte er über den von Hektor und seinen Genossen im Geiste offensichtlich zu wenig beachteten Umstand gesprochen, dass die verschiedenen Versionen von Spaß, Lust und Aktionismus den Verstand eines Traders in einer Weise verwickelten, der die fachliche »Fantasie« anstachelte, denn da tauchten jeden Handelstag immer wieder neue Ideen auf, die man noch nicht kannte, erhitzten die Leidenschaften und verschwanden gleichwohl nach Tagen, Wochen oder Monaten wieder; da liefen die Trader bald dem, bald jenem nach und fielen von einem »Glauben« in den anderen; da jubelten sie das eine Mal dem Regelwerk und der Tüftelei zu, und das andere Mal hielten sie verabscheuungswürdige Reden über genau jene: aber herausgekommen war noch nie etwas dabei, im Gegenteil: Es war das Bild der Unberechenbarkeit und eines närrischen Herumhopsens, wie man es sich landläufig von einem Verrückten machen mochte. Und dabei war es auch noch so, dass der Geist eines Traders oftmals träger und widerspenstiger war als der störrischste Esel und sich weigerte, den Begriff des *Wirklichen* im Trading überhaupt wahrzunehmen. Der Geist machte aus Trägheit einfach weiter wie bisher und bewahrte sich so davor, sich den nun mal vorhandenen und wenig abenteuerlichen, plumpen *Abgeschmackten* des Tradings einzuverleiben. Die meisten Trader glaubten demnach nicht an Zauber-Trading-Ideen, weil diese – selten genug! – wahr werden konnten, sondern weil sie daran glauben mussten! Weil sie *mussten*! Denn die Illusion »mein großes Lebensziel *Trading* ist etwas, was mir *Spaß* macht« musste unbedingt am Leben und in Ordnung gehalten werden, weil diese Art der »Selbsttäuschung« half, das große schwarze Loch zwischen den eigenen Lebenswänden zu stopfen, welches bei einer ehrlichen Betrachtung des Themas »Trading« dagegen drohte, sich uferlos auszudehnen und alles zu verschlingen. Die Folge dieser Selbsttäuschung in Sachen »Spaß und Lust an der *eigenen Lebensaufgabe*« war alles in allem der Grund, dass die durch seine Trades hervorgerufene Affektivität den Trader innerlich hin und her schwankte wie Wasser in einem Bottich, der keinen festen Stand hat ...

Aber das alles sagte Ehrenbach nicht, stattdessen fragte er in die Runde, was denn im Trading nach Meinung der Anwesenden *Spaß* machen sollte: »… der intellektuelle Anspruch, tagein, tagaus dasselbe zu machen? – *Ist es das, was Spaß macht?* Oder besteht der Spaß darin, tagein, tagaus Charts mit bunten, wackelnden Kerzenkörpern durchzublättern? – *Ist es das, was Spaß macht?* Oder erklimmt man den Gipfel der Begeisterung dadurch, dass man hundert Mal ein anderes Ergebnis erwarten muss, wenn man hundert Mal das Gleiche macht? – *Ist es das, was euren Höhepunkt der Begeisterung ausmacht?*«

Ein Raunen ging durch die Runde, und es vergingen wie so oft beklemmende Sekunden des Schweigens.

»Ja, aber …«, setzte Hektor zu einer Erwiderung an.

»Aber w-a-s?« Ehrenbach hielt die lange, mattgraue Zigarre, von deren stumpfen Spitze er die Asche noch nicht abgestreift hatte, in der Mitte der Lippen, sodass sie etwas abwärts hing, und fixierte Hektor mit einem strengen Blick. Dieser ließ seinen Gedanken wieder fallen, und Ehrenbach setzte treffsicher nach: »… oder aber … sorgt es für einen spaßigen Dauerzustand, wenn trotz aller Anstrengung, die ein Händler für ein gelingendes Leben als ein solcher auf sich nehmen muss, das Gelingen stets und ständig bezogen auf den *einzelnen* Trade und Handelstag ein – Achtung – ein sehr *zerbrechliches* Gut bleibt? Woher soll, wenn wir wirklich ehrlich sind, da *Spaß, Lust, Faszination* und *Begeisterung* entstehen? Wo, bitte schön?« Ehrenbach ließ ein paar Mal seinen Zeigefinger auf die Tischkante fallen. »Ob ein technisch orientierter und damit spekulativer Trade gelingt, hängt bei aller eigenen fachlichen Anstrengung immer von einem Quäntchen *glücklicher* Umstände ab!« Ehrenbach drückte es so aus,

dass man auf die Gnade der anderen Marktteilnehmer angewiesen war. »Was bitte soll da Spaß machen, wenn ein positiver Trade nicht in des Traders Hand allein liegt?!«

Peng!

Ehrenbach hatte damit ein entscheidendes Argument ausgeteilt – ein weiteres sollte noch folgen –, und nun schlug ihm der »übliche Taumel« von Tradinganfängern entgegen, wenn diese sich, nach dem lauten Platzen ihres so zauberhaften wie betäubenden Traums, inmitten eines *an sich* kalten, eintönigen und langweiligen Lebens als Trader wiederfanden. Aber: Trotz seines Sarkasmus und seiner fast schon zornigen Tonlage waren Ehrenbachs Absichten keineswegs die eines Spielverderbers, vielmehr sah er sich als Überbringer der wahren Spielregeln. Denn Träume solcher Art waren wie ein ruderloses Boot, das ziellos in schaukelnder Wollust auf stillem, spiegelndem Wassern treibt, bis plötzlich der Kiel mit einem jähen Ruck an ein unbekanntes Ufer stößt. *Rumms!*

John und Hofner hatten derweil nicht nur Philip, sondern auch Nick beobachtet, denn John wusste, dass auch Nick, was diese Fragen betraf, noch nicht gänzlich fertig mit Suchen war. Daher griff John nun die von Ehrenbach vorhin aufgeworfene Frage »Was ist Lust, und was ist Pflicht?« abermals auf und fragte rhetorisch, was denn das nun alles mit der zuletzt gestellten Frage zu tun habe.

»Ja, genau!«, erklang es von mehreren Seiten, und Hofner übernahm nun das Wort mit dem Verweis auf die zwar hinter dieser Frage verborgene, aber durch die bisherigen Worte im ersten Ansatz erkennbare Schwierigkeit: »Zumindest auf den ersten Blick werden sich bei vielen Tradern die Ansprüche an das *eigene Wohl* und die *fachliche Pflicht* nur allzu oft widersprechen!«

»Widersprechen? Inwiefern *widersprechen*?«, warf Wehnert mit in Falten gelegter Stirn ein.

»Beim Eigenwohl, sprich: dem bewusst gelebten ›Wozu‹, stellt man sich als Trader selbst in den Mittelpunkt, wogegen die *fachliche Pflicht* Einspruch erhebt.«

Ehrenbach betrachtete die fragenden Gesichter und präzisierte deswegen Hofners Worte: »Ein Trader wird mit fortschreitender Erfahrung bezüglich des Tradens immer öfter vor folgender Fragestellung stehen: Muss ich, wenn ich *allabendlichen Frieden* erfahren will, der *fachlichen Pflicht* zuwiderhandeln, oder muss ich, wenn ich die *fachliche Pflicht* anerkenne, mein Lebensglück als Trader aufs Spiel setzen? Oder kann ich denn nicht beides zugleich haben? Als Trader glücklich und trotzdem im Einklang mit der *fachlichen Pflicht* leben?«

Aus dieser Fragestellung als Zwischenbilanz wurde in der Runde plötzlich ein als Wortspiel begonnenes Paradoxon als sehr treffend formuliert wahrgenommen: »Heißt das etwa: Selbstgewinn durch Selbstverlust? Oder: Selbstaneignung durch Selbstentäußerung?«, woraus sich in Verbindung mit der bisherigen Weichenstellung durch Ehrenbach die frühere Frage »Was ist Lust, und was ist Pflicht« quasi wie von »selbst« um das Thema *Freiheit als Händler* erweiterte.

»*Freiheit?! Ja, aber …!*«, erklang es aufstöhnend von mehreren Seiten, jedoch sahen die Zuhörer bei den weiteren Worten Ehrenbachs schnell ein, dass hiermit *nicht* die *grenzenlose Freiheit* gemeint war, nun endlich alles allein, von zu Hause und aus dem stillen Kämmerlein heraus, ohne den bisher gewohnten und durchchoreografierten Alltag und ohne sich vor einem Weisung gebenden, kanalisierenden Chef rechtfertigen zu müssen, also ohne eine äußere, starr vorgegebene Struktur, tun und lassen zu dürfen oder zu müssen, sondern dass Ehrenbach den Begriff der Freiheit eindeutig den bisher angesprochenen Thematiken zuordnete und dementsprechend eine »Freiheit des Willens« gemeint war. Eine »Willens-« Freiheit, deren erstes Merkmal in der Fähigkeit bestand, das Begehren letztlich nicht von Gefühlen des Angenehmen oder Unangenehmen leiten zu lassen, sondern einzig von der Autorität des Orderbuchs und des Kontos sowie, zum anderen dazu befähigte, fachlichen Gründen zu folgen und an diesen Gründen selbst bei Anfechtungen durch den Chart, sprich mehreren »–Nein!« des Marktes, festzuhalten. »… wegen des Bezugs auf handlungsleitende Gründe spricht man ja auch im Trading nicht umsonst von der Freiheit für die *praktische Vernunft*«, äußerte Ehrenbach und fügte untermauernd hinzu, dass es aus seiner Sicht für einen Händler drei Stufen von *Freiheit* gäbe.

»Vom *allabendlichen Frieden* hin zum Thema *widerspenstige Ziele*, dann zu *Lust* und *Pflicht*, und nun auf zum Thema *Freiheit* … Nicht schlecht!«, meinte Hektor mit leicht mitschwingender Ironie. »So, so … und diese Freiheit hat also *drei* Stufen?«

»Richtig: drei!«, und Ehrenbach begann damit, dass sich ein Händler auf der ersten Stufe eine Art *fachliche Freiheit*, deutlicher ausgedrückt: eine *funktionale Autonomie*, aneigne, deren Gründe sich einzig auf die

Mittel-Zweck-Beziehung richteten, und wer als Händler deren Sachgesetzlichkeiten befolge, verfüge damit über fachliche oder *funktionale Freiheit.* »Wer zum Beispiel monatliche Gewinne anstrebt«, erläuterte Ehrenbach, »der muss fachlich sowohl fähig als auch willens sein und alles daran setzen, seine Gewinne laufen zu lassen und gleichzeitig dafür zu sorgen, Verluste strikt zu begrenzen. Aber: Nicht schon derjenige Händler verfügt über solch eine *fachliche Freiheit*, der die einschlägigen Sachgesetzlichkeiten der Börse oder verschiedener Märkte kennt, und auch nicht der, der zwar den Wunsch hat, solche Regeln zu befolgen, den Wunsch aber vor den Monitoren nicht fachlich autonom Realität werden lässt!« *Fachlich frei* war nach Ansicht Ehrenbachs nur, wer sich nicht vor den »Mühen« drückte, die Einnahmen durch saubere Trades zu steigern, sowie durch disziplinierte Stoppführung und sinnhaftes Geldmanagement vermochte, sein Trading dem Imperativ »mehr Gewinne als Verluste« zu unterwerfen.

Dass diese erste Stufe sicherlich eine umfassende Größe besaß, konnten auch die Anfänger und Laien in der Runde nachvollziehen, und da sich die Existenzberechtigung dieser ersten Stufe nahezu von selbst erschloss, wurde schnell der Ruf nach der *zweiten Stufe* laut. Ehrenbach schmunzelte und erklärte, dass auf der nächsten Stufe »fachlich gut« nur so viel wie »für das *eigene* Wohlergehen als Trader *gut!*« bedeutete – was jedoch nicht mehr von jedem am Tisch in umfassender Tiefe nachvollzogen werden konnte. »… diese nun zur *fachlichen Freiheit* hinzu kommende *pragmatische Freiheit* besitzt, wer als Händler das natürliche Leitziel des eigenen Wohls gegen sämtliche inneren Widerstände zu verfolgen vermag. Oder anders ausgedrückt: Soll das Geld aus dem Trading zum Wohlergehen und zur Steigerung der Lebensqualität beitragen, so gehört zur zweiten Stufe, also zur *pragmatischen Freiheit*, die Fähigkeit, der Einsicht zu folgen, dass man zwar gern *im* Wohlstand, aber nicht *um* des Wohlstandes willen lebt!«

Und noch bevor Ehrenbach zu Ende geredet hatte, bemerkte Philip, wie Torbach ihm zunickte und dabei mit nach unten gerichtetem Zeige- und Mittelfinger seiner Hand aufwärts führende Laufbewegungen machte und ihm damit zu verstehen geben wollte, dass Ehrenbachs Erklärungen zur *zweiten* Stufe der Freiheit inhaltlich mit dem Gespräch zusammenhingen, welches er und Philip vor etlichen Tagen bei ihrem Spaziergang auf dem Klosterberg geführt hatten.[6] – *Genau!* Philip hatte sofort verstanden, dass es hier um die Frage des »Wozu« ging, an welche es sich nach Durchlaufen

[6] An dieser Stelle sei auf DER HÄNDER, Band 5, verwiesen.

der *ersten* Stufe – dem Erreichen der *funktionalen Freiheit* – unbedingt wieder zu erinnern galt. Fakt war indes, dass diese *zweite* Stufe zwar leicht zu beschreiben, aber dennoch schwer zu erreichen war, denn: Wie viele Trader liefen nach Erreichen jener funktionalen Freiheit der ersten Stufe im Kreise herum, plagten sich ab – die Vorstellung der Förderlichkeit von fachlicher Duplizierbarkeit im Herzen – und beschrieben dabei gleichwohl irgendeinen weiten, lächerlichen Bogen, der immer zu sich selbst zurückführte, gleichsam dem wechselnden Jahreslauf. Sie irrten als Trader herum und fanden nicht nach Hause. *Aber warum war das so?* Nun: Weil nur, wer im pragmatischen Sinn, demnach der zweiten Stufe, frei war, nicht mehr nur nach fachlichen duplizierbaren Punkten, Ticks und Dollars und immer mehr fachlichen duplizierbaren Punkten, Ticks und Dollars strebte, sondern das erreichte Fachwissen und erarbeitete Handwerkszeug der *ersten fachlichen Freiheit* wirksam nun dazu einsetzt, mittels jenen autonomen Fähigkeiten und daraus resultierenden Erfolgen in Erwartung des *eigenen* Wohlergehens den für *einen selbst* »richtigen Weg« einzuschlagen, mit diesem Blick fortzusetzen und im Falle von Widrigkeiten diesen rechtzeitig zu korrigieren vermochte.

»Und was ist dann die *dritte* Stufe?«, fragte Wehnert voller Interesse.

»Ja-aaha … es gibt da noch eine Steigerung!« Ehrenbach genoss zusammen mit einem weiteren Zug an seiner Zigarre auch die kurze, zunehmend spannungsgeladene Pause. »Auf der letzten, der *dritten* Stufe der Freiheit schieben die praktischen Gründe der fachlichen Vernunft *alle* Rücksicht auf das eigene Wohl komplett beiseite!«

Was?!

Wie war das … WAS?!

Philip schaute, genau wie Nick, überrascht auf, denn beiden kam es vor, als rüttele diese Aussage am Weltbild der »Suche nach dem *eigenen Stil*«?! … *Verd… Wie war das noch mal?* … praktische Gründe der fachlichen Vernunft sollen die unmittelbaren Antriebskräfte, also die des Verlangens nach eigenem Wohlergehen, radikal zurückdrängen?

Ehrenbach ließ, von den fragenden Blicken seiner Zuhörer vollkommen unbeirrt, seine Zigarre ein letztes Mal aufglühen und legte sie dann in den bereitstehenden Aschenbecher ab. Dann erläuterte er, dass erst hier, auf der *dritten* Stufe, die wahre Willensfreiheit eines Händlers ins Spiel käme, denn die von ihm als höchste Stufe definierte Freiheit eines Traders bestehe natürlich *nicht* in einem von fachlichen Gründen abgekoppelten, grundlosen wie vernunftlosen Wollen, sondern vielmehr in einer ganz bestimmten Erfahrung: Als erfahrener Trader sei der Umstand, »endlich« von persönlichen Zwängen frei zu sein, stets eine Täuschung, weshalb der Trader von der Freiheit vornehmlich einzig den fiktiven Rest anerkennen könne, nämlich die Freiheit als »Frei-«Machen, hier verstanden als Emanzipation von der Illusion der eigentlichen *Willensfreiheit*.

»*Hä?*« Hektor verstand nur Bahnhof, Philip nach längerem Überlegen hingegen schon, als er, zurückgelehnt, ohne den Musterschüler zu mimen, sondern vielmehr in der Rolle des erfahrenen Traders, leicht philosophisch angehaucht, meinte: »Die Theorie der Lebenskunst als Trader – sprich: Freude am eigenen ›Wozu‹ – und die Theorie der fachlichen Vernunft gelten oft als Gegensatz, wobei erstaunlicherweise beide Seiten glauben, der anderen überlegen zu sein!«

»Sehr gut, mein Lieber! Sehr, sehr gut!« Ehrenbach hob anerkennend die Augenbraue. »Die Theorie der ›Lebenskunst‹ als Trader besagt: Was kann es Besseres geben als ein gutes Leben mit Freizeit, Freiheit, Familie und, beziehungsweise oder, den ganzen Details des ursprünglichen persönlichen *Wozu*; worauf die Theorie der fachlichen Vernunft kontert, dass allein *sie* bestimmen könne, was ein gutes Leben als Trader sei, da ja erst ihr Wirken überhaupt die für die Durchführung der Lebenskunst notwendigen Euros und Dollars erhandeln kann!« Nach einer Kunstpause ergänzte er: »Weil es so schön ist, gleich noch mal, oder?« Er wiederholte seine vorangegangenen Worte in dem Versuch, sicherzustellen, diese in die Köpfe seiner Zuhörer zu verankern; und tatsächlich … schon nach kurzer Zeit wurde von diesen die Forderung nach Details laut. Ehrenbach erklärte daraufhin, dass man sich bei der Betrachtung der ersten beiden Stufen der Freiheit vor Augen halten müsse, dass es zwischen diesen Verknüpfungen gab, welche aufeinander einwirkten, ob man dies nun wollte oder nicht. Nach seiner Einschätzung betraf dies beim *Eigenwohl* speziell den als *Freizeit* bezeichneten Unterbereich der *Freiheit* und aus der *fachlichen Vernunft* speziell die *Großwetterlage*: Der Teil der Lebensqualität, der stolz in Anspruch nahm, arbeiten zu können, wann immer man wollte – diese Arbeit also nach Belieben auch jederzeit unterbrechen konnte –, musste zwingend auch ein gerütteltes Maß von Interesse an den unverzichtbaren Bausteinen der *Großwetterlage* des übergeordneten Trends aufweisen. »Denn wer sich die Sympathie der *Großwetterlage* verscherzt«, bekräftigte Ehrenbach, »stößt bei der Verfolgung seines Eigenwohls auf deren Widerstand!«

»Heee?« Hektor schwenkte symbolisch mit einer herumliegenden Serviette die »weiße Flagge«, woraufhin es Ehrenbach auf einem anderen Weg versuchte: »Ein überlegtes Eigeninteresse als Händler verfolgt nicht mehr bloß das *eigene* Interesse! Auch wenn mit Erreichen der zweiten Stufe der beschriebenen Freiheit Lust und fachliche Pflicht durch die Findung des *eigenen Handelsstils* in hohem Maß übereinstimmen, bleibt zwischen der zweiten und dritten Stufe dennoch ein wesentlicher Unterschied bestehen!« Ehrenbach rieb sich bedächtig die Hände und entschied sich dann für klare Worte: »Die fachliche Vernunft verlangt in der dritten Stufe, ihr auch dort zu genügen, wo sie dem wohlüberlegten Eigeninteresse *zuwiderläuft*!« Und noch bevor Hektor abermals intervenieren konnte, nahm Ehrenbach ihn mittels eines Beispiels quasi »persönlich« an die Hand: »Wenn es dir als Händler hinsichtlich der *Zeit*- und der *monetären Komponente* deines persönlichen *Wozu* stimmig erscheint, *nur* vormittags und da auch nur *maximal* zwei Stunden vor den Monitoren zu verbringen und du dir *ebenfalls* vorgenommen hast, nach Erreichen eines Tageslimits von … was weiß ich … beispielsweise fünfhundert Euro deinen Handelstag *sofort* zu beenden und du auch heute entweder nach zwei Stunden oder dem Erreichen deines Tageslimits deinen Handelsrechner strikt abgeschaltet hast, dann ist das für einen Tradinganfänger durchaus lobenswert, aber … *nicht* für einen fortgeschrittenen Trader, denn wenn dieser den Rechner abschaltet, obwohl die *Großwetterlage* gerade ein Fünf-Sterne-Setup aufweist und *obwohl* dies heute ein Arbeitspensum bis zum Börsenschluss zulassen würde, bei dem mehrere Folgetrades mit einem Gewinn von meinetwegen fünftausend Dollar möglich gewesen wären, dann … *tja* … dann ist alles, was er da macht, im höheren Sinne kompletter *Nonsens*!«

»Nonsens?! Wieso denn *Nonsens*?!« Hektor hatte Ehrenbachs Worten nun zwar besser folgen können, zeigte sich aber mehr als erbost. »Wenn sowohl meine tägliche *Handelszeit* als auch ein spezielles *Tageslimit* meinen *persönlichen Stil* kennzeichnen und ich den befolge, dann ist das doch kein *Nonsens*! Das widerspricht sich doch!«

Und während Philip bedauerte, dass Stan dieser Runde nicht beiwohnte – dieser aber die kommenden Tage noch ausführlichst hierzu Gelegenheit für eine Aussprache erhalten sollte – richteten sich alle Augenpaare wie auf dem Tenniscourt nun von Hektor auf Ehrenbach, und dieser räumte zur ersten Beruhigung nochmals ein, dass das Erreichen des *eigenen Stils* im Sinne der erwähnten zweiten Stufe der Freiheit ja generell ein enorm zu bewundernder Schritt war, die *dritte* Stufe aber dennoch die *höhere* repräsentierte! Anschließend griff Ehrenbach, Hektor fest im Blickfeld haltend, das eben erwähnte Beispiel erneut auf: »Auf der zweiten Stufe der Freiheit lebst du mit den erarbeiteten fachlichen Fertigkeiten und dem gefundenen *Stil* meist in einem – Achtung! – von *dir* definierten *Tages-* und *Handelsrhythmus*, wie zum Beispiel einem solchen: vormittags ein *paar* Stunden … an anderen Tagen stattdessen abends ein, zwei Stündchen … dann mal wieder ein, zwei Tage Familie oder andere Pflichten, und dabei wird auch mal gar nicht auf die Märkte geschaut. Verstehst du?« Ehrenbach unterstrich, obwohl er wusste, dass er sich damit wiederholte, dass dies innerhalb der zweiten Stufe durchaus akzeptabel war, zumal innerhalb dieses frei definierten »Rhythmus« sowohl die fachlichen Komponenten stimmig als auch die Ergebnisse durchaus akzeptabel waren! »Aber«, hier hob er mahnend den Zeigefinger, »in der *dritten* Stufe ist das nichtsdestotrotz völlig unzureichend! In der letzten Stufe lebst du einzig … hörst du?! … einzig im Rhythmus deiner deinem Handelsstil zugehörigen *Großwetterlage*! *Sie*, und *nur* sie, definiert deinen Tagesrhythmus! Verstehst du, was ich meine?«

Doch Hektor machte nicht den Eindruck.

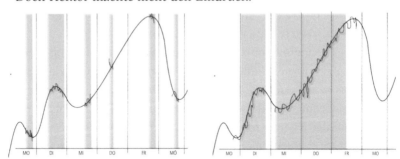

⌷ Skizze 1a und 1b

Ehrenbach atmete tief aus, überlegte einen Moment und deutete auf einen umherliegenden Zettel. Mit wenigen groben zeichnete er den *großen*, mit mehreren detaillierten Strichen, ⌷ Skizze 1a, den *kleinen* Trend eines Marktverlaufs und skizzierte durch vertikal gestrichelte Linien mehrere nachfolgende Datumsgrenzen: *Mo., Di., Mi., Do.* … und mittels schraffierter Flächen skizzierte er dann die sich aus dem zuvor Hektor unterstellten Handelsstil mit seinen eingeschränkten Handelszeiten ergebende Anwesenheitsdauer vor den Monitoren. Anschließend präsentierte er der Runde das fertige

Ergebnis: »Schaut! Angenommen, das sei jetzt irgendein Intraday-Chart über mehrere Tage hinweg. Etwas feiner dargestellt seht ihr jene Trends, die dem *eigenen Handelsstil* die Einstiegs- und Stopplogiken liefern, die fette rote Linie zeigt dazu den *übergeordneten* Trend, oder in anderen Worten: die für unseren Handelsstil relevante *Großwetterlage*!« Obwohl eigentlich vollkommen klar war, dass es sich bei Ehrenbachs Zeichnung um eine vollkommen beliebige Darstellung handelte, kam aus der Runde sofort die Frage nach der verwendeten Zeiteinheit. Des Friedens willen erklärte Ehrenbach seine frei erfundene Darstellung zu einem »Zehn-Minuten-Chart«, wenngleich er durch sein damit verbundenes leichtes Kopfschütteln und seinen Augenaufschlag erkennen ließ, dass er mit den *Zeiteinheiten* als solches hier wenig im Sinne hatte, stattdessen er auch lieber einzig von *ganz kleinen, kleinen, mittleren* und *großen* Trends, welche auf den frei wählbaren Zeiteinheiten mal mehr, mal weniger deutlich zu sehen waren,[7] sprach. »Also, heute stellst du nach erreichtem Tageslimit den eigenen Handel ein, und für morgen hast du dir ebenfalls vorgenommen, dich für *zwei Stündchen* vor den Rechner zu setzen, um nach Ablauf dieser Zeit oder dem Erreichen deines Tageslimits den Handel erneut einzustellen?«, fuhr er, in der Hauptsache an Hektor gewandt, fort und tippte dabei auf die schraffierte Fläche, welche die beabsichtigte Handelszeit pro Tag darstellte.

»Yeap!«, antwortete dieser.

Ehrenbach zeigte nun auf den nächsten Tag und dessen Marktverlauf anhand der fetten roten Linie: »Nur ist es am kommenden Handelstag doch oftmals so, dass sich die *Großwetterlage* gedreht hat und nun gegenüber dem Vortag mitunter minderwertige Setups vorliegen! Was, nebenbei bemerkt, einen der wichtigsten Gründe für wohlüberlegte Diversifikation darstellt. Da Diversifikation – wenngleich wichtig – jedoch für unsere derzeitige und grundlegende Überlegung zur dritten Stufe der Freiheit nicht von Belang ist, machen wir weiter mit den *minderwertigen Setups* …«

»Oder *besseren*!«, konterte Hektor.

Ehrenbach zeigte sich von diesem Einwand allerdings unbeeindruckt. »Okay … wegen mir ist der kommende Handelstag besser, aber trotzdem trifft meine Aussage zu und verschiebt sich halt nur um einige Tage!«

Hektor betrachtete kopfschüttelnd den immer noch hochgehaltenen Zettel, lehnte sich dann mit hinter dem Kopf verschränkten Händen zurück und setzte zu einer recht schlagfertigen und formgewandten Erwiderung an: »Aber wenn man nun mal nur zwei Stunden am Tag handeln kann?!

Vielleicht sollte man mal nicht immer nur an die Leute denken, die das beruflich den ganzen Tag machen, sondern auch mal an uns private Trader? Bei den meisten von uns ist doch schon allein aufgrund der normalen Berufstätigkeit eine wie auch immer geartete zeitliche Beschränkung vorgegeben! Wie, bitte schön, sollen sich denn dabei, wie vorhin so schön erwähnt, *Lust* und *Pflicht* miteinander versöhnen können!?«

»Das geht durchaus, man muss es allerdings auch wollen!«, antwortete Ehrenbach und verwies anschließend mit harten, aber klaren Worten auf den *jederzeit möglichen schlichten Wechsel* der Zeiteinheit, sprich: einer einfachen *Neuregelung* der für den persönlichen Handelsstil herangezogenen und beachteten Trends.

Hektor, in der Rolle als selbstgewählter Meinungsführer der Anfänger- und Laienfraktion, reagierte hierauf mit einem betont auffälligen Verdrehen der Augen, was Ehrenbach mit einer, nun nochmals ausdrücklich betonten, Wiederholung der Kernaussage über die dritte Stufe der Freiheit verständnisvoll beantwortete: »Ein überlegtes Eigeninteresse als Händler verfolgt nicht mehr bloß das *eigene* Interesse! Die fachliche Vernunft verlangt in der dritten Stufe, ihr auch dort zu genügen, wo sie dem wohlüberlegten Eigeninteresse *zuwiderläuft*!«

»Ja, aber …« Hektors Gesicht legte sich in tausend Falten.

»Nix *aber*!«, unterbrach ihn Ehrenbach, worin er in der nicht angenehmen Figur des scheinbar Lehrhaften auftrat. Aber er konnte nicht anders, denn schließlich wusste er um die Steigerungsfähigkeit der fachlichen Vernunft und nicht etwa nur, wie das üblicherweise verstanden wurde, hinsichtlich etwaiger Stufen der Erkenntnis … als ob diese etwas Fertiges wären! Nein: Er glaubte an die Existenz einer *fachlichen Pflicht*! Einer Pflicht als *Händler*! Einer Pflicht, für sich das *Maximum* aus einer Großwetterlage herauszuholen. Einer Pflicht, wenn sie einem schon hingehalten wurde, mit beiden Händen in die Bonbonschale zu greifen und im Idealfall alle oder zumindest so viele Bonbons wie möglich zu erhaschen zu versuchen und nicht wegen Launen gesteuerter oder temporärer Stippvisiten zwar schnell mit dem »Mal-dran-Naschen« fertig zu werden, aber dafür auch nur wenige oder gar nur ein einzelnes Bonbon aus der Bonbonschale ergriffen zu haben. »Wenn du als – ich betone noch mal: fortgeschrittener Händler – deinen persönlichen *Zeitvorgaben* und *Tageslimits* den Vorrang einräumst und damit die Verantwortung für dein *Eigenwohl* an diese Zeitvorgaben und Limits abtrittst, so wird sich das über kurz oder lang rächen! Und wie die Erfahrung zeigt: eher über kurz als über lang.« Ehrenbach warf nun selbst noch einmal einen Blick auf seine Skizze (siehe 🗁 Skizze 1a und 1b): »In diesem Beispiel gibt es weder einen Sinn, den Rechner am Dienstag, Mittwoch oder Donnerstag überhaupt auszuschalten, noch gibt es einen Sinn, am Freitag Nachmittag und am darauffolgenden Montag seinen Handelsstil zu verfolgen!«

»Auf dieser weiteren, der höchsten, Stufe stellt das Pflichtbewusstsein damit nur noch eine Pflicht gegen *sich selbst* dar«, klinkte sich John nun ein. »Und diese Pflicht muss aus Gründen der *Selbstachtung* von einem selbst eingefordert werden!« Damit sprach John an, dass so mancher Trader mitunter auf ihn zwar einen sehr gescheiten Eindruck mache, aber gerade in den vereitelten Beziehungen zwischen eigener Tagesgestaltung versus *Großwetterlage* den Eindruck einer weitgehenden Willkür und großer Zusammenhangslosigkeit hinterlasse!

Philip starrte erst auf das noch immer in Falten liegende Gesicht Hektors und dann auf die Skizze. *Fachliche Pflicht aufgrund von Selbstachtung – genau das ist es, was John und Ehrenbach sagen wollen! – Selbstachtung …?!* Für gering darf man das Interesse an Selbstachtung bei Tradern nicht halten, und darin, so Philip in Gedanken, lag wohl ein Grund mehr dafür, dass der am eigenen Wohl orientierte allabendliche Frieden im Sinne der dritten Stufe der erwähnten Freiheit nicht auf die fachliche Vernunft verzichten kann. Philip verstand: Früher waren es scheinbar nur die Philosophen, neuerdings indes aber auch die fortgeschrittenen Trader, die mit dem Kardinalbegriff der *Willensfreiheit* sich und ihren Taten zu Leibe rückten – rücken *müssen*! Einen Augenblick gruben sich bei Philip kleine Falten oberhalb der Augenbrauen ein, die das angestrengte Nachdenken markierten, und dann plötzlich spielte ein fröhlicher Schimmer um sein gesamtes Gesicht, als er begriff: Ehrenbach mahnte um eine notwendige Instinktverschmelzung von Zucht und Zügellosigkeit! Aber nicht hinsichtlich Gier und Angst, sondern fachlicher *Pflicht* und Tagesgestaltung …

Pflicht?! … Pflicht?! … Pflicht?!

Gewöhnlich verstand man unter einer *Pflicht* eine Art von »Polizeiforderung«, durch die das alltägliche Leben in Ordnung gehalten wird; und weil zu wenige Trader vor ihren Monitoren auch jener hier existierenden *Pflicht*, dieser dritten Stufe gehorchten, gewannen viele unter ihnen den Anschein, ihr eigenes Trading sei nicht ganz erfüllbar. Und auch wenn akzeptable Handelsergebnisse ausgewiesen wurden, so war es die

Disharmonie von Aufwand und Nutzen, welche Kopfzerbrechen bereitete. Fachliche Pflicht war demnach keine Fantasie! Und das zweite war: Fachliche Pflicht war auch keine Willkür! – *Weder Fantasie noch Willkür! … Wow!* Verblüfft von dieser Erkenntnis, lehnte Philip sich in die Polster zurück.

Eine Bedienstete, die sich mit dem Hinweis zu John beugte, dass in den kommenden Minuten das Abendbüfett eröffnet werden könne, nahm noch einige Bestellungen entgegen, und die Aussicht auf ein reichhaltiges Dinner im Fackelschein gab der Diskussion nochmals Auftrieb. Hofner, durch dessen ursprüngliche Äußerungen in Bezug auf Stan die ganze Runde überhaupt erst ihren Gesprächsstoff erhalten hatte, fasste es nun alles in allem damit zusammen, dass der *allabendliche Frieden* somit für jenen Händler erreicht war, wer als Händler aufgrund der intensiven Auseinandersetzung um den Zustand der »Widerspenstigkeit« des Tradings seine falschen Vorstellungen von einer *leidenschaftlich getriebenen Arbeit vor den Monitoren* zu korrigieren vermochte und damit seine eventuell verlorene Unbefangenheit wiedergewann und in dessen Folge ein unverkrampftes, von unnötigen Sorgen gelöstes Leben führte. Ein Trader mit *allabendlichem Frieden* vermochte es, sich mit der eigenen, der »inneren« Welt als Trader schöpferisch auseinanderzusetzen; er fand und entwickelte einen Spielraum für zufriedenstellende »Neben«Tätigkeiten, sprich: dem ohnehin einst angestrebten *Wozu*, und er füllte diesen Spielraum *kräftig* aus, und das eigene Pflichtbewusstsein verweigerte diesen Handlungen – unbekümmert von etwaigen Äußerungen Außenstehender – nicht ihre Anerkennung! Oder anders: Wenn sich die *Großwetterlage* in einer weit gelaufenen Bewegung oder einsetzenden *Korrektur* befand und Letztere nun mal – wie hinreichend bekannt – zeitlich *lang* als auch *unsauber* verlief, würde ein den allabendlichen Frieden gefundener Trader nicht eine Sekunde zögern, je betrachteter Zeiteinheit für zwei, drei Tage oder Wochen dem Rechner fernzubleiben und sich in den nächsten Urlaubsflieger zu setzen! *Warum nicht? Spaß* machte der Handel doch ohnehin nicht! Im Rahmen einer *fachlichen Pflicht* – sich mittels *indirekter Pflicht* »das eigene Wohl zu fördern«, zu entfalten – war das *Fernbleiben* doch sogar wünschenswert! Aber: Trotzdem, so Hofner, lagen hier *Lebenskunst* und *Pflichtbewusstsein* nicht vollständig beieinander, denn: Der fachliche pflichtbewusste Standpunkt eines Traders nahm eine Auswahl an Gewichtung vor und räumte dem »freizeitgestaltenden« Anteil lediglich einen untergeordneten Rang ein; in den Adelsstand der »willkürlichen Freiheit«

wird er *niemals* erhoben, und im Konfliktfall lässt er den *fachlichen Pflichten* der Großwetterlage *immer* den Vorrang. Kurzum: Sollte der Markt wieder auf ein Fünf-Sterne-Setup wechseln, dann war augenblicklich Schluss mit Freizeit, Sonne, Strand und Meer, dann hieß es: Ab vor den Rechner! – Wie lange? Das gab der Markt vor. *Einzig* der Markt. Aber eines konnte man sich ja gewiss sein: Eine Fünf-Sterne-Marktphase der Großwetterlage – sprich: jene Marktphase der *Bewegung* – verlief, wie hinreichend bekannt, immer im zeitlich *kürzeren* Ausmaß als die übrigen Marktphasen …

Hofner unterbrach sich, als von der Terrasse her eine weibliche Stimme nach John rief. »Jooohn!« Seine Frau gab ihm und Hofner von der Terrasse aus ein liebevolles Zeichen, dass das Büfett angerichtet sei. Hofner, nicht wissend, dass er Tage später nochmals sehr intensiv dieses Thema mit Stan besprechen werde, nickte Johns Frau zu.

»Sofort, Liebling. Nur noch ein, zwei Sätze, und es kann losgehen!« John wandte sich erst Hofner und dann der Runde zu: »Aber …«, weder die Anforderungen noch die Ergebnisse der fachlichen Vernunft ermäßigend, verwies John nun abschließend darauf, dass man von ihr alleine trotzdem nicht den *gesamten* »inneren« beziehungsweise »allabendlichen Frieden« als Trader erwarten durfte, denn nur diesem wohne jene notwendige Souveränität inne, das Trading als Ganzes zu »meistern« und sich – bis auf die Großwetterlage – im Wesentlichen als dessen Herr zu erweisen, statt schicksalsergeben das Lebens als Trader wie ein Knecht zu erleiden. Auch wenn man weit davon entfernt war, alle Faktoren kontrollieren zu können, war es dennoch möglich, alles *Tun* und vor allem auch *Lassen* herauszufinden, das einem geglückten Leben als Trader gerecht wurde, und das entsprechende Handeln im *Rhythmus der Großwetterlage* auf den Weg zu bringen. »Treffen nun statt Spaß und Lust die … nennen wir sie ruhig mal … Tugenden *Besonnenheit* und *Gelassenheit* auf die fachliche Vernunft und die fachliche Pflicht, so erhält das Leben als Trader plötzlich einen *inneren Glanz* und sie erzeugen damit den *allabendlichen Frieden* als Trader … So, nun lasst uns aber zum Büfett gehen!« John stand auf.

Alle erhoben sich, nippten bedächtig an den eisgekühlten Cocktails in ihren Baccaratgläsern und gingen durch die offene Fensterfront hinaus in den großzügig angelegten Garten. Die Luft war erfüllt vom Sommerduft nach Gras und Beeren, und nach wenigen Schritten erreichten sie das delikat hergerichtete Büfett, das zwischen dem kleinen Teich, an dessen

Rand vereinzelt Tigerlilien blühten, und dem Pavillon aus Kirschbaum mit spitzem Dach und tief angesetzter Traufe, die an eine Zeichnung aus dem kaiserlichen China erinnerte, aufgebaut war.

Innerer Glanz!

Ein schönes Bild!

Philip schaute den Gästen nach und fragte sich beim Betrachten der zum Büfett strebenden Personen, welcher Trader wohl einen *inneren Glanz* versprühte.

Huiii … Welch spannendes Gedankenspiel!

Und während die ersten Teller klapperten, blieb Philip allein im Raum zurück, setzte sich an das Klavier und spielte mit dem rechten Zeigefinger wahllos eine Melodie. Hin und wieder schmunzelte er gedankenverloren, denn die letzte Stunde war er aufs Neue, dafür aber äußerst gründlich, über etwas zum Nachdenken gebracht worden, das er bereits gefühlt hatte – was sich seinem Bewusstsein aber bisher bloß in einer Art Halbschlafzustand, mithin in absolut unzulänglicher Weise präsentiert hatte! Sämtliche hier gestellte Fragen waren Gedanken, die in Philips Kopf bereits zuvor von Zeit zu Zeit und wie auf einer Drehscheibe aufgetaucht waren. Philip blickte über seine Schulter hinaus auf das Treiben der versammelten Gäste. In der Menge erkannte er Hektor, der gerade eine Gabel zum Mund führte, und in einer der Ecken der Terrasse standen der nun ebenfalls kauende Wehnert sowie Matthew, der, statt sich dem Teller voller Essen in seiner Hand zu widmen, lebhaft auf Wehnert einredete. Er sah auch … Stan, der nach wie vor mit verdeckenden Gesten kopfschüttelnd auf sein iPhone starrte … und musste anerkennen, dass das *beständige* Geldverdienen nicht alleine die natürliche Folge des Besitzes von duplizierbarem Fachwissen war, sondern dass Ehrenbach, Hofner, John und Torbach und wer immer noch deren Meinung geteilt hatte, zu Recht begreiflich zu machen versucht hatten, dass der Besitz des Fachwissens nicht nur zu seiner Anwendung – gerade hinsichtlich der Großwetterlage – verpflichtete, sondern dass das Fachwissen um die Märkte unbedingt auch die Erkenntnis um die »Widerspenstigkeit« des Ziels zur Folge haben musste.

Hmmm …

Ein ausgeglichenes Verhalten zwischen Widerspenstigkeit, Lust, Faszination und fachlicher Vernunft war also nicht nur zwingender Befehl, nicht nur wichtiger Auftrag, nicht nur bestimmte Vorgabe, sondern war gleichzeitig Basis, Richtschnur und … somit alles in allem: ureigenste Verpflichtung!

Hmmm …

»Hey, mein Freund … hier steckst du also! Ich hab dich schon gesucht.« Hofner lehnte sich mit seinem Teller an das Klavier, und ein köstlicher Duft umwehte Philip.

»Boah … *Yam Nüa!* Das ist was für Mutige!«, kommentierte er Hofners Essenswahl, während dieser in seinem mit scharfem Rindfleischsalat mit Korianderblättern, Minze und einer Handvoll roter Chilis wohlgefüllten Teller herumstocherte.

»Na klar! So wie das ganze Leben!«, konterte Hofner, spießte ein Stück Rindfleisch und eine Chilischote auf die Gabel und schob sich diese genüsslich in den Mund.

Philip nickte anerkennend. »Na, wenn das so ist! Dann will ich auch mal mutig sein: Also … Hand aufs Herz: Gibt es nun ein perfektes Leben als Trader oder nicht?«

Hofner blickte von seinem Teller auf und starrte Philip mit seinen scharfen, aber von Fältchen umgebenen Augen ins Gesicht. »*Perfektes* Leben? Ach du meine Güte!« Hofner summte begütigend und meinte nach einer kurzen Pause, dass es etwas Besseres als ein *gutes* Leben als Trader nicht gäbe – vorausgesetzt, man erkenne folgendes an: Man erlerne und beachte die Mehrdeutigkeit im Begriff des *Guten,* deretwegen es ein im *fachlichen,* ein im *pragmatischen* und ein im mehr als pragmatischen, im wahrhaft *pflichtbewussten* Sinne ein *gutes Leben* als Trader gäbe!

Philip schlug wahllos die weißen und schwarzen Tasten an und machte dabei auf Hofner den Eindruck, als sei er mit der Antwort nicht zufrieden.

»Schau her, Philip … für dich mal ganz geradeaus gesagt: Wir alle streben danach beziehungsweise sind sinnliche Vernunftwesen! Deswegen haben wir auch zweierlei Grundinteressen: Als Vernunftwesen will *jeder* Trader *fachlich* gut, als sinnliches Wesen will er *glücklich* sein!« Hofner erklärte weiter, dass man demnach einen Trader dann »erfahren« nennen konnte, wenn er auch als »sinnliches« Wesen im Idealfall fachlich vernünftig blieb, weil er nur zu gut wusste, dass er auf »unfachliche« Weise unmöglich glücklich werden konnte. Obwohl, wie Philip gerade in den vergangenen Monaten ja selbst hinreichend hatte erfahren dürfen, die Welt des *technisch* orientiertes Tradings leider nicht so eingerichtet war, dass sich ein zur fachlichen Vernunft *proportionales* Glück einstellte, ergab sich daraus für Hofner folgende Bilanz: »Auch wenn die fachliche Vernunft ohne Mitwirkung des Schicksals«, damit verwies Hofner nochmals auf die Existenz anderer Marktteilnehmer und deren Ausrichtung und damit auf den fachlich sauberen Minustrade, »keine Garantie auf einen *allabendlichen Frieden* beschert, setzt sie diesen innerlichen Frieden jedoch *nicht* aufs Spiel, denn: Ohne fachliche Vernunft und ohne fachliche *Pflicht* ist ein *allabendlicher Frieden* nicht einmal im Ansatz zu erwarten!«

Hofner spießte sich die Gabel erneut voll und kaute genießerisch. »… wirklich klasse, dieses Zeug! Aber zurück zum Thema: Weißt du, wenn wir ehrlich sind, ist es doch so, dass die großen Firmamente des Tradings, nämlich *Diversifikation, Geldmanagement* und *Großwetterlage*, welche die *Revolution* des wirklich erfolgreichen Handels herbeiführen, vielen Tradern zwar längst bekannt sind und trotzdem von diesen nicht als Wirklichkeit, sondern als etwas sehr Hohes, sehr Fernes empfunden werden. Das, was die Welt dieser Händler so verwirrt, ist das Missverhältnis, das zwischen *Lust* und fachlicher *Pflicht* besteht, sowie die daraus resultierende ungeheure Unbeholfenheit und Beharrungsträgheit!« Hofner wischte sich den Mund mit einer Serviette ab und ergänzte seine Worte damit, dass die *fachliche Absicht* nicht immer genügend mit den in einem Trader arbeitenden anderen Kräften zusammenwirkte und daher die von Ehrenbach als *höchste* Stufe definierte Freiheit eines Traders völlig zu Recht in der – je nach Erkenntnisgrad und Willen verstörenden oder erhebenden – Erfahrung bestand, dass die Annahme, als erfahrener Trader endlich »frei von persönlichen Zwängen« zu sein, immer eine Täuschung war.

Ein erfahrener Trader, so Hofner weiter, war mithin gezwungen, anzuerkennen, dass von der ursprünglich angenommenen Freiheit des eigenen »Wozu« tatsächlich nur ein fiktiver Rest übrig blieb, nämlich: dass die Freiheit als Emanzipation, als »Frei-«Machen von der Illusion der eigentlichen *Willensfreiheit* verstanden werden musste! »Kurzum: Der zeitliche Ablauf der *Großwetterlage* bestimmt über den zeitlichen Ablauf der Freizeit- und Tagesgestaltung und keinesfalls andersherum! – Verstehst du, wie ich das meine, Philip? Wenn du bei der von dir auserwählten Lebensaufgabe *Trading* das Verständnis für die fachliche Pflicht gegenüber der Großwetterlage und die Erkenntnis um das *widerspenstige* Ziel *Trading* und damit Zweck und Sinnhaftigkeit der eigenen Handlungen sowie eine abgeschwächte Erwartungshaltung hinsichtlich den Phänomenen *Spaß* und *Faszination* erwerben möchtest und deinem Geist erlaubst, den dazu notwendigen Erfahrungen tüchtig entgegenzuschreiten, diese so detailliert wie nur irgend möglich zu *durchdenken* und dich anschließend von den Ergebnissen leiten zu lassen, dann verleiht dir das als Trader eine gewisse Würde und Selbstachtung … oder, wie John es so treffend ausgedrückt hat, einen *inneren Glanz*!«

Philip ließ die Finger von rechts nach links über die Tasten wandern. »*Innerer Glanz!* Das klingt echt gut!«

»Und weißt du, wie man *ohne* mit einem Händler auch nur ein Wort zu wechseln, weiß, ob er jenen *inneren Glanz* hat?«, fragte Hofner.

»Ohne Worte?«

»Ganz ohne Worte! Man kann es sehen, und man kann es spüren! Es ist … *wie soll ich sagen* … jene durchdachte *Regsamkeit ohne Geschäftigkeit*, die dem Tag eines Händlers einen erkennbar angenehmen Rhythmus gibt!« Bei den letzten Worten klappte Hofner lächelnd den Tastaturdeckel nach unten, und Philip zog die Hände zurück. »So, jetzt aber erst mal raus hier!«

Philip kam der Aufforderung nach und folgte dem immer noch hungrigen Hofner ans Büfett …

Hm … wie war das eben noch mal …?

Diese Regsamkeit ohne Geschäftigkeit gibt dem Tag eines Händlers einen angenehmen Rhythmus … Eieiei…

*

Nach dem Abendessen ließ sich Philip nochmals Wein nachschenken und genoss den Duft der Blüten der überall im Garten angepflanzten und von den Einheimischen *Leelawadee* genannten farbenprächtigen Frangipani-Sträucher – und als im Garten plötzlich Beifall aufbrandete, wandte er seinen Blick hinüber zur Bühne. John bestieg gerade das kleine Podium am Ende der Wiese und schenkte seinen Gästen nochmals Worte des Dankes. Als der Applaus abebbte, betonte er, dass es heute vor allem darum gehe, eine schöne Party zu feiern und sich mit alten Freunden zu unterhalten oder neue kennenzulernen. Anschließend bedankte er sich erneut für das zahlreiche Erscheinen der Gäste, das hervorragende

Abendbüfett und namentlich auch bei Kim für die exzellente Organisation. Als John zum Abschluss seiner Worte sein Glas erhob, klatschte sein Publikum zustimmend und erhob selbst die Gläser. Jedem, der das sah, musste klar werden, dass John solche Feiern liebte, denn seiner Ansicht nach war es das schönste Geschenk, das man erhalten oder jemandem machen konnte – die Begegnung mit einem anderen Menschen.

Dann wurden auf einmal die Lichter gedämpft, und die Band ließ erneut ihre Töne durch den Garten klingen. Einige jüngere Damen stolzierten auf die Terrasse und schwangen ihre Hüften verführerisch zum Takt der Musik und dem bunten Feuerwerk aus Licht und Farben. Ein bewundernder Pfiff aus der Menge drückte aus, was alle Männer im Umkreis dachten, und Nick ging ebenso auf die Tanzfläche, um – wie er meinte – zu schauen, »welche Hühner denn so im Korb seien«.

– *Und siehe da!* Auch Stan hatte sich von seinem iPhone gelöst und tanzte eine halbe Ewigkeit mit der »Vanilleduft«-Frau und musste zugeben, dass er sich prächtig amüsierte. Alexandra. Jung. Gut aussehend. Große, braune Rehaugen. Charmant. Seine Begleitung entpuppte sich als äußerst unterhaltsam, und Stan tanzte und tanzte, nicht wissend, dass sie zwei Wochen später schon seit vierzehn Tagen seine Geliebte sein würde.

Im Takt der Musik schritt die Nacht voran, die Zeit zerfiel. Mittlerweile war es später Abend, die Gesellschaft gelöst. Einige Herren saßen im großen Wohnzimmer, rauchten und spielten Karten; einige Frauen waren im daneben liegenden anderen großen Wohnraum versammelt, und einige plauderten mit kleinen Schweißperlen auf der Stirn – die schwüle Hitze des Flussdeltas des Chao Phraya drückte nachts noch schwerer als zur Mittagszeit – noch auf der Terrasse miteinander. »Kommt, lasst uns wieder zu den anderen gehen!«, meinte Hofner nun, und er, Sander und Philip, die sich bis eben noch sehr persönlich unterhaltend Neuigkeiten über die Heimat austauschten, erhoben sich von einer etwas abseits stehenden Bank und schritten über den knirschenden Kies zu dem großen, von der finsteren schwarzen Nacht umhüllten Haus empor.

Fast schon am Rand der Terrasse angekommen, vernahm Hofner, der etwas voranging, von vier, eng an einem der Stehtische die Köpfe zusammensteckenden, jungen Männern die Wortfetzen: »… ich habe da einen tollen Einstieg …« – »… ist der auch wirklich der beste …?« – »… Kombination aus GD, RDF und noch was streng Geheimem … !« – »… Nee, jetzt *echt*? Was denn …?«

Mit einem unauffälligen Handzeichen lotste Hofner Sander und Philip an den in ihr Gespräch vertieften jungen Männern vorbei, denn Hofner wollte den Rest des Abends nicht an den Rockschößen jener Leute hängen, um sich blauen Dunst und Harmlosigkeit des Tradings vormachen zu lassen. Ein paar Schritte weiter vernahm er durch die weit geöffneten Flügeltüren verschiedene Frauenstimmen: »Ach … die Männer … « – »Ja, ja … du solltest erst mal meinen Mann hören …« – »… die sind doch alle gleich – wisst ihr, was meiner neulich gebracht hat? …« Hofner schüttelte auch hier mit verzogener Miene den Kopf und zeigte stattdessen auf die rechte Terrassentür. Von dort kamen ebenfalls verschiedene Stimmen und Worte: »… wenn ich vor den Monitoren nur immer all das vollbringen könnte, was ich mir vorgenommen habe …« – »… scheiß Psyche …« – »… wie viel Charakterstärke braucht ein Trader? …«

»Hier sind wir richtig!«, sagte Hofner grinsend, und die drei nutzten die Gelegenheit, um sich um die Ecke schauend im Raum umzusehen. Etwa ein Viertel der Gesichter war Philip bekannt: Neben Matthew, einem Trader aus einem hier ansässigen Handelsbüro, waren Torbach und Wehnert, der ältere Herr, der in der Runde am früheren Abend bereits durch seine Fragen aufgefallen war, aber auch Pascal, den Philip auf einem Segeltörn mit John kennengelernt hatte, anwesend, und neben Pascal saß, jedoch für den Moment ohne weibliche Begleitung, Nick. Auf der anderen Seite Nicks saß ein Mann Anfang vierzig, dessen schwarze Haare zwar bereits an wenigen Stellen mit Weiß durchsetzt waren, der aber insgesamt noch fast jugendlich wirkte und so gut aussah, dass er Philip als auch den anderen an diesem Abend bereits ein paar Mal aufgefallen war. Nick hatte Philip auf dessen Nachfrage sowohl erklärt, dass dieser Jerome hieß, auch Trader sei, aber nicht in einem Handelsbüro, sondern privat arbeitete und die Verbindung zu John eher aus einem engen Verhältnis der beiden Ehefrauen herrührte. Ebenso meinte Nick, dass er Jerome bei den gelegentlichen bisherigen Treffen als sehr angenehm empfunden hatte, da dieser einen nicht permanent mit einem »Wie handelt ihr denn …?« auszuhorchen versuchte, sondern das Thema Trading ganz im Gegenteil fast überhaupt keine Rolle gespielt hatte.

Als Gegengewicht saß an der gegenüberliegenden Tischseite, wie hätte es auch anders sein können … Hektor! Und mit dem Rücken zu ihnen saß … *das ist doch …?!* … *Yeap!* An der Stirnseite des großen Couchtischs mit dem Rücken zur Terrassentür und zurückgelehnt saß

Connor und trank gerade in einem Zug sein Glas aus, bevor er sich wieder angeregt dem aktuellen Thema widmete. Connor – ein faszinierender Mann Mitte fünfzig, dessen jeder Zoll seiner Gestalt vollkommene Ungezwungenheit ausstrahlte. Viele meinten, er sei ein Wunderkind in Sachen Börsenhandel. Andere, boshafte Zungen wiederum behaupteten, das komme daher, dass er nie eine Schule besucht hätte. Doch ganz ohne Unterricht war er nicht geblieben: Sein Vater, ein einfacher, aber strenger Mann aus einfachen Verhältnissen, brachte ihm viel über das Leben bei und zwang ihn sogar dazu, sich musikalisches Wissen anzueignen. Was den jungen Connor aber eigentlich interessierte, die Seefahrt, hatte sein Vater von ihm fernzuhalten gewusst. Als Connor nach der Schulzeit seine ursprüngliche Berufsausbildung begann, arbeitete er für eine Firma, die Versicherungen vertrieb, und wie jeder die Schule verlassene Jugendliche hatte er sich das Berufsleben einst total anders vorgestellt: teure Klamotten, angenehme und ausschweifende Geschäftsessen, wichtige Meetings mit leitenden Angestellten, Firmenbosse und so weiter. Er hatte geglaubt, er würde einmal ein bedeutender Ansprechpartner werden und Teams in superkritischen Situationen leiten. Im Grunde genommen hatte er erwartet, man würde ihm die Schecks nur so hinterher schmeißen und ihn ständig nach seiner hochgeschätzten Meinung fragen. *Tja* ... für seinen damaligen Chef war er definitiv ein wichtiger Ansprechpartner. Er zögerte nicht, Connor anzusprechen, wenn er Kaffee oder Kopien benötigte oder wenn es – während Connor erste Kontakte mit der Börse sammelte – sonst irgendwelche idiotisch-anspruchslosen Aufgaben zu erledigen galt:

»Connor! Wo bleibt das Fax? Ich brauche sofort dieses Fax!«

»Connor! Diese Unterlagen müssen heute noch an die Kunden. Wie? Ja, natürlich alle.«

»Connor! Wo stecken Sie denn? Lesen Sie etwa schon wieder Ihre Börsenartikel? In mein Büro, sofort!«

»Connor! Den Börsenscheiß können Sie auch in Ihrer Freizeit lesen!«

»Connor! Wenn ich Sie noch ein einziges Mal beim Telefonieren mit Ihrem Broker erwische, dann ...«

So ging das den ganzen Tag. »Connor hier!« – » Connor da!« – »Connor sofort!« Unheimlich nervig. Einmal hatte der Chef Connor doch tatsächlich sogar beschuldigt, er habe absichtlich einen Auftrag eines Kunden nicht angenommen, nur um nachmittags die Börseneröffnung von

Amerika ungestört mitzubekommen. Unfassbar! Natürlich hatte er recht – Connor war die Eröffnung wichtiger als dieser blöde Kunde, schließlich war er in der Aktie long. Und so wurde Connor ein wahrer Meister im Undercover-Chartlesen-und-Order-Aufgeben und tat dann immer, als würde er besonders sorgfältig irgendwelche Tabellen analysieren. Mitunter mussten, nur damit Connor die jeweilige Börseneröffnung mitbekam, die städtischen Nahverkehrsbetriebe mit erdachten Störungen und Ausfällen herhalten, welche einen pünktlichen Arbeitsbeginn leider unmöglich machten. Und so kam alles – wie so oft im Leben – anders, und selbst da wiederum kamen noch tausend Sachen dazwischen, und so kam es, dass im wachsenden Maße die Leidenschaft des jungen Connor nach seiner eigentlich eher zufälligen Begegnung mit Aktien statt seinem ursprünglichen Berufe immer mehr dem Börsenhandel galt und daraufhin so plötzlich wie umfassend der *Philosophie*. Irgendwann war es dann so weit: Er kündigte, bewarb sich in einem Handelsbüro, und seinen Handelsergebnissen und auch seiner Einstellung hinsichtlich dieser Arbeit nach zu urteilen, war schnell klar, dass Philosophie seinen Begegnungen mit den Charts bei Weitem nicht schadete oder jemals schaden würde.

Wie aber kam ein Händler zur *Philosophie*? In Connors Fall kam dies, weil er sich vor allem anderen für den Trader als »Menschen« interessierte. »Man muss sich selbst erkennen. Es ist eine übernatürliche Verblendung, als Trader zu leben, ohne danach zu suchen, was man ist. Die Frage nach ›dem‹ Menschen, der denn da vor den Monitoren sitzt, ist das wahre Studium, das dem Trader eigentümlich ist«, lautete stets seine Devise, die er zahlreichen jungen Händlern erklärte, die durch seine Hände gereicht wurden. – Und was erfuhr man in einem philosophischen Nachdenken über den »Trader«-Menschen? Um dies herauszubekommen, müsse man, so Connor, immer den »Menschen«-Trader zunächst so betrachten, wie er in die unendliche Welt des Börsenhandels eingebettet sei. Doch der Versuch, diese zu erfassen – und dies beschäftigte Connor lange –, stürzte das Denken in höchste Verlegenheit und Zwiespältigkeit, denn: Diese Zwiespältigkeit zeigte sich nicht nur im allgemeinen »alltäglichen« Wesen des Traders; auch dessen alltägliches Tun und Treiben vor den Monitoren gab davon Kunde. Und um dies zu veranschaulichen, blendete Connor gern jene Situationen vor den Monitoren auf, in denen sich der durchschnittliche Trader gemeinhin herumtrieb: die Chartjagd, das Orderspiel, den Tanz mit der einzelnen Periode, den

Dienst der Dauerobservation, die Experimente in Sachen Geldmanagement, die unerträgliche Unbeständigkeit in der Anwendung eines Regelwerks und dergleichen mehr. All diesen »Beschäftigungen«, und zwar den spielerischen ebenso wie oftmals den scheinbar ernsthaften, war, so wie es Connor mittlerweile betrachtete, eine seltsame Doppelbödigkeit zu eigen. Sie waren nicht nur das, als was sie erscheinen – die Hast und der Eifer, mit denen diese »Beschäftigungen« betrieben wurden, sondern sie wiesen seiner Meinung nach oftmals darauf hin, dass sie aus der fahrigen Sucht nach Zerstreuung erwuchsen. Und genau das fand Connor höchst spannend, denn: Dem »privaten Menschen«, der sich von seinem einstigen nervenaufreibenden, zeitverschlingenden Beruf abwandte oder davon träumte, sich abzuwenden, um nur noch mittels des räumlich und zeitlich unabhängigen Börsenhandels sein Geld zu verdienen, dürfte ja eigentlich nichts an einer Dauerobservation gelegen sein, der er nahezu vierundzwanzigstündlich tagein, tagaus nachjagte. Und dem, der sich von seinem einstigen Beruf abwandte oder davon träumte, sich abzuwenden, da dieser eine zu »ungenaue Zukunft« habe, dürfte doch auch nichts an den »schnellen hundert Euro« eines unsauberen halbherzigen Trades, die er »im Spiele« einstreichte, gelegen sein, wenn er doch wusste, dass die Börse auch noch morgen, übermorgen und die kommenden Jahrzehnte mit Sicherheit »geöffnet« war.

Man könnte daher fast meinen, so Connors Ansicht, ein Trader suche vielmehr die Zerstreuung um der Zerstreuung willen. Und Connor dachte über die Jahre tiefer und tiefer nach, und dann, mit wahrhaftig weit geöffneten Augen, entdeckte er Folgendes: Letztlich stand bei vielen Tradern dahinter die Angst vor dem Alleinsein und der Langeweile. – Wie wahr! »Alles Unglück auf dem Konto kommt daher«, pflegte er allzu gern zu sagen, »dass man es als Händler nicht versteht, ruhig in einem Zimmer zu sein!« Mit Belieben drückte er es so aus, dass jene Einsamkeit und Langeweile deshalb ängstigten, weil sich in ihnen der Trader »unverhüllt« selbst gegenübergestellt wurde. Und hier fand Connor irgendwo den Grund, weshalb viele Händler immerzu »eine ungestüme und hinreißende« Beschäftigung mit den Charts suchten, die sie davon ablenkte, an und über sich zu denken. Oder besser noch: Man trachtete ständig danach, sich selbst zu vergessen. Und damit stand für Connor am Horizont schon immer jene Frage, warum denn das Nachdenken über sich selbst für so viele Händler so unaushaltbar sei.

Connor seinerseits fand auch für sich die Antwort, welche Philips Gedanken bei dem Thema *Widerspenstigkeit* sehr ähnelten: weil sich darin für den fortgeschrittenen Trader – der Tradinganfänger fand es ja noch abenteuerlich – die »Trostlosigkeit« seiner Existenz als Trader offenbare. In solchen Augenblicken des Alleinseins befielen den Trader die Langeweile, die Düsterkeit, die Traurigkeit, der Kummer, der Verdruss, ja, mitunter auch die Verzweiflung. Ja, Verzweiflung! Verzweiflung, einen Lebenstraum »Trader« anzustreben, der bei genauem Betrachten – aufgrund eines widerspenstigen Spiels – keinen Spaß machen konnte! Öde, leere Traderjahre, zermartet von der Sehnsucht nach dem Kick, der Action – sollte diese törichte Lächerlichkeit ernsthaft seine Zukunft bis zum Lebensende sein? Der Trader fühle angesichts der tickenden Charts sein »Nichts«, seine Verlassenheit, seine Unzulänglichkeit, seine Abhängigkeit vom Orderbuch und damit seine Abhängigkeit von anderen Marktteilnehmern, seine Ohnmacht – ja, irgendwie seine »Leere« und fühlte … wie sich die auf seinem gesamten Dasein als Trader lastende, tiefe Bedrohung durch auch nur einen einzigen, unüberlegten und unvernünftigen Mausklick tiefer und tiefer in ihn hineingrub …

Alles in allem: Durch die Einsamkeit vor den Monitoren wurde offenbar, dass das Leben als Trader »das zerbrechlichste Ding der Welt« war und man nur mit »ein wenig«, genauso wie mit einem »Haufen« an den Tag gelegter Unvernunft, gleichwohl in den Abgrund rannte. Doch genau hier fand Connor inmitten des – etwas pathetisch – formulierten »Elends« etwas von der Größe eines Menschen und Händlers: dass dieser nämlich imstande war, um sein »Elend« zu wissen. Die Größe des Menschen als Händler war demnach darin groß, dass er sein »Elend«, besser die »Widerspenstigkeit«, seines ansonsten ja ehrenwerten Ziels nicht nur *erkannte*, sondern *an*erkannte. Oder mit anderen einfacheren Worten: Connor erkannte bei sich, als auch bei anderen Tradern: Ein Trader will groß sein, und er sieht sich klein; er will glücklich sein, und er sieht sich elend; er will vollkommen sein, und er sieht sich voller Unvollkommenheit. Die durchgängige Widersprüchlichkeit im Wesen und Dasein des Lebens als Trader brachte es mit sich, dass dieser sich nicht eindeutig erfassen konnte, ja, dass er in einer grundhaften Ungewissheit lebte. Man trachtet nach der Wahrheit und fand in sich tagtäglich aufs Neue nur Ungewissheit. Nichts zeigte die Wahrheit! Ein Trader war also nichts weiter als ein Wesen voller Unsicherheit und Irrtum, solange er nicht zum einen die »Widerspenstigkeit« seiner Ziele *er*kannte und zum anderen, dies war der springende Punkt, dass jene Widerspenstigkeit, genau betrachtet, so *natürlich* wie *unveränderlich* und *unvergänglich* und *unaustilgbar* dazugehörte! – Und solange dies nicht erkannt wurde, so ergab Connors Nachdenken, war es das, was zu den Tausenden tagtäglich den Bildschirmen entgegengejammerten Worten führte: »Ich sehe ringsum nichts als Dunkelheiten und Nebel!« Und solange jene *Widerspenstigkeit* im Umgang mit dem Trading und deren Folgen für den Umgang mit dem eigenen Handel nicht erkannt und angewandt wurde, solange konnte ein Trader nichts aus sich selbst heraus erkennen.

Es war demnach völlig normal, dass es für so viele Trader unbegreiflich war, dass: Erfolg an der Börse beständig machbar war, und unbegreiflich, dass er es nicht war; für sie war es unbegreiflich, dass Disziplin beständig machbar war, und unbegreiflich, dass sie es nicht war. Alles blieb folglich im Widerspruch. Gern würde Connor so manchem Trader zurufen: »Erkenne, was für ein Paradoxon du für dich selbst bist!«, und er wüsste, dass manch Trader, sofern er ehrlich über sich zusammenfassend urteilte, zurückrufen würde: »Was für eine Chimäre bin ich als der ›Mensch‹-Trader. Was für ein Subjekt des Widerspruchs, was für eine Kreatur des Chaos! Ich möchte als Trader Richter aller Dinge, Verwalter des Wahren sein, und dennoch verwalte ich nur meine innere Ungewissheit und den Irrtum von Glanz und Auswurf des Charts!«

Und wie sah Connor die Folge des Ganzen? Die Folge der brennenden Begierde, endlich einen festen Stand und eine letzte, beständige Grundlage zu finden, um darauf seinen »Lebenstraum Trading« zu erbauen, der sich ins Unendliche erhebt, war, dass das ganze Fundament wackelte, dass sich mitunter sogar die Erde bis zu den Abgründen öffnete und dass sich angesichts dieser grundhaften Ungewissheit müde Resignation oder mitunter kraftloser Skeptizismus und damit mitunter – trotz fortgeschrittenen Status – eine erneute Flucht in den fremdbestimmten Dogmatismus nahe lagen. *O ja* – Connor hatte mit den Jahren einen Blick dafür entwickelt, ob ein Trader frei war, oder ob er zwischen beiden, zwischen Dogmatismus und Skeptizismus, in einer Zweideutigkeit und in einer gewissen zweifelhaften Dunkelheit lebte. Doch darin konnte und durfte, nach Connors Ansicht, nie und nimmer ein fortgeschrittener Trader bleiben. Und dies einzig und allein darum nicht, weil bei der Sache, um die es sich handelte, Entscheidendes auf dem Spiel stand, nämlich – *Geld!*

– »Jungs, kommt rein!«, rief Connor, der plötzlich die Anwesenheit von Hofner, Sander und Philip an der Terrassentür bemerkte und den unbesetzten Sessel neben sich einladend zurechtrückte.

Die drei traten ein, und während es sich Hofner und Sander in den beiden noch freien Armlehnsesseln bequem machten, nahm Philip am großen braunen Sekretär, der zum Fenster gerichtet stand, Platz und drehte seinen Stuhl zur Mitte des Raums. Und obwohl die Neuankömmlinge diesem Gespräch erst wenige Sekunden beiwohnten, sprach Conner sie auch gleich an und gab zu verstehen, dass das aktuelle Thema seinen Ursprung irgendwie unter dem Stichwort »Trading« und »Wollen und Vollbringen« oder »Wollen und Können« habe. Connor fasste es spielerisch so zusammen: »… Was ich vollbringe, erkenne ich nicht; denn nicht, was ich will, das führe ich vor den Monitoren aus, sondern was ich hasse, das tue ich!«, und da es die Selbsterfahrung nahezu eines jeden Traders bestätigen konnte, dass es eine solche Diskrepanz zwischen Wollen und Vollbringen gab, bat Connor nun um ihre Ansicht zu den Dingen und hoffte, dass sich diese Stichworte mit ihrer Hilfe noch ein gutes Stück weiterverfolgen ließen.

»*Ha-aa* … Schönes Thema!« Sander nickte als Zeichen des Verstehens und wiederholte lächelnd Connors Aussage in leichter Abwandlung, dabei mit großer Geste bühnenreif deklamierend: »… denn das Wollen ist zwar bei mir vorhanden, das Vollbringen des Richtigen aber nicht! Denn nicht das Gute, das ich will, tue ich, sondern den fachlichen Müll, den ich nicht will, den führe ich vor den Monitoren aus!« Jeder in der Runde spürte sofort, dass Sander an diesem Thema großen Gefallen fand, und das auch zu Recht, denn so wie jedem anderen erfahrenen Trader, so war auch ihm aus seiner eigenen Erfahrung nur zu gut klar, dass ein Trader zu Beginn mit seinen eigenen Willenstendenzen in der Regel nicht fertig wurde und daraus dann jenes heillose Durcheinander von Spannungen und Frustrationen entstand und dass diese Ambivalenz und Schwäche des »Doppelwesens Trader« und die damit verbundene Diskrepanz zwischen Wollen und Vollbringen irgendwie einer dringenden Versöhnung bedurften. Nun im normalen Tonfall fortfahrend, interpretierte Sander, zum Wohlgefallen Connors, diese Erfahrung im Sinne eines im doppelten Widerspruch mit sich selbst liegenden Traders: »Wenn ich das zusammentrade, was ich nicht will, so vollbringe nicht mehr ich es, sondern die ›fachliche Sünde‹, die in mir wohnt. Oder anders: Nach dem in mir innewohnenden Trader habe ich zwar Lust an den fachlichen Regeln, meine Finger gehorchen aber anderen Gesetzen, die mit den fachlichen Gesetzen in meinem Innern wie und warum auch immer im Widerstreit liegen und mich zum Gefangenen des Gesetzes der ›fachlichen Sünde‹ machen, das in meinen Gliedern steckt. – Ich elender Trader! Wer oder was erlöst mich?!«

»Ja, ja … genau das ist gemeint!«, erklang es aus der Runde, und während die fortgeschrittenen und erfahrenen Trader am Tisch um den tieferen Sinn von Sanders Worten wussten, ergaben diese Worte für andere stattdessen überhaupt keinen Sinn! Wehnert war einer davon, weswegen sich dieser nun mit einer scharfen Bewegung vornüber beugte und begann, Sanders Vortrag durch Einwände auseinanderzunehmen, wobei er sich unter anderem mit dem klassischen Satz »… wo ein Wille ist, ist auch ein Weg!« zur Partei der allgemeinen Alltagslogik schlug und kopfschüttelnd und vehement gegen die »unausgeprägten Willensrichtungen« argumentierte, welche sich nach seiner Meinung hinter Sanders mit feiner Ironie vorgetragenen Worten verbargen.

»›Wo ein Wille ist, ist auch ein Weg‹! … So, so! … Interessant! …«, hatte Sander gerade angefangen zu erwidern, als eine junge Dame mit vollem Tablett den Raum betrat und sich die allgemeine Aufmerksamkeit kurzfristig der Versorgung mit Drinks zuwendete. Den bernsteinfarbenen Whisky durch entsprechende Bewegung seiner Hand gegen den Uhrzeigersinn rotieren lassend, fuhr Sander anschließend fort, indem er Wehnert daran erinnerte, dass es offensichtliche wie unbestreitbare Realität darstelle, dass gute neunzig Prozent der Händler als Schicksal widerfuhr, dass die Arbeitsteilung zwischen Absicht und Verhalten in den Stunden vor den Charts und damit in den Stunden der Entscheidung zusammenbrach.

Connor, der in den letzten Minuten nur lächelnd und damit zustimmend zugehört hatte, wiegte den Kopf und ergriff an dieser Stelle das Wort und warf, bevor sich Widerspruch äußern konnte, zur Klärung der offensichtlich verschiedenen Ansichten jenen Gedanken in die Runde, dass es nach seiner Überzeugung schon einen Unterschied machte, an welcher Stelle diese Diskrepanz zwischen Wollen und Können hervorbrach, wie sie vom einzelnen Trader erfahren und interpretiert wurde und was dieser anschließend aus dieser Erfahrung machte!

Philip, der eine große Ähnlichkeit der bisher gesprochenen Worte mit dem ihm bereits bekannten Thema der »fehlenden Deckungsgleichheit zwischen Absicht und Verhalten« erkannte, mit deren Ursachen er sich bereits ausführlichst auseinandergesetzt hatte,[8] war gerade im Begriff, sich dem Inhalt des umstehenden großen Buchregals zu widmen, als er zu seiner eigenen Überraschung mitbekam, dass der Tiefgang des Gesprächs gar nicht, wie vermutet, auf die fachlichen Ursachen jener fehlenden Deckungsgleichheit – allen voran Rumrutschfaktor, Lieblingsmarkt, Interpretieren statt Suchen – gelenkt wurde, sondern Wehnert mit einer fast abwertenden Geste meinte, dass, wenn ein Trader vor den Monitoren – und mitunter bis zu den höchsten Graden und deren Folgen – immer anders handelte, als er dachte, oder anders dachte, als er handelte, man dies generell für eine Schwäche des *gesamten Charakters* des Traders halten musste.

Schwäche des gesamten Charakters? Huiii ….!

Diese Behauptung erntete etwa gleich viel bestätigende und unterstützende Zurufe wie deutliche Laute und Gesten des Unmuts. Aber schneller noch als Connors oder einer der Philip bereits bekannten erfahreneren Trader ergriff nun der neben Nick sitzende Mann namens Jerome das Wort und widersprach aufs Schärfste: »Nein! … ich denke, es handelt sich eben *nicht* um eine Ohnmacht des menschlichen Willens überhaupt!« Unter beifälligem Nicken der erfahreneren Händler fuhr der verdammt gut aussehende, dunkelhaarige Mann fort, seinen Widerspruch damit zu erläutern, dass nämlich die Erfahrung der Willensschwäche interessanterweise bei einem Trader nicht für jede alltägliche Willensäußerung gleichermaßen gälte, und gab damit zu bedenken, dass Willensschwäche in börsentechnischer Hinsicht Willensstärke und zielführende Aktivität in anderen Bereichen nicht ausschloss! »Wisst ihr«, Jerome wandte sich an Wehnert, »aus meiner Sicht wäre es falsch, die Erscheinungen eines Traders einfach mit seinem *gesamten* Charakter erklären zu wollen; denn ein Trader weist stets mehrere Charaktere auf …«

»… mehrere?!« Hektor kratzte sich ungläubig am Kopf.

»Na ja, wie soll ich sagen«, Jerome blickte nachdenklich und ohne etwas zu sehen ins Zimmer hinein, »wenn man bedenkt, dass das Wort *Charakter* aus dem Griechischen stammt und in der Übersetzung *Prägung* bedeutet, so kann man davon ausgehen, dass ein Trader einen«, Jerome streckte zu jedem Punkt seiner folgenden Aufzählung einen Finger in die Höhe, »… einen allgemein geografischen, wegen mir auch einen National-, einen Regional-, einen Berufs-, einen Ehe- oder anderen Partner-,

---

[8] An dieser Stelle sei auf DER HÄNDLER, Band 4, verwiesen.

sicherlich einen eigenen Geschlechts-, vielleicht auch einen religiösen, einen bewussten, einen unbewussten und bestimmt auch einen ganz privaten Charakter hat. Diese Aufzählung ist natürlich nur grob, aber ihr wisst schon, was ich meine! Ein Trader vereinigt *alle* diese Charaktere in sich, wie eine von vielen Rinnsalen ausgewaschene Mulde, in die diese hineinsickern und sich sammeln und aus der sie wieder austreten, um mit anderen Bächlein eine andere Mulde zu füllen. Und nun kommt da noch so ein ›zwölfter Charakter‹ namens *Trader* daher und gestattet seltsamerweise dieser Person alles bis auf das eine: nämlich das, was seine elf anderen und schon viel länger vorhandenen Charaktere tun genauso ernst zu nehmen und anzuwenden und verweigert ihm damit, gerade das, was ihn eigentlich ausfüllen sollte – nämlich *Willensstärke*!«

Wow ... – Philip starrte Jerome mit weit aufgerissenen Augen an und musterte ihn eindringlich. Jerome hatte sanfte schwarze Augen, und sein ebenfalls schwarzes, hin und wieder aber bereits mit Weiß vermischtes Haar passte zu seiner Wesenshaltung. Überhaupt war Letztere besonnen, freundlich bemessen sowie sanft und verlieh ihm eine angenehme Würde. – *Wer um alles in der Welt ist der Typ?*

Hofner hatte, wie alle anderen in der Runde, seinen Blick ebenfalls Jerome zugewandt, und ohne dass er diesen kannte, hegte er doch eine recht gute Vorstellung davon, worauf Jerome hinaus wollte, und fand dessen Einwand daher äußerst weitsichtig und angebracht, denn: Auch Hofner hielt es in der Tat für wichtig, dass man das bei einem Trader in den Anfängen sicher, aber oft auch noch darüber hinaus auftretende Durcheinander von Wollen und Tun nicht generell »einer Schwäche des menschlichen Willens« zuordnen dürfe. Deshalb ergriff er nun das Wort und verwies begründend darauf, dass Trader auf vielen anderen Gebieten sowohl individuell als auch kollektiv außerordentliche Leistungen vollbrachten, wobei er seine Betonung besonders auf die beruflichen Leistungen jener Trader legte, die ihr Trading nicht als Broterwerb betrieben, sondern nur privat und nebenher oder die vor Beginn ihres Tradings durch eben ihre berufliche Leistungen den Grundstock für die Freiheit ihres heutigen Tradings gelegt hatten. Aber: Auch die *extreme Gegenseite* der Leistungsfähigkeit und Leistungsbereitschaft wurden von Hofner beleuchtet, indem er darauf hinwies, dass es immer wieder vorkam, dass der bei allen möglichen Tätigkeiten betriebene Aufwand an erbrachten Leistungen und aufgewendeter Ausdauer im Extremfall zu den bereits erreichten, oder überhaupt erreichbaren, Befriedigungen hieraus in keinem sinnvollen Verhältnis mehr stand, und schloss: »… woraus man ableiten kann, dass so wie in allen anderen Bereichen des Lebens, so demnach auch beim Traden oftmals die Leistungen und die Ausdauer schon fast in keinem sinnvollen Verhältnis mehr zu den Befriedigungen stehen, die das Erreichte möglicherweise gibt!«

Wehnert, dessen Knie altersbedingt etwas schmerzten, stand auf und überdachte im Stehen die vorgetragenen Argumente zum »aus der Reihe tanzenden ›zwölften‹ Charakter« eines Traders. »Nun«, er winkte abermals lächelnd ab, »wenn das so ist! Dann muss man es bei euch Tradern ja natürlich so ausdrücken, dass es keine *allgemeine* Willensschwäche ist, sondern nur … *Schwäche des Willens zum Guten und Richtigen*!«

Ha!

Philip, der das Gespräch ja wieder aufmerksam verfolgt hatte, applaudierte innerlich. »Schwäche des Willens zum Guten« … *das klang wirklich passend!* Und wie Philip so über die letzte Woche nachdachte und seinen Blick durch den Raum schweifen ließ, erkannte Philip … *Heee?!* … in Hektors triumphierend aufblitzenden Augen und der Art, wie dieser nach rechts und links bestätigendes Kopfnicken austeilte und zu erheischen versuchte, dass dieser, wenn auch nicht wie alle, so doch wie einige aus der Riege der Anfänger und Laien Wehnerts spöttische Worte offenbar als schlagende Zurückweisung der vorgebrachten philosophischen Ansätze fehlinterpretierte und daraus eine Art »Entschuldigung« für eigenes Fehlverhalten ableitete. Ohne Hektor direkt anzusprechen, nahm Philip, der sich über dieses Thema auch schon des Öfteren Gedanken gemacht hatte und gleichsam wie Jerome darüber dachte, seinen Eindruck zum Anlass, um dem Gespräch sofort beizutreten. Er warf, ohne jemanden direkt anzusprechen, beiläufig in die Runde, dass ein Trader die *Schwäche des Willens* und damit die eigene Natur keinesfalls als »Rechtfertigung« für die Vorstellung heranziehen durfte, dass er sein sich selbst gestecktes Ziel »Trading« nicht aus eigener Kraft, sondern – wenn überhaupt – nur unter härtester Fremdbestimmung und unter rigorosesten und erbarmungslosesten Bedingungen, also schwersten Auflagen, erreichen konnte! »Der Fehler ist vielmehr genau darin zu suchen«, fuhr Philip fort, »dass man die Herkunft des aus der Differenz zwischen *Wollen und Vollbringen* oder besser *Absicht und Verhalten* resultierenden Problems nicht oder nicht umfassend oder nur halbherzig untersucht und man sich deswegen vorschnell an die Vorstellung eines *zwangsläufig* hinter der fachlichen und vernunftorientierten Forderung zurückbleibenden und damit ›gefallenen‹ Traders gewöhnt, der im Versuch der Verwirklichung des fachlich Gebotenen tagtäglich eine Ohnmacht erfährt, für die er wegen der *scheinbaren Zwangsläufigkeit* des Geschehens doch offensichtlich keinerlei Verantwortung trägt.«

Connor warf Philip von der Stirnseite des Tischs aus einen anerkennenden Blick zu und intonierte zu einer selbst erfundenen Melodie: »Wollen habe ich wohl, aber … vollbringen kann ich nicht!« Das kurze Liedchen nutzte er als Aufhänger für den Hinweis, dass diese Aussage bei dem einen Trader ein Eingeständnis eigenen Versäumnisses und Anlass zur Reue sein konnte, bei einem anderen Trader würde sie zur Anklage gegen die Schwäche der eigenen menschlichen Natur, und bei einem dritten Trader ginge sie so leicht wie schlicht als billige Entschuldigung für die eigene Unzulänglichkeit von den Lippen. »Die Erfahrung der Diskrepanz zwischen *Wollen* und *Vollbringen* ist das eine; das andere ist eine angemessene Vorstellung davon, wie diese zustande kommt und überwunden werden kann!«, meinte Connor, trank sein Glas leer, und nach einer winzigen Pause fuhr er damit fort, die Bedeutung von sowohl Philips als auch den diesen vorangegangenen Worten Jeromes zum »zwölften Charakter« hervorzuheben und fragte: »Was will uns dies nun alles sagen?« Und da von den Laien und Anfängern niemand Anstalten machte, das Wort zu ergreifen, gab er die Antwort selbst: »Wenn also Willenskraft weder einfach vorhanden ist noch einfach fehlt, sondern anscheinend an irgendwelche Arten von Kanalisierungen gebunden ist oder durch diese erst freigesetzt wird, stellt sich die Frage bei einem Trader nach der Schwäche des Willens erneut und vor allem noch radikaler! Denn…«, Connor fixierte einen Augenblick sein Glas und überlegte, »würden wir das einfach alles so gottgegeben im Raum stehen lassen, würde das bedeuten, dass, je nachdem ob man die Normalität eines Traders in seiner faktischen Lage oder in seiner – um es mal laienhaft auszudrücken – Bestimmung ansetzt, sich das Urteil über seine Schwäche verschiebt und sich in deren Folge daraus die Möglichkeit ergibt, den Trader dadurch entweder zu *be*lasten oder zu *ent*lasten!«

Den verwirrten Blicken und Zurufen aus den Reihen der Laien und Anfänger keine Beachtung schenkend, fuhr Connors damit fort, zu erklären, dass wie immer man sich den wahren bestimmungsgemäßen

Zustand eines Trader dachte, eine – ob im Ganzen oder in Teilen – doppelte Seinsweise angenommen und die Diskrepanz zwischen Wollen und Vollbringen zurückinterpretiert wurde auf eine Differenz zweier sozusagen qualitativ verschiedener, mit einem Wertgegensatz behafteter »Seinszustände«. Connor kam daher ebenfalls wie Philip zu dem Ergebnis, dass man sich als Trader nicht einfach mit der gegebenen Diskrepanz abzufinden habe, aber dass diese auch nicht einseitig aufgelöst oder zu vorschnell einnivelliert werden dürfe, weil einem, wie er genüsslich schloss »… sonst die höchst interessanten Antworten auf die entscheidende Frage, wie, um konstante Gewinn zu erwirtschaften, die Diskrepanz zwischen Wollen und Sollen aufzuheben sei, komplett entgehen!« Dann forderte Connor die Runde auf, zu möglichen Antworten Vorschläge zu machen!

Wehnert, noch immer stehend, nahm seine Brille ab, stützte sich auf die Rückenlehne des Sofas, und mit dem Gefühl, dass viel zu viel sinnloses Theater um dieses Thema gemacht wurde, antwortete er als Erster und mit einem Ton, als sei dies das Selbstverständlichste der Welt: »Ein deutlicher Appell an den Trader sollte doch wohl vollauf genügen!«

»Ein … *Appell*!?«, fragte Connor verwundert zurück.

»Ja!«

»Also … mahnende Worte?«, setzte Connor nach.

»Ja. Ja, klar. Natürlich!« Für Wehnert – einen Mann, der mit beiden Beinen fest im Leben stand – stand fest, dass, solange ein Trader die fachliche Vernunft als eine überlegene und ungebrochene Autorität und Obrigkeit akzeptierte, doch ein Mahnruf genügen musste, um diesen an seine Pflicht und Verantwortung zu erinnern.

»Sie glauben doch nicht im Ernst, dass nur ein Appell à la ›Lieber Tradinganfänger, tu es bitte, bitte nicht!‹ reicht?« Connor, der sich mittlerweile eine Zigarette angezündet hatte, schüttelte belustigt den Kopf.

Wehnert schwieg einen Moment. »Ja, wieso denn bitte schön nicht?« Er wies die ihm entgegengebrachte Ironie entschieden zurück und führte dazu die gängige, fast schon altehrwürdige Grundüberzeugung ins Feld: »Wer das Gute wirklich erkannt hat und darum weiß, der tut es auch! Oder mit anderen Worten: Was einer als gut erkannt hat, das erstrebt er auch!« Dass sich ihm gegenüber nun nicht nur Connor, sondern auch Matthew und Sander herzhaft lachend auf die Oberschenkel klopften und in den Gesichtern der anderen erfahrenen Trader alle Gefühlslagen zwischen Betretenheit und Belustigung zu erkennen waren, entzog sich gänzlich seinem Verständnis. Von seiner Aussage nach wie vor fest überzeugt, setzte Wehnert nochmals beflissen nach: »Ich meine … ein Trader ist doch immer noch ein *normaler* Mensch, oder? Müsste ein Trader daher nicht im Kern seines Wesens gar nicht anders können, als das Gute zu wollen … beziehungsweise«, er hielt kurz inne, »… sollte er ohnehin nicht immer nur das wollen, was er für gut hält?! – «

»*Ha!* Mo-Moment!« Plötzlich gebot Hofner mit einer ihm uneigentümlich harten Handgeste sofortigen Einhalt, und er bat Wehnert, seinen letzten Satz noch einmal langsam und deutlich zu wiederholen.

Dieser kam der Aufforderung verdutzt nach: »Ein Trader sollte doch ohnehin immer nur das wollen, was er für gut hält?!«

»Haben das alle gehört? … *Er sollte ohnehin immer nur das wollen, was er für gut hält?!*« Hofner blickte jeden Einzelnen in der Runde der Reihe nach fest an und sagte, nachdem er bedächtig über eine zerknüllte Tischtuchfalte vor seinem Platz strich, in bedeutsamem Ton: »Genau da liegt das Problem!«

Wehnert zog die Augenbrauen hoch und rollte jetzt richtig mit den Augen. »Soll das etwa heißen, dass es falsch ist, wenn man das Gute will?«

Das konnte Hofner guten Gewissens verneinen: »Selbstverständlich nicht! Ich meine damit etwas anderes! Etwas so offensichtlich anderes und vor allem etwas eigentlich so Offensichtliches, dass es fast nicht zu verstehen ist, warum so wenige Trader selbst darauf kommen, nämlich dies: Was, wenn ein Trader sich allenfalls darin täuscht, was in Wirklichkeit für ihn *das Gute* ist?! … *Das* ist das Problem! … *Verstehen das alle?!* … Ein Tradinganfänger wird es immer für *gut* halten, tief in sein Konto zu greifen; er wird es immer für *gut* halten, seinen Stopp zurückzusetzen; er wird es auch immer für *gut* halten, nach drei, vier Minustrades auf einen Folgetrade zu verzichten, um sich so weitere vermeintliche Minustrades zu ersparen; er wird es auch immer für *gut* halten, permanent vor den Monitoren zu sitzen, um so jederzeit und schnell auf Eventualitäten reagieren zu können; er wird es auch immer für *gut* halten, sich auf einen Lieblingsmarkt zu konzentrieren, da er der Meinung ist, sich mit diesem besser auszukennen … und so weiter … und so weiter … und so weiter!« Hofner griff nach der auf dem Tisch liegenden Zigarettenschachtel, und noch während des Ansteckens fuhr er fort und fragte: »Eine solche Auffassung von ›ein Trader sollte doch ohnehin immer nur das wollen, was er für gut hält‹, setzt demnach *was* – voraus – ? … Na, wer wagt eine Antwort?«

Nachdem einige Blicke in der Runde hin und her gingen, sich aber seitens der Fraktion um Wehnert und Hektor anscheinend niemand so recht zu trauen schien, meldete sich Jerome, vor Wehnert auf dem geradlinigen hellen Sofa sitzend, tief in sein Glas blickend und ohne von diesem aufzuschauen, schlagartig wieder zu Wort und wusste zu Philips Erstaunen die Antwort nur allzu treffend zu formulieren: »Es setzt voraus, dass die fachliche Forderung dem Trader bereits angemessen ist!«

Zu Philips Erstaunen hörte sich diese Antwort nicht nur irgendwie richtig an, sondern er sah Hofner tief an seiner Zigarette ziehen und, eine Wolke weißen Rauchs von sich gebend, dabei mehrmals bedächtig nicken. Die Antwort musste dementsprechend also treffend formuliert gewesen sein.

»Ein Händler muss im fachlichen Sinne frei und handlungsfähig sein, wenn es eine Forderung für ihn geben können soll. Oder mit noch deutlicheren Worten: Man kann nichts von einem Trader verlangen, wozu er grundsätzlich nicht in der Lage ist!«, untermauerte Hofner seine vorherigen Äußerungen und ergänzte, sich Wehnert nun direkt zuwendend, dies damit, dass man Fachwissen benötige, um Willensstärke zu fordern. »Es bedarf im ersten Schritt daher weniger der Charakterstärke als vielmehr der ›Einsicht und des Wohlwollens gegenüber der fachlichen Vernunft‹. – Aber Achtung! Die fachliche Forderung darf nicht als ein von außen kommendes, bloßes …. ich sag mal … ›Zensur‹gesetz erscheinen und durch eigentlich anders gerichtete Interessen gebeugt werden. Und genau das«, Hofner sprach nun mit erhobener Stimme, »muss man mittels genauer Beobachtungen bei einem Trader herausbekommen: Sieht er sein Tun als Zensur oder als Einsicht?!«

Kaum hatte Hofner seinen Satz beendet, als Hektor heftig seinen Kopf zu schütteln begann und der Gesprächsrunde mit dem Einwurf richtig Fahrt gab, dass für ihn Fachwissen als Voraussetzung für Willensstärke, wenn überhaupt, dann eher nur ein sekundäres Problem darstellte und es aus seiner Sicht völlig belanglos war, ob der fachliche Anspruch mit der »Einsicht« eines Traders, seiner Natur, seinen Trieben und, beziehungsweise oder, Neigungen und Bedürfnissen harmonierte und durch diese unterstützt oder doch eher behindert wurde. Denn: Ob ein Trader nun durch Einsicht eine »Neigung zum fachlichen Guten« gewann oder dieses »rein aus Pflicht« und damit irgendwie gegen einen inneren Widerstand erfüllte, machte, bezogen auf das Konto, vorerst ohnehin keinen

Unterschied, denn der Wert des fachlich guten Willens verdiente als solcher schon, allein aus sich selbst heraus und unabhängig von der Art seiner Verwirklichung, gut genannt zu werden.

Nachdem das Schulterklopfen, die Zustimmungsrufe aus den Reihen der Anfänger und Laien verebbt waren, sah sich Hektor aber wieder der ablehnenden und missbilligenden Stimmung auf der anderen Tischseite gegenüber; daher führte er zur Unterstreichung seiner Ansicht als Beispiel an, dass es doch erst einmal völlig egal sei, ob ein Kind abends freiwillig zur rechten Zeit ins Bett gehe oder nur mittels strengster Worte und Drohungen. Fakt war und bliebe doch, dass es am anderen Morgen die notwendigen Stunden geschlafen habe.

Huiiii …erneut nahezu Tumult am Tisch!

Torbach, der das Gespräch die ganze Zeit stumm, aber aufmerksam verfolgt hatte, fand wohl, dass es an der Zeit war, dem Gespräch beizutreten, denn mit nachdenklichem Unterton sagte er nun: »Das klingt wohl wahr …«

»Na, sag ich doch!«, rief Hektor, sich bestätigt fühlend, aus.

»Moment, mein junger Freund! Du musst mich schon ausreden lassen. Deine Worte klingen wohl wahr, aber … nur auf den ersten Blick!« Torbach richtete sich auf und fragte, Hektor fest im Blick haltend, ob es denn nicht so sei, dass neben der Stärke oder Schwäche des Willens und dem Ausmaß seiner Realisierbarkeit für das Trading, auch die Qualität der Umsetzung entscheidend sei. Torbach drückte es so aus, dass eine Tat zum fachlich Guten eher dazu angetan wäre, die allgemeine Geltung des fachlichen Wollens zu schwächen, insofern sie in der emotionalen Basis ihrer Zuwendung nicht verlässlich war! »Da auch ich die eigentliche, den Willen bestimmende Kraft, genauso wie in den vorhin von Hofner und Connors angesprochenen Positionen, einzig in der Einsicht in das *fachlich Gute* und damit in der Frage nach der konkreten Möglichkeit fachlich richtigen Handelns begründet sehe, kann es nach meinem Dafürhalten hier auch nur ein Ergebnis geben!«, meinte Torbach und beschrieb dieses damit, dass die Erkenntnis des »Guten« zur Bedingung eines fachlichen Willens wurde, der, verbunden mit der richtigen Einsicht, vorausgesetzt werden musste, bevor man die notwendige Qualität des Willens erreichen konnte. »In der Erziehung eines Traders kommt es demnach einzig darauf an«, fuhr Torbach mit ganz sanft hebender Stimme fort, »dem Anfänger eine lebendige Anschauung fachlicher Verhältnisse zu geben, für die – und hier bitte ich um besondere

Aufmerksamkeit! – *einzusetzen es sich lohnt!*« Aber bevor Torbach tiefer in die Materie vordrang, hielt er es für angebracht, sich zunächst für die Vorstellung »Was ist Willenskraft?« intensiver einzusetzen.

Auf die einfachste Formel gebracht, war die Folge des sich nun anschlie-ßenden, längeren Wortwechsels, dass eine bei einem Händler festge-stellte Diskrepanz zwischen Wollen und Vollbringen zunächst schlicht zu besagen schien, dass es dem Willen dieses Händlers an Kraft fehlte, um seine von ihm selbst gefassten Vorsätze vor den Monitoren mit ihren zappelnden Charts in die Tat umzusetzen. Aber selbst dann, wenn die beiden Fragen »Was war fachlich gefordert?« und »Will ich als Trader diese Fachlichkeit auch wirklich selbst?« bereits wirklich durchdacht und positiv beantwortet waren, verblieb als Problem häufig die Durchführung, sodass man davon ausgehen musste, dass in diesem Fall die Willenskraft des Traders nicht die hierzu erforderliche tagtägliche Ausdauer, besser tagtägliche Beständigkeit, aufwies. Der schwache Wille eines Traders entsprach im Sinne dieser Vorstellung einer Art momentanen Impulses, der – zu viele wie auch immer geartete Widerstände vorfindend – wieder erlahmte, bevor das angestrebte Ziel des eigenen Verhaltens, unabhängig von der Definition desselben, erreicht war.

Man kam daher leicht darin überein, dass es sich bei einem schwachen Willen also weniger um fehlende fachliche Fertigkeiten in der Durch-führung des Gewollten, *sondern* vielmehr um einen Mangel am Willen selbst handelte, der sich vor den Handelsbildschirmen nicht aufraffen konnte und angesichts eines Charts nahezu wie gelähmt erschien. Und da die getroffene Feststellung, dass es dem schwachen Willen eines Tra-ders eben an den Kräften fehle, gleichsam der Vorstellung des starken Willens als einer starken Kraft, der Runde irgendwie unzureichend erschien, solange der Begriff dieser Kraft nicht näher bestimmt würde, stand man nun erneut vor der von Torbach vorgebrachten Frage, was denn mit *Willenskraft* nun eigentlich wirklich gemeint sein könne; und weil man nun schon gerade dabei war, wurde gleich ebenfalls zur Klärung angeregt, ob und wie diese erworben und unter welchen Bedingungen diese bei einem Trader verloren gehen konnte.

»*Hm* … Willenskraft?! …«, raunte es mehrfach am Tisch, und auch Philip stellte sich dieser Frage.

Tja … Willenskraft etwas genauer definiert …?!

Nun ja … Da ist zum einen der »Wille« und zum anderen die »Kraft«?!

Hmmm … ?!

Dass unter leiblicher Kraft die physische Kraft lebendiger Körper gemeint war, fand Philip selbstverständlich. Aus diesem Grund konnte man mit dieser Vorstellung das Phänomen der Willenskraft nicht erklären, da Willenskraft keineswegs generell mit der körperlichen Kraft eines Menschen korrelierte, also auch nicht mit der eines Traders. Philip empfand sogar eher das Gegenteil als richtig, nämlich dass ein schwacher Körper oftmals mit viel größerer Willensenergie und Tatkraft verbunden war als vermutet; Gleiches galt natürlich auch umgekehrt. Hierzu passten sowohl die Beschreibungen von Extremsituationen, in denen der menschliche Wille zeigte, dass er weit über das gewöhnliche Maß imstande war, körperliche Kräfte zu mobilisieren.

Hmmm … was ist das also: Willenskraft?

Mit grazilen Bewegungen schwebte eine der Bediensteten heran, und während diese leere Gläser auf ihr Tablett stellte und kleine, braune Porzellanschüsseln mit scharfem Reisgebäck auf den Tisch schob, bedachte Philip in sich hinein lächelnd, dass ein Trader natürlich das physikalische Prinzip der Energieerhaltung nicht ohne Weiteres auf die eigene Definition seiner Willenskraft anwenden würde. *Oder doch?* Verbraucht jeder Willensakt eines Traders oder ein Denkakt vor den Monitoren oder ein Gefühl bei einem Trade Energie? *Hmm …?!* Ginge man von dem phsikalischen Grundprinzip aus, dass der Gesamtbetrag Energie weder vermehrt noch vermindert werden konnte, so müsste jeder Willenseinsatz dem Körper eines Traders Kraft entziehen, die ihm aber im Gegenzug bei Nichtgebrauch erhalten bliebe. *Na toll!* Dass man sich mitunter nach einem Trade oder einem Handelstag ausgelaugt und tot fühlte, war zwar Philip am eigenen Leibe zur Genüge klar, gleichwohl erkannte er schnell und war sich darüber im Klaren, dass dies *nicht* mit jener vorhin definierten »Kraftlosigkeit« des hier aufgeführten Willens verwechselt werden durfte, sondern dass jene Erschöpfung vor den Monitoren vielmehr der selbst generierten Spannung, der Dauerobservation und dem unendlichen Gedankenschleifen und dem riesigen Tohuwabohu »Ist das wirklich nur ein kurzer Rücksetzer? – Wie weit läuft dieser? – Soll ich weitere Kontrakte nachkaufen? – Vielleicht dreht der Markt nun aber endgültig? Besser vielleicht gleich raus? Aber was, wenn der *Punkt 2* dann doch geknackt wird? – Was aber, wenn nicht, und der Trend kippt? Reißt der Trendbruch den übergeordneten Trend gleich mit in die Tiefe? – Sollte ich besser gleich die Position drehen und dann wenigstens bei diesem neuen Trend von Anfang an dabei sein?« beim Betrachten der Monitore entsprang. Die vielen Fragen und das ständige Unter-die-Lupe-Nehmen von »Zufälligkeiten« powert aus – und hinterließ, potenziert von den vielen Enttäuschungen, die man einstecken musste, eine emotionale Erschöpftheit. Also, mit dem Willen als solches hatte diese Kraftlosigkeit nichts gemeinsam.

Hmmm ...

Auf diese Art betrachtet, stimmten die Prinzipien der klassischen Physik mit dem Sachverhalt »Willenskraft & Trading« für Philip nicht recht überein, weswegen er sich spaßeshalber erlaubte, mal über den Tellerrand der Physik hinaus zu denken und einfach die Vorzeichen umzudrehen und zu der sich hieraus ergebenden Annahme zu gelangen, dass man dann von einer sich durch ihren Gebrauch vermehrenden und durch Nichtgebrauch schwächenden Kraft reden konnte.

Ja, genau!

Das ist es!

Dass aber auch die Erfahrung als Trader die Willenskraft als eine sich selbst durch Verwirklichung erzeugende und durch Nichtverwirklichung verzehrende Kraft bestätigte, erinnerte Philip schmunzelnd an den bekannten Matthäus-Effekt, der auf das Traden bezogen lautete: »Wer da hat, dem wird im Trading gegeben werden, dass er die Fülle habe; wer aber nicht hat, dem wird auch das noch genommen werden, was er hat!« Trotz dieses angemessenen Vergleichs der Wirkungsprinzipien war Philip klar, dass Willenskraft, aber auch der Willensaufwand, sich nicht im Sinne irgendeiner sinnvollen Gleichung verhielt; und egal, wie er es drehte oder wendete, gab es hierbei keine messbare »konstante Erhaltung« und damit auch keine Möglichkeit der »quantitativen Verrechnung« der Willenskraft als Trader.

»Neeeinnnn ...!!!« Ein jähes Kindergeschrei auf der Terrasse riss Philip plötzlich aus seinen Gedanken.

»L-u-i-s-a, bitte, hör j-e-t-z-t auf!!«

»N-E-I-N-NNNN!«

Luisa, das kleine, aber lautstarke vierjährige Patenkind Johns, holte Philip aus seinen Gedanken. Nachdem sich der von allen beschmunzelte Wutanfall der Kleinen durch die strengen elterlichen Worte gelegt hatte, äußerte Philip seine Gedanken zur Willenskraft laut und konnte die

Anwesenden von seinen Ideen überzeugen. Infolgedessen vertrat man nun am Tisch sogar einhellig die Meinung, dass eine derartige, im Sinne positiver oder negativer »Verstärkungszirkel« verstandene und in ihrer Wirkung wie Spiralen von selbst aufwärts oder abwärts verlaufende Willenskraft gar keine vor dem »Einsatz« des Willens zur Verfügung stehenden Möglichkeiten bot. Im Gegenteil. Die Willenskraft eines Traders entsprang vielmehr dem Willenseinsatz irgendwie nahezu von selbst und machte erst in der Konsequenz den Willen vor den Monitoren freier oder unfreier, stärker oder eben schwächer.

»Gute Beobachtung!«, lobte Hofner Philip und war sichtlich stolz auf seinen Zögling. Dann holte er tief Luft und wandte sich Wehnert und dem Rest der Runde zu. »Hieraus lässt sich nun hervorragend schließen, dass die sich aus jedem persönlichen Willenseinsatz emporwachsende Freiheit, sich bei jedem Trade so oder anders zu verhalten, dem Trader in der Folge erlaubt, mit immer größerer Sicherheit und weniger Widerständen ...«, hier ließ Hofner eine kurze Kunstpause wirken, »... erneut zu wollen! Was, in logischer Konsequenz, bedeutet: Man will nur, was man auch wollen kann –«

Hofner wollte gerade ansetzen, seiner letzten Aussage noch etwas hinzuzufügen, wurde dabei aber von einem weiteren Wutanfall der kleinen Luisa unterbrochen, die, zum erneuten Schmunzeln aller, nun unbedingt ein Bonbon wollte und ihren Wunsch nun auch noch durch Aufstampfen mit den Füßen untermauerte. Hofner fuhr, einfach etwas lauter sprechend, fort. »Also noch mal: Was man grundsätzlich nicht zu erreichen glaubt, das will man auch nicht oder zumindest auf *lange Sicht* nicht mehr! Irgendwie ist es fast so, also würden in Sachen ›Wille‹ Voraussetzung und Folge geradezu umgekehrt!« Hofner suchte bei den Laien, den Anfängern und den fortgeschrittenen Tradern seines Publikums nach einem verständnisvollen Nicken und zeigte, da er keines fand, plötzlich mit dem Zeigefinger auf das kleine Mädchen auf der Terrasse, denn ihm war zur besseren Erklärung seiner Gedanken zur Willensstärke gerade eine Idee gekommen!

Von Luisas Schreikrampf und deren Fußstampfen inspiriert, lenkte er das Gespräch zu einem doppelten Schritt weiter: zum einen auf die Frage nach der den Willen »sammelnden und demnach ausrichtenden« oder ihn »zerstreuenden und demnach hemmenden« Willensorganisation und zum anderen auf die Frage nach den äußeren Umständen, besser: Beziehungen, in denen der Wille sich schlussendlich handelnd verwirklichte.

Nach dieser Aussage schwiegen alle eine Weile. Jeder erkannte, dass Hofner einen wahrhaftig zum Nachdenken zwang. Auf die von Hektor stirnrunzelnd vorgebrachte Frage, ob denn solche Details hier tatsächlich angebracht und so wichtig seien, zeigte Hofner gelassen und selbstsicher auf die trotzige, mit ihrem bunten Kleidchen am Rahmen der Terrassentür lehnende Luisa und verwies darauf, dass beides zusammen – die Willensorganisation und die Umstände, innerhalb derer der Wille entstand – die psychische Struktur eines Menschen und somit auch eines Traders bildete. »Ich rede von der Struktur des Ichs!«, legte Hofner nach und räumte zur Beruhigung der Gemüter zwar ein, dass er weit davon entfernt sei, eine Vorlesung über Freud & Co. abzuhalten, ermahnte aber gleichzeitig, dass das »ICH« und der an dieses gebundene Wille mit seiner Organisation nun mal des Gedanken bedurften, dass es – hier verwies er auf die zuvor erwähnten mindestens »zwölf Charaktere« eines Traders – immer mehrere konkurrierende Zentren und eine zwischen diesen mehr oder weniger frei verschiebbare Hingabe oder »Triebenergie« gab. Dabei zeigte er nochmals auf das kleine Mädchen. »Was ich meine, ist nichts anderes als der, zumindest unter Kennern der Philosophie, bekannte Satz: Die Tat erzeugt den Willen aus der … *Na?!*«

Während Hofner die Tischrunde musterte, blickten deren Teilnehmer auf die am Türrahmen gelehnte Luisa, deren rechter Zopf sich vom vielen Rumstapfen halb aufgelöst hatte. »Der Unwissenheit?! … Der Lust auf Bonbons?!«, erklang es zögerlich aus einigen Mündern, bis Connor mit einem lauten und fröhlichen Lachen aufklärte: »Obwohl die Lust auf Bonbons schon nahe dran war … gemeint ist natürlich: die Begierde!«

»Genau! Die Tat erzeugt den Willen aus der Begierde!« Hofner, nach wie vor weit davon entfernt – und auch fachlich gar nicht in der Lage –, die Jungs mit einer medizinischen oder Freud'schen Exkursion zu langweilen, bat die Runde, dass wenn man sich diese »Begierde« zunächst und nur des Disputs halber einfach als eine wie auch immer biologisch organisierte und triebhaft gebundene Gegebenheit vorstelle, der es nur darauf ankäme, dem anfänglich machtlosen und uninformierten »Ich« eine Art »Schub« oder besser »Triebenergie« zuzuführen, was sich beim Menschen in einem, da häufig ohne Vorwarnung geschehend, meistens als plötzlich empfundenen, »eigenen Willen« äußerte; bei diesen Worten zeigte er wieder auf Luisa: »Also genau so, wie uns die junge Dame auf der Türschwelle es eben auf vorbildliche Weise vorgeführt hat! … Ja, ja … ich weiß, es bestimmt nicht ganz einfach der ›Philosophiestunde‹ zu folgen, aber der Bezug zum Handel wird gleich klarer! – *Konnten so weit erstmal alle folgen?*«

Beifälliges Lächeln und Nicken bewies: Man konnte ihm noch folgen.

»Gut! Mit unserer Annahme mehrerer konkurrierender Zentren, sprich: Charaktere und Ziele«, fuhr Hofner mit seiner Erklärung fort, »muss, neben der Vorstellung einer gegenseitigen Unterstützung, aber auch über die Vorstellung einer möglichen Opposition zwischen diesen und damit einer gegenseitig erfolgenden Hemmung gedanklich verbunden werden.« Hofner machte an dieser Stelle eine Pause, um seine Zigarette auszudrücken; aber wohl auch, um diesen Gedanken in der Runde einwirken zu lassen.

Hm … Opposition zwischen Zielen?!

Philip nutzte die kurze Pause und dachte über die sich aus Hofners Gedankengang ergebenden Implikationen nach: Dass es tatsächlich verschiedene, sich gegenseitig unterstützende, aber oftmals auch gegenseitig hemmende Ziele gab, konnte er, so wie jeder andere sicherlich auch, aus eigenem Erleben bestätigen. – Aber was ist das Resultat? Willensschwäche konnte innerhalb dieses gedanklichen Rahmens also als eine Art Ich-Schwäche interpretiert werden, die mit einer bis zum völligen Zusammenbruch abnehmenden Kontrollfunktion des Ichs über das Traden einherging und was recht gut jene, am Ende eines Handelstages immer wieder vernehmbaren, Aussagen von Händlern erklären mochte, dass diese sich an übermächtig scheinende, »unpersönliche psychische Instanzen« ausgeliefert fühlten. Philip erkannte jedoch, dass diese Vorstellung, so einleuchtend oder brauchbar sie auch scheinen mochte, entscheidende und wichtige Fragen zum Problem »Willensstärke versus Trading« nicht beantwortete, allen voran: Lässt sich bei einem Trader eine bereits kanalisierte psychische Energie umorientieren? Oder: Wie kommt ein zunächst »machtloses Ich« dazu, den starken Trieb zum unsauberen Handel zu hemmen und sich gegen diesen durchzusetzen? Oder: Wie kann ein sich seiner selbst bewusster Händler dem eigenen Ich die triebhaften unbewussten Kräfte bewusst machen und diese stattdessen für sich und die selbst gewählten Ziele einsetzen?

Hmmm …?!

Enthusiasmus andeutend, stieß Philip seinen Zeigefinger in die Luft und äußerte seine Ideen. Hofner fasste Philips Wortmeldung anschließend dahin gehend zusammen, dass die Frage nach dem Verhältnis des »*NEIN*, ich will mich heute nicht so und so vor den Monitoren verhalten!« und »*JA* – ich will heute nur so und so traden!« einzig im menschlichen Willen gestellt wurde, und zog erneut die kleine Luisa, welche gerade eigenwillig vor den ach so strengen Eltern davonlief und dabei geradewegs auf die weit ausgebreiteten, rettenden Arme der deswegen neben der Couchlandschaft knienden Claudia zusteuerte, als »Livebeispiel« heran: Schließlich waren es die Kleinkinder, bei denen der ichhafte Wille das erste Mal im Vollzug des »Neinsagens« entdeckt und dann zornig kreischend und füßestampfend geäußert wurde. Hofner deutete mit einer Kopfbewegung wieder Richtung Luisa, deren trotziger Blick sich nach Claudias beruhigend geflüsterten Worten in ein strahlendes Lächeln verwandelt hatte und die, nun auf Claudias Arm, mit ausgestreckter Hand auf die Knabbereien auf dem Tisch zeigte. »Jeder von uns kennt diese Situationen mit Kindern: Noch vor jeder umfangreichen Kategorisierung der eigenen Umwelt«, er reichte Luisa, während Claudia sich auf der Armlehne des Polstersessels niederließ, eine der Knabbereien, »fängt ein Kleinkind an, das gehörte ›Nein‹ der ach sooo strengen Eltern – das sich zunächst dem eigenen Tun entgegenstellt – zu übernehmen und rettet sich damit gleichsam selbst auf die Seite des ›Angreifers‹! Wenn ein ›Iiiiich will!‹ durch Flure und Räume schallt, heißt das für die Kleine im ersten Trotzalter demnach zunächst nur ›Iiiiich will nicht‹ oder besser noch: ›Iiiiich will anders, als die anderen wollen‹! Kurzum: In ihrem«, Hofner zeigte auf die schmatzende Luisa, »›ich will‹ äußerte sich die Entdeckung, dass es selbst wollen kann, weil und indem es anders wollen kann! – Ihr könnt mir noch folgen?«

Das allgemeine Kopfnicken zeigte: man konnte immer noch.

Hofner schob nach, dass ein Kleinkind – anders als ein Trader – mit seinem »Willen« natürlich keine konkreten Zielvorstellungen verband, und wies in Gefahr, die sich aufdrängende und berechtigte Frage, was ein Händler denn dann von einem Kleinkind lernen konnte, damit vorweg zu beantworten, darauf hin, dass die Sache mit der mit den Füßen aufstampfenden und »Neeeeeein!« schreienden Luisa noch eine weitere, *viel* interessantere Seite hatte: »Denn Achtung: Ein Kleinkind wird erst dann richtig ›Nein‹ sagen lernen und damit nicht mehr indirekt nicht oder anders wollen, wenn es tatsächlich einen ›Zugang zur alltäglichen Umwelt‹ gefunden und in dieser Fuß gefasst hat.« Hofner brachte damit vor, dass erst der nährende, pflegende und liebevolle Kontakt von Mutter und Vater oder eines anderen Erwachsenen dem Kind eine positive Antwort auf die umgebende »alltägliche Realität« bot beziehungsweise ermöglichte und damit zur Brücke in die gegenständliche neue Welt wurde.

Hmmm …

Philip betrachtete die kleine Luisa, die, bequem zurückgelehnt auf Claudias Schoß sitzend, ihrerseits das Treiben der Erwachsenen beobachtete. Langsam verstand er, was Hofner sagen wollte: Erst durch menschliche Zuwendung kann ein Kleinkind sowohl zu sich selbst finden als auch zu einem *eigenen Willen* gelangen!

Soweit okay … aber worauf ist Hofner schlussendlich aus?

Philip hatte das Gefühl, irgendwo den Faden verloren zu haben, denn ein Kleinkind tradete doch nicht! Also …wo, um alles in der Welt, versteckte sich der Bezug?

Aber Hofner ließ sowohl Philip als auch die anderen über den Grund seiner Exkursion nicht lange im Unklaren. Sich Luisa direkt zuwendend, welche sich kindlich beschämt wegdrehte, meinte er: »Der Wille der Kleinen setzt ein Gefühl innerer Sicherheit über die alltäglichen ›Weltverhältnisse‹ voraus, auf deren Basis es ihr erst möglich wird, ein wirkliches ›Neeeeein‹ zu schreien, weil es *keinen* totalen Kontaktverlust bezüglich Mama und Papa zu fürchten braucht!! – Sind so weit noch alle Bord?«

Außer den erfahrenen Tradern schüttelten diesmal, Philip eingeschlossen, alle den Kopf.

Bevor Hofner fortfuhr, entzündete er sich erneut eine Zigarette aus der auf dem Tisch liegenden Schachtel und ließ Letztere durch die Runde wandern. »Nun, wir haben festgestellt, dass die Bedingungen des Willens einerseits aus einem lebendigen Kontakt mit der umgebenden *Realität* entspringen, und andererseits setzt die – ich nenne es jetzt mal – *Eigenaktivität*, wenn wir ehrlich sind, unerschütterliche Zuwendung von außen voraus. Im Beispiel unserer Luisa wären das Mama und Papa! So … jetzt aber Achtung!«, Hofner hob den Zeigefinger. »Erst als Antwort auf diese *beiden* Voraussetzungen erwächst der Mut, die Beziehung durch ein ›Neeeeein‹ auf die Probe zu stellen, ohne sie überhaupt zu gefährden!« Hofner ließ dies kurz wirken, und noch bevor die von Hofner auf die Reise geschickte Zigarettenschachtel beim letzten Raucher ankam, wiederholte er zur Bekräftigung den letzten Satz noch einmal.

Wow!

WOW!!!

Mit einem Mal verstand Philip, was Hofner mit seinem »Auf die Probe stellen, ohne die Beziehung wirklich zu gefährden!« sagen wollte: Es musste zur Bildung und Äußerung des *eigenen Willens* eine riskante und dennoch – *und nur darum war es Hofner gegangen!* – vertrauenswürdig bleibende Mittellage eingenommen werden können. Auf Luisa bezogen hieß das: Die Aussicht auf eine zu befürchtende »Entfremdung« von Mama und Papa würde Luisa völlig lähmen, andererseits würde eine völlig »spannungslose« Identifikation mit den Eltern ihren Willen überhaupt nicht anreizen! Insofern konnte ihr tatsächlich lediglich das Wechselspiel von gleichzeitiger Verneinung und Bejahung die enorme und nachvollziehbare Angst vor einem Beziehungsverlust nehmen und damit den Willen der Kleinen anregen und kräftigen.

Teufelskerl!

Es ging also … Heiliger Bimbam! … um jene Angst bezüglich des Verlusts der Sache als solches! Genau!

Soweit es Luisa anging, wurde für Philip nun alles klar: Nur wenn von der kleinen Luisa beide Leistungen – »Bejahung« und »Verneinung« – innerhalb einer tragenden Beziehung zu einer liebenden Person gelernt und erbracht werden konnten, konnte diese die Prägung einer Art … *mhm?!* … des »Urvertrauens« erfahren und geprägt werden, welches dann im wörtlichen Sinne zur Grundlage ihres Ichs und des mit ihm verbundenen Willens werden würde. Wusste sich also die kleine Luisa in der Beziehung zu Mama und Papa als »gut aufgehoben« und nicht als »verloren« und sah man den »Wirklichkeitsbezug« als Pendant ihres Willens an, so entsprachen ihr »Jaaaaa« und ihr »Neeeeein« einem zwar gebrochenen oder riskierten, zugleich aber tragenden Charakter Luisas in ihrer Beziehungen zugänglich werdenden Wirklichkeit!

Genau so!

Yeap!

Ein Wille bedarf eines gut untermauerten Urvertrauens!

Philip überlegte kurz, ob dies den Schlüssel zu dem ihm vorhin fehlenden Bezug zwischen Kleinkindwille und Traderwillen darstellte, aber beim Übertragen seiner letzten Erkenntnis auf das Thema Trading drängte sich ihm sofort die Frage auf, welcher Tradinganfänger oder selbst welcher fortgeschrittene Trader wohl ein *Urvertrauen* in die ihn umgebende Realität aus Fachwissen und Ablauf innerhalb des Orderbuchs hatte, und er fragte sich sogar, ob denn *überhaupt irgendein* Trader frühmorgens mit Urvertrauen in sein Fachwissen, in sein Verhalten und seine daraus resultierenden Trades aufstand?!

Aber noch bevor Philip seinen Gedanken ausbauen konnte, fasste Hofner das Gesagte zusammen, indem er meinte, dass der menschliche Grundakt des Willens demnach – egal ob Trader oder Kind – weder das passive Sich-Überlassen noch die sich in sich abschließende und blind durchsetzende Aktivität war. Bejahung allein wie Verneinung allein produzierte Schwäche. Beide Extreme waren mit einer Art Angstreaktion verbunden und mussten überwunden werden, sollte ein Wille möglich sein und gestärkt werden können. Die Stärke des menschlichen Willens lag in der Fähigkeit, das »Jaaaa – ich will« und das »Neeeein – ich will nicht!« auf der Grundlage einer unaufkündbaren Beziehung in einer eigentümlichen Weise zu verschränken. Kurzum: Es bedurfte – Hofner nannte es gleichsam – das *Urvertrauen* in das, was man tat!

Mit Ausnahme der erfahrenen Trader rangen die Anwesenden mit dem Inhalt des Gesagten, denn ohne dass sie sich dessen schon bewusst waren, hatte Hofner mit seinem Hinweis auf die Verbundenheit des »Jaaaa« und des »Neeeeein« die weiteren Konsequenzen für die Frage nach der Stärke oder Schwäche des Willens eines Traders bereits weitgehend vorgezeichnet! Jedenfalls schien die landläufige Vorstellung, wonach ein Trader die Überwindung der Diskrepanz zwischen Wollen und Vollbringen lediglich durch verstärkte Anstrengungen bei der Überwindung eines inneren oder äußeren Widerstands erreichen konnte, plötzlich irgendwie völlig unzureichend!

»So, und was ist nun die Folge davon?« Connor, der genau wusste, worauf Hofner hinaus wollte, übernahm, unterstützt von einem dankbaren Blick Hofners, die weitere Gesprächsführung und musterte die Runde aufmerksam. »Hat einer hier eine Idee?«

Da von den Laien und Tradinganfängern keiner Anstalten machte, zu antworten, und stattdessen alle starr vor sich hin sahen, wandte sich Connors nun an Philip und Jerome: »Hat vielleicht einer von euch beiden eine Idee?«

Tatsächlich hatten das sogar beide.

Philip ließ Jerome den Vortritt, und dieser wusste, zur Erklärung und zur großen Begeisterung Philips, von sich zu erzählen, dass er mittlerweile einen starken Willen zum fachlich sauberen Handel besaß, und es bedurfte keines langen Wühlens in seinen Erinnerungen, um zu erkennen, dass alle wesentlichen und grundlegenden Vorgänge um und im Trading bei ihm heutzutage – eben anders wie einst als Anfänger – ohne Anstrengung vonstatten gingen. Seine einst vor den Monitoren demonstrierte Kraft und kämpferische Haltung waren, so Jerome, wenn er rückblickend näher hinsah, vielmehr Ausdruck von *grenzenloser Schwäche* als Zeichen von wirklicher Stärke! »Genauer besehen«, meinte Jerome und dachte an die ein oder andere Begebenheit mit anderen Tradern, »leistet oftmals so ein Charakter eines ›kämpfenden Traders‹ nicht, was er versprich!«

Hut ab!

Philip, der mit angewinkelten Beinen, die Arme auf die Knie gelegt, über die gehörten Worte nachdachte, hätte es niemals besser ausdrücken können und gab Jerome, seine eigenen Tradingjahre hierbei selbst rückblickend betrachtend, lautstark recht: »Was soll man mit einem Trader anfangen, dessen innere Einsicht nicht auch der sich wandelnden Einstellung entspricht?«

Connor und Hofner nickten und ließen Philips Ausführung unkommentiert wirken. Am Tisch trat eine kurze, nachdenkliche Pause ein, die aber sehr schnell durch den üblichen Rundgang der Serviererin unterbrochen wurde, welche der Tischrunde weitere Drinks anbot, und nachdem diese den Raum wieder verlassen hatte, fasste Connor den Ergebnisstand damit zusammen, dass, wenn im Trading durch die Überwindung von inneren Widerständen in der Tat ein Zuwachs an Kraft festzustellen war, dann floss diese dem Trader nicht durch aktive Bekämpfung dieser inneren Widerstände zu, sondern erst durch Bildung und Entwicklung eines Willens, der sozusagen über diese Widerstände hinausreichte und sich nicht daran verausgabte, diese »koste es, was es wolle« zu bekämpfen und zu vernichten. Dreh- und Angelpunkt aller Überlegungen war damit *nicht* mehr der an etwaigen Gegensätzen oder Widersprüchen festhaltende und sich negativ behauptende und betätigende tagtägliche Wille des Traders, sondern ein Wille, der die inneren Widersprüche, wie beispielsweise:

Soll ich wirklich erst auf ein Fünf-Sterne-Setup warten oder besser gleich draufdrücken? … Ja | Nein?

Soll ich wirklich freiwillig auf die höhere Kontraktanzahl verzichten? ... Ja | Nein?
Soll ich wirklich statt mal fix draufzudrücken, mir die Arbeit machen, in den Märk-ten zu SUCHEN? ... Ja | Nein?
Soll ich wirklich statt den Gewinn gleich vom Tisch zu nehmen, den Stopp sauber nachziehen? ... Ja | Nein?
Soll ich wirklich statt dem Markt noch eine aller-, allerletzte Chance zu geben, mich sauber ausstoppen lassen? ... Ja | Nein?,

durch Vertrauen in die möglichen Ergebnisse zu besänftigen versuchte und sich deswegen schlussendlich in der Bejahung der fachlichen rech-ten Durchführung wiederfand.

Zur Vertiefung des Verständnisses ergriff Hofner nun wieder das Wort und zog hierzu das Beispiel eines Joggers im Winter heran: »Würde man jemanden, der sich, gegen seinen Willen und nur aufgrund von Drill oder Androhung von Prügel, frühmorgens aus dem kuschelig warmen Bett hinaus in die eisige Kälte begibt, um dann dort ohne jede eigene Freude an dieser Betätigung einen Waldweg entlangzurennen, einen *Sportler* nen-nen? Wenn man nach den üblichen Kriterien urteilte, dann: *Okay, ja* – denn, er bewegt sich! *Okay, ja* – denn, er läuft sogar annehmbare Zeiten! *Okay, ja* – denn, das Ganze hält bestimmt fit! Was ist aber mit der unterschwel-ligen ›Gegenmacht‹, welche so offensichtlich in Opposition zu der Aktion ›Joggen‹ und der sich daraus ergebenden Reaktion ›Gesundheit durch Bewegung‹ steht und deren Hemmungswirkung erst durch eine von außen einwirkende Kraft, hier Drill oder Drohung, aufgehoben werden muss?«

Nachdenkliche Stille.

»Dieses Beispiel zeigt, dass diese von außen einwirkende Kraft hier das ›Jaaaaa‹ zum Sport – sprich: die Aktion des Joggens, die wir sehen können und damit auch die Reaktion aus Gesundheit durch Bewegung, die wir *unterstellen* – in Wahrheit einem stumm geschrienen ›Neeeein‹ entspricht.« Hofner hielt kurz inne und fragte dann mit einem spöttischen Grinsen: »Nichts für ungut, aber dürfte man so einen Typen wirklich *Sportler* nennen?

Connors prostete Hofner zu und fügte noch hinzu: »Würde er sich selbst jemals einen Sportler nennen?«

Au Mann!

Philip verstand! Und auch allen anderen Anwesenden musste nun klar sein, dass die Vorstellung, dass es sich bei einem Trader mit schwachem

Willen einfach um jemanden mit fehlenden Kräften handelte und dementsprechend bei einem starken Willen um eine Form der Kraftäußerung, welche sich mit einer Art physischem Kraftakt vergleichen ließ, revidiert werden musste. Eine solche, am »Kraftmoment« orientierte, den Willen als Können oder Vermögen ansetzende Vorstellung vermochte jedoch weder dessen Zustandekommen vor den Monitoren zu erklären noch die Bedingungen seines Wirkens hinreichend anzugeben. Eines Besseren aber belehrte die alltägliche Erfahrung, dass ein solcher, einem angeblich vorhandenen Vermögen vorausgehende Appell, sich aufzuraffen und zusammenzureißen, offensichtlich keinem ›echten‹ Sportler gelten konnte, suggerierte dieser doch eine aus einer Art Ermüdungserscheinung hervorgegangene Willensschwäche, der nur durch eine externe »Mobilisierung«, einer Art »Chaka-Chaka«-Motivation, abgeholfen werden konnte. Und im Zuge sinnvoller Übertragung konnte Gleiches darum auch bei Tradern angenommen werden: Das Unvermögen entsprang mithin nicht einer »Erschöpfung« der Kräfte, sondern war vielmehr einen Schritt davor, nämlich in der Unfähigkeit, sich auf die vorhandene Situation, sprich: die R-e-a-l-i-t-ä-t … des Orderbuches, das Vorhandensein andere Marktteilnehmer, das Vorhandensein von vorschachtelten Bewegungen und Korrekturen … und auf sich selbst, einzulassen, was dem Willen ansonsten durchaus die vorhandenen Kräfte zuströmen lassen würde. Kurzum: Es fehlte das *Urvertrauen* in das ganze Thema der *Spekulation*[9], und in dem daraus folgenden *Warum* und *Wieso* von *Geldmanagement*, sowie der sich daraus ergebenen tiefsinnigen Bedeutung von: »*Gewinne laufen lassen, und Verluste begrenzen*«[10] und in deren Folge das Vertrauen in die Vernunft und deswegen auch in das aus dieser hervortretende Regelwerk!

In der Runde kam noch ein weiteres Beispiel hoch, das Hofner ebenfalls für gut befand: Ein willensschwacher Trader glich dem Leser eines »Wie halte ich mich gesund«-Buchs, der sich trotz intensiven Studiums nicht dazu aufraffen kann, sich gesund zu ernähren, sich das Rauchen abzugewöhnen, regelmäßig Sport zu treiben und dem Alkohol nur in Maßen zu frönen. Dem Verständnis nach hatte er einen in der Opposition von

[9] An dieser Stelle sei auf DER HÄNDLER, Fachteil Band 2, verwiesen.
[10] Dieser Spruch, wird von einen Trading-Anfänger mit einem »*Ja, ja … schon klar!*« immer wieder als so eine Art »Teletubbi-Spruch« beiseite geschoben; bei einen Fortgeschrittenen hingegen, löst er nahezu Zorn aus, schließlich ist ihm bewusst, dass diese sechs Worte berechtigterweise genau davon berichten, was er eben tagein, tagaus *nicht* tut; und ein erfahrener Trader weiß, dass diese paar Worte alles zusammenfassen, was es um den technisch orientierten Börsenhandel »*Grundsätzliches*« zu wissen braucht, und belächelt seine eigene Dummheit und seinen fehlenden Realitätssinn, die beide unter anderem dafür Verantwortlich waren, das man für Erkenntnis um die Bedeutung des Spruches, zahlreiche Jahre und »platte« Konten gebraucht hatte …

Aktion und Reaktion gefangenen und gehemmten, weil sich entwurzelnden Willen, was bedeutete, dass der Buchleser, der sich stattdessen aufrafft, frühmorgens aus dem kuschelig warmen Bett zu steigen und noch vor seiner eigentlichen Arbeit durch die langsam erwachenden Gassen laufen zu gehen und ein, wenn auch mitunter viel umständlicher zuzubereitendes, aber gesundes Essen zu sich zu nehmen, Gewissheit und Zuversicht in das hat, was er tut. Er hat schlicht *Vertrauen* in das, was er tut, denn: Er könnte ja einfach länger liegen bleiben, weiter Fastfood in sich reinstopfen und unmäßig rauchen und trinken.

Die Tischrunde kam zu dem Ergebnis, dass somit jemand, der sich vornahm, den Lastern eines ungesunden Lebens zu entfliehen, einen Wirklichkeitsbezug benötigte, der ihm zu der tief gründenden und deswegen belastbaren Einsicht verhalf, dass das, was er bisher getan hatte, gesundheitsgefährdend war, und er brauchte Vertrauen darin, dass das »Neeeeein« zu dem aufkommenden Drang zur Rückkehr zum »alten Leben« ihn nicht *grundsätzlich beeinträchtigen* würde! Er stellte – Achtung: seinen Lebensalltag damit in dem Wissen auf die Probe, in dem Wissen, dass er seinen Lebensalltag dennoch mit nichts gefährdete!

Auf die Probe stellen und dennoch nicht gefährden!!!

Genau das ist es!

»Genau so!«, meinte Hofner, gleichermaßen stolz und erleichtert, dass die Runde nun zu verstehen schien, worauf er erst mal im Allgemeinen hinaus wollte. Dann zog er zum Vergleich der letzten Aussage noch einmal die bereits über die kleine Luisa gewonnene Erkenntnis heran: »Auch sie hat die Beziehung zu ihren Eltern auf die Probe gestellt, ohne die Beziehung zu gefährden!« Bei diesen Worten zog er aus der Innentasche seines Jacketts eine zusammengefaltete Serviette, auf der sich, nachdem er diese entfaltet und etwas geglättet hatte, jene mit Kugelschreiber von Hand gezeichnete Skizze eines Charts zeigte, die bereits in der ersten Tischrunde Verwendung fand. Diese Skizze mit erhobenem Arm seinen Zuhörern langsam von links nach rechts vorzeigend, fragte er nun in die Runde: »Was bedeutet aber nun diese Erkenntnis für das Trading?«

Philip erkannte das von Hofner am früheren Abend für Hektor aufgemalte *Fünf-Sterne-Setup* und fand, dass die Antworten auf diese Frage so eindeutig auf der Hand lagen, dass jeder der Zuhörer am Tisch einfach verstehen musste, was gemeint war:

Kein Fünf-Sterne-Setup auf dem Monitor gefunden?
– Dann handle doch mal drei, vier Tage nicht! Du wirst sehen, es wird die Börse auch noch Tage später geben!
Man muss nicht hier und jetzt minderwertige Setups handeln!
Du wirst sehen, es wird tatsächlich früher oder später noch ein Fünf-Sterne-Setup kommen!
Es wird!!!

Oder :
Was spricht dagegen, doch einfach mal ein paar Wochen mit »wenigen« Kontrakten zu traden, Stichwort »Rumrutschfaktor«?!
Du wirst sehen, die daraus resultierende Summe steht der, die man meint, nur mit hoher Kontraktanzahl zu erhandeln, in nichts nach!

Oder:
Was spricht dagegen, doch einfach mal bis zur nächsten planmäßigen Stoppversetzung nicht nach den Kursen zu sehen?!
Du wirst sehen, dass trotz – oder erst recht wegen – der genossenen Freizeit das Ergebnis nicht schlechter sein wird als ein durch leichenblass vor den Monitoren auf die Stoppversetzung zu warten erzieltes!

Und so weiter und so weiter …

Hofner zog eine Augenbraue hoch und meinte zusammenfassend: »Eine sachliche Begründung ermächtigt den eigenen Willen eines Traders demnach selbst seiner ›Gelassenheit‹ in den fachlichen Grund!« Dies erklärte er damit, dass ein bekräftigender Wille eines Traders in diesem Sinne sowohl die Auflösung des Widerspruchs von Ursache, sprich: dem jeweiligen Fachwissen, und der Wirkung, sprich: dem Resultat eines Trades auf dem Konto, bewirkte als auch der eigenen Psyche dazu verhalf, an die Stelle ihrer gegenseitigen Behinderung die wechselseitige Unterstützung von Aktion und Reaktion treten zu lassen! »Die im negativen Verhältnis von Aktion und der angedachten Reaktion erfahrenen Widerstände«, fuhr er fort, »lassen sich im Trading *nicht* durch einen verstärkten Kraftaufwand beseitigen, solange nicht auch die Einstellung und mit ihr der Grundton der eigenen Äußerung und der ihr *eigene Richtungssinn* verändert worden waren.« Hofner nahm nun besonders die

Tradinganfänger am Tisch ins Visier. »Versuche des ›gewaltsamen‹ Ausbrechens aus dem Bann der Schwäche werden keinem Trader auf der Welt jemals gelingen!«

Und tatsächlich fragte doch jemand am Tisch, der den Wein scheinbar in sich hinein- und die Ausführungen stattdessen an sich vorbeilaufen ließ, wider Erwarten: »Warum?«

Connor ergriff wieder das Wort und klärte den Nachzügler gern auf, indem er darauf verwies, dass bei dem Versuch eines »gewaltsamen Ausbrechens« sogar das Gegenteil eintreten würde, denn der mit einer »Chaka«-Motivation begonnene Anlauf oder Vorsatz vor einem Trade oder vor einem Handelstag mochte zwar durch Zufall gelegentlich ein positives Ergebnis erbringen, verhinderte aber weder einen jederzeit möglichen Rückfall noch die Potenzierung der auf die Länge der Zeit immer wahrscheinlicher zutage tretenden Schwäche des betreffenden Traders. Das eigene Befinden nach einem Trade und die Selbsterfahrung nach einem Handelstag folgten hier – trotz aller gebetsmühlenartig aufgerufenen guten morgendlichen Vorsätze – einer abwärts verlaufenden Spirale. »Wenn wir mit dieser Annahme die Willensschwäche eines Traders als einen sich tagtäglich wiederholenden Akt der Hemmung und fortschreitenden Entkräftung beschreiben würden«, führte Connors abschließend aus, »so fänden wir in diesem ›Teufelskreis‹ genau das Bild wieder, dass nur allzu oft bei Tradinganfängern zu beobachten ist und von diesen selbst immer wieder genau so beschrieben wird.«

Hofner und Connor genossen dieses abwechselnde Argumentieren und Illustrieren offensichtlich, denn Hofner stellte nun lächelnd die sich jedem aufmerksamen Zuhörer hieraus aufdrängen müssende Frage in den Raum, wie denn der Richtungssinn dieser Bewegung bei einem Trader umgekehrt und dadurch ein positiver Richtungssinn mit umgekehrter Spiraltendenz nach oben eingeleitet werden konnte, welche Connor, Hofner dabei wie als Dank zuprostend, sofort aufgriff: »Der schnelle Schrei nach einem Coach, nach einer ›Urschrei-Therapie‹ oder Mental-Coaching-Firlefanz oder weiß der Kuckuck was wird da jedenfalls keine Abhilfe leisten können.[11] Denn es geht ja eben gerade nicht um eine Ausbesserung oder Ertüchtigung eventueller mentaler, psychischer oder emotionaler Macken,

---

[11] Sollte der Ursprung mentaler Probleme in dem Unverständnis um die »Widerspenstigkeit des Börsenhandels« begründet sein (es gibt ja bei Weitem noch andere Ursachen), wird kein Coach der Welt – sofern dieser nicht selbst tiefgreifende Ahnung um die Materie hat – Abhilfe schaffen können. Oder mit anderen Worten: Man stelle sich folgendes Gespräch vor: Jemand, der keinen Realitätssinn um Materie haben kann, möchte jemandem, der den Realitätssinn nicht wahrhaben und umgehen will, einen Rat geben, um besser mit der Realität zurechtzukommen … *Hui …*

Defekte oder Blessuren, sondern im Kern vielmehr um das Gewinnen einer neuen fachlichen Einstellung, die, verbunden mit dem inneren fachlichen Durchbruch des Traders, vielmehr den Charakter eines dauerhaften *Sicheinlassens* aufweist als den eines kurzen, gewaltsamen Herauslassens und anschließenden Sich-wieder-Zusammenreißens!« Der ganzen Runde zuprostend, schloss er: »Ob ihr es glaubt oder nicht: Zusammenreißen funktioniert im Trading nicht! ES GEHT NICHT!«

»Nein?«, fragte Hektor, gleichzeitig erstaunt und irgendwie enttäuscht klingend.

»Nein!«, erklang es von Hofner, Sander, Torbach, Connor und Matthew fast gleichzeitig und bestimmt.

Torbach ergriff als Erster das Wort und erinnerte an das Beispiel des »Wie halte ich mich gesund«-Buchs, aus dem er, Hektor direkt ansprechend, noch einmal das Thema Diät aufgriff: »Entweder du öffnest dich der Einsicht in die *Realität* und begreifst, dass dein, natürlich nur im Beispiel«, hier zwinkerte Torbach Hektor zu, »fülliger Körper einzig ungesundem Essen und fehlender Bewegung geschuldet ist, oder aber du quälst dich mit einer ›Iiiiigitt-igitt‹-Diät nach der anderen herum und hoffst, dass du so durch immer neue und ach so geheime Rezepturen wie von Zauberhand wieder schlank und sportlich wirst, ohne dich der deinem Zustand eigentlich zugrunde liegenden Realität stellen zu müssen!«

Eieiei …

Philip war, als könnte er Torbachs Intensität fast körperlich spüren, als dieser sich noch weiter vorbeugte und, Hektor fest im Blick haltend, fortfuhr: »Es geht also um den Realitätssinn! Entsprechend kann ›Überwindung der Schwäche‹ also konkret immer nur ›Überwindung der Selbstbefangenheit‹ und ›Überwindung der Angst vor der Realität‹ heißen. Positiv ausgedrückt ist damit das Aufbringen von ›Mut zur …‹ – und nennen wir es ruhig auch Liebe zur – … *Realität* gemeint. Der wirkliche Wille ist also die realisierte Beziehung zur Realität selbst und hat im Trading – genau wie beim Sport oder einer Diät – stets den Charakter eines Dialogs.« Torbach fuhr fort zu erläutern, dass *Realitätssinn* dazu gehöre, dass das Universum des Tradings nach drei, vier fachlichen Minustrades nicht außer Kontrolle gerate und dass die ›Hand Gottes‹ in Sachen Trading nicht die eines übermächtigen Sadisten sei, sondern ganz einfachen Gesetzen gehorche und verlorenes Vertrauen demnach wiedererlangt oder zumindest umgewandelt werden könne. Abschließend fasste Torbach seine Worte einprägsam so zusammen: »Der Grundakt des sich bilden müssenden und des sich bekräftigenden Willens als Trader ist also nicht die Machtanwendung, sondern eine Bejahung der den Charts und damit des Orderbuchs innewohnenden und dem Trader so begegnenden Realität – ohne dass damit irgendwelche Selbstaufgabe verbunden wäre! Kurz gefasst ist Durchsetzung und Verwirklichung im Trading also tatsächlich ein Problem der *eigenen Einsicht* und *niemals* – wie so oft falsch angenommen – das Problem eines – Achtung: *Erziehungsgeschäfts*!«

»Wohl wahr!« Hofner, Sander und Connor stimmten ihm zeitgleich im Chor zu, und auch Jerome nickte.

Philip beobachtete aufseiten der Tradinganfänger und Laien plötzlich staunende Gesichter. Und während die offen stehenden Flügeltüren die zarte Würze einer Sommernacht hereinwehten und dann und wann sachte und geräuschlos die Übergardinen ein wenig emportrieben, gärte es in Hektor. »Ja … wie … wie das jetzt?!«, und durch Torbachs persönlich wirkende Ansprache war nun der eigene Siedepunkt erreicht, denn dieser hakte nun, erzürnt klingend, nach: »Damit ich das auch wirklich richtig verstehe«, er beugte sich weit vor, »ihr sagt also alle, dass Trading kein *Erziehungsgeschäft* ist?«

Torbach, der anscheinend keine Lust mehr hatte, viel Federlesen zu machen, brachte es nun mit der ihm eigenen Klarheit und Deutlichkeit und dennoch ausstrahlenden Ruhe, ein für alle Mal auf den Punkt: »Wenn ein Tradinganfänger sich nicht früh aufraffen kann, um tagein, tagaus, bei Wind und Wetter joggen zu gehen, wird er auch niemals beständig traden können. – Versteht ihr?! … NIEMALS! Wenn ein angehender Trader es nicht schafft, obwohl er es sich vornimmt, mit dem Rauchen aufzuhören … besser, er eröffnet nie … nieeeemals ein Tradingkonto! NIEMALS! Denn: … Er weiß nicht, nicht mal im Ansatz, was mit *Wille* gemeint ist und *vor allem*: wie dieser wirkt!« Und Torbach wiederholte nochmals mit aller Deutlichkeit: »Das Problem der Durchsetzung und Verwirklichung des Tradings ist daher ein Problem der *Einsicht* und niemals – wie so oft falsch angenommen – das Problem eines – … ich nenn es mal … *Erziehungsgeschäfts*!«

»Richtig.« – »Yeap.« – »So ist es.« – »Genau so!« Es erklang viermal eine Bestätigung. Und auch Jerome bestätigte dies Hektor mit einem sehr ausdrucksstarken Nicken.

»… kein Erziehungsgeschäft?«, fragte Hektor sicherheitshalber nochmals.

»Kein Erziehungsgeschäft!«

»Kein Erzie…«

»NEIN! DENK NACH!«

»Ja, aber …«

»Nichts mehr ›*Ja, aber …*‹! Was zu sagen war, ist gesagt, und nun wird es Zeit, dass du deinen eigenen Kopf benutzt und nicht mehr unsere! Denk über das Gesagte nach!«

Ups …

Irgendwo tickte eine Uhr mit schwerem, abgemessenem Schlag, als sei es der harte Schritt der mitleidslosen Zeit. Sonst war es still. Nur ein paar bläuliche Rauchstreifen von einigen Zigaretten stiegen ebenmäßig in das Dunkel.

»So, Jungs, gut für heute!«, und auf die Frage nach dem *Warum* verwies Hofner auf die Uhr, die weit nach Mitternacht zeigte. »Lasst uns noch mit dem Geburtstagskind anstoßen!«

So geheißen, so getan!

Gut eine Stunde später waren alle ziemlich … beschwipst. »Lauter!«, rief Nick. Der Bandsänger lachte, und obwohl das nächste Haus in einer Entfernung lag, in der Nachbarschaftsstreit unmöglich zu sein schien, gab er dennoch sein Bestes.

Nick erprobte an jedem weiblichen Wesen im Umkreis von fünf Metern die besten Anmachsprüche der Welt, und die Frauen … waren ebenso viel zu ausgelassen, um es krumm zu nehmen.

Philip, mitten im Garten stehend, hatte bis eben noch zugehört, wie Hofner von einem der einheimischen Gäste die Bedeutung der *San Phra Phum*, der auf jedem Grundstück anzutreffenden Geisterhäuschen, erklärt bekam, und musste, weit in den Sternenhimmel blickend, traurig daran denken, dass er bald wieder nach Deutschland zurückkehren musste. »So ist es recht, immer schön die Augen aufgemacht!«, hörte er plötzlich eine Stimme hinter sich sagen. Er wandte den Kopf … *Torbach!*

Beide bestaunten stumm die vor ihnen im erhellenden Mondlicht träumerisch glänzenden Türme Bangkoks am Horizont. »Von überall her kommen Menschen aus Thailand, um Bangkok zu bewundern. Menschen, die sich weigern zu sterben, ehe sie nicht der Gnade seiner einzigartigen Schönheit teilhaftig geworden sind. Wie viel vom Leben mag wohl schon an uns vorbeigezogen sein, allein, weil wir nicht hingesehen haben?

Oder zwar hingesehen, aber nicht wirklich wahrgenommen haben, was wir da sahen!«, sagte Torbach in nachdenklichem Tonfall und betrachtete das große Firmament mit entrücktem Blick. Wie nebenbei meinte er nach einer kurzen Pause: »Philip, mach … mach es nicht wie so viele andere Trader!«

»Was meinst du?«

Torbach wandte seinen Blick Philip zu. »Es ist wirklich unglaublich, wie nichtssagend und unbedeutend – von außen gesehen – und wie dumpf und ohnmächtig – von innen empfunden – die Gesamtheit des Lebens so mancher Trader dahinfließt. Es ist lediglich ein mattes Sehnen und Quälen, ein träumerisches Taumeln durch die Jahre, begleitet von einer Reihe trivialster Gedanken über sich selbst, ihr Trading und das Leben.« Torbach wandte seinen Blick dem Sternenhimmel zu. »So viele Trader gleichen Uhrwerken, welche aufgezogen werden, und ticken, ohne zu wissen, warum!«, erklang nun Torbachs Stimme. Wo eben noch so etwas wie zorniges Erstaunen mitgeschwungen war, setzte nun eine große Müdigkeit ein, als dieser weitersprach: »Und jedes Mal, wenn ein Tradinganfänger eine Kontoeröffnung unterschreibt, wird eine neue Uhr aufgezogen, um ebenfalls das schon zahllose Male abgespielte Leierstück zu wiederholen; Satz für Satz, Takt für Takt und mit bestenfalls unbedeutenden Variationen!«

Da Philip unsicher war, *ob* und vor allem *was* er darauf hätte antworten sollen, zog er es vor zu schweigen und wartete auf Torbachs nächste Worte.

»So sehr aber auch jedes Traderleben von großen und kleinen Plagen erfüllt und in steter Unruhe und Bewegung gehalten wird«, fuhr dieser wie im Selbstgespräch fort, »so vermögen diese doch nicht ihre eigene Unzulänglichkeit zur Erfüllung des Geistes, die Gesamtheit der Leere und Schalheit des Daseins zu verdecken, oder«, Torbach grinste Philip mit einem Seitenblick an, »schlicht die *Langeweile* zu vertreiben, die immer bereitsteht, jede Pause vor den Monitoren zu überfluten und unerträglich zu machen. Diesem Umstand ist es geschuldet, dass viele Trader sich – noch ›nicht‹ zufrieden mit den Sorgen, Bekümmernissen und Beschäftigungen, die ihnen von ihrem sonstigen Alltag bereits auferlegt werden – in der Gestalt von Dauerobservation und unzähliger, sinnloser Rumtüfteleien, indem sie noch eine weitere Welt erschaffen und endlose Zeit und enorme Kraft an diese verschwenden, sobald ihre alltägliche Welt, aber auch die fachliche Welt des Tradings, ihnen Ruhe gönnen will –, für die sie nur leider nicht empfänglich sind! Du weißt, was ich sagen will?« Torbach sah Philip forschend an.

Philip kniff die Augen ein wenig zusammen und brachte es zur großen Freude Torbachs mit folgenden, vorsichtig hervorgebrachten Worten auf den Punkt: »Man ist nicht für Langeweile empfänglich!?«

»Genau! Besser, man fragt nicht, wie viele Trader da draußen wirklich für Langeweile und Ruhe empfänglich sind«, bestätigte Torbach. »Natürlich sagt jeder, er möchte ruhen und genießen. Aber schaut man genau hin, so ist es neben der Gier das Peitschen der Langeweile, welche die fortwährende Bewegung des eigenen Kreisels erzwingt«, sagte Torbach und meinte weiter, dass das Leben mancher Trader das Gepräge eines erzwungenen Zustandes trug, bei dem der Trader, innerlich träge, sich zwar nach Ruhe sehnte, aber doch weiter und weiter vorwärts musste; wie ein Planet, der um eine Sonne kreiste, ohne hineinzustürzen, weil die ihn vorwärts treibende Kraft dies nicht zuließ. »Schau dich um!« Torbach zeigte mit einer ausholenden Handbewegung auf die noch anwesenden Gäste. »Natürlich nicht bei allen Händlern, aber bei so manchen scheint das Treiben ihres Alltags als Trader in einer ihnen unter fortdauernder Spannung völlig abgenötigt wirkenden Bewegung vor sich zu gehen.«

Abgenötigte Bewegung – eine schöne Wendung!

Torbach, das fiel Philip in diesem Moment einmal mehr auf, beherrschte, gleichsam Hofner, nahezu meisterlich, mit einem Satz die Nebensächlichkeit einer Sache auszudrücken, um dann im nächsten die Einzigartigkeit umso deutlicher hervorzuheben. »Man tut mit der größten Energie immer nur das, was man nicht für notwendig hält!«, wusste Philip sich gut zu beobachten, und während er Torbach seitlich aus den Augenwinkel betrachtete, wurde ihm wie bereits beim ersten Treffen abermals klar, dass es gar nicht so sehr die ganzen Worte und Redensarten Torbachs waren, woran sein gesunder Sinn Anstoß nahm, sondern der durch sie glaubwürdig versicherte Ernst des Zustandes! Es war dieses seltsame Misstrauen gegen die ganze angewandte Praxis Torbachs! Er hatte mit dem Trading begonnen, um *Freiheit*, *Freizeit* und *Geld* zu erlangen; daraufhin hatte er gelernt, er hatte verstanden, er hatte umgesetzt, er hatte bekommen, was er wollte, und gewusst, »wie viel« er davon wollte, und hatte sich fortan schlicht und ergreifend einem anderen Thema gewidmet.

»Weißt du, ich hatte es als fortgeschrittener Händler einfach satt … einfach dermaßen satt! Und irgendwann«, Philip bemerkte den verträumten

Ausdruck in Torbachs Augen, der dessen Worte begleitete, »begann ich zu erkennen, dass ich nur scheinbar von vorne gezogen, in Wirklichkeit stattdessen von hinten geschoben wurde; es waren gar nicht die Charts, die mich dauernd anlockten … *nein, nein* … sondern die *Langeweile*, die mich zu sinnlosen und unnützen Taten vor die Monitore drängte!« Torbach schüttelte über sich und die Erinnerung an seine damaligen Gedanken lachend den Kopf. »Langeweile, das ist die Grundlage der Motivation für so viele fortgeschrittene Trader! *Ha* … und was ist deren Folge?«

»Na ja …«, Philip kratzte sich am Kinn, dachte über seinen eigenen Handel nach und meinte dann sehr erkenntnisschwanger: »Es fühlt sich so an, dass hier wohl der Ursprung des Komischen, des Grotesken und der fratzenhaften Seite des Lebens als fortgeschrittener Trader liegt!«

»Und das heißt auf den Punkt gebracht *was*?«

In Philips Gedanken flogen seine bisher vor den Monitoren verbrachten Jahre vorbei. »Es bedeutet …«, begann Philip.

»Ja-a-a-a …?!«

»Es bedeut, dass die Regsamkeit des Geistes oftmals nur eine fortdauernd zurückgeschobene Langeweile ist, um die …«, Philip ließ den ganzen Abend in Sekunden Revue passieren, »um die *Widerspenstigkeit* zu umgehen!«

Torbach nickte höchst anerkennend: »Woraus sich die Frage ergibt: Was ist *Lust*, und was ist *Pflicht*!?«

Wie wahr! Wie wahr!

In Philip verfestigte sich nach dem am früheren Abend und eben Gehörten die schon lange gehegte Vermutung bis zur Gewissheit, dass die Hauptsünde im Umgang mit den Charts nicht auf das »Verletzen« einer pingelig einzuhaltenden angedachten Signal- oder Stopplogik, auf mangelhafte Schulbildung oder verpfuschte Erziehung zurückzuführen war; auch lag die eigentliche Wurzel der Hauptsünde nicht in irgendwelchen sozialen Strukturen oder einem »schlechten Umfeld«, und auch wenn sie sich in der »Unmenschlichkeit« des Traders gegenüber sich selbst hin und wieder zeigen mochte, war diese doch nicht ihr eigentliches Wesen. – Die tatsächliche Ursache und Sünde fand sich stattdessen in der »Rebellion« gegen den Alltag eines Traders!

Torbach hielt Philip sein Glas entgegen, und beide stießen miteinander an. Sodann wechselten sie das Thema, indem Philip erzählte, dass er, da er bereits in den kommenden Tagen abreisen würde, sich hin und wieder noch Zeit für die ein oder andere Erkundungstour genommen hätte.

»*Hin und wieder ...?!* Hin und wieder ist wirklich nicht viel!«, sagte Torbach und hielt inne, indem er den Kopf zur Seite neigte und Philip anschaute. »Möglicherweise genug, um ein paar der Wunder Thailands zu erfahren, okay. Aber um seine Geheimnisse zu ergründen, reicht das nicht. Was hast du schon gesehen? Tempel? Den Wat Pho oder den goldenen Buddha im Wat Trimitr? Und einen der Floating Markets? *Nicht?* ... Solltest du aber, unbedingt!«

»Ein paar Tage habe ich ja noch.«

»Weißt du, Philip, es ist lange, sehr lange Zeit her, als ich das erste Mal hierher nach Thailand kam. Ich war damals im Urlaub mit meiner Frau hier, und dieses Land hat mich nicht wieder losgelassen! Die Kultur ist vielschichtig, und die Lebensart hat wirklich etwas Faszinierendes, wenn man sich nur etwas Mühe macht, sie verstehen zu wollen.« Torbach stellte sein leeres Glas beiseite und meinte daraufhin erst mit normaler, dann orakelhafter Stimme sprechend: »Das haben wir doch als Händler gelernt: Den Unterschied macht nicht, *was* man sieht, sondern *wie* man es sieht!«

Beide lachten.

»Aber mal im Ernst! Nehmen wir zum Beispiel den liegenden Buddha im Wat Pho: Abertausende Besucher jeden Tag, und kaum einer sieht genau hin!«

»Tun sie nicht?«, fragte Philip, die Worte lang gedehnt.

»Nein, sie tun es nicht! Auf den ersten Blick scheint es nur eine liegende Gestalt zu sein, doch bei genauerem Hinsehen glaubt man, die Haltung würde sich verkehren, und der liegende Buddha wird Atlas immer ähnlicher. Er ruht nicht mehr auf der Erde, sondern die Erde ruht auf ihm. Er trägt die Last der Welt. Es ist dieser Blickwinkel, den man nicht lernen kann, sondern der sich dem Menschen erschließen muss. Ein Museumsbesuch und ein Besuch des Tradingalltags haben vieles gemeinsam«, meinte er, um wieder in der Sprache beider zu reden. »Es sind die Wunder, die man zeigen kann, und dahinter liegen aber jene Geheimnisse, die man selbst suchen muss. Und da hilft kein noch so kundiger Führer, um einen dorthin zu bringen, denn das hängt von einem selbst ab, ob sie sich einem zeigen werden oder auch nicht«, erklärte Torbach, wobei seine Stimme zum Schluss säuselte wie ein Wiegenlied.

Freundschaftlich, ja fast schon väterlich umfasste er Philips Schulter zum Abschied. »Pass auf dich auf, mein Freund! Lass dich nicht von den Charts unter die Räder bringen. Hörst du!« Er wandte seinen Kopf, wobei sich seine Halssehnen spannten wie Taue eines Seglers, der in windheller Fahrt auf und davon zog, und deutete mit einem Kopfnicken auf die Terrasse. Erneut griff er die vorherigen Worte auf. »Überlass den anderen die Jagd! Halte es nicht wie so viele, die aus Gründen, die in erster Linie die Furcht des empfindungsreichen Nichtstuns zusammenbrachte und die aus heldenhafter Ehrsucht, indes ohne die vernunftgemäßen Mittel, zu dem Gedanken geführt worden waren, man müsse sich etwa durch einen einzigen Trade, den man gewalttätig unternimmt, ein Denkmal voransetzen!« Torbach lächelte Philip an. »Deine wahre Männlichkeit beweist du nicht vor den Monitoren, sondern dann, wenn du deine Bürotür hinter dir schließt und dich erinnerst, weshalb du diese zuvor überhaupt geöffnet hast!«

Philip blickte Torbach aufmerksam an und antwortete schlicht: »Versprochen!«

Und ohne dass es Torbach oder Philip auszusprechen wagten, ahnten beide, dass sie einander nie wiedersehen würden …

*

»Ooooochh, Drecksmarkt!«, kamen stöhnend die wohlbekannten Worte, um die sich keiner mehr im Büro kümmerte. Sie gehörten wie das leise Surren der Klimaanlage, das leichte Klappern der Jalousien bei aufkommendem Wind und das ferne Bellen der Hunde auf der Straße einfach dazu.

Philip schaute zu Stan hinüber, der mit großen Augen vor seinen Bildschirmen saß und wirkte, als wollte er am liebsten in diese hineinkriechen. Nachdem Stan letzten Donnerstag und Freitag »freigenommen« hatte, hatte sich dieser zu Wochenbeginn beim Anblick des davongerannten Marktes und im Wissen um den entgangenen und vor allem: *einfach* zu realisierenden Gewinn, lautstark vor sich betend vorgenommen, *alles richtig zu machen!*

»Och Männo …«, jammerte es erneut hinter den Bildschirmen.

Na ja …

Von dieser Szenerie inspiriert, kam es Philip in den Sinn, das Ergebnis von Johns Geburtstagsparty vielleicht in einigen Punkten noch etwas konkreter, als übers Wochenende bereits geschehen, aufzuzeichnen und mit seinen eigenen Überlegungen zusammenzufassen, wobei ihn eines gerade besonders beschäftigte:

> *Kann es sein, dass man als Trader bei der Vorstellung der eigenen Willenskraft fälschlicherweise davon ausgeht, dass diese Gegebenheit des Willens als eines »Vermögens« bereits bei der Kontoeröffnung von Haus aus als vorhanden vorausgesetzt und sozusagen auf das Konto mit einbezahlt wird?*

Philip warf einen prüfenden Blick auf seine Bildschirme und drehte dann seinen Stuhl zur großen Fensterfront, streckte seine Beine aus und begann zu überlegen: Für ihn sah die Sache als Händler momentan so aus, dass die Willensstärke einzig in der Beziehung zur *Realität* ihre Sicherheit und Verkörperung findet und zuallererst hieraus ihre Wirkungsmacht schöpfen konnte. – *Hm?!* Im Umkehrschluss bedeutete das, dass ein Trader mit *schwachem* Willen in irgendeiner Form in innerer Opposition zur Realität und damit auch zur Vernunft und deren fachlichen Grund stand; woraus sich ein primär gehemmter und sich ängstigender Willen schließen ließ, der weder in sich noch aus sich heraus gehen konnte. Dies wiederum führte dazu, dass dieser Trader vor den Monitoren durch nichts und niemanden »Hilfe« erfuhr und mit jedem neuen Anlauf eines »Aber heute mach ich es anders! Heut mach ich alles richtig!« weiter und weiter zurückgeworfen wurde. Ein Trader mit *schwachem* Willen fand demnach sowohl *weil* als auch *solange* Aktion und angenommene Reaktion des Kontos sich negierten und gegenseitig hemmten, keinen tragenden Grund für die »andere« Ausführung. Das Resultat war, dass der immer aufs Neue festgehaltene, im Inneren gefangene Widerspruch bei jedem weiteren vergeblichen Versuch neue und noch größere Angst erzeugte und so tagtäglich umso mehr die Anwendung des angelesenen oder vermittelten Fachwissens vor den Monitoren verhinderte.

Nun gut!

Demgegenüber war der begründete und in seiner tagtäglichen Anwendung *frei* und *stark* gewordene Wille eines Händlers durch den *gelösten* Widerspruch von fachlicher Wirkung und etwaiger negativer Rückwirkung auf das eigene Konto gekennzeichnet, durch den die wechselseitige Bestätigung des Willens und seines fachlichen Grundes, aus dem sowohl der eingegangene als aber auch der fachlich richtig *unterlassene* Trade hervorging.

Wenn aber sowohl die fachlich saubere Durchführung als auch die fachliche korrekte Unterlassung von Trades diesem gelösten Widerspruch zu verdanken war, wurde deutlich, warum es sich bei der Überwindung der Willensschwäche im Trading weniger um einen gesteigerten Kraftaufwand als vielmehr um die Überwindung eines inneren Zwiespalts und der mit ihm verbundenen Hemmungen handelte. Dieser Widerstand war also demnach nicht gegenständlich und bestimmt gegeben wie eine Art »äußere Schranke«, sodass sich eine konzentrierte Aktivität nicht direkt auf ihn hätte richten können. – *Nein, im Gegenteil!* Er glich eher dem unsichtbaren und umso bedrohlicheren Bann, mit dem schlichte Unsicherheit und Angst um das eigene Wollen und Tun vor den Monitoren belegte. Kurzum: Das *Urvertrauen* in das eigene Tun fehlte!

Hmmm … Urvertrauen …?!
Aber auf was bezieht sich das alles?
Auf das Regelwerk?
Ha, Mo-Moment …!!!

Philip betrachtete das Problem von allen Seiten und kam zu der Erkenntnis, dass – da das Urvertrauen, war es erst einmal mittels kleinen Schritten aufgebaut, bei fast allen Tradinganfängern durch den »fachlich korrekte Minustrade« wieder zerstört wurde – die Quelle des Urvertrauens daher weniger in den Regelwerken zu suchen war als vielmehr in der gedanklichen Aufarbeitung der *Widerspenstigkeit* des technisch orientierten Börsenhandels – was sogar vielen Fortgeschrittenen immer wieder Probleme bereitete.

Huiii … das bedeutete aber doch …?

Der befreiende Schritt wäre durchaus und jederzeit möglich, denn nichts hinderte einen Händler doch daran, seine »Lage als Trader« dauerhaft einzusehen und damit *ein für alle Mal* anzuerkennen und demnach ein *für alle Mal* einzusehen, dass sein »Lebensziel Börsenhandel« *immer widerspenstig* sein und bleiben würde, weswegen auch beliebiges Rumtüfteln *keine* bessere Ausgangssituation erschaffen konnte! Diese »innere Schranke« entsprang demnach nur dem *schwachen Willen* eines Traders, welche dieser jedoch fälschlicherweise als Folge externer Widerstände interpretierte. Was dazu führte, dass man, statt diesen »Teufelskreis der Angst« und die damit korrespondierende Hemmung als Händler ein für alle Mal zu durchbrechen, weiter von einer blumigen »Parallel-«Wirklichkeit träumte und sich die dümmsten Ammenmärchen aufschwatzen ließ; womit man sich bewusst oder unbewusst am wahrhaften Realitätssinn vorbeimogelte!

Genau so!

Philip sah auf, denn irgendwie war er nun in Gedanken bei dem an jenem Abend diskutierten Doppelsatz angekommen, dass die Kraft des Willens demnach von einem Trader eine Art *Entscheidung* verlangt und damit einen Schritt der Bejahung, die wiederum in einem Blick für die *Realität* des Orderbuchs gründet und von ihr her gerechtfertigt war. Ohne Entscheidung ging nichts, ohne die Herstellung eines realitätsgetreuen Bildes der Arbeit als Trader aber auch nicht! – *Eieiei* … Somit äußerte sich in Wahrheit die *Stärke des Willens* eines Traders nicht als irgendwelche zwingende Gewaltakte, sondern im Gewand der »Schwachheit«, das Vorhandensein anderer Marktteilnehmer und Handelsausrichtung anzunehmen und sich dieser Realität zu unterwerfen. Von solchem »schwachen« und doch nicht schwachen Willen eines Traders darf daher behauptet werden, dass er der »starke« Wille sei, der locker zwanzig[12] und mehr fachlich saubere Minustrades vermag. Das so bestimmte Verhältnis von *Schwäche* beziehungsweise *Kraft* eines Händlers durfte also nicht im Sinne des Gegensatzes aufgelöst werden: hier der »schwache Trader« und dort die »Kraft«! Vielmehr stellte die »Schwäche« der Unterwerfung unter die Realität anderer Marktteilnehmer in sich selbst die Kraft dar und umgekehrt; was man auch so ausdrücken konnte: Ein starker Wille war in Wahrheit nichts anderes als tagtäglich verwirklichter Realitätssinn und Hingabe an den anvisierten Beruf *Trader*!

Ja, genau!!!

Philip wendete sich um und betrachtete Stan, der, wie es schien, nach noch besseren Tricks und Tipps Ausschau haltend, wieder in den Weiten des Internets versunken war. Eine Zeitlang observierte Philip Stans Treiben und griff sodann nach einem Stift und kritzelte mit eilender Handschrift auf eine leere Seite seines Tagebuchs:

---

[12] Gerade im diversifikativen Handel ist es durchaus möglich, dass zwanzig und mehr Trades (je nach Grad der Diversifikation) nacheinander oder aber zeitgleich als »fachlich saubere Minustrades« auftreten.

... der den Beruf Händler kennzeichnende Verlust an »alltagsge-wohnter« Klarheit und Sicherheit ist, von daher gesehen, ein not-wendiger Schritt in der Realisierung der praktischen Vernunft, und damit ist verbunden, dass die sich aus vielfältigen Bedingungen zu-sammensetzende Wirklichkeit des Börsenhandels sich, auch wenn sich eine solche Art der Unterscheidung im sonstigen Alltag gut bewährt haben mag, nicht mehr nach dem simplen zweiwertigen Ras-ter von »Plustrade gleich gut« und oder »Minustrade gleich böse« bewerten lässt!

Das Widerspenstige der Lebenslagen eines Trader zu sehen, es anzunehmen und nicht mehr in etwas anderes »um-tüfteln« zu wollen, ist also kein Zeichen von Desorientierung, Schwäche oder gar Aufgabe, sondern bedeutet vielmehr die Möglichkeit, eine neue, dem Begriff »Trader« überhaupt erst nahe kommende Form des Bewusst-seins entwickeln zu können!

Aber auch bei fortgeschrittenen Tradern kann immer noch, und dies viel zu häufig, ein Grundtypus des Verhaltens angetroffen werden, welches eingegangene oder noch einzugehende Positionen über unent-wegtes »Weiter-und-weiter-Tüfteln« abzusichern versucht. Dies kennzeichnet insofern einen Zustand extremer Schwäche, weil auf diese Weise weder verinnerlichte fachliche Grundgegebenheiten rea-lisiert noch der Umgang mit genau jener Widerspenstigkeit des Börsenhandels gelöst werden können. Mithin erzeugt dieser Grund-typus beim betreffenden Trader bereits allein durch seinen Ansatz und immer aufs Neue inneren Unfrieden ...

Und während Philip das eben Geschriebene nochmals durchlas, wurde die im Raum herrschende Stille plötzlich durch ein lautes: »W-A-A-A-A-S ... zum Teufel noch mal ... TUST.... du da?!« unter-brochen!

Mmmpfh ... Alle schauten auf!

Nick, der eher zufällig an Stans Platz vorbeischlenderte, stand, eine Hand schützend über das Handy gelegt, hinter Stan, mit Blick auf dessen Moni-tore gerichtet, und kreischte nochmals in Richtung Stans: »WAAAS um alles in der Welt ist das!!!« Nick sprach jetzt wieder in sein Telefon: »Ich rufe dich nachher noch mal an ... *Ja, ja ...* Wenn du sehen könntest, was ich gerade sehe ... *Yeap, bis dann!*« Nick steckte das Handy ein und sah

Stan dabei mit zusammengezogenen Augenbrauen und einer riesigen Falte auf der Stirn an.

»*Ähm* … also … wegen … *ähm* … wegen der, na du weißt schon … also der … *ähm* … Großwetterlage!«, versuchte Stan stotternd und dennoch hastig eine Erklärung abzugeben, während ihm der Schreck, dass Nick plötzlich hinter ihm stand und mit großen Augen auf seine Bildschirme schaute, noch immer in allen Gliedern steckte.

»Der *Groß*…« Nick unterbrach sich selbst. Ihm fehlten die Worte, und das sollte bei Nick als *kein* gutes Zeichen gelten. Er kniff die Augen zu engen Schlitzen zusammen, überlegte einen Moment und schob dann mit einer gruselig wirkenden Langsamkeit Stans Maus und Tastatur etwas beiseite und bellte: »F-i-n-g-e-r weg!«, als Stan diese instinktiv zurückschob.

Es war unter diesen Umständen schwer für Stan zu unterscheiden, ob Nick ernst sprach oder spotte. »*Männo!* Was soll das?!«, sagte Stan und klang dabei wie ein siebenjähriger Rotzlöffel, dem man im Freibad das Eis wegnahm, und griff erneut nach seiner Tastatur.

»F-i-n-g-e-r weg!!!!«, ließ Nick es abermals im aufgebrachten Ton nachklingen. Nun gab es an Nicks drohendem Tonfall nichts mehr zu deuten.

»Ja … abbbber …«

»Nix *abbbber!*« Nick schaute nochmals – als bräuchte er eine Vergewisserung – auf Stans Bildschirme, und dem Blick nach musste das, was er sah, echt grausam sein. »F-i-n-g-e-r weg!«, fauchte er nochmals, und für einen Moment hatte es den Anschein, als würde Nick ratlos um sich schauen, doch plötzlich musste ihm etwas in seinem Blickfeld eine Idee geliefert haben. Zielstrebig ging er zu der breiten Fensterfront und öffnete, unter den verwunderten Blicken aller anderen, nacheinander all jene Fenster, die einen Blick über das Grundstück hinweg zuließen. Aber, was immer er suchte, er fand es scheinbar nicht. Doch dann, als er das letzte Fenster öffnete, musste er – dem Anschein nach – das, was er suchte, gefunden haben, denn: Mit großen Schritten eilte Nick zurück zu Kims Büro und bat sie mitzukommen. Schnellen Schrittes ging er nochmals an Stans Arbeitsplatz, der beinahe schon ängstlich Nicks Treiben beobachtete, und meinte einzig: »Du rührst dich nicht vom Fleck!«, und sonst nichts, obgleich aus Stans Sicht er doch unbedingt etwas anderes hätte sagen müssen! Dann ging Nick kopfschüttelnd zu seinem Platz, ein wildes Beben um den fest geschlossenen Mund, kramte seine Sonnenbrille hervor, beugte sich nochmals weit aus dem Fenster, schaute links, schaute rechts, und verließ, mit der bereits wartenden Kim, unter einem lauten ungereimten Fluchen den Raum.

»Wehe, du fasst was an! *Weeeeehhe!!!!*«, schallte es Nick im entrüsteten Tonfall noch nach, dann ... Rumms! ... flog die Tür ins Schloss.

Schluck!

»*Aber* ... ich hab doch nur wegen der Großwetterlage und so ...« Um Stan legte sich ein jähes Schluchzen. Aschfahl geworden, sah er ratlos zu Philip, der, auch ein wenig hilflos, mit den Schultern zuckte. Doch da Philip wusste, dass schon rechtens sein würde, was immer Nick an Stans Bildschirmen zu monieren hatte, freute er sich auf das, was immer auch nun kommen sollte, denn: solange Nick Stan keine körperlichen Schmerzen zufügte – denn diese Aufgabe übernahm bereits die Börse –, war alles erlaubt! Und auch Hofner, der neben Philip saß, konnte sich eines Grinsens nicht verwehren, denn Nick war wahrhaft außer sich.

Kurz drauf flog ... *Rumms!* ... die Tür wieder auf.

Schritte erklangen.

Schluck!

Philip, Hofner, Sander und Stan blickten, der Erste fragend, der Zweite und Dritte belustigt und der Vierte blass, Richtung Eingang um sich, als Nick den Raum betrat und hinter sich in den Flur winkte. »Come *on*! Come *on*!« Nick schaute hinter sich.

Hä... ?!

»Come in, anything is okay!«

Aus dem Flur war ebenfalls Kims Stimme zu hören, die auf Thai etwas sagte, was ebenfalls wie eine Aufforderung klang.

Alle Augen waren auf die Tür gerichtet, und sicherlich fragte sich jeder der drei Anwesenden: *Wen* oder *was* hatte Nick hinter sich? Nick, im Türrahmen stehend, winkte und winkte, und plötzlich standen im Büro zwei ... *Heeee?!* ... alle beugten sich über ihre Bildschirme, um Nicks Begleitung richtig zu sehen ... *he?!* ... zwei Jungs, die vielleicht fünf, sechs oder sieben Jahre alt sein mochten.

»Hey!«, erklang es von zwei thailändischen Kinderstimmen, die – wie viele Kinder in Thailand – scheinbar gut Englisch verstanden.

»Hey boys!«, erklang es ihnen im Kanon aus Männerstimmen entgegen.

»Please, my little friends, take a look at this!« Nick ging voraus bis zu Stans Arbeitsplatz, und Kim schob, Nick folgend, die beiden Jungs sanft vor sich her.

»Bambino, mach Platz!!!« Nick rollte Stan mitsamt seinem Drehstuhl nach hinten, sodass er die beiden Jungs an der vorderen Schreibtischkante platzieren konnte.

»*Oh, o-ooh,* die Nummer wird fies!«, meinte Hofner zur allgemeinen Erbauung; denn er konnte sich denken, was kam! Und so lächelnd, einfach vergessend damit aufzuhören, betrachtete Hofner Nick, wie er nun auf der Kante von Stans Tisch saß und seine Beine hin und her pendelnd auf die Bildschirme zeigte.

»Waaaas, was soll das?« Stan checkte nichts. Gar nichts!

»*Was das soll?* Du willst wissen, was das soll?« Nick wuschelte den Jungs, die fasziniert auf die vielen Monitore starrten, die Köpfe: »Nun, die *kleinen* Bambinos bringen dem *großen* Bambino etwas bei!« Mit geübten Handgriffen hantierte Nick mit Tastatur und Maus in Stans Chartsoftware herum und schaltete auf einigen Charts den Anblick des »Grausamen« den diese bedeckte, und damit die Ursache seines »Anfalls« … *Klick! Klick! Klick!* …, aus! – Verschwunden waren Stans *unzählige* Indikatoren und Linien und Teufel was noch … und übrig blieben … nackte Charts!

»Boys, please tell me, going this line pointing up or down? Please, think on a flight of stairs!« Nick zeigte auf einen der beiden Charts, und Kim sagte etwas auf Thai, was Nicks Worte wohl wiederholte.

»Stairs?«, fragte der größere der beiden nach.

»Yes!« Nick ahmte mit einer Handbewegung die Form einer nach oben beziehungsweise nach unten laufenden Treppe nach.

Die beiden Jungs hatten sichtlich ihren Spaß. Sie schauten erst auf den Chart und brabbelten irgendwas auf Thailändisch, um sich zu beraten, und meinten sodann beide gleichzeitig, der Jüngere auf Thai und der andere in gebrochenem Englisch, laut: »This line, going up!« Kim nickte bestätigend; auch der Jüngere hatte wohl dasselbe gesagt wie der Ältere.

»*Ahaa-ja* … so, so … *this line goes* … *upstairs!*« Nick zeigte auf einen anderen Chart um. »And this one?«

»Downstairs!«, der Ältere sprach, der Jüngere zeigte nur mit dem Zeigefinger.

»So, so … this line goes … *downstairs!*« Nick wandte sich nun an Stan. »Deine Brieftasche, bitte!«

»Wie jetzt?« Stan wusste mit dieser Aufforderung nichts anzufangen und schaute irritiert.

»D-e-i-n-e Brieftasche! Wo ist sie? Her damit!« Nick machte eine fahrige Handbewegung, ihm diese endlich zu geben, und als er selbige in den Händen hielt, entnahm er einen Tausend-Bath-Schein und überreichte ihn den Jungs. – *Huiii!* Deren Freude und etliche Verbeugungen mochte man sich so recht dann ausmalen, wenn man bedachte, dass ein Erwachsener selten mehr als diesen Betrag am Tag verdiente.

»Spinnst du! Das sind t-a-u-s-e-n-d Bath!«

Nick schaute irritiert. »Stimmt, du hast recht! Es sind ja *zwei* Kinder!«

Der Wortschwall und die Freude kannten keinen Grenzen mehr, als nun jeder der beiden Kinder einen solchen Schein in der Hand hielt, und Nick gab der an der Tür lehnenden und schmunzelnden Kim ein Zeichen, und die Jungs verließen unter ihrer Aufsicht und einigen thailändischen Worten das Büro.

»Hey?! … Das Geld krieg ich von dir wieder!«, ärgerte sich Stan mit verächtlicher Miene, während er wütend das von Nick wieder zugeworfene Portemonnaie auffing und wegsteckte.

»Nix kriegst du wieder, Bambino! Gar nix! Schreib das mal schön unter *Lehrgeld* ab und sei froh, dass ich nicht auch noch was für Kim und mich rausgenommen habe!« Nick schüttelte heftig den Kopf, kam nicht umhin, nochmals auf Stans Bildschirmen zu starren, und kam erneut in Fahrt. »*Mannomann!* – Die Stans dieser Welt kennen alle Hunderte Einstiegssignale, haben die neuesten Computer mit unzähligen Bildschirme parat, bestellen die teuerste Software und den x-hundersten Newsletter und die Bretter ihrer Bücherregale … *aua* … die biegen sich auch schon in der Mitte durch. Sie tüfteln und tüfteln wochen- und monatelang, aber am Ende …? Am Ende ist immer nur ein großes *NIX*!« Nick schaute auf Stans Monitore, klickte mit der Maus einen jener Charts in den Vordergrund, in denen unzählige, verschiedenfarbige Linien eingezeichnet waren und ein Haufen Indikatoren auf und ab klapperten. »*Au Mann!* Wir haben hier jemanden, der mit den Großen pinkeln möchte, aber nicht mal weiß, wie man das Ding aus der Hose kriegt!«

Autsch, das war jetzt ganz undelikat! Stan schwieg und sah gekränkt zu der Schnittlinie von Wand und Zimmerdecke empor.

»*NICK!*« John stand im Türrahmen zu seinem Büroraum und forderte mit strengem Blick und entsprechenden Handzeichen um mehr Mäßigung.

»Na, aber es ist doch wahr!«, verteidigte sich Nick, aufgebracht über die in Johns Blick und Geste enthaltene Rüge.

»Dennoch!«, beharrte John eindeutig auf seiner Forderung.

»Okay, so Gott will ... dann halt auf die sanfte Tour!« Diesen kleinen Seitenhieb konnte Nick sich einfach nicht verkneifen, und Johns Augenbrauen wanderten unwillkürlich in die Höhe. Mit gespielt freundlicher Miene wuschelte Nick Stan durchs Haar, und Stan, im Schatten dieses groß gewachsenen und drahtigen Mannes, musste sich anschließend ziemlich Mühe geben, Nicks Worten zu folgen, die nun zwar netter, aber dennoch wie Maschinengewehrfeuer daherkamen. »*Tja* ... liebster Bambino«, sagte Nick, der nun, wenn auch nur mit erzwungener Duldsamkeit stöhnend, bereit war, duldsamen Weltsinn walten zu lassen, »ich weiß das Interesse zu schätzen, das dir der Börsenhandel einflößt ... Aber mein lieber Bambino, ich sag mal so: Wenn es von jeher die Verwirklichung von Urträumen war, fliegen zu können und mit den Fischen in Meerestiefe zu reisen, mit unfassbarer Geschwindigkeit Nachrichten zu senden, das Unsichtbare und Ferne zu sehen, Tote sprechen zu hören, sich in wundertätigen Schönheitsschlaf versenken zu lassen und mit lebenden Augen erblicken zu können, wie man hundert Jahre nach seinem Tode aussehen würde, und wenn neben all diesen Sachen nun auch noch die Vorwegnahme von Crashs, fundamentalen Hiobsbotschaften, verheerende Eröffnungs-Gaps zu diesen Urträumen gehören, dann mag das so weit ja mal alles okay sein!« Er wuschelte Stan, abermals gegen dessen Willen, durch die Haare. »Aber ... wenn von dir nun noch die Frage ›Jaaa, welche übergeordnete Marktphase ist es denn?‹ – als *weiterer* Urtraum dazukommt, und du, demnach aus der Bestimmung der Großwetterlage, einen Zauber und eine Zeremonie von höchster Hirnkraft veranstaltest, deren Lösung einzig von der harten, messerkühlen und scharfen Denklehre der Mathematik durchdrungen und getragen sein kann ... dann ... *tja*, ... *dann* ... dann läuft hier was grundlegend falsch, oder!?« Nick zeigte unwirsch auf die Charts: »Bambino, du hast einen Traum gewonnen und die Wirklichkeit verloren!«

Stille. Einzig zwei laut lachende Kinderstimmen waren auf dem Grundstück durch das von Nick noch offen stehende Fenster zu hören.

Stan hatte die Augen zu Boden gerichtet, aber er spürte, dass Nick ihn ansah, tief, fragend, durchdringend. – *Schluck!*

Da Stan aber keine Antwort parat hatte, setzte Nick sich kopfschüttelnd an seinen eigenen Arbeitsplatz und begann, sein vorhin unterbrochenes Telefonat fortzusetzen. Dies nahm nun Hofner seinerseits zum

Anlass, um aufzustehen und sich zu Stans Schreibtisch zu begeben. Beider Stühle waren nun den Monitoren zugewandt, auf denen ein munteres Kursfeuerwerk vor sich hin prasselte: einmal in den Charts mit den unzähligen Indikatoren und Linien und daneben in jenen Charts ohne »alles«, und nachdem sich Stan und Hofner einen Moment lang an den jeweils grün und rot züngelnden Flammen gewärmt hatten, rückte Hofner seinen Stuhl so hin, dass er Stan gegenübersaß, und bat ihn, das Gleiche zu tun.

Hmmm ... – Philip überlegte, wie Hofner es wohl anfangen würde, einen Gegenstand von so spröder und scheinbar »geheimnisvoller« Beschaffenheit wie die der *Großwetterlage* am hellen Nachmittag in Bangkok zu erörtern. Denn: Soweit er wusste, hatte Hofner, genau wie Nick, grundsätzlich nicht das Geringste gegen Indikatoren einzuwenden. Im Gegenteil! Beide hielten deren Einsatz sogar für *äußerst* sinnvoll – sofern ein Trading fernab des markttechnischen Ansatzes angestrebt wurde. Aber da beide diese auch *innerhalb* der Markttechnik für durchaus hilfreich erachteten, fragte sich Philip, wie Hofner vorgehen würde, da er Stan die reine Anwendung der Indikatoren ja schlecht als sträflich vermitteln konnte! Und in dem Moment hörte Philip auch schon Hofner nun fernab jeglichen Vorwurfs fragen, warum Stan »mal so ganz generell gesprochen ... den Drang nach Indikatoren verspüre?!«

Stan, den Kopf den Monitoren zugewandt, deutete auf den Chart mit den Linien: »Na, wenn sich dieser Schnittpunkt hier ...«

»Sachte, sachte, Stan! Ich meine deine Motive und nicht die Wirkungsweise der Dinger!«, korrigierte Hofner und fragte weiter, warum fälschlicherweise die Ansichten so oft gespalten waren, sprich: warum man zwar den *übergeordneten Trend* liebte, jedoch dessen genaue Betrachtung wiederum so sehr verabscheute, dass man dies lieber dem »Computer« überlassen wollte.

– *Oh Mann ...* Stan, noch immer etwas von der Lehrunterweisung der beiden Knirpse angegriffen, rief sich zur Ordnung und staunte, wie erbittert sich sein Bewusstsein der Frage nach seinen Motiven widersetzte. Er rief sich abermals zur Ordnung und überlegte: Sein Wunsch bestand doch einfach nur darin, zu sehen, welche Gestalt der Trend angenommen hatte: aufwärts oder abwärts!? Die Frage nach der *Großwetterlage*, deren Wichtigkeit er ja nun seit Längerem zweifelsohne verstanden hatte, bedrängte ihn so sehr, dass er, wenn er ehrlich war, jedem Zauber erlag und sofort einwilligte, der ihm hierbei helfen konnte. Vielleicht lag es aber auch daran, dass ihm die Indikatoren gestatteten, mal abgesehen von der Erkundung des übergeordneten Trends, nicht nur Verbindung mit den Charts zu halten, sondern überdies auch … *Bewunderung für die Tüftelei zu ernten? – Mmmpf, wer weiß …*

Da Stan sich zu einer schlüssigen Antwort nicht recht durchringen konnte, beharrte Hofner nicht auf einer Antwort und begann stattdessen damit, auf eine Schwierigkeit hinzuweisen, welcher man, sofern man die Großwetterlage *zu sehr* und undurchdacht automatisierte, sehr schnell unterliegen konnte, und leitete dies mit der Erklärung ein, dass jene Schwierigkeit in einem engen Zusammenhang mit der so oft gestellten Frage: »*Welcher* ist denn nun mein übergeordneter Trend?« stand.

Hofner bat Stan, den Flipchart herüberzurollen, und skizzierte, nachdem dieser vor ihnen stand, wahllos verschiedene Zeiteinheiten, um anschließend darunter jeweils den so oft bei Anfängern, aber auch manch Fortgeschrittenen, verfolgten Gedanken, dass jede Zeiteinheit ihren »eigenen« Trend habe, schematisch einzutragen (siehe 🗁 Bild 1):

Tages-Chart	240-Min-Chart	120-Min-Chart	60-Min-Chart	45-Min-Chart	30-Min-Chart	15-Min-Chart	10-Min-Chart	5-Min-Chart	3-Min-Chart	1-Min-Chart	Tick-Chart
↑	↑	↓	↓	↑	↑	↑	↓	↑	↓	↓	↑

🗁 Bild 1

»Nur all zu oft«, begann Hofner nun einleitend und tippte auf seine Skizze, »wird das Thema Zeiteinheiten so betrachtet, als hätte *jede* Zeiteinheit ihre *eigenen* Trends!«

Stan nickte zwar, war sich aber nicht sicher, worauf Hofner damit hinaus wollte.

»Der Gedanke, es gäbe auf jeder Zeiteinheit *eigene* und demnach *unterschiedliche* Trends, ist falsch!«

Stan nickte vorsichtig.

»Richtig ist: Es gibt auf *allen* Zeiteinheiten unterschiedlichste *Marktteilnehmer*, denn: Es gibt die unterschiedlichsten Beweggründe und Motive, um beispielsweise einen 19-Minuten-Chart dem 15-Minuten-Chart oder dem 64-Minuten-Chart vorzuziehen.« Mit erhobenem Zeigefinger und vor allem im Wissen, bereits längst gehörte Grundlagen zu vermitteln, meinte Hofner als Wiederholung: »Unterschiedlichste Trends: *Nein*; unterschiedlichste Marktteilnehmer: *Ja*!« Da Hofner wusste, dass dies einander ähnlich klang, dennoch aber einen enormen Unterschied in sich barg, fügte er rasch hinzu: »Verstehst du, Stan? Selbstverständlich gibt es auf jeder Zeiteinheit – auch der auf 32-Minuten oder auf der 129-Minuten – Marktteilnehmer, welche ihre Signale und Stopps auf dieser zeitparametrisierten Charteinstellung basierend ausrichten und damit mitunter gegeneinander als Kontraktpartner auftreten. Ein, wie auch immer definiertes, technisches *Long*-Signal auf dem 242-Minuten-Chart kann zum Vertragspartner eines wie auch immer definierten technischen *Short*-Signals auf dem 40-Sekunden-Chart werden. Verschiedene Signale: *Ja*; verschiedene Handelsausrichtungen: *Ja*, verschiedene Trends, nach wie vor: *Nein*!«

Ein weiteres vorsichtiges Kopfnicken Stans folgte.

»Dennoch«, Hofner setzte eine kurze Kunstpause, »alle Marktteilnehmer – sofern technisch orientiert – haben, die einen mal mehr, die anderen mal weniger, die Pflicht, sich an dem übergeordneten Radarbild zu orientieren, weshalb die Frage ›Welcher ist denn nun der *richtige Trend*?‹ zu Recht gestellt werden muss, nur ist es leider so, dass diese Frage nur allzu oft etwas abgewandelt und damit *gänzlich falsch* gestellt wird. Statt zu fragen ›Welcher ist mein *übergeordneter Trend*?‹, wird allzu oft gefragt ›Welche ist meine übergeordnete *Zeiteinheit*?‹«. Hofner skizzierte diese Aussage ebenfalls auf dem Flipchart, siehe 🗁 Bild 2:

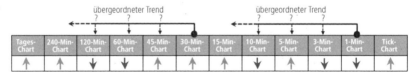

🗁 Bild 2

»Ja, aber ich brauch doch die entsprechende Zeitein…«, setzte Stan zu einer Antwort an, aber Hofner brachte Stan mit einem strengen Blick zum sofortigen Schweigen und wandte sich dessen Bildschirmen zu. Mit geübten Handgriffen ließ sich Hofner zwei beliebige Charts (siehe 🗁 Bild 3a und 4a) ausdrucken.

»Stan, selbst wenn ich dir jetzt sagen würde, dass zu diesen beiden Trades die übergeordnete Zeiteinheit der … *sagen wir* … 37-Minuten-Chart wäre«, er hielt die ausgedruckten Charts hoch und verdeckte dabei exemplarisch die jeweils aufgedruckte Zeiteinheit mit dem Daumen, »dann würdest du mir – und mit dir viele andere Trader da draußen – höchstwahrscheinlich tausendfachen Dank zunicken, obwohl die Lage, wenn man nur mal wirklich darüber nachdenkt, ja eigentlich immer so aussieht …«

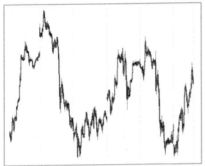

Bild 3a

Bild 4a

Hofner griff nach ein paar auf Stans Arbeitsplatz herumliegenden farbigen Stiften und verband auf beiden ausgedruckten Charts (siehe Bild 3a und 4a) jeweils die großen lokalen Hoch- und Tiefpunkte mit einer blauen, die mittleren mit einer roten und die kleinen mit einer gestrichelten gelben Linie, siehe Bild 3b und 4b[13].

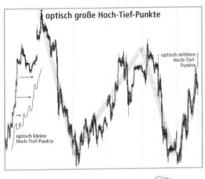

Bild 3b

Bild 4b

»… ahnst du, wo das Problem liegt?«, fragte Hofner und eröffnete damit die Fahndung nach dem Wesentlichen.

»Ähm…?!« Stan fürchtete sich davor, etwas Falsches oder in Hofners Augen gar Dummes zu sagen, und sagte darum lieber gar nichts.

Hofner klickte in Stans Programm auf jenes Menü, welches der individuellen Einstellung der anzuzeigenden Zeiteinheit diente. »Du wirst – mal vorausgesetzt, dass du nicht nur die letzten Ticks lädst – egal, welche Zeiteinheit du für *die* richtige erachtest, immer, ob nun Tageschart, 61,5-Minuten- oder 17-Sekunden-Chart, das Problem haben, *mehrere* Trendgrößen *zeitgleich* zu sehen!« Hofner gab Stan damit

---

[13] Zum besseren Verständnis wurde der – in der gelb gekennzeichneten Marktbewegung – vorhandene untergeordnete Trend nochmals als grüne handgezeichnete Linie daneben skizziert.

eindeutig, genau wie auch schon Nick und Philip vor ihm,[14] zu verstehen, dass die *richtige*, dem Trade zugehörige Großwetterlage sich nicht durch die *rechte* Zeiteinheit, sondern einzig durch die *rechte* Betrachtungsweise ergab. »Denn selbst wenn man meint, die ›rechte‹ übergeordnete Zeiteinheit ›gefunden‹, eigentlich sollte man besser sagen ›ausgewählt‹ zu haben, so steht die Chance dennoch – *Achtung: 1 zu 3*, dass man auch den ›richtigen‹ Trend erwischt!«

»1 zu 3?«, hakte Stan ein. Seine Neugier war doch größer als die Angst, sich zu blamieren.

Zur Erklärung antwortete Hofner mit einer Gegenfrage: »Sag mal, Stan, hast du dich schon mal gefragt, wie viele Trends denn so ein DAX-Future oder Dow-Jones-Future oder was auch immer eigentlich hat?«

»*Wie viele?*« Stan blickte Hofner mit leichtem Misstrauen an.

»Ja.« Hofners Gesicht zeigte einen vollkommen neutralen Ausdruck.

»Ähm ...« Stan starrte überlegend auf die Charts und fuhr sich mehrmals durchs Haar. Die Art von Hofners bisheriger Erklärung ließ ihn dringend vermuten, dass hierbei irgendwo ein Haken versteckt war, auch wenn er noch nicht wusste, wo und dass die ihm eigentlich auf der Zunge liegende Antwort »So viele, wie es Zeiteinheiten gibt!« durchaus dazu führen könnte, sofort seine Sachen packen zu müssen. Da er aber nicht die leiseste Ahnung hatte, welche Antwort Hofner hören wollte, versuchte er, sich so gut über die Runden zu retten wie nur irgend möglich, und antwortete: »*Ähm ...* na ja ... also, ich denke ...«

»Ja-aa ...?« Hofner nickte Stan freundlich, aber bestimmt zu.

Stan machte noch immer ein solches Gesicht, dass Hofner dessen Gedanken förmlich hören konnte: »Na ja ... theoretisch gibt es so viele Trends, wie es Zeitintervalle gibt, demnach also eigentlich unendliche viele: vom 1-Minute- bis zum 1000-Minuten-Chart, vom 23-Sekunden- bis zum 124,8-Sekunden-Chart! Also sollte ich vielleicht besser nur die ›groben‹ Zeiteinheiten und ›deren‹ Trends durchzählen? Na, dann mal los und schauen, was es da so gibt:

Trends auf dem Tickchart ...

Trends auf dem 10-Minuten-Chart ...

auf dem 30-Minuten-Chart ...

dann auf dem 60-Minuten-Chart ...

und dann ... *hm?!* ...

auf dem 240-Minuten-Chart ...

¹⁴ Diesbezüglich sei auf DER HÄNDLER, Fachteil Band 3, verwiesen.

dem Tageschart …

und dem Wochenchart! …«

»So sieben oder acht werden es schon sein!«, lautete Stans plötzliche Antwort, was Hofners Vermutung über die Gedankengänge des Bambinos so weit zu bestätigen schien.

»Sieben?! Acht?! *Echt*, so viele?!« Da Hofner wusste, dass sowohl der wahre innere Zusammenhang der Times & Sales-Liste oft durch unzureichende Erklärungen und viel zu theoretische Definitionen quasi »liquidiert« wurde, als auch, dass gerade für den ungeübten Trader nahezu immer die Gefahr bestand, Trends doppelt und dreifach zu zählen, wenn einfach nur zwischen den Zeiteinheiten hin und her geschaltet und dabei durchgezählt wurde, sah er Stan eindringlich an und fragte bezüglich der zur Zählung der in einem Markt vorhandenen Trends nun nach der notwendigen Vorgehensweise: »*Na los* … sag mal, wie zählt man die Anzahl der vorhandenen Trends?«

»Na ja, man schaut halt drauf!«, lautete Stans laxe Antwort.

»Ein bisschen genauer wird es doch wohl gehen, oder?!«

»Man müsste«, Stan betrachtete einen der Charts genauer, »na ja, man müsste sich halt fragen, ob der Trend … *nein*, nicht der *Trend*, sondern … ob die *Bestandteile* des Trends, also *Bewegung* und *Korrektur*, selbst wiederum durch eigene Trendbestandteile geformt werden.«

»Das klingt gut!« Obwohl Hofner nur zu gut wusste, dass es sich bei der Frage nach der Menge an Trends in einem Markt nach wie vor nicht um neues, sondern um elementares Grundwissen der Markttechnik handelte, sah er – wie in der Vergangenheit und bei anderen Gelegenheiten nur leider allzu häufig schon erlebt – auch an Stans Antwort, dass der grundlegende Gedanke, dass Trends ineinander verschachtelt waren, zwar sehr wohl weitläufig bekannt war, aufgrund der scheinbaren Banalität dieser Erkenntnis aber viel zu selten weiterverfolgt wurde und damit den Nährboden für *den* entscheidenden Fehler in der Anwendung der Großwetterlage bot und darstellte.

»Aufgepasst!« Hofner schlug ein neues Flipchartblatt auf und skizzierte, links beginnend, einen »großen Trend« (🗁 Bild 5a). Dann skalierte er den Verlauf der letzten Korrektur dieses Trends auf, der sich selbst wieder als Trend darstellte (🗁 Bild 5b). Von diesem »mittleren Trend« ausgehend, skalierte Hofner dann auch dessen letzte Korrektur auf 🗁 Bild 5c, und als letztes Schema skizzierte er Gleiches auch noch in den Ablauf der Korrektur des sich aus dem vorhergehenden Schema ergebenden »kleinen Trends«, was schlussendlich den »kleinsten Trend« aufzeigte (Bild 5d).

    Bild 5a   Bild 5b   Bild 5c   Bild 5d

»In einem liquiden Markt sind es maximal *vier*!«, meinte Hofner. »Vier Trends, mehr nicht! Keine sechs, keine sieben, keine zehn. In vielen Märkten, obwohl ebenfalls liquide, sind es sogar nur *drei*. In solchen Märkten fallen diese beiden zusammen …«, er zeigte auf die beiden rechten Schemata (siehe Bild 5c und 5d). »Sie ergeben eins! Der Bund-Future oder der Öl-Markt, obwohl beide mehr als liquide, sind beispielsweise solche Kandidaten, bei beiden, wie auch bei den meisten Aktien, kann man an vielen Handelstagen den ›kleinsten‹ kaum vom ›kleinen‹ Trend unterscheiden!« Und da Hofner gerade selbst das Stichwort *Aktien* gab, verwies er auch gleich noch darauf, dass diese, und dort besonders die Werte aus der zweiten und hauptsächlich dritten Reihe, in der Regel sogar nur aus zwei Trends bestanden, und zeigte dazu auf den »großen« und den »mittleren Trend« (siehe Bild 5a und 5b).[15]

Stan nickte zum Zeichen des Verständnisses.

Hofner, immer noch *weit* davon entfernt, sein bisher Gesagtes als *neue* Sensation verkaufen zu wollen, meinte daher, das Bisherige grob zusammenfassend: »*Großer, mittlerer, kleiner* und *ganz kleiner* Trend! Ende, aus, das war's! Du bist jetzt schon lange genug dabei, um das Thema Zeiteinheit langsam wieder aus deinem Begriffsschatz zu löschen, auch wenn dieser Begriff für dich aus zweierlei Sicht zu Beginn sicherlich äußerst hilfreich war: Zum einen erleichtert er es, generell gesehen, den Aufbau der Märkte zu begreifen, und zum anderen sprechen nun mal 95 Prozent der Trader ›die Sprache der Zeiteinheiten‹. Aber ab jetzt, mein Lieber … wird dieses Thema gelöscht!«

---

[15] Verweis auf das Große Buch der Markttechnik S. 135, Bild 30 und fortfolgende Seiten: Die Trendgröße entspricht auch der »Größe«, sprich: gehandeltes Volumen der Marktteilnehmern.

»… die Zeiteinheiten … *löschen*?!« Stan war perplex.

»Du weißt schon, wie ich das meine! Natürlich umgibt dich das Thema auch *weiterhin*, aber dennoch solltest du dem Thema Zeiteinheiten mittlerweile dahin gehend entwachsen sein, als dass du deinen Handel nicht mehr von deren optischem Firlefanz korrumpieren lässt. Jetzt, da du die Sinnhaftigkeit der Großwetterlage und damit die Bedeutung der Frage ›Wer kauft nach mir?‹ immer richtiger einzuschätzen und zu beantworten wissen solltest, ist es deine Pflicht, einzig auf diesen sich schnell einschleichenden Fehler zu achten …« Hofner zeigte auf den Flipchart und skizzierte zur Vorbereitung der Erklärung des besagten Fehlers zunächst über die verschiedenen Trendgrößen den Ablauf der sichtbaren *Kippbilder* und unter die Trendgrößen schematisch die davor liegenden *höheren Trends* (siehe ☐ Bild 6) und meinte: »Du wirst auf jeder Zeiteinheit – ausgenommen beim ›kleinsten Trend‹ – immer das Kippbild des tiefer liegenden Trends[16] sehen, und du wirst immer – außer bei dem ›großen Trend‹ – einen oder mehrere Trends ›vor‹ dir haben!«

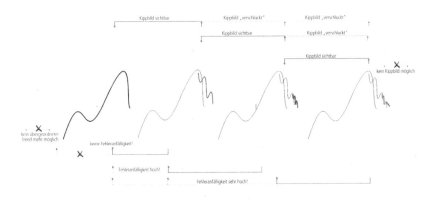

☐ Bild 6

Auch hierzu folgte ein Nicken seitens Stan.

»So!« Hofner legte die Stifte beiseite. »Und aus diesem Schema ergibt sich nun der von mir eben erwähnte Fehler, der im Besonderen beim mathematischen Ableiten der Großwetterlage als aber auch beim manuellen Betrachten der Märkte passieren kann, nämlich dass du dummerweise einen Trend überspringst!«

»Einen Trend … über… *waaas*?!«

»*Überspringst!* Es wird über den dem Trade eigentlich übergeordneten Trend hinweggehüpft, und stattdessen wird der über dem übersprungenen Trend liegende Trend herangezogen!« Hofner nahm die Stifte nun doch wieder zur Hand und begann mit zwei weiteren Skizzen (📁 Bild 7 und 8).

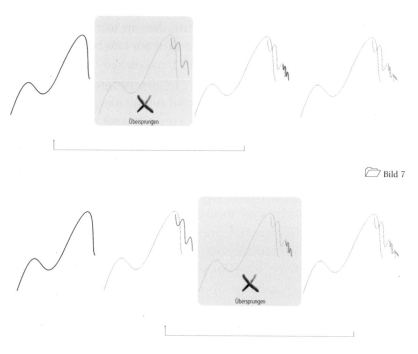

📁 Bild 7

📁 Bild 8

»Sei es durch das selbst generierte und eben erwähnte Wirrwarr der Zeiteinheiten oder: – trotz, das nur eine Zeiteinheit mit genügend zusammenskalierter Historie verwendet wird –, einfach aus optischen Fehlinterpretationen oder aber: ...«, Hofner zeigte auf Stans übrig gebliebenen Chart mit den Indikatoren, »durch mathematische Trendableitungen, der Fehler besteht darin, dass die Großwetterlage unbeabsichtigt, unbemerkt oder auf welche Art auch immer, dem *zwei* Ebenen davor stehenden Trend zugeordnet beziehungsweise aus diesem abgeleitet wird! Aber Achtung ...«, Hofner, mit betonend zu bedenken, dass diese Fehler, so logisch wie auch interessanterweise, niemals beim Handel auf dem »großen«, also auch dem Handel auf »mittlerem Trend«, sondern einzig auf dem »kleinen« und dem »kleinsten« Trend passieren konnten.

Ohne groß zu überlegen, fragte Stan nach dem »Warum«, daraufhin erklärte Hofner mit engelsgleicher Geduld und mit dem »großen Trend« beginnend, dass es hier keinen »noch« größeren Trend zur Betrachtung der Großwetterlage gäbe.[17] Kurzum: Es gab schlichtweg nichts zu »überspringen«. Für einen Händler auf dem »großen Trend« war so gesehen dieser in sich *Handelszeiteinheit* und zeitgleich *übergeordnetes Chartbild*, was nebenbei bemerkt, so Hofner, dazu führte, dass die markttechnisch relevante Frage »Wer kauft nach mir?« hier auch nur teils beantwort werden konnte, dies dennoch der Qualität dieses Trends in keiner Weise Abbruch tat. Denn: Zum einen hatte der »große Trend« die höchste Signifikanz, da eine zufällige optische Existenz generell auszuschließen war, und zum anderen konnte dieser größte Trend von niemandem, der halbwegs Erfahrung mit der Markttechnik gesammelt hatte, aufgrund fehlender Verschachtelungen *fehl*interpretiert werden! »… wer beim Handel auf dem ›großen Trend‹ fachliche Fehler macht …« Hofner schüttelte den Kopf und unterbrach sich selbst, denn er wusste gar nicht, wie er es ausdrücken sollte, ›dass dies gar nicht machbar sei!‹. – »So dämlich kann man gar nicht sein!«, sagte Hofner grinsend und musste natürlich nicht erwähnen, dass seine Aussage *einzig* der markttechnischen Trenddefinition galt und davon losgelöst natürlich dennoch fachlich saubere Minustrades kommen konnten. Aber: Wer sich als Händler dieser Trendgröße widmete und dem – eben weil er es verstanden hat – ein diversifikativer Arbeitsstil eigen war und der beispielsweise den *Trendhandel* als bevorzugte Handelsausrichtung mittels gestreuten Einstiegslimiten sprich: den fachlichen unscharfen Einstieg aus der Korrektur heraus[18] zum Einsatz brachte, der konnte, sofern ebenfalls verinnerlicht, dass, wenn der zu handelnde Trend sich wie angedacht fortsetzte, diesen auch laufen ließ, nicht richtig viel bei dieser Trendgröße falsch machen!

»Man kann da nichts falsch machen! Das geht nicht!«, schmunzelte Hofner abermals und konnte sich nicht verkneifen, noch hinzuzufügen: »*Okay* – man muss damit leben, dass man sich auf keiner Party als der tolle ›Hecht des Tradings‹ darstellen konnte, aber … Stan, wie du weißt, gibt es eine Menge Händler, denen waren das Geld und die ›nicht vorhandene Nähe‹ zum Markt als Imagepflege des eigenen Berufsstatus wichtig.« Hofner sprach damit zwangsläufig indirekt an, dass es im

---

[17] Unumstritten gibt es aus Sicht von Wirtschaftshistorikern oder bei über mehrere Jahre zusammenskalierten Chartdarstellungen noch »größere« Trends; aber außer der Sicht eines *technisch* orientierten Traders, sind diese, als auch anderweitig wie immer definierte »Zyklen«, eher zu vernachlässigen.

[18] Diesbezüglich sei auf DER HÄNDLER, Fachteil Band 5, z.B. ▱ Bild 24 verwiesen. DER HÄNDLER 151

Gegensatz auch viele Trader gab, die eigentlich liebend gern auf höheren Trends unterwegs sein würden, heuchelten sich aber den eigenen Intraday-Handel zurecht, um ihre eigene Daseinsdefinition als »Händler« gegenüber Dritten wahren zu können ... *Nun ja!*

»Und warum kann der Fehler nicht auch auf der ›mittleren Trendebene‹ passieren?«, forschte Stan weiter.

Hofner zeigte auf den Flipchart (⌂ Bild 5b). »Weil du im Bugwasser nur eines *einzigen* übergeordneten Trends schwimmst! Da kannst du ebenfalls nichts *überspringen!*« Hofner betonte, dass daher einem Händler, der sich dem markttechnisch orientierten Handel zugehörig fühlte, mit dem Handel »mittlerer gegen großer Trend« hinsichtlich Optik und Trendabläufen ebenso die wenigsten fachlichen Fehler unterlaufen konnten, und dadurch, dass hier nun die Frage »Wer kauft nach mir?« hinsichtlich der Verschachtelung von Trends erstmals eine eindeutige Antwort fand, und diese obendrein sogar durch eine signifikante Trendgröße geliefert wurde, dieser Handel »mittlerer gegen großer Trend« aus Sicht der Markttechnik einen sehr zuverlässigen Ansatz darstelle.[19] Zum anderen, so Hofner, stand der »mittleren«, anders als bei der »kleinen« oder »kleinsten« Trendgröße, eine enorm große Auswahl an Märkten gegenüber, daher war der *diversifikative Handel* aus markttechnischer Sicht hier bestmöglich realisierbar.[20] »Nun ja, aber auch hier kann man sich auf keiner Party als der tolle ›Hecht des Tradings‹ darstellen, aber ... wie bereits beiläufig gesagt: Es gibt eine Menge Händler, denen ist das Geld und die ›nicht vorhandene Nähe‹ zum Markt wichtiger als die Pflege des Berufsimages!«

Stan stand vor dem Flipchart, wo er stumm auf die – für den erwähnten Fehler verbleibenden – beiden Trendgrößen »klein« und »kleinster« sah. Hofner ließ Stan einen Moment des Nachdenkens, dann blätterte er ein leeres Blatt auf und begann, ein neues Schema zu skizzieren.

---

[19] Hinweis: Natürlich kann auch beim Handel des »hohen Trends« die Frage »Wer kauft nach mir?« direkt beantwortet werden, nur ergibt sich die Antwort dann aus dem Trendverlauf selbst. Beispielsweise: Bei der Handelsausrichtung »Trendhandel mit Positionseröffnung in fortgeschrittener Korrektur« sind dies alle Teilnehmer auf dem nun folgenden Bewegungsast und natürlich jene, die direkt um den *Punkt 2* herum ihre Orders zur Positionseröffnung, -schließung oder -drehung gelegt haben.

[20] Hierauf wurde bereits ausführlichst in DER HÄNDLER, Band 4, verwiesen.

⌂ Bild 9

»Der Witz ist der … «, meinte Hofner während des Zeichnens, »dass dieser Fehler des *Überspringens* eines Trends von einem Händler mitunter wochen-, monate-, jahrelang überhaupt nicht als *Fehler* registriert wird, da hieraus nicht zwingend negative Ergebnisse entstehen müssen! Also, Stan, schau her!« Hofner zeigte in der fertig gestellten Skizze auf den rechten, grün dargestellten Trend (siehe ⌂ Bild 9). »So, das hier ist unsere ›kleine‹ oder meinetwegen auch die ›kleinste Trendgröße‹. Welche der beiden Trendgrößen dies nun ist, ist für das Weitere nicht wichtig, denn der Fehler trifft, wie gesagt, auf beide gleichermaßen zu.« Dann tippte Hofner auf die mit einem großen roten X gekennzeichnete Stelle in der Mitte von ⌂ Bild 9 und meinte, dass hier zwar eigentlich der zugehörige Trend zu finden wäre, der Händler aber, wie bereits erwähnt, durch zu grobe mathematische Ableitungen oder aber durch unbewusste manuelle Fehlinterpretation, die *»eins«* davor stehende Trendgröße als *Großwetterlage* definiert hatte und nun aufgrund *deren Fünf-Sterne-Marktphase* zu dem Entschluss kam, den von ihm ausgewählten ›kleinen‹ oder ›kleinsten‹ Trend – mit welcher Handelsausrichtung auch immer – deswegen fortan auf der *Long-Seite zu* handeln. Dass diese, wie alle seine vorherigen und weiteren Aussagen, auf der *Short-Seite* nun analog gelten, musste Hofner Stan gegenüber natürlich nicht mehr erwähnen.

Hofner verdeutlichte seine vorangegangenen Worte, indem er den erwünschten Verlauf des grünen Trends auftrug (siehe ⌂ Bild 10) und in den blauen, also den – je nachdem – »großen« oder »mittleren Trend« einzeichnete.

"stimmige Marktphase"

Überspringen

Bild 10

Stan betrachtete das Schema, welches keiner umfassenden Worte mehr bedurfte, überdachte das sich selbst Erklärende und nickte.

»Also, das Problem ist ...«, fuhr Hofner fort, »trotz des Überspringens ist dieser ›ausgeblendete‹ dazwischenliegende Trendverlauf ja dennoch existent!« Er übertrug die linke Skizze an die freie Stelle in der Mitte und malte dort einen roten Graphen hinzu (siehe Bild 11), und die Folgen hieraus waren schnell erläutert.

Bild 11

»Gerade beim *Trendhandel* erwartet man doch, einen größeren positiven Trade realisieren zu können, und ist darum immer wieder verwundert über das einem widerfahrende ›zu frühzeitige‹ Ausstoppen, in dessen Folge man sich oftmals dann schnell wieder von diesem Marktszenario verabschiedet, da die Idee des Fünf-Sterne-Setups ja ganz offensichtlich nicht zu ›greifen‹ scheint. Denkbar ist aber auch, dass der Händler innerhalb der angedachten *Fünf-Sterne-Marktphase* einen Fehltrade nach dem anderen abgreift, weil er durch das ›Überspringen‹ nicht checkt, dass noch gar kein Aufwärtstrend vorliegt ... und damit natürlich auch kein *Fünf-Sterne-Setup*!« Hofner skizzierte auch diesen Gedanken übertrieben deutlich in Bild 12.

☐ Bild 12

»Oder aber der Händler steigt immer am Hoch des ›ausgeblendeten‹ und damit übersprungenen Trends ein, dessen Korrekturen immer zum Ausstoppen der Position führen ... *Eieiei!*« Hofner skizzierte diesen Gedanken mittels gelber Markierung in ☐ Bild 13.

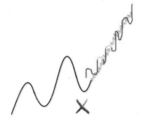

☐ Bild 13

Hofner wusste, da Stan lang genug dabei war, dass er an dieser Stelle keine weiteren Erklärungen anführen musste. Daher griff er Nicks Wutausbruch nochmals auf und betonte dazu so ernst wie ausdrücklich, dass bei der Ermittlung, Analyse oder Vorfilterung der Großwetterlage durch – wie auch immer – definierte *Indikatoren* stets die Gefahr bestand, dass die vom Händler vorgegebene und als richtig erachtete Parametereinstellung »etwas« analysierte, was in Bewegungs- als auch Korrekturhöhe als auch im zeitlichen Ablauf nun mal permanenten Änderungen unterlag.

»Ja, aber schau doch mal hier ...« Stan fühlte sich fälschlicherweise in seiner Ehre angegriffen und wollte Hofner nun demonstrieren, dass dessen Warnhinweis auf seine Indikatoren und deren Parameter mit Sicherheit nicht zutraf, siehe ☐ Bild 14.

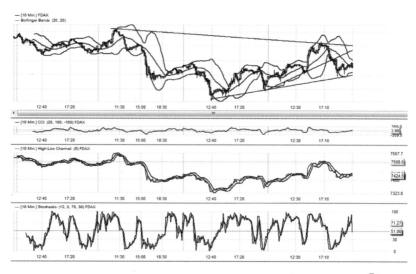

⌐ Bild 14

»Stan! Das, was du mit deinem – wie auch immer geartetem – Indikator analysieren willst, ist ein dynamisches Gebilde, das sich nicht an feste Parameter hält! Mal dauert eine Korrektur des ›übergeordneten Trends‹ extrem lange, mal findet diese in kürzester Zeit statt. Mal läuft eine Korrektur weit in die vorhergegangene Bewegung hinein, ein anderes Mal nicht. Mal besteht ein Bewegungsast eines mittleren Trends aus sechs untergeordneten Trendschwüngen, mal nur aus zwei … und so könnte ich jetzt noch ewig weitere Folgevarianten aufzählen!« Hofner verwies darauf, dass er bereits unzählige, auf der Grundlage der Markttechnik basierende mechanische Handelssysteme gesehen habe, deren betreffende Händler jedoch sowohl in den Backtests als auch direkt bei Verwendung dieser Systeme im Handel Folgendes leider zu selten gecheckt hätten: Auch wenn die *Großwetterlage* in vielen Trades durchaus treffend analysiert beziehungsweise gefiltert wurde, konnte man bei genauerer Betrachtung der *einzelnen* Trades feststellen, dass der oder die Indikatoren beim beabsichtigten Handel des ›kleinen‹ oder ›kleinsten‹ Trends sowohl unbewusst als auch unerkannt viel zu häufig so eingestellt waren, dass sie vereinzelt, statt den *richtigen* Trend als Großwetterlage zu definieren, den *davor liegenden* Trend »in Szene setzten«; dann kamen wieder Trades, da stimmte die Definition; und dann kamen wieder Trades, da wurde sogar – durch dessen Ablaufdynamik – direkt der zu handelnde Trend selbst als *die* Großwetterlage ›reingemogelt‹ … Und warum war das so? Wie gesagt: Mal dauern die Korrekturen der einzelnen ineinander verschachtelten Trends extrem lange, mal finden diese in kürzester Zeit statt. Mal laufen die Korrekturen der einzelnen Trends weit in die vorhergegangene Bewegung hinein, ein anderes Mal eben nicht. Mal besteht ein Bewegungsast eines Trends aus sechs untergeordneten Trendschwüngen, ein anderes Mal nur aus zwei ... kurzum: Der zeitliche Ablauf als auch die Größen und Ausmaße der ineinander verschachtelten Trends halten sich an keinerlei feste und starre Parameter, was entsprechend oftmals zur Folge hat, dass bei einer mathematischen Vorfilterung[21] oder aber ganzheitlichen Handelssystemen aus Sicht der Markttechnik »Murks« rauskommt oder aber: die Handelsergebnisse weit *besser* hätten sein können!

»Ich werde mal bei meinen zurückliegenden Trades nach diesem Fehler Ausschau halten ...«, versprach Stan und gab Hofner damit indirekt zu verstehen, über diesen aufgezeigten Fehler nachdenken zu wollen.

»Und du wirst ihn genügend finden!«, meinte Hofner vorausschauend. Dann deutete er nochmals auf die einfachen und inhaltlich eigentlich wohlbekannten Schemata und äußerte abschließend zu diesem Thema, dass dieser Fehler, wie bereits erwähnt, auch beim manuellen Betrachten der Charts passieren könne: Ein Händler, der zwar die Bedeutung der Großwetterlage und da wiederum die eines markttechnischen Fünf-Sterne-Setups erkannt hatte, konnte – durch die Suchabfolge »von großer in die kleine Zeiteinheit zoomend« – von einer stimmigen Großwetterlage viel zu schnell geblendet und dazu verleitet werden, diese *sofort* mittels einer »unteren Trendgröße« durchzuhandeln – und *schwups* ... gerade *weil* markttechnisch alles in Ordnung zu sein schien, war der Fehler passiert! »Glaub mir, Stan, dieser Fehler, ob nun mittels Indikatoren oder aber beim manuellen zu oberflächlichen Betrachten, passiert nur zu oft!«

Hofner blätterte den Flipchart um auf ein leeres Blatt und konnte sich nun eines Schmunzelns nicht erwehren. »Gut! So, und in genau diesem Zusammenhang jetzt noch was anderes, von dem ich weiß, dass du es selbst schon häufig genug erfahren hast ... – Hast du eine Ahnung, was das sein könnte?«

Stan schüttelte nur stumm den Kopf und zuckte mit den Achseln.

---

[21] Was nützt es, eine Vorfilterung im Sinne einer Arbeitserleichterung anzustreben, wenn deren Resultat schlussendlich doch noch einer weiteren abschließenden Prüfung »Stimmig: ... *ja* oder *nein* ...?!« unterzogen werden muss, beziehungsweise – was weitaus schlimmer ist – wenn jene Vorfilterung fälschlicherweise Großwetterlagen »unterschlägt«, sprich: gar *nicht* erst zur Vorlage bringt, welche aber *unbedingt* hätten getradet werden müssen?! *Eieiei* ... Oder mit anderen Worten: Vorangegangenen »fachlich sauberen Minustrades« nützen »verpasste« Chancen nichts!

Hofner lag es am Herzen, diesen Fehler genau an dieser Stelle anzusprechen, denn hier stammte er her, hier hatte er seine Geburtsstunde, und hier konnte er aufgezeigt und besprochen werden. »Na, dann will ich dir, wo wir gerade beim *Überspringen* sind, mal auf die Sprünge helfen …!«, scherzte Hofner. »Die Frage lautet: Wer bestimmt den Dienstplan eines Traders?« Hofner grinste, und wissentlich, dass dieses Thema bereits, aber dennoch ohne Stan, auf Johns Geburtstagsparty angesprochen wurde, begann er zu erklären, dass viele – allen voran die privaten – Trader gern auf kleineren »Zeiteinheiten«, beispielsweise den 10- oder 15-Minuten-Charts, handelten, welche demnach klar als der markttechnisch »kleine Trend« (siehe ☞ Bild 5c) definiert werden konnten, woraus wiederum resultierte, dass für diese Trader der entsprechend »übergeordnete«, sprich: die Großwetterlage, der »mittlere« Trend war. »Soweit doch klar, oder?«, fragte Hofner seine Einleitung ab.

»Yeap, kein Problem!« In Stans Stimme klang zunächst erneut etwas Misstrauen mit.

»Gut!« Hofner blätterte auf dem Flipchart zurück und zeigte, nachdem er die gewünschte Skizze gefunden hatte, auf den »kleinen«, in Grün dargestellten Trend (☞ Bild 5c). »Es ist natürlich, sofern man das eben erwähnte Thema beherzigt, *nicht* falsch, sich auf den ›kleinen‹ oder ›kleinsten‹ Trend zu konzentrieren und diesen zu handeln! Falsch daran ist nur«, Hofner sah Stan eindringlich an, »diesen zu handeln und – was beispielsweise vielen privaten Tradern zu eigen ist – für diesen Handel *gleichzeitig* nur ein sehr *begrenztes* Zeitfenster zur Verfügung stellen zu können oder zu wollen!«

»Ja, aber … gerade weil das so ist, handeln die meisten doch dort!«, platzte es aus Stan heraus.

Hofner nickte bedächtig und gab Stan insofern recht, als dass dies auf den ersten Blick scheinbar stimmig erschien, verwies dann aber darauf, dass aufgrund einer oberflächlichen beziehungsweise unbewussten Werteübersetzung ein Denkfehler vorlag. »Mal abgesehen davon, dass oft ›größere Nähe‹ mit ›besserer Wahrnehmung‹ missverstanden wird, ergibt sich aber viel zu oft andererseits aus der eben erwähnten Vorgabe *›wenig Zeit‹* nun fast zwangsläufig die Lösung *›kleine Zeiteinheit‹*, welcher darum auch viele folgen. Hat man jedoch im markttechnisch orientierten Handel die Sinnhaftigkeit und überlebensnotwendige Bedeutung der *Großwetterlage* wirklich erkannt, dann kristallisiert sich schnell heraus, dass der Gedanke ›*wenig Zeit, daher kleine Zeiteinheit!*‹, weil ungenügend formuliert, fehlerbehaftet ist und folglich konkreter formuliert werden muss!«

»*Konkreter?*« Das Misstrauen in Stans Stimme machte mehr und mehr einem Unterton von Überlastung Platz.

»Genau: konkreter! Denn wenn man jeden Handelstag nur ein geringes Zeitvolumen zur Beobachtung der Märkte zur Verfügung hat und damit der zeitliche *Abstand* zwischen den tagtäglichen Marktbeobachtungen zwangsläufig sehr groß ist – beispielsweise Montag 17:45–19:00 Uhr, dann erst wieder Dienstag von 20:20–22:00 Uhr und so weiter … – dann ist es die *Pflicht* eines Händlers, eine solche Trendgröße zu wählen, deren übergeordneter zeitlicher Trendablauf *immer* die Chance ermöglicht, ein Fünf-Sterne-Setup vorzufinden!«

»*Häh?*«

Zu Stans besserem Verständnis warf Hofner nun ein Schema auf ein neues Blatt des Flipcharts, das Philip, der nach wie vor aufmerksam lauschte, von seinem Arbeitsplatz aus als sehr ähnlich zu dem erkannte, welches Hofner auf Johns Geburtstagsparty für Hektor auf eine Serviette skizziert hatte: Wie durch die Zeitachse offenkundig, bildete der rote Chartverlauf markttechnisch weder den »kleinsten« oder »kleinen« noch den »großen«, sondern eher den »mittleren Trend« ab, dessen Bewegungsäste sich mal über einen halben (Di), mal über mehrere Handelstage (Mi.–Fr.) erstreckten (siehe 🗁 Bild 15).

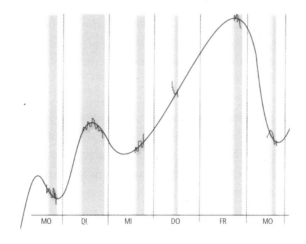

🗁 Bild 15

»So, Stan … jetzt aufgepasst!« Hofner zeigte erst auf den roten »mittleren Trend« und dann auf die grün dargestellten Zeitfenster, während derer sich der Trader an diesen Tagen seinen Charts und damit seiner in Blau dargestellten »kleinen« Trendgröße widmen konnte oder wollte. »Man kann das nun aus zweierlei Sicht sehen: Zum einen könnte man sagen, dass, wenn ein Trader den markttechnisch definierten ›kleinen Trend‹ handelt«, Hofner deutete auf die verschiedenen blauen Kurven, »die dazugehörige Großwetterlage«, er zeigte auf den roten Graph, den *mittleren Trend*, »auf dessen *Nicht*-Anwesenheits- beziehungsweise *Fehl-oder Abwesenheitszeiten* viel zu *schnell* laufen.«

»Zu schnell?«, zweifelte Stan.

»Ja, zu schnell! Denn die Chance, dass der Markt beim nächsten ›Anwesenheitstermin‹ seine Marktphase mal wieder gewechselt hat, ist sehr hoch!«, erklärte Hofner.

Stan betrachtete die Skizze, überdachte Hofners Worte unter diesem Gesichtspunkt einen Moment und nickte dann zum Zeichen, dass er nun verstanden hatte.

»Andererseits könnte man es aber auch so ausdrücken«, fuhr Hofner fort, »dass die Großwetterlage hinsichtlich der *Anwesenheitszeiten* dagegen viel zu langsam läuft!«

»Moment! Das widerspricht sich doch!«, meinte Stan irritiert.

Hofner schüttelte den Kopf und klärte Stan darüber auf, dass dieser scheinbare Widerspruch einzig aus dem eingenommenen Blickwinkel des Betrachters entstand: »Ich kann das Schema sowohl aus Sicht der *An*- als auch der *Ab*wesenheitszeit betrachten!«

Stan überdachte die vorherigen Aussagen nun in ihrer bisherigen Gesamtheit und meinte dann: »Also, wenn ich das jetzt richtig verstanden habe, bedeutet das, dass … wenn ein Trader pro Tag – einfach mal überschlägig so angenommen – nur ein, zwei Stunden lang die Möglichkeit hat, sich einem Markt zu widmen, sich die Großwetterlage …«, er tippte auf den roten Graph, »viel zu *langsam* dreht, um dem Trader, selbst bei geduldigstem Warten, *innerhalb* seines Zeitrahmens ein Fünf-Sterne-Setup zu präsentieren!?«

Hofner hob anerkennend den Daumen.

»Beziehungsweise«, gab Stan nun noch seine Gedanken über die erwähnte andere Sichtweise zum Besten, »könnte man auch so argumentieren, dass es – wenn man schon nur so wenig Zeit hat – klüger ist, sich, statt der ›kleinen‹ oder ›kleinsten‹, der ›mittleren Trendgröße‹ zu widmen, da deren übergeordnete Großwetterlage sich so langsam dreht, dass die Zeichen möglicherweise sogar über mehrere Tage hinweg auf Grün stehen und …«, Stans Gedankengang geriet ins Stocken, woraufhin Hofner für ihn den Satz nahtlos vollendete: »… und man auf dieser Trendgröße zum einen für einen Handel nur relativ wenig Zeit investieren muss, nämlich eigentlich nur für etwaige Stoppversetzungen, und man zum anderen in dem Universum von Märkten Fünf-Sterne-Setups so gut wie immer nicht nur suchen, sondern auch zur Genüge *finden* wird!«

Hofner hielt kurz inne und skalierte auf Stans Bildschirm den Chart des DAX-Futures – ohne die Zeiteinheit zu wechseln – so ein, dass nicht nur dessen Verlauf der letzten Tage, sondern auch dessen Großwetterlage gut sichtbar wurde.

Stan strich sich bedächtig am Ohrläppchen, denn er ahnte, was jetzt kommen würde. – *Oje!*

»Der Grundfehler vieler, vornehmlich des privaten Traders, ist es also, dass sie nicht *alles* aus den ihnen vorliegenden Großwetterlagen rausholen, was sie bei richtiger Anwendung eigentlich könnten!« Hofner verglich dies – auf den ersten Blick etwas eigentümlich – mit dem Besuch eines ›Running Sushi‹-Lokals, dessen elektrisches Laufband die Gäste mit allerlei Köstlichkeiten versorgte. »Man nimmt sich einen der vorbeilaufenden bunten Tellerchen und wundert sich, wenn einem das Gericht geschmeckt hat und man gerne noch etwas mehr davon haben möchte, warum die anderen Tellerchen mit dieser Speise bereits am anderen Ende des Restaurants herumfahren und man selbst auf dem Laufband nur noch Sachen vor sich sieht, die man nicht mag! Verstehst du, Stan? Übertragen auf ›*wenig Zeit, daher kleine Zeiteinheit!*‹ bedeutet das … *ähm* … man …«, Hofner suchte nach dem rechten Wort, »*nascht* nur mal an den Marktphasen rum!«

»Nascht?« Stan verstand nicht ganz.

Nick half, ohne von seinem Buch aufzuschauen, nach: »Hey, … man u-n-t-e-r-l-ä-s-s-t Folgetrades!«, tönte es hinter dessen Arbeitsplatz hervor, und mit verächtlicher Stimme knurrte Nick weiter: »Bambino, ich sag nur, Stichwort: *Held der Arbeit!*«

Die Antwort Stans war unmissverständlich: ein bitterböser Blick.

Hofner nutzte diese Unterbrechung, um Getränke zu holen und um Stan damit Gelegenheit zu geben, über die letzten Worte nachzudenken.

Mit zwei eisgekühlten Gläsern in den Händen kehrte Hofner zurück und ließ sich wieder neben Stan nieder und begann, seine Ausführungen fortzusetzen. »Genau in den Worten Nicks liegt der Knackpunkt – *verstehst du, Stan?!* Mal ganz abgesehen davon, dass für einen fortgeschrittenen Trader das *Unterlassenhaben* von Trades innerhalb einer stimmigen Groß-wetterlage der *größte Vorwurf* ist und bleibt, ergeben sich zum anderen daraus zwei Lächerlichkeiten! Zum einen, dass man erst ›stundenlang‹ heldenhaft die Märkte analysiert hat, um dann, wenn die Lage des – um es in der vorherigen Analogie auszudrücken – ›Sushi-Laufbandes‹ klar ist, nun nur ein kleines Tellerchen einer der angebotenen Köstlichkeiten zu naschen, anstatt mit beiden Händen alle passenden Teller des Begehr-ten vom Band zu nehmen und sich den Magen damit vollzuschlagen! Zum zweiten, dass, sollte jedoch der Inhalt dieses ersten Tellerchens doch nicht munden, oftmals nur eines scheinbar übrig blieb – mit gesenktem Kopf und weiter hungrig das Lokal zu verlassen. Aber ...«, Hofner wählte die kommenden Worte mit der ihm eigenen Sorgfalt, »nun musst du Folgendes bedenken und trennen: Dem privaten Trader, der einen vom beruflichen Alltag vorgeschriebenen Zeitrahmen für den Börsenhandel hat, kann man daher *immer* vorwerfen, warum er nicht«, Hofner tippte auf den »mittleren« und dann auf den »kleinsten« Trend in einer seiner Flipchartskizzen, siehe 🗁 Bild 5, »einen Trend *höher* oder aber *tiefer* wechselt, also auf ein schnelleres oder aber langsameres Sushi-Laufband umschwenkt, um sich so einen permanenten Zugriff auf ein *vollgestelltes* Laufband sicherzustellen!« Hofner machte eine kurze Pause und nahm einen Schluck von dem Wasser. »Dem Trader hingegen, der frei verfügbare Zeit hat – so wie du«, Hofner spielte damit auf die bei-den von Stans *wahllos* freigenommenen Tage an, »kann und MUSS man vorwerfen, dass er zu der Zeit, wenn die Teller auf dem Laufband des Running-Sushi aufgebaut werden, nicht schon gleich als Erster daneben steht und mit vollen Händen – egal, wie lange es dauert – *alles* abräumt; genauso, wie man über ihn nur maßlos den Kopf schütteln kann, wenn er, obwohl das Laufband bereits leer vor sich hin fährt, immer noch Zeit dort neben diesem verbringt! – *Verstanden?!*«

John gesellte sich neben Hofner, überblickte die angezeichneten Skiz-zen Hofners und nickte anerkennend. Beide, Hofner und John, kannten sich schon lange und gut genug, dass mitunter ein einziges Sich-Anbli-cken für den Austausch von Informationen oft schon genügte, und so klinkte sich John nach eben einem solchen Blick, sich dabei an Stan wendend, in die Diskussion ein: »Schau …«, John zeigte auf die vier Trends, siehe 🗁 Bild 5a–d, »es wäre falsch, in der Wahl der Trendgrößen nichts als die ›erlaubte‹ individuelle Abweichung von der Eintönigkeit zu sehen, die das Leben als Trader sonst aufweist; und doch wird dieser folgenschwere Irrtum beinahe ebenso oft begangen, wie von dem Satz *Mein Bauchgefühl sagt mir, dass dieser Markt …!* Gebrauch gemacht wird, ohne den der Tagesablauf so mancher Trader gar nicht zu denken wäre. Steht demnach die Frage, ob und – wenn ja – wie man denn überhaupt feststellen kann, welcher Trend der richtige für mich ist?«

Stan griff nach dem hingehaltenen Strohhalm und meinte mit leuchtenden Augen: »Ja, genau!«

»Das ist eigentlich ganz einfach, und ich wundere mich immer aufs Neue, wie wenige da von selbst drauf kommen, denn man muss ja nur einfach auch die logische nächste, oder sollte ich vielleicht besser sagen die *ursächlichste*, die grundlegendste Frage stellen, nämlich ›Was ist *Lust*, und was ist *Pflicht*?‹«

Ein Blick in Stans Gesicht genügte für die Feststellung, dass von dem eben noch vorhandenen Feuer der Begeisterung über den Aufbruch zu neuen Ufern der Erkenntnis nicht mal mehr ein Fünkchen übrig geblieben war. Stan machte viel eher den Eindruck, als wäre er in vollem Lauf und ungebremst an eine Mauer geprallt, die urplötzlich und wie aus dem Nichts vor ihm aufgetaucht war. »Wa … was? *Lust und Pflicht?* Ja … aber wir waren doch eben bei der Trendauswahl?!«, jammerte Stan sein Leid in die Welt hinaus.

»Genau das ist es ja!«, meinte John, ohne eine Miene zu verziehen. »Die unentbehrliche Frage ›Was ist Lust, und was ist Pflicht?‹ trennt das, was im Leben eines Traders sein *muss*, von dem, was sein *kann*! Sie trennt die gesetzte fachliche Ordnung von einem eingeräumten persönlichen Spielraum. Sie trennt das fachlich Rationale von dem, was für irrational gelten muss. Und jetzt besonders gut aufgepasst, Stan, denn dies ist Antwort und Grund zugleich: Diese Frage bedeutet sowohl das Eingeständnis als auch das Einverständnis, dass die Großwetterlage in der Hauptsache immer ein Zwang ist und sein muss! – So einfach ist das, mein Lieber!« Er klopfte Stan auf die Schulter, und – nun bedeutend ernster werdend – fuhr John seine Ausführungen dahin gehend fort, dass er erklärte, dass eine handstreichartig individuell bestimmte freie

Zeit zwar viel an sich hatte, was dem Tradinganfänger und fortgeschrittenen Trader gefallen mochte, dieser sich damit aber nur selbst schadete. Wenn man nicht erkannte oder sich nicht eingestand, dass man sich als »nach fachlichen Regeln« lebender Trader in der Wahl der Trendgröße eine Art unerlaubte Bequemlichkeit zubilligte, entstand im eigenen Handeln sowohl ein gefährlicher Widerspruch zum Ablauf der Großwetterlage als, damit einhergehend, auch zum Sinn und Nutzen des diesen ganzen Aufwand betreibenden Traders.

An dieser Stelle übernahm Hofner wieder und erklärte anhand einer weiteren Metapher, dass der Grund für diese Fehleinschätzung recht simpel darin gefunden werden konnte, dass fast alle der Tradinganfänger und immer noch viele der fortgeschrittenen Trader das Trading als eine Art Zuchthaus empfanden, in dem sie, selbst wenn sie Wein und Fleisch wählten, nur Wasser und Brot bekamen; und wenn es aber aus *Sicht des Realitätssinns*, sprich dem Umgang mit der Widerspenstigkeit des Börsenhandels, pauschal erst mal egal war, ob man Regelwerk *A* oder *B* den Vorzug gab, ob man Anhänger der Verwendung von Indikatoren, Elliot-Waves oder der Mondstellungen sein wollte, blieb scheinbar für den Ausdruck der *individuellen Gefühle* und das *eigene Belieben* nur noch die »eigens« festgelegte »Zeit vor den Monitoren«, sprich: der Dienstplan, übrig. – Resultat? Man vergaß dabei, dass es wie im alltäglichen Leben, so auch im Trading, viel mehr, ohne dass die Grenze eindeutig wäre, eben *erlaubte* und *unerlaubte Gefühlssachen* gab, ohne dass die Grenze zwischen diesen immer offenkundig war. Hofner tippte auf 🗁 Bild 5: »Ich möchte nicht wissen, wie viele Trader da draußen tüfteln und tüfteln, und dabei haben sie noch nicht ein einziges Mal mit dem bisherigen Wissen *alles* aus einer Großwetterlage rausgeholt! Man muss die Großwetterlage als eine Art ›Projekt‹ sehen, welches es mittels Trade*serien* umzusetzen gilt. Doch leider besteht diese Serie bei vielen meist nur aus einem Trade und danach nach freudigen – weil Plustrade – oder traurigen – weil Geld eingezahlt – Pausen. Kurzum: Der Teil der Lebensqualität, der stolz in Anspruch nahm, arbeiten zu können, wann immer man wollte – und somit diese Arbeit also nach Belieben auch jederzeit unterbrechen konnte –, musste zwingend auch ein gerütteltes Maß von Interesse an den unverzichtbaren Bausteinen der *Großwetterlage* des übergeordneten Trends aufweisen.«

»Denn … mein lieber Bambino … wer sich die Sympathie der *Großwetterlage* verscherzt«, erklang es hinter Nicks Monitoren, »stößt bei der

Verfolgung seines Eigenwohls auf deren Widerstand! – Denk mal drüber nach, mein *Held der Arbeit!*«

Stan nickte andächtig mit dem Kopf, denn die Ironie in Nicks Worten »Held der Arbeit«, von welcher Nick bereits schon auf Johns Geburtstagsparty Gebrauch machte, erschloss sich nun einmal mehr für ihn, und er versprach, darüber nachzudenken.

Philip, der die ganze Zeit aufmerksam zugehört hatte, kramte, inspiriert von den Worten, sein Tagebuch wieder hervor und notierte, das Gehörte damit zusammenfassend, die folgende Frage:

> *Warum sollte man denn ein moralisches Leben im Sinne des allabendlichen Friedens führen, beziehungsweise warum sollte man ein vernünftig handelnder Trader sein?*

Philip ließ den Stift durch die Finger gleiten und überlegte. Dann schrieb er:

> *Das Minimalinteresse besagt: Man will pflichtbewusst sein, um die kommenden Handelswochen und Handelsmonate erfolgreich zu überleben.*

> *Ein etwas fortgeschritteneres Interesse meint: um durch Pflichtbewusstsein die Chance auf ein glückliches und gelungenes, ein sinnhaftes Leben als Trader zu erhöhen.*

> *Aber das Optimalinteresse verlangt noch eine weitere Steigerung, denn es erklärt: weil man nur mittels fachlichen Pflichtbewusstsein seine Möglichkeiten, ein guter Trader zu sein, strukturell ausfüllt. Die Aufgabe, ein freier Händler zu sein, ist eine moralische Pflicht, die der Händler dem Chart und damit – und das ist wichtig – allen vorangegangenen fachlich sauberen Minustrades schuldet! und die einen Händler einzig in Folge mit einem wahrhaftigen und inneren und damit allabendlichen Frieden erfüllen kann.*

Philip klappte sein Tagebuch zu und nahm mit einem innerlichen Schmunzeln wahr, dass für Stan, der sich nun wieder seinen Monitoren zuwandte, der Gedanke an ein geduldiges Suchen und Warten *vor* sowie geduldiges Warten *innerhalb* eines Trades nun einmal mehr hieß: »*Stöhn!*«. Man musste dabei allerdings bedenken, dass *Zeit* und *Gegenwart* von Stan ja bereits an »normalen Tagen« nicht als Geschenk, sondern eher als Hindernis empfunden wurden, dessen Eigenwert zu verneinen, zu vernichten und im Geist zu überspringen war. »Warten«, meinte Stan – zwar nicht mehr so oft, aber immer noch viel zu häufig, »ist langweilig!«, gefolgt von dem Klassiker aller Argumente eines Anfängers: »Wenn ich Trader bin, muss ich *traden*!«, und das hieß wiederum, er brauchte einen verbindenden Faden zu den Charts! Und alles, was in dessen Folge geschah, machte … irgendwie *Spaß*, war lustvoll oder *irgendwie leidenschaftlich*!

Na ja …

Nicht nur Nick, auch Philip hatte dem Bambino immer wieder geraten, statt unendliche Zeitmengen vor den Monitoren nur um ihrer selbst willen zu *ver*leben und durch minderwertige – weil meist nur durch blinden Aktionismus bedingte – Trades oder Dauerobservation sinnlos zu verschlingen, diese lieber dafür auszunutzen, mal die Füße auf den Tisch zu legen und ein schönes Buch zur Hand zu nehmen. Nick hatte sogar einmal das Tierreich bemüht, indem er Stan mit einer Art Wurm verglichen hatte, der fraß und fraß, dessen Verdauung die Nahrung jedoch, ohne irgendwelche Nähr- und Nutzwerte zu verarbeiten, einfach so durchtrieb. Was bedeuten sollte, dass, genauso wenig, wie unverdaute Nahrung stärkte, so verwartete Zeit nicht reifer oder erfahrener machte.

Freilich kam *reines* und unvermischtes Warten im Trading praktisch nicht vor, aber dennoch hatte Philip bei Stan noch nie beobachten können, dass dieser sich einem Buch hingegeben und sich darin verloren hätte, wie es üblicherweise geschah, wenn einem dieses Buch als das Wichtigste, als das Einzige galt, als die »kleine Welt«, über die man nicht hinausblickte, in die man sich verschloss und versenkte, um »Nahrung« noch aus der letzten Silbe zu saugen, und dabei einzig nur ein fachlich höchst sauberer Trade eine »Störung« verursachen durfte!

Philip hatte von sich selbst noch gut in Erinnerung, dass ein live tickender Chart es manchen Handelstag und manche Handelswoche geschafft hatte, ihm vor den Charts so erscheinen zu lassen, als sei es ihm – wie kraft des Fehlens eines Zeitorgans in seinem Inneren, also kraft einer persönlichen Unfähigkeit – unmöglich, den Ablauf der Zeit von sich aus *und ohne äußeren Anhalt* auch nur mit annähernder Zuverlässigkeit zu bestimmen, was ihn an Berichte über verschüttete, von jeder Beobachtung des

Wechsels von Tag und Nacht abgeschnittene Bergleute erinnerte, die bei ihrer glücklichen Errettung die Zeit, die sie zwischen Hoffnung und Verzweiflung im Dunklen zugebracht hatten, auf vielleicht drei Tage veranschlagten, wo es in Wahrheit zehn gewesen waren. Genau wie diesen Bergleuten erging es im Intraday-Handel wohl aktuell Stan: Wo man meinen sollte, dass ihm in dieser höchst beklemmenden Lage die Zeit *lang* würde, schrumpfte sie stattdessen für ihn beim Betrachten der Live-Charts auf einen Bruchteil des objektiven Umfangs zusammen.

Es schien demnach, dass auf der einen Seite bei *Abwesenheit* von den Charts die Zeit völlig überschätzt wurde, zum Beispiel so: »O Mann! Wie lange soll ich denn abseits der Monitore jetzt noch auf ein sauberes Setup oder die Stoppversetzung warten?!« Unter den verwirrenden Bedingungen *vor den Monitoren* neigte des Traders Hilflosigkeit jedoch wiederum eher dazu, die Zeit in starker Verkürzung zu erleben: »Oooch nee, … bitte, bitte, nur noch diese zwei Perioden … « *Bruch* … Nachmittag rum … »*Ohhh* … nur noch diese eine Perio…« *Bruch* … Abend rum!?

Freilich bestritt niemand, dass jeder Trader ohne wirkliche Schwierigkeit aus dem Ungewissen rein rechnerisch auf die verstrichene Zeit vor den Monitoren kommen konnte – er musste ja nur auf die verstrichenen Perioden schauen. Doch was Stan betraf, so war ihm vielleicht nicht gerade besonders wohl dabei, allein irgendeine Anstrengung zu unternehmen, der Verschwommenheit und Versponnenheit zu entrinnen und sich klarzumachen, wie lange er schon am Stück vor den Monitoren saß; und die Scheu, die ihn daran hinderte, war vielleicht eine Scheu seines Gewissens – obgleich es doch offenbar die schlimmste Gewissenlosigkeit war, der *verfügbaren* Zeit als Trader *nicht* zu achten …!!! – *Nun ja!*

*

Drei Stunden später rief Kim, die sich auf ihren Feierabend freute, noch John durch die offen stehende Bürotür zu:

»*John?!* Deine Frau hat angerufen … Ich soll dir sagen, dass aus eurem Essen heute Abend leider nichts wird!«

»*Schade* … aber okay, da kann man nichts machen!«, meinte John, der sich auf ein gemeinsames Essen mit Jerome eigentlich gefreut hatte.

»Ich geh dann mal. Bis morgen!« Ihr Handy aus der Umhängetasche kramend, verließ Kim, gefolgt von Sander und Stan – letzerer hatte heute auch genug von den Charts – das Büro.

John rief, nebenbei eine Order zum sofortigen Wiedereinstieg in dem gerade ausgestoppten Euro-Future einstellend, nach Hause zurück und erfuhr von seiner Frau, dass Jeromes Tochter über Ohrenschmerzen klage und daher das Essen verschoben werden müsse. »… dann geh doch mit deinen Jungs in der Stadt zum Abendessen«, schlug seine Frau als Alternative vor und fügte hinzu, dass Jerome hierzu sicherlich Lust hätte.

Zwei Telefonate und eine Absage von Johns Lieblingsrestaurants Vertigo später stand die Uhrzeit für das gemeinsame Dinner fest, und drei weitere Stunden später hielt an diesem heißen Tag ein Taxi vor dem Büro. Der Fahrer stieg aus und machte Anstalten, den Kofferraum zu öffnen, was John jedoch kopfschüttelnd ablehnte. »No luggage! *Khaoson Road.*«

Der untersetzte Mann, dessen Augen hinter einer Brille mit extrem dicken Gläsern unwirklich groß erschienen, nickte zum Zeichen, dass er das Fahrziel verstanden hatte, schob sich seine Schirmmütze in den Nacken und begab sich hinter das Steuer, während sich John, Nick, Hofner und Philip in die Sitze des Taxis gleiten ließen. Das Taxi stürzte sich, nachdem sie ein paar sich schlängelnde und ruhige Straßen passiert hatten, in den abendlichen Verkehr, der in Bangkok Gesetzen folgte, die ein Fremder nur schwerlich begreifen konnte. Die rasche Abfolge von riskanten Überholmanövern, abruptem Bremsen und scheinbar unmotiviertem Hupen, erlebt in einem klapprigen Fiat-Kleinbus älteren Baujahrs, ließ den Passagieren kaum Muße, einen Blick auf die an ihnen vorbeihuschenden Bauwerke der Stadt der Engel zu werfen. John und Nick, die dies seit Jahren gewohnt waren, schenkten dieser verrückten Fahrweise kaum noch Beachtung, und auch Philip hatte sich einigermaßen daran gewöhnt – wenn er auch bei zu haarsträubenden Manövern gelegentlich immer noch zusammenzuckte. Hofner jedoch war sichtlich mehr als erleichtert, als John dem Fahrer, in der Khaoson Road angekommen, an der richtigen Stelle das Zeichen zum Halten gab. – Aber sie fuhren nicht zum Thailänder, und sie fuhren auch nicht zum Chinesen…

Zeitgleich mit den Jungs traf auch Jerome ein, und als die fünf nach einem festen Händedruck später das Restaurant betraten, fiel Hannes[22], am anderen Ende des Raums stehend, wie immer aus allen Wolken. »Heiliges Bimbarium! Ich werd verrückt!«

Nick rollte stöhnend mit den Augen in Richtung John. »O Mann, musste das wirklich sein?!«

»Komm, beruhig dich!« John klopfte ihm freundschaftlich auf die Schulter. »Das Vertigo hatte keinen Tisch mehr, und Hannes macht nun mal eines der besten Essen der Stadt.«

»Aber sein ständiges Gequatsche um den Handel, das nervt!«

»Los jetzt, du wirst es überleben!«

»Kommt schon rein, kommt rein!« Hannes kam schnellen Schrittes näher, begrüßte nacheinander, mit dem ihm typischen – Küsschen rechts, Küsschen links – John und Nick und gab zeitgleich einem Kellner ein wirsches Handzeichen, den besten Tisch herzurichten. »Hey … Philip, schön, dich wiederzusehen! … *Ah* … und du bist Hofner?! … *Hallo, willkommen* … hab schon viel von dir gehört!« Küsschen rechts, Küsschen links. »Hey, und … *äh*, ich werd verrückt … Jerome!« Küsschen rechts, Küsschen links.

»Ihr kennt euch?« John schaute verwundert auf.

»Na klar«, meinte Hannes und deutete auf Jerome, »seine kleine Tochter bekommt nahezu jede Woche den größten Kindereisbecher bei uns!« Sichtlich aufgeregt führte Hannes seine Gäste nun zu dem fertig vorbereiteten Tisch. »Setzt euch, setzt euch!« Der Kellner, der schon bereitstand, die Runde mit Menükarten zu versorgen, wurde von Hannes mit ein paar unverständlichen thailändischen Worten bedacht und zog unverrichteter Dinge von dannen. »Nichts da, für euch wird heute extra etwas kreiert!«, rief er aus, und seine Augen leuchteten vor Freude über diese Gäste! »Biene, Biene, komm mal her!« Hannes winkte seine offensichtlich schwangere Frau heran. »Schau mal, wer da eben gekommen ist.«

Nachdem auch Biene, die eigentlich Lamai hieß, die herzliche Begrüßung ihres Mannes fortgesetzt und im Nachgang von Hannes selbstverständlich nur die Auswahl der besten Weine des Hauses zugelassen hatte,

---

[22] Hannes trat bereits erstmals im vorhergehenden DER HÄNDLER, Band 5, in Erscheinung.

schnappte sich Hannes einen Stuhl und man erkundigte sich, wie üblich, nach dem gegenseitigen Wohlergehen – und so erfuhr man voneinander die neuesten Neuigkeiten, unter anderem auch diese:

»Wie jetzt, du bist *auch* Händler?!«, fragte Hannes Jerome. »Hey, so oft kommst du hierher und hast nie was davon erzählt?! Mannomann!« Hannes verzog, leicht enttäuscht, über die vielen verpassten Chancen, mit Jerome sozusagen »von Trader zu Trader« zu plaudern, das Gesicht.

»Ja, ähm … sorry … ich konnte ja nicht ahnen, dass dich das interessieren würde?!« Mit gespielter Zerknirschung entschuldigte sich Jerome, und ein kurzer Seitenblick zu den anderen ließ diese wissen, was sie aus dessen Tonfall bereits ahnten: Jerome berichtete aus denselben Gründen und genauso ungern von dem, was er so tagein, tagaus tat, wie sie selbst, denn: Entweder war er dann das »gierige Kapitalistenschwein das über Leichen geht …«, oder aber: man überforderte sein Gegenüber mit dieser Art des Geldverdienens, oder, und das war das schlimmste: das Gespräch endete in einem flachen Monolog der Sorte »Börse, das kenn ich auch … gestern in dieser Sendung im Fernsehen … dreißig DAX-Werte!« Jerome hielt es daher wie viele andere: Er war einfach Privatier. Das klang gut, bot wenig Gelegenheit für weitere Fragen, und man konnte sein Essen in aller Ruhe genießen.

Hannes stand kurz auf und meinte, dass er die Runde erst mal einen Augenblick allein lassen würde, was von Nick mittels verdeckten Augenaufschlags begrüßt wurde. Aber genau fünf Minuten und zwei todschicken Frauen, die am Nachbartisch Platz nahmen, später, kam Hannes schon wieder eiligen Schrittes und mit einem Laptop bewaffnet an den Tisch zurück.

Klack. Laptop auf.

Klack. Chart an.

Raschel. Hannes ließ ein Päckchen Zigaretten durch die Runde wandern.

»Äh, was ich euch noch fragen wollte«, setzte Hannes an und drehte den Laptop so, dass die vier anderen am Tisch die Abbildung eines Charts erkennen konnten, »also, diese Aktie hier …«

Uff …

»Da müssen wir wohl oder übel durch …«, stand in den Gesichtern aller. Einzig und allein Nick blickte völlig entspannt und geradezu fröhlich in die Runde, wusste er doch bereits die Vornamen der beiden Damen zu seiner unmittelbaren Rechten.

Hannes' Fragen um »diese Aktie …« waren schnell beantwortet, und die Themen begannen nun fröhlich am Tisch zu rotieren; es wurde herzhaft gelacht, gescherzt, denn sowohl Hannes, von dem Philip es schon länger wusste, als auch Jerome, von dem er es nur vermutet hatte, waren, jeder auf seine Art, lustige, ehrliche und sehr angenehme Zeitgenossen. Das Gespräch floss so dahin, und nachdem das kulinarische Großereignis mit dem ersten Gang einer fantastischen Oktopus-Consommé eingeläutet wurde, gestaltete sich die Ausgangslage am Tisch wie folgt:

Hannes war, nachdem er nun wusste, dass dieser, wie er auch, *privat* handelte, fast gänzlich auf Jerome fixiert und wollte von diesem unbedingt eine Antwort darauf haben, *ob* und – wenn ja – *wie* er sich denn das Trading selbst beigebracht hatte, denn schließlich wollte Hannes doch auch bald hauptberuflicher Trader werden. Und unter den hochgezogenen Augenbrauen Hofners und zum Schmunzeln aller, die ihn bereits kannten, erklärte Hannes nochmals in aller Ausführlichkeit, dass er vorhabe, sein Restaurant die kommenden Monate zu verkaufen – »… alles viel zu stressig …«, und fortan seine Familie nur noch vom Trading zu ernähren. Von stolzen Blicken begleitet, berichtete er, dass er sich bereits über verschiedene Kontinente, Länder, Städte, Häuser und Strände informiert und einige davon in die engere Wahl genommen hätte. »… mein Trading wird dann nur noch vom Strand aus vonstatten gehen! Räumliche Unabhängigkeit und so … aber das brauche ich euch ja nicht zu erzählen!« Hannes sprach von seinem Vorhaben, direkt am Strand ein Haus zu mieten, von den erwarteten Tradingergebnissen, und beschrieb detailreich, wie er sich bereits nach dem ersten Trade am Morgen mit bunten Shorts am weißen Strand der Karibik entlanglaufen sah – »… das wollte ich schon immer tun …« – und dass ihr Baby direkt vor dem Haus würde schwimmen lernen können, und er sprach von den schwarzweißen Marmorkacheln der großen Eingangshalle seines Hauses, der geschwungenen Treppe hinauf ins obere Geschoss und davon, dass dann, nach einigen Trades am Vormittag, seine Frau im atemberaubenden Abendkleid diese Treppe hinunterschreiten würde, um Hand in Hand mit ihm verträumte Spaziergänge am Meer zu unternehmen …

»Schon klar, Hannes!« Nick, der mit halbem Ohr zugehört hatte, entschuldigte sich kurz bei den beiden lieblichen Damen am Nebentisch, wendete sich Hannes zu und sprach aus, was alle anderen, allen voran der mit großen Augen dasitzende Jerome, dachten: »Junge, mach doch bitte erst mal zehn Trades! Hörst du, Hannes? Hock dich mal zwei Wochen allein in einen Raum, am besten in einen völlig leeren Raum, nur du und die Charts ... und dann schau, was auf deinem Konto und vor allem in deinem Inneren so alles passiert! ... *Okay?!* Danach kannst du immer noch, wenn du dann noch der gleichen Meinung über das Traden bist, deine Shorts und deine Frau einpacken und euer Kind sonst wo großziehen!«

Hannes, der Nick gut genug kannte, um zu wissen, dass dieser das nicht so böse meinte, wie es klingen mochte, ließ sich jedoch nicht beirren, sondern zeigte selbstbewusst auf Jerome: »Warum denn nicht? Jerome hier hat's doch auch geschafft!«

Aber Nick hatte sich, innerlich lächelnd, entschieden, »Hannes' Aufklärung« schlicht den anderen Jungs zu überlassen, und widmete sich bereits wieder den zwei Damen zu seiner Rechten.

»Nun ... *ähm* ... lieber Hannes, from zero to hero, ganz so fix ging das bei mir nicht!«, korrigierte Jerome und fügte, nicht wissend, dass er mit dieser Aussage eine sehr lehrreiche Stunde für alle Beteiligten einläutete, hinzu: »Kontoeröffnung und *Peng*: Haus, Strand, Sonne, Meer? Von wegen ... und von den verträumten Spaziergängen reden wir gleich gar nicht!« Jerome hatte seine Worte durch heftiges Fingerschnipsen untermalt. »Das dauerte Jahre!« Und da Hannes schon jetzt ganz betroffen aussah, entschied Jerome, die darüber hinaus fast gescheiterte Ehe an dieser Stelle nicht auch noch zu erwähnen.

»Jahre?«, hakte Hannes mit skeptischer Miene nach.

»Jahre!«

Hannes blickte sich nachdenklich, fast schon traurig in seinem Restaurant um und sah seiner Frau, die gerade zur Theke eilte, seufzend hinterher. Ruckartig wandte er sich Philip zu, denn schließlich hatte dieser ja bei seinen Lehrjahren Unterstützung gehabt. »Ging es bei dir schnel...«

»Jahre!« Philip nahm die Frage gleich vorweg.

»Ja, wie das denn jetzt?« Hannes Stimme klang, als hätte er Sand in der Kehle, und ein paar Sätze und eine Weinrunde später erwachte schlagartig für Hannes die spannende und vor allem spektakuläre Frage, worin – wenn nicht die aufzuwendende Zeitdauer den Unterschied ausmache – sich denn der »Lehrplan« eines privaten Traders, der sich das Thema auf »eigene Faust« beibrachte, von dem unterschied, den Hofner und John bei Philip, Nick und Stan anwendeten? Da Hannes sich im Moment nicht mehr schlüssig war, ob er sich dem Thema Trading, wie ursprünglich geplant, auf *eigene Faust* oder doch besser über eine *vorangehende Ausbildung* nähern sollte, versuchte, so beiläufig wie irgend möglich nochmals bei Jerome abzufragen, ob dieser sich das Traden wirklich selbst beigebracht hatte.

»Ja.«

»Allein?«

»Ja!«

»Und du, Philip, du hattest deine Kollegen zur Hand?«

»Ja«, antwortete Philip und fügte grinsend und mit mildem Spott hinzu: »Oft sogar mehr, als mir lieb waren!«

Und da halbe und auch kurze Antworten stets Begierde nach der vollständigen Antwort auslösten, sah Hannes zwischen Hofner, als Philips Ausbilder, und Jerome, als Ausbilder seiner selbst, abwechselnd hin und her, wobei er sich gedankenverloren durch die Haare strich. »Ja, und wie bitte ging das jeweils genau bei euch vor sich?!« Kurzum: Hannes forderte konkrete Details!

Huiii – Na, das ist mal 'ne gute Frage!

Philip, Hannes über den Rand seines Weinglases hinweg betrachtend, horchte innerlich auf, denn dieses von Hannes gerade herausgeforderte »Duell der Gegensätze, oder besser … *Ansätze*« zwischen Selbstausbildung und Ausbildung durch Ausbilder versprach einen interessanten Verlauf! Einen sehr interessanten!

Hmmm …

Wird es große oder kleine Unterschiede zwischen beiden Methoden geben?

Hmmm …

Kann man die »Lehrpläne« überhaupt miteinander vergleichen?

Oder gibt es vielleicht gar keine Unterschiede?

Philip spürte tief im Innersten, dass er vorher noch nie anhand eines so konkreten Beispiels die Möglichkeit erhalten hatte, diese beiden Arten möglicher Ausbildung einander gegenüberzustellen und sie im direkten Vergleich zu betrachten. Und irgendwo konnte es im Grunde daher durchaus natürlich erscheinen, dass Hannes die zwei Arten mittels Vergleich hier und jetzt zu erklären suchte, da diese Vergleiche ja nun etwas ihn betreffend Reales und Wichtiges repräsentierten.

Wie Konkurrenten bei einem Quiz betrachteten die »scheinbaren« Kontrahenten einander lächelnd, und Jerome ließ Hofner und John als den beiden Älteren höflich den Vortritt. Diese verständigten sich untereinander mit einem kurzen Blick, und Hofner begann die Beantwortung sodann mit einer Gegenfrage: »Also, Hannes, wenn ich dich recht verstanden habe, lautete deine Frage, wie wir, ausgehend vom Lernen, jemandem das Trading lehren?«

»Yeap!«, antwortete Hannes kurz und bündig und schlug, seinen Stuhl ein wenig zurückschiebend, die Beine übereinander.

Hofner lachte auf, schließlich war *Lernen* ein geräumiger, viel- und dennoch auch gänzlich nichtssagender Begriff, sobald dieser mit dem Börsenhandel in Verbindung gebracht wurde, denn: Der Gedankenkreis, der von diesem alltäglichen Begriff eröffnet wurde, fand – und das war jedem erfahrenen Trader klar – in dieser Branche ein ganz jähes Ende, und das ziemlich genau dann, wenn nämlich das »Lernen« des Tradings zu einem offensichtlichen Problem wurde, kurzum: wenn es zu *keinem vorzeigbaren Lernerfolg* kam! »Mhm … Du fragst, wie wir Philip, Nick oder aktuell unserem Bambino das Trading *lehren*?!« Hofner sah Hannes fest in die Augen, und er konnte einfach von Natur aus nicht anders, als andere zum intensiven Nachdenken zu zwingen: »Vielleicht, mal anders gefragt: Was denkst du, Hannes, soll denn das Ergebnis des ›Lernens‹ innerhalb des Tradings sein?«

Jerome, ebenfalls zurückgelehnt und sein Weinglas in der Hand haltend, lächelte Hofner zu und meinte, an Hannes gewandt, dass er genau dieselbe Gegenfrage gestellt hätte, womit jedem außer Hannes klar wurde, dass man bei Jerome zu Recht annahm, dass er sich auf »Augenhöhe« mit den anderen Tradern am Tisch befand.

Hannes blickte leicht irritiert, denn mit dieser Gegenfrage wusste er gar nicht recht was anzufangen. »*Lernergebnis?!* Was soll denn *die* Frage?!« Hannes beugte sich vor und sagte eindringlich: »Mal angenommen, ich würde durch eure Hände gereicht werden, so möchte ich natürlich, dass ihr mir beibringt, das ich jede Menge Geld scheffele, und dass ich keine negativen Erfahrungen mit dem ganzen Börsenkram mache!«

»Keine w-a-s?«, fragte Hofner mit wahrem Entsetzen. Seine Augen wurden groß, und er schnalzte mit der Zunge. »Du willst *negative Erfahrungen* umgehen?« Hofner wusste nur zu gut, dass er Hannes eigentlich sofort entgegnen müsste, dass diese das eigentlich und einzig Produktive im Lernprozess des Börsenhandels waren! Aber da Hofner auch wusste, dass im alltäglichen Sprachgebrauch *Lernen* zumeist als Erweiterung und Klärung positiver Grundlagen des alltäglich Vertrauten galt oder – im Sinne einer Erziehung – dass Lernen die Änderung von Denkweisen, Einstellungen und Verhaltensweisen aufgrund von Belehrung oder Erfahrung skizzierte, fragte er stattdessen, ob Hannes seine Vorstellung vom Lernergebnis des Tradings nicht etwas konkretisieren könne.

»Na, dass ich traden kann!«, erwiderte Hannes und klopfte auf seinen Laptop.

»So, so, … *dass du traden kannst* …?!« Immer noch um den Begriff des Lernerfolgs bemüht, zog Hofner bewusst übertrieben die Augenbrauen in die Höhe und fragte weiter nach: »Ab wann weiß man denn, dass man es kann?«

»Na, wenn man Geld verdient!«, lautete Hannes prompte Antwort.

»*Aha?*! Und … wann verdient man Geld?«, forschte Hofner weiter.

»Mann!« Hannes war nun sichtlich etwas genervt, da er sich nicht für voll genommen fühlte: »Na, wenn man mehr rausholt als man reinsteckt!«

»Aber dann kannst du doch schon alles!«, mischte sich John mit einem Grinsen ein und klopfte nun seinerseits auf den Laptop, woraufhin er in plötzlich völlig ratlose Augen sah, weshalb er auf jene Fondsbestände anspielte, welche die letzten Monate in Hannes' Depot mit Sicherheit gestiegen waren. – *Ups!*

Diesen Einwand ließ Hannes jedoch nicht gelten, denn als Vertreter einer Mischmaschkombination aus »Tradinglaie« und »Traginganfänger« war die Beschäftigung mit Fonds und deren »Geldwachstum« für ihn keineswegs gleichbedeutend mit »ach so echtem« Trading. Aus dem gleichen Grund ließ er nicht davon ab, dass es doch einen Ausbildungsinhalt für die Wissensvermittlung bei einer »Ausbildung mit Ausbilder«, vertreten durch Hofner, John und eigentlich auch Nick – aber der flirtete ja gerade mit den beiden Tischnachbarinnen –, und das »Lernen auf eigene Faust« geben musste und demnach auch einen anzustrebenden Lernerfolg, ein Lernergebnis!

»Okay, okay, schon gut, Hannes, wir haben verstanden!«, erwiderte John grinsend. »Du fragst nach einer … Art Fahrplan!?«

»Ja, genau! Nur nicht einen Fahr-, sondern einen Lehrplan!«, drängte Hannes. »Ich meine, den muss es doch geben, oder?!«

John kratzte sich nachdenklich die Nase, sah zu Hofner, und als dieser mit der Schulter zuckte, in dem Sinne, dass es völlig egal sei, wer antwortete, fuhr dieser fort: »Nun, ich will es mal so sagen … wer selbst beständig mit den Charts umgehen will, muss Erfahrungen machen beziehungsweise gemacht haben, damit diese ihm zu gegebener Zeit dann jene Gedanken liefern und Wege aufzeigen, mit und auf denen er den auf ihn zukommenden Schwierigkeiten zu Leibe zu rücken vermag.« Nach einer kurzen Pause konfrontierte er Hannes mit der sich daraus ergebenden – und für niemanden am Tisch außer für Hannes provokanten – Schlussfolgerung: »Wahre Bildung im Trading setzt also statt Mengen an ›fahrplanmäßiger‹ Wissensvermittlung viel notwendiger mannigfache *negative Erfahrung* voraus!«

Hannes zog die Brauen finster zusammen, und während irgendwo vom Hinterhof das gedämpfte Gebell mehrerer Hunde zu hören war, verteilte Hannes fragende Blicke entlang des Tischs, denn mit dem Widerspruch »mannigfache Enttäuschung statt Lehrplan« war dieser nun überhaupt nicht einverstanden. Er steigerte sich in so große Aufregung hinein, dass es mitten in der geschmacklichen Harmonie des zweiten Gangs, bestehend aus einem Millefeuille von der Gänseleber mit Matcha-Tee und Birnen, aus ihm herausplatzte: »Aber, um Kohle zu verlieren, brauche ich doch keine Lehrjahre in einem Handelsbüro! Mal im Ernst, das krieg ich auch alleine hin!« Dann erzählte er von seinen drei letzten Trades, bei denen die Börse, wie er es eher jammernd ausdrückte, »… nun gar nicht checkte, was ich von ihr wollte!« Er beharrte darauf, dass es aus seiner Sicht genau jene negativen Erfahrungen des verlorenen Geldes waren, die umgangen werden sollten. Er blickte Hofner, John, Jerome und Philip nacheinander an und fragte in die Runde: »Wieso soll ich also erst die Kohle verjubeln, wenn ihr mir doch auch sagen könntet, wie ich das umgehen kann? Ich meine, das kann doch nicht so schwer sein … zwei, drei Regelwerke zu lehren!« Er kramte eilig einen Stift und ein Blatt hervor und hielt John beides demonstrativ entgegen. »Das ist es doch dann auch schon: Ende und Aus! Mehr ist es doch nicht.« Hannes schaute zu Jerome hinüber und beugte sich nun zu diesem vor: »Sag mal, du hast dich doch sicher auch hingehockt und Regelwerke gelernt, oder?«

Eieieiei …

Jerome wie auch die Fraktion der Berufstrader merkten derweilen, dass die geforderte Vermittlung des »Lehrplans« schwierig werden würde; sie tauschten daher untereinander kurze Blicke und nahmen sich, nachdem die Gläser wieder gefüllt waren, dennoch vor, es irgendwie zu versuchen. Hofner übernahm den ersten Teil, indem er – ohne auf die an Jerome gerichtete Frage einzugehen – Hannes darauf hinwies, dass wenn man das Erlernen im Trading genau hinterfrage, man auf eine seltsame Begebenheit stoße. »*Ja, ja* … ganz richtig gehört … eine echt seltsame Begebenheit!« Hofner wiegte den Kopf, er suchte nach einem geeigneten Wort und nannte jene Begebenheit vorerst einfach die »hoffnungsvolle Enttäuschung« oder besser: »eine hoffnungsvolle *Ent*-täuschung!«, und er richtete an Hannes sodann die rhetorische Frage: »Was könnte für einen Tradinganfänger hoffnungsvoller sein, als durch gute Gründe eine Täuschung aufheben zu können, die im Umgang mit dem Thema Trading und Charts oder sich selbst vorzuherrschen scheint?« Da er keine Antwort von Hannes erwartete, erklärte Hofner direkt weiter, dass hierbei zunächst und vor allem der Lernbegriff selbst *ent*-täuscht werden müsse, sofern sich dieser – wie hier in der Runde – als objektiv messbarer und, wie es Hofner plakativ nannte, »Prozess zunehmender Rationalität« verstand. »Oder anders gesagt, Hannes: Bei der Form von Lernbegriff, wie du sie zu verstehen scheinst«, er blickte ihn schmunzelnd an, »vergisst du etwas!«

»So, so … und was soll das sein?«, fragte Hannes ungläubig zurück.

»Dein Lernbegriff deckt nicht ab, was im Vollzug des Lernens im Trading wesentlich ist!«

»Ja, und was soll das sein?!«

»Das Moment der *Negativität*!«

»Nega … *was*?«

»N-e-g-a-t-i-v-i-t-ä-t!« Hofner betonte den Begriff absichtlich lang gedehnt. »Rücken wir nämlich den Blick einen Moment weg vom Resultat des jahrelangen Chartstudiums hin zum *Wie* des Lernens, dann erhält eben jene Negativität, die *Ent*-täuschung der falschen Erwartung, eine wesentlich produktivere Rolle im Umgang mit dem Börsenhandel!« Und um die fragende Miene Hannes' gleich vorwegzunehmen, fügte Hofner an: »Nimm einfach mich als Beispiel!« Er begann nun, die Perspektive auf den Prozess des Erlernens als solches zu richten, womit für den Moment die zukünftige Bewertung des Lernergebnisses an Bedeutung verlor und stattdessen die Entstehung des Lernens im Trading in den Vordergrund des Gesprächs rückte. »Ich als – ich nenn es jetzt mal einfach so – Könner oder Wissender in Sachen Trading fühle mich bestätigt durch das Resultat meines eigenen Lernens, fühle mich dem Nicht-Wissenden«, er zeigte auf Hannes und wahllos auf einige Gäste im Raum, »also demnach euch überlegen!«

»Logisch!« Hannes zuckte mit den Schultern und piekste in seinem Salat herum. »Du bist ja auch einer von den erfahrenen Tradern!«

»Jaha, welch wundervolles Wort … E-r-f-a-h-r-e-n-e-r!« Hannes hatte ihm eine Steilvorlage geliefert. »Das heißt, ich habe die Not meines Noch-nicht-Wissens bereits überwunden! Aber …«, Hofner wischte sich den Mund mit der Serviette ab, »durch welche Erfahrung ich mein Nicht-Wissen bezwungen habe, bleibt dir unter dem Deckmantel meines aktuellen Wissens verborgen!« Damit sprach er an, dass vom Laien seltsamerweise viel zu oft übersehen wurde, dass das Resultat des Lernens, sprich: der monetäre Erfolg, das *Wie* des Lernens völlig überragte! Zur Verdeutlichung drückte Hofner es so aus, dass der Weg des Lernens, der nun mal weniger durch einen genauen Lehrplan als durch den Umstand, dass das aktuelle Wissen nur beim Durchgang durch neue Erfahrungen, sprich: durch »*Ent*-täuschungen«, von falschem Vorwissen und etwaigen Irrtümern gereinigt und befreit werden konnte, gekennzeichnet war, bei dem bereits »belehrten« Trader viel zu oft in Vergessenheit geriet. So verstanden, spielte die *Negativität von Erfahrungen* aus dem Umgang mit den Charts, aufgrund deren ein Wandel des Vorwissens stattfand, eine wesentliche, wenn nicht sogar die entscheidende Rolle.

Hofner schaute in die Runde und gab, selbst auf den Verdacht hin, auf etwas aufmerksam zu machen, das als *hinlänglich* bekannt galt, zu bedenken, dass der Gedanke, das Erlernen des Tradings käme also in der Hauptsache durch die Erfahrung von Negativität zustande, nicht wirklich revolutionär, sondern viel als elementar zu bezeichnen sei. »Ich will hier keine neuartigen und aberwitzigen Theorien entwerfen oder möchtegernpädagogischen Firlefanz zum Besten geben«, versicherte Hofner, »sondern nur deine Ausgangsfrage beantworten, Hannes! Dazu ist es jedoch notwendig, auf einen viel zu oft vergessenen, jedoch wesentlichen Aspekt im Lernprozess eines Händlers hinzuweisen und die Gründe für ein nötiges Wiedererinnern der *Negativität* zu belegen«, fuhr Hofner nun einleitend fort: »Beim Trading darf nicht so sehr das gradlinige, lehrplanmäßige Zusteuern auf ein bestimmtes Ergebnis das charakteristische Verhalten sein, sondern viel notwendiger ist das vorsichtige Umkreisen, das Nachfragen, das immer wieder erneute Sich-belehren-Lassen! Erst durch ein ›Umschreiten‹ eines Themas, durch ein Betrachten aus verschiedenen Blickwinkeln kann sich sukzessive ein Verständnis für das Thema und der eigenen Reaktionen darauf entwickeln. Was in der Folge leider bedeutet, dass die von dir – wahrscheinlich weil von der Schule her von klein auf gewohnten – erwarteten Belehr- und Erlernmethoden deswegen hier weder greifen noch greifen können, weil diese hierfür viel zu rudimentär sind.« Kurzum: Hofner wollte zu Beginn seiner Erörterung vorerst lieber von *Erfahrung* und *Erkenntnis* als von *Lernen* sprechen, um so auf die eigentliche Problematik beim Trading besser hinarbeiten und sie im Nachgang ansprechen zu können.

»Also gibt es *keinen* Lehrplan?!« Hannes klang fast schon enttäuscht, zeitgleich aber auch triumphierend, galt es ihm doch als Beweis, dass er sich das Trading locker irgendwie selbst beibringen konnte!

Hofner schwieg für einen Moment mit zusammengezogenen Brauen. Aber es war unmöglich, Hannes scherzhaft oder ausweichend zu antworten. »Jein!«, meinte Hofner deswegen vorerst vorläufig, und beließ es jedoch nicht bei dieser fragmentarischen Antwort, sondern fügte hinzu: »Wenn es zu Recht heißt, ›aus Erfahrung lernen‹, wie soll es da einen durchdeklinierten Lehrplan geben?! Im Trading zumindest *beginnt* jedes Lernen mit Erfahrung!«

John, der Hofners Worte sehr aufmerksam verfolgt hatte, pflichtete uneingeschränkt bei. »Zwischen dem Phänomen des eigenen Erfahrens und dem von mir oder Hofner vermittelten Fachwissen fand für Nick oder Philip, genau wie für aktuell unseren Bambino, der wahre Prozess des Erlernens des Tradings statt!«

»Aaach, *Erfahrung, Erfahrung, Erfahrung* … also wirklich, Jungs, ich weiß nicht …«, Hannes verdrehte überdrüssig die Augen und schob erneut Blatt und Stift über den Tisch. »Skizziert doch einfach eure Handelslogiken, und ich kann in mein Strandhaus ziehen, und dann wird alles gut!«

Die sich nun auf Hofners Stirn entwickelnde Falte ließ Philip förmlich dessen Gedanken erahnen: »Okay, Bursche! Dann eben auf die harte Tour!«

Hofner schnappte sich nun Blatt und Stift, skizzierte mit wenigen Strichen ein Setup mit Stoppregel und schob Papier und Stift wieder zurück. »Mehr ist es nicht! Schau mal«, er tippte auf die unbeschriebene Fläche des Blattes, »da hast du sogar noch Platz für den Kaufvertrag deines Strandhauses!«

»Perfekt!«, erwiderte Hannes strahlend, und dennoch etwas berührt von Hofners Sarkasmus: »Hier steht doch jetzt alles sinngemäß drauf!

Wozu bitte da noch *Erfahrung*? Mal ganz ehrlich, ich versteh euch nicht! Wenn hier steht: ›Wenn *das* und *das* eintritt, mache *das* und *das* …‹, dann ist doch alles klar! Und wenn man dann noch fix eine, zwei Besonderheiten erklärt bekommt, dann ist doch alles schick!« Lachend faltete Hannes das Blatt behutsam einmal in der Mitte, strich es sanft glatt, legte es vor sich und fügte als analoges Beispiel an: »Wenn die Ampel rot ist, bleibst du stehen, wenn sie grün ist, latscht du los. So einfach ist das!« Begleitet von einer Geste der Verwunderung, rief er abschließend aus: »Wo, um alles in der Welt, passt da also bitte noch der Begriff *Erfahrung* rein?«

Hofner stellte sein Glas beiseite, nahm das Blatt, klappte es wieder auf, tippte mit seinem Zeigefinger mehrmals auf die Skizze und entgegnete, dass der hier so scheinbar verpönte Begriff der *Erfahrung* absurderweise zu den unaufgeklärtesten Phänomenen des Tradings gehöre. »Jetzt mal im Ernst!« Hofner blickte nacheinander Hannes, aber auch Philip und Jerome an. »Kommt, Jungs, sind wir ehrlich! Jeder sagt zwar, ›es gehört Erfahrung für das Trading dazu‹, und viele angehende Trader, und ich meine wirklich sehr viele Trader, stöhnen bei dieser Vorhaltung auf, dennoch kann kaum einer zwei gerade Sätze dazu äußern!«

Ups!

»Also … was ist *Erfahrung*?« Hofner blickte fordernd in die Runde. »Na, los doch!« Er tippte wieder und wieder auf das Blatt. »*Erfahrung*, was ist das …?! So mal ganz generell!«

Philip fand das Gespräch zwar äußerst spannend, hoffte bei dieser Frage aber trotzdem, nicht als Erster antworten zu müssen, denn wenn er es recht überlegte … auch er hatte weiß Gott keine zwei sinnvollen Sätze hierzu zu sagen.

»Hey Nick … Was ist *Erfahrung*?« Mit einem freundschaftlichen Tätscheln auf den ihm zugewandten Rücken Nicks versuchte Hofner, dessen Aufmerksamkeit zu erregen.

»Äh … *was*???« Nick ließ kurz von den Damen ab.

»*Erfahrung im Trading*, was ist das?«

»Geht's schon wieder um den Börsenkram!« Nick schüttelte genervt den Kopf.

»Also, was ist nun mit einer Antwort?!«, insistierte Hofner.

»O Mann! Wenn ich das jetzt erklären soll«, begann er in normaler Lautstärke und fuhr dann, hinter vorgehaltener Hand, flüsternd fort, »dann sind die beiden schon dreimal zu Hause – und zwar ohne mich!«

Nun gut, die Begründung ließ man gelten, und während Nick sich wieder dem Nachbartisch zuwandte, kursierte die Frage nun ohne Nick am Tisch weiter. Nach einer Weile kamen von Hannes die unterschiedlichsten, zögernd und bruchstückhaft geäußerten Antworten, oder besser gesagt »Schätzungen« zutage, in deren Sinn man sich nach einigem Disput gemeinsam zunächst darauf einigte, dass dieser Begriff bezogen auf das Trading sicherlich das gleiche Ziel verfolge, wie es in aller Erfahrung um die alltäglichen Dingen selbst lag, nämlich die *verobjektivierte Wiederholung*, denn: Alle Erfahrung war ja nur deshalb in Geltung, weil sie sich bestätigte, weshalb ihre »Würde« auf ihrer prinzipiellen Wiederholbarkeit lag.

»Soweit nicht schlecht ...«, resümierte Hofner, ohne sonderlich lobende Worte zu gebrauchen, und gab dann aber zu bedenken, dass, obwohl sich die individuelle Erfahrung als Händler im Sinne von »ich bin *long* gegangen, weil ...« beziehungsweise »ich bin *short* gegangen, weil ...« von den einzelnen, abgeschlossenen Trades nährte, welche daraufhin in eine gewisse »individuelle« Verallgemeinerung à la »Aha, erfolgreiches Trading ist demnach, wenn ich *das* und *das* mache!« umgewandelt wurde, eine »individuelle« Verallgemeinerung jedoch niemals als die generelle »Allgemeinheit« des Tradings missverstanden werden durfte! Die Verallgemeinerung der eigenen Erfahrung eines Traders stelle vielmehr das Bindeglied zwischen den vielen Einzelwahrnehmungen seiner bisherigen individuellen Trades und der wahrhaften Allgemeinheit des Fachwissens und des Wissens um Regelwerke und Handelsansätze dar.

»Bitte *WAAAAS* ...?« Hannes blickte Hofner völlig verständnislos an – ein Ereignis, das im Verlauf des weiteren Abends noch oft folgen sollte ...

Hofner fragte, ob Hannes Stan kannte, und da dieser es bejahte und an manch gesellige Runde erinnerte, konnte Hofner seine letzte Aussage wiederholen und diese am aktuellen Beispiel Stans konkretisieren: »Die eigens vor den Monitoren gesammelte Erfahrung ist eine notwendige Voraussetzung für unseren Bambino, welcher ja um die tiefere Bedeutung der Dinge rund um Trading, Chart & Co. wissen will. Die Fragen nach dem Ablauf, also nach dem *Was*, *Wann*, *Wo* und *Wie*, können scheinbar recht schnell beantwortet werden, die Antworten auf die Fragen nach dem *Grund* aber, also nach dem *Warum* und *Wozu*, erschließen sich erst durch eine gewisse Allgemeinheit der Erfahrung. So, und jetzt

Achtung, Hannes: Somit nährt sich die Allgemeinheit dieser Erfahrung als Trader bei unserem Bambino aus tagtäglich neu auf ihn einströmenden Erfahrungen und besitzt solange Geltung, wie diese sich bestätigt; was bedeutet, dass sie folglich prinzipiell für neue Erfahrung offen ist!« Hofner hielt nun den Zettel mit der von Hannes eingeforderten Handelslogik hoch. »Würde ich dir, lieber Hannes, nun einfach nur ein Regelwerk an die Hand geben – vielleicht sogar eines, das mental wirklich zu dir und deinen Zielen passen würde –, wüsstest du zwar, *wann*, *wie* und *wo* ein gewisser Fall an den Monitoren eintritt, aber nichts über die Gründe dazu! – *Okay?!* Man irrt demnach, wenn man annimmt, dass sich die Allgemeinheit der Erfahrung im Trading problemlos von selbst ergibt.« Hofner verwies in diesem Zusammenhang im Weiteren auf die beträchtliche Lücke, die sich bei vielen Händlern zwischen der Allgemeinheit der Erfahrung und dem Wissen um die Gründe auftat, und veranschaulichte an dieser Stelle eine, wenn nicht sogar *die* spezifische Eigenheit der Erfahrung, die ferner seine eigene, persönliche Position zu der ganzen Fragestellung rund um einen Lehrplan für das Trading umriss und besiegelte: »Wird folglich im Trading Erfahrung am reinen Resultat gemessen und bewertet, wird damit der eigentliche Prozess der Erfahrung übersprungen. Dieser *Prozess* ist aber wesentlich und vor allem … ein wesentlich *negativer*!«[23]

Wow … Philip applaudierte innerlich.

Nicht aber Hannes, dieser stöhnte zerknirscht, da er immer nur die Worte *»negativ«* hörte! Es nervte schon.

Zwei seiner Angestellten brachten nun den dritten Gang, und während Hannes nahezu versteinert vor sich hin sah, dachte Philip während seines ersten Bissens des nur noch selten zubereiteten Blauflossenthunfischs über Hofners Worte nach und musste zugeben, dass das Wesentliche an der Struktur der Erfahrung als Händler war, dass falsche Verallgemeinerungen und Herangehensweisen durch neue Erfahrungen vor den Monitoren im Umgang mit sich und den Charts widerlegt wurden. Kurzum: Ein »Das geht so und so …« wurde enttypisiert und anschließend neu typisiert. »Das klingt gut: Die Erfahrung, die man im Trading hat, erlangte man durch neue Erfahrung, die gemacht wurde!«, wollte Philip gerade zu Hofner sagen, als er plötzlich gedanklich innehielt!

---

[23] Vorgreifender Hinweis: Der Prozess des Sich-selbst-Kennenlernens in »Extremsituationen«, kann neben dem Fall von größeren Verlusten, natürlich auch – in der Intensität diesem in nichts nachstehend, nur von der Häufigkeit seltener vorkommend – bei größeren Gewinnen auftreten. Das Sprichwort »auch ein blindes Huhn findet mal ein Korn« reflektiert dies sehr genau wieder, denn: Die Reaktion eines Händlers der ohne das er es weiß eher »zufälligerweise« auf große Gewinne stößt, kann in der Folge sogar zu schwerwiegenderen Nachteiligern Entscheidungen und Selbsteinschätzung führen. Aber dazu mehr siehe nachfolgende Seiten …

Mo-Moment …!

Wie ein Blitz durchfuhr es ihn. Er dachte nochmals nach, und dann wurde ihm plötzlich der doppelte Sinn des Wortes Erfahrung deutlich, die man als Händler entweder a) »hatte« oder b) »machte«, und es lag demnach offensichtlich auf der Hand: Um überhaupt Erfahrung erlangen zu können, muss man zuerst welche machen! Woraus zwangsläufig weiter folgte, dass sich im fortschreitenden Verlauf aus der Negativität der *alten* Erfahrung im Umgang mit den Charts und mit sich selbst *neue* Erfahrung ergibt, und damit war das einzig Entscheidende … der *Prozess* des Erfahrens!!!

Hmm …

Philip betrachtete rückblickend sich selbst und seine letzten Jahre als Trader und verstand: »Erfahrung machen« hieß demnach, ein vor dem Umgang mit dem Trading entstandenes Vor-Urteil über das Trading durch den Umgang mit dem Trading zu negieren und dadurch vom Vor-Wissen weg und hin zu einem realitätsgetreueren Wissen über das Trading zu gelangen; und dann tausende Male in Folge dasselbe mit dem dann jeweiligen Vor-Wissen zu erleben … Resultat? Die hierdurch entstehenden Irritationen und *Ent*-täuschungen führen einen Trader an die Grenzen seiner Erfahrungen und seiner Belastungsfähigkeit – und genau das war schlicht und ergreifend das Kraft- beziehungsweise Drehmoment der *Negativität*!

»Philip?! – Heeey, hörst du uns noch zu?«

Philip wurde von Hofner aus seinen Gedanken gerissen, und um dem unausgesprochenen Vorwurf des Desinteresses am Thema zu entgehen, tat Philip seine Gedanken der Runde ausführlich kund. Er gelangte zu jener zusammenfassenden Erkenntnis, dass die von Hofner angesprochene Negativität der Erfahrung im Trading einen sehr konkreten, zwar dem ersten Anschein nach eigentümlichen, aber dennoch produktiven Sinn ergab, wenn man sich mit der enormen Bedeutung und Unterscheidung von Erfahrung »machen« und Erfahrung »haben« beschäftigte; was in der Folge der weiteren Erörterung des von Hannes angefragten Lehrplans und des »Erlernens des Tradings« durchaus als das Fundament bezeichnet werden konnte.

Hofner und John nickten anerkennend. Sich auf Hofners vorangegangene Aussage über die Bewertung der Erfahrung nach dem reinen Tradingergebnis beziehend, übernahm Jerome nun zwinkernd das Gespräch und fasste seinerseits seine Gedanken hierzu, sehr zum Leidwesen Hannes', der das Wort »Negativität« nicht mehr hören konnte, mit den Worten zusammen: »Der so, nennen wir es ruhig mal wie Philip eben, eigentümliche wie produktive Moment der ›Negativität von Erfahrung‹ äußerte sich bei mir vor Jahren darin, dass nicht einfach nur *eine* Täuschung durchschaut wurde und darauf *eine* Berichtigung meines Verhaltens stattfand, sondern sich mein ganzes bis dahin angesammeltes Wissen durch eine Hunderte Male stattfindende Wiederholung solcher Erlebnisse veränderte! Ich fand mich irgendwann an einem Punkt wieder, an dem ich nicht nur den Gegenstand meines eigenen Tuns vor den Monitoren viel weitreichender erkannte, sondern meine darauf fußende Verallgemeinerung ›Geld verdienen mittels Trading geht demnach so und so …‹ sich ebenfalls in ein besseres, um nicht zu sagen höheres Wissen verwandelte.« Jerome nahm einen Schluck aus seinem Weinglas und meinte dann entschlossen weiter: »Es kam also nicht nur zu einer Negation des Bisherigen, sondern zu einer *bestimmten* Negation!«

Hannes, gerade an einer Art gegrilltem Chicorée kauend, schüttelte sichtlich verwirrt den Kopf, woraufhin John sicherheitshalber Jeromes Worte »dolmetschte« und einwarf, dass Erfahrung stets »einzigartig« war und weder vom Anfänger noch vom erfahrenen Trader exakt wiederholt werden konnte. »Es ist zwar wesentlich für die Erfahrung als Trader, dass sie sich – wie bereits erwähnt – bestätigt, also in der Wiederholung ihre Bedeutung begründet, doch handelt es sich hierbei um die Bestätigung einer bereits vorhandenen und nicht um eine neue Erfahrung. Entscheidend ist allerdings hierbei«, John hob seine Gabel, »die Umkehrung des Bewusstseins des Erfahrenden – nämlich hin auf ihn selbst. – *Verstehst du, wie ich das meine?*«

Hannes schluckte hinunter und stieß seufzend den Atem aus. »Neeein!«

»Schau …«, begann Jerome, bemüht, an seine letzten Worte anzuknüpfen, »der erfahrene Trader ist sich seiner Erfahrung bewusst geworden – er ist ein *Er*fahrener. Nehmen wir einfach mal mich als Beispiel: Ich habe durch die Tage, Wochen, Monate und Jahre des Tradens, innerhalb derer etwas zur *Er*fahrung werden konnte, neue Horizonte gewonnen! Ich erhielt nicht nur neues Wissen über das Thema … *nein, nein!* … sondern auch mein Wissen über mich selbst wandelte sich durch die neue Erfahrung. Es kam zu einer Art …«, Jerome überlegte kurz und meinte dann, »Dreiteilung der Bewegung meines Bewusstseins: über mich selbst, über mein Wissen über das Trading und über mein Trading selbst.«

John hob den Daumen und bestätigte Jeromes Worte mit halbvollem Mund: »Das Bewusstsein hat eine Erfahrung mit sich selbst gemacht! *Verstehst du jetzt?* Das Bewusstsein eines Traders erkennt sich selbst! Er wird sich seiner bewusst!«

Hannes verstand zwar nicht wirklich, wollte aber, dass möglichst nicht »noooch« länger auf diesem Kaugummithema herumgekaut wurde, weshalb er antwortete: »Okay, okay … und weiter?«

»Na, überleg doch mal selbst!«, spornte Hofner ihn an.

Hannes tat so, als überlege er, dachte aber stattdessen daran, was diese ganze »Erziehungsschei … denn solle?!« und dran, dass er doch einfach nur auf einen Chart schauen und wissen wollte, ob dieser rauf- oder aber runterging, um anschließend die Kohle für ein stressfreies Leben einzustreichen. Das war's und mehr nicht: Er wollte Geld!! und … *Teufel nochmal* … kein Psycho- und Philosophiestudium!!!! – *Nun ja* ….!

»Also?!«, beharrte Hofner auf einer Antwort.

Hannes versuchte, sich mit einer möglichst nichtssagenden Antwort über die Runden zu retten: »Ähm … na ja … ich bin mit mir bei diesem Punkt … *ähm* … noch nicht ganz im Reinen!«

Um Hannes nicht unnötig zu quälen, präsentierte Hofner sich die Antwort selbst. »Achtung, Hannes, hör genau zu! Erfahrung muss im Ideal immer als Überwindung gedacht werden!«

»Die Erfahrung muss als Überwindung gedacht werden?« Trotz Wiederholens verstand Hannes nur Bahnhof und fragte Hofner sogar, ob dieser da nicht etwas falsch formuliert oder durcheinandergebracht hatte, was Hofner jedoch lächelnd verneinte und, beim Thema bleibend, fortfuhr:

»Die Frage scheint also zu lauten: Was heißt es denn, die Erfahrung im Trading als Überwindung zu denken? Untersucht man die von Jerome eben erwähnte Dreiteilung darauf, was denn beispielsweise für unseren Bambino als überwindbar von Interesse sein könnte, scheinen wir die Überwindung des Bewusstseins des Traders von sich selbst aus ähnlichen Gründen ausblenden zu können wie die Überwindung des Tradens selbst. Wie steht es aber nun mit dem übrig bleibenden Wissen über das Trading? Unter der von Jerome vorhin ebenfalls angeführten Voraussetzung, dass dies nicht auf einem einmaligen Ereignis beruht, sondern es sich hierbei um ein durch viel hundertfache Wiederholung mit bestätigenden oder negativen Ergebnissen geändertes, immer weiter erweitertes Wissen handelt, kann Überwindung doch nur eines bedeuten … – *Na?*« Hofner blickte Hannes fragend an, und jeder am Tisch spürte, dass Hannes an dieser Stelle gedanklich gefordert war.

»Äh…« Da Hannes keine Ahnung hatte, was er hätte antworten sollen, beugte er sich tief über sein Weinglas und wagte keine weitere Antwort. Bevor Hannes' Schweigen für diesen zu peinlich werden konnte, beendete Hofner seinen Satz, indem er sagte: »… nun, es bedeutet: Vollendung der *Erfahrung* aus Gewissheit über alles Wissen!«, und machte anschließend deutlich, dass das Wesen der Erfahrung als Trader also von vornherein als etwas verstanden werden musste, womit *Erfahrung* auch überschritten werden konnte.

Boah!

Philip dämmerte es plötzlich, dass Hofner damit gerade exakt erklärt hatte, worüber an Johns Geburtstag so ausführlich gesprochen und was als ›allabendliche Ruhe eines Traders‹ bezeichnet worden war, und gespannt hörte er Hofners Ausführungen zu, die dieser mit erhobener Hand beendete: »Im Gegensatz dazu betrachtet steht: Im normalen Alltag kann der Erfahrende *nie* den Endpunkt des Erfahrens erreichen, da es wesentlich für die Erfahrung ist, dass sie ihre Gewissheit und Tatsache letztendlich einzig in ihrer Negation findet! – *Okay?*«

Jerome stellte sein Glas beiseite und gab Hofner mit einem, wenn auch groben Beispiel, Rückendeckung: »Man kann so viel Lebenserfahrung haben wie man will, dennoch lernt man jeden Tag neu dazu! Oder in den Worten der Philosophie ausgedrückt: Der durch die Erfahrung des Lebens Gegangene weiß von der Relativität, Begrenztheit und Subjektivität seiner bisherigen Erfahrung. Was sich also im Bewusstsein durch die neue Erfahrung am Gegenstand ändert, ist der Horizont des Erfahrens!«

Irgendetwas von Hofners und Jeromes Ausführungen hatte nun anscheinend auch in Hannes ein Lichtlein noch unbekannter Größe entzündet, denn plötzlich sagte er: »Als erfahren gilt demnach der … der sich seiner Erfahrung als Folge dieser Erfahrung bewusst geworden ist? – *Richtig!?*«

»Ja, genau«, bestätigte Hofner, der Jeromes Beispiel geradezu genial fand. »Das Resultat ist folglich einfach eine Offenheit für Neues und eine Ablehnung der erstarrten Erfahrung. So, aber jetzt Achtung!« Hofner erhob abermals seine rechte Hand. »Mithin ist die *Vollendung von Erfahrung* im Alltag damit erreicht, dass man zur Offenheit von Erfahrung votiert.« Hofner wiederholte mehrfach seine letzte Aussage, um deren Bedeutung zu unterstreichen. »Soweit okay, Hannes?!«

»Mhm …, so rum hab ich das noch nie betrachtet! Aber ich weiß, was du meinst.« Hannes' Gesichtszüge waren von Nachdenklichkeit gezeichnet, woraufhin Hofner eine eindringliche Miene aufsetzte und auf seine vorherigen Worte zurückkam, um nochmals den wesentlichen Unterschied zum Börsenhandel aufzuzeigen:

»Im Trading ist das aber anders! *Gaaanz, ganz anders!* Denn hierbei ist eine gänzliche Vollendung der Erfahrung durchaus möglich, die jedoch nicht als Aufhebung durch eine Anerkennung zur Offenheit für Erfahrung verstanden werden darf. Ganz im Gegenteil findet die Erfahrung im Trading ihre eigene Vollendung in einem abschließenden Wissen! Denn: Wenn es, wie hier, aber kein unendliches Wissen gibt, ist auch die Erfahrung nicht unendlich ausbaubar!« Hofner legte seine Hand wieder auf den Tisch. »Wer Schlagworte mag, könnte auch sagen: Trading ist einfach keine Medizinforschung!«[24]

John applaudierte Hofner für seine kurzen, prägnanten Worte, und auch Hannes konnte deren Klarheit und Sachlichkeit so weit folgen. Da Hannes aber fand, dass seine ursprüngliche Frage damit dennoch nicht geklärt war, warf er sofort ein: »Alles schön und gut, aber … wie uns das weiterbringen soll, habe ich jetzt nicht so ganz verstanden!«

Aber auch Philip, dem Gespräch aufmerksam folgend, überlegte, wie wohl das bisher Gesagte zum Ziel führen sollte. Doch da er Hofner kannte, war er sich sicher, dass dieser mit Sicherheit die »Kurve« noch kriegen würde und daher all seine Ausführungen sinnhaft und zielführend sein würden. – Und tatsächlich, Philip musste gar nicht lange warten!

»Also schön, Hannes«, sagte Hofner und nahm die Skizze mit dem Regelwerk zur Hand, »… wenn das Wissen im Trading begrenzt ist und somit der Begriff der Erfahrung, anders als im Alltag, nicht unendlich fortgedacht werden kann, was ist dann nun die Folge hinsichtlich des Erlernens des Tradings? – … *Na?*«

Hannes wurde kurzzeitig einer Antwort enthoben, denn die Kellner brachten soeben einen weiteren Gang und begannen zu servieren – Nicks Teller mit der nach orientalischen Gewürzen duftenden Entenbrust und rotem Tandoori-Schaum ging mittlerweile direkt zum Nachbartisch.

---

[24] Diesbezüglich sei auf das erste Bild DER HÄNDLER, Fachteil Band 1, verwiesen.

Und während mit *Ohs* und *Ahs* das geschmackvoll angerichtete Essen gelobt wurde, war Philip angestrengt damit beschäftigt, über die gestellte Frage nachzudenken. – *Wie war das noch mal:* »Was ist die Folge hinsichtlich des Erlernens des Tradings, wenn das Wissen im Trading begrenzt ist und somit anders als im Alltag auch der Begriff der Erfahrung nicht unendlich fortgedacht werden kann?«

Hmmm …

Philip kam auf den Gedanken, dass es wahrscheinlich am sinnvollsten wäre, sich selbst einmal in die Rolle als Ausbilder hineinzuversetzen, und überlegte, dass sich bei einem »guten« Lehrling in Sachen Trading folglich der Status »gut« in seiner Erfahrenheit »gut« an dessen Bereitschaft erkennen ließ, aus neuen Erfahrungen zu lernen, zeigte!

Yeap, das könnte hinkommen!

Aber … shit, Mo-Moment …!

Philip erkannte plötzlich, dass dieser Gedanke ein altbekanntes und oft besprochenes Problem aufwies, und noch dazu leider ein großes: Jeder Tradinganfänger, ihn selbst damals eingeschlossen, wollte und will am Anfang unbedingt einem Dogma folgen und forderte dementsprechend: »Sag mir genau, was ich tun soll!« Den Beweis dafür lieferte im Hier und Jetzt gerade Hannes. Der Nutzen von Hannes als Auszubildendem war daher für einen Ausbilder und den angestrebten »Lernprozess« absolut … *null, nada, niente!* Hannes würde erst dann etwas nützen, wenn dieser mit den von ihm eingeforderten Dogmen, gleich ob aus Zeitschriften, Fernsehen, Seminaren, Büchern oder dem Internet stammend, *Erfahrung gesammelt hatte!* Denn erst dann würde – und musste – Hannes davon abkommen.

Ja, so passte es!

Mit diesem Gedanken erschloss sich Philip die Zweck- und Rechtmäßigkeit der Vorgehensweise Hofners bezüglich des Bambinos genauso wie die früher selbst erfahrene. Denn auch Philip würde Hannes als Ausbilder solche Erfahrungen nicht ersparen können oder gar wollen. *Nein! Niemals!* Hannes musste sie selbst erleiden! Es ging nicht anders: Wollte beziehungsweise forderte jemand zu Beginn Dogmatismus, so brauchte er erst Erfahrung mit diesem, denn erst wenn er erfuhr, wie dieses sich auf dem Konto und seiner eigenen Psyche niederschlug, erst wenn er aus der Erfahrung der Negation gelernt hatte, würde er sich von diesem Dogma abwenden, würde diesem gegenüber *undogmatisch* und damit bereit zum »Erlernen« werden.

Genau!

Philip drehte und wendete diesen Gedanken hin und her, aber es blieb dabei: Auch wenn er selbst damals massiv darunter gelitten hatte, hatte Hofner mit ihm alles richtig gemacht, denn es handelte sich bei der Erfahrung im Trading ja nicht um eine »Belehrung« über das Thema, sondern um eine Erfahrung im Ganzen – und damit um eine Erfahrung, die stets selbst erworben sein musste und keinem Händler auf dieser Welt erspart werden konnte. Es ging um eine Erfahrung, die um ihren Prozess des Erfahrens wusste und den sie erfahrenden Trader als *Er*fahrenen auszeichnete. Genau das war im Lernen als Trader wesentlich! Kurzum: Erfahrung in diesem Sinne setzte, wie Hofner es zu Beginn ausgeführt hatte, folglich zu Recht mannigfache *Ent*-täuschung von falschen Erwartungen voraus, denn dadurch wurde Erfahrung erworben. Und damit wurde – während Philip fast unbewusst sein Essen kaute – für ihn deutlich, warum Hofners Erörterungen im Kontext von Hannes' Fragestellung nach dem »Unterschied zwischen dem Lehrplan eines privaten Traders und dem von zum Beispiel Hofner für Philip?« Lernen und Negativität so große Relevanz zuwiesen, denn diese negativen Instanzen und Negationen der Erwartungen waren für den Erfahrungs- und Lernprozess im Trading schlicht unumgänglich.

»Phi-lip? – Hey, Maestro, sag mal … hörst du uns noch zu?!«, riss John ihn aus seinen Überlegungen.

»Jaaaha!«

»Also, was ist?«, fragte John schmunzelnd.

»Was ist *was*?« Philip versuchte, etwas Zeit für eine Orientierung über den aktuellen Gesprächsstand zu gewinnen.

»Woran du gerade denkst?!«

»Ähm …« Philip gab der Runde seine Gedanken zum Besten und äußerte, unter dem beifälligen Nicken Jeromes, die Vermutung, dass es, trotz der von ihm als sehr hochwertig empfundenen Ausbildung, weder einen als durchstrukturiert erkennbaren Lehrplan gegeben hatte noch eines solchen bedurft hätte.

»Also doch kein Lehrplan?!« Hannes blickte Philip voller Unglauben an.

»Schau, Hannes …«, erwiderte nun John, während er Philip einen anerkennenden Blick schenkte, »nehmen wir noch mal unseren Bambino Stan, der sich bei mir nicht nur tagtäglich ein erweitertes Wissen über das Trading erwirbt, sondern auch ein neues Wissen über die Begrenztheit seiner Erwartung an sein ›altes‹ Wissen. Darüber hinaus erweitert er damit sein vorhandenes Bewusstsein um die neue Erfahrung am bisher Fremden und erkennt so die vorhergehende Grenze seines Bewusstseins.«

So banal Johns Worte auch klangen, diese ergaben für Philip, anders als für Hannes, der ja noch auf keine umfangreichen Lehrjahre zurückblicken konnte, plötzlich einen tiefen Sinn – einen sehr tiefen sogar! Gleiches galt für Jerome, denn er griff an dieser Stelle seine früheren Worte über die dreiteilige Bewegung des Bewusstseins wieder auf und erklärte, damit Johns Worte bestätigend, dass auch er durch diese erwähnten negativen Instanzen, selbst ohne Anleitung durch ein Handelsbüro, Handelswoche für Handelswoche Vielfältiges erfahren hatte, nämlich: erstens Neues über das Thema, zweitens über die Begrenztheit der vorhergehenden Auffassung zum Trading und drittens über die Begrenztheit seines Bewusstseins als Erfahrender im Ganzen – was ihm in der Folge außerdem zu einem neuen Bewusstseinshorizont als Erfahrender im Trading verholfen hatte.

Und während Hannes immer noch über all das Gesagte grübelte, wurde Philip … *Teufel noch mal!* … schlagartig klar, dass Hofner und John mit diesem gesamten Gespräch nicht nur klammheimlich das Gedankengebäude von *Erfahrung* und *Negativität* er- und geöffnet und auf einige entscheidende – wenngleich nicht neuartige – Wesensmerkmale der Erfahrung im Trading hingewiesen hatten, sondern beide wollten unbedingt auf die aus dieser Perspektive riesengroß klaffende Lücke deutlich machen, die in der Frage »In welchem Zusammenhang stehen im Trading *Erfahrung* und *Lernen*?« steckte.

Es geht einzig um diese Frage!

Mannomann! Ein Geniestreich!

Philip lobte sich selbst dafür, dass er das Gespräch bis hier aufmerksam verfolgt hatte, und als hätte Philips Erkenntnis durch Gedankenübertragung das Stichwort geliefert, richtete Hofner jetzt an Hannes die Frage: »So, mein junger Freund! Was, denkst du, ist eigentlich wichtiger im Trading: die *Erfahrung* oder das *Lernen*?«

Uff!

… Scheiße, ist die Frage geil!

So, so geil!

Auch wenn er im Moment Mitleid mit Hannes hatte, denn dieser sah ratlos in die Runde, konnte Philip einfach nicht anders, als über das ganze Gesicht zu grinsen, denn: dazu freute er sich gerade zu sehr über sich selbst. – *Die Frage ist so dermaßen tiefsinnig!* Und Philip ahnte, dass viele Jahre Handelserfahrung vonnöten waren, um hierauf eine wasserdichte, schlüssige Antwort geben zu können.[25]

Hannes rümpfte die Nase und dachte und dachte nach, und da er sich nicht sicher war, was von ihm erwartet wurde, begann er herumzudrucksen, dass die Ausdrücke *Erfahrung* und *Lernen* im Alltag oft im selben Zusammenhang verwendet wurden, sprich: dass wenn von der Lernerfahrung, die man machte, gesprochen wurde, hinlänglich die Erfahrung, aus der man lernte, und vom Lernen aus der Erfahrung gemeint war, woraufhin John feststellte, dass dies zwar soweit richtig sei, jedoch noch bei Weitem nicht genüge, denn: Vielmehr sei es wichtig, die Unterschiede und Gemeinsamkeiten dieser beiden Begriffe zu erforschen. Er stellte weiterhin die Behauptung auf, dass im Trading der Zusammenhang von *Lernen* und *Erfahrung* selbst wiederum eine eigene Art von Erfahrung für jeden Trader darstelle: »Gemeint ist damit die Erfahrung, dass das fachliche Lernen eine Aneignung von Neuem, noch Unbekanntem aufgrund von schon Bekanntem, von noch Ungekonntem aufgrund von bereits Gekonntem ist.«

Hannes, eben an seinem Glas nippend, verschluckte sich fast, und es folgte das typische: »Bitte w-a-a-a-s?« Und während Philip und Jerome auf Anhieb den Sinn der Worte verstanden hatten, wirkte Hannes, als würde gerade ein wirres Brausen und Wirbeln in seinem Hirn vonstatten gehen.

»Es ist … *nein, Moment, warte* … ich habe eine andere Idee!« Während John begann, den vom Kellner gereichten duftigen Tee vorsichtig in seine kleine Tasse einzuschenken, versuchte er es auf einem anderen Weg und bat Hannes, von dem er zurecht annehmen konnte, dass ihn das ganze Thema *irre* nervte, um einen letzten Moment Aufmerksamkeit, damit sich die ausschweifenden Worte ihren Zielpunkt erreichen: »Du wirst mir sicherlich zustimmen, Hannes, dass *vor* dem allerersten Trade zwar durchaus Absicht und Erwartung vorliegen können, dass dabei aber weder von echt Gelerntem noch von Erfahrenem gesprochen werden kann. Hast du allerdings deine ersten Trades hinter dir, wird von dieser *Erfahrung* der bisherigen Trades und des zugehörigen Kontoverlaufs ein *Lern*prozess eingeleitet. Spannend ist nun, dass, selbst wenn das *bisher* Erfahrene selbst noch keinen eigenen Lernprozess ausgelöst haben sollte, ein

---

[25] Die »Wertigkeit« eines Ausbilders oder Seminarreferenten in Sachen Börsenhandel lässt sich unter anderem leicht daran ermessen, ob er dieser Frage überhaupt Bedeutung zubilligt, und wenn ja, wie umfassend und tiefgründig seine Ausführungen darüber ausfallen.

Lernprozess nun *auch* durch einen *externen* Vorgang eingeleitet oder vermittelt werden kann, wie beispielsweise durch ein Fachseminar, einen Vortrag oder einen Kollegen im Büro, sofern – und das ist wichtig: überhaupt bereits eigene Erfahrung gemacht wurde. Aber: Solange dies jedoch nicht so ist«, John pochte mit dem Teelöffel wie ein Warnsignal auf den Tisch, »kann ein solcher externer Vorgang also wiederum nur maximal den Status des Anlernens erreichen. Im Trading scheint soweit also *Erfahrung* eine Voraussetzung des *Lernens* zu sein. Die Frage – und hier schließt sich langsam der Kreis –, weshalb im Trading dem *Lernen Erfahrung zugrunde liegen sollte*, ist damit genauso beantwortet wie der erste Teil der Frage, warum man einem Laien nicht einfach einen Zettel gibt, auf dem alle Handgriffe und sonstige notwendigen Regelchen notiert sind, und sagt: *Mach!*« Um zum zweiten Teil der Antwort und damit zum Kernpunkt seiner Aussage gelangend – der im Übrigen und ohne dass Hannes damit etwas anzufangen gewusst hätte, da er an der Diskussionsrunde auf Johns Geburtstagsfeier ja nicht teilgenommen hatte, im engen Zusammenhang mit dem dort diskutierten Begriff der *Willenskraft* stand –, argumentierte John weiter, dass erst durch Erfahrung ein erstes Verständnis der Dinge um das Trading eröffnet wurde, von dem ausgehend wiederum erst ein weiteres Verständnis eingeleitet werden konnte, von dem in weiterer Folge wiederum eine Rückbestimmung auf die Erfahrung selbst erfolgte. »Verstehst du, Hannes? … Erfahrung ist im Trading das anfänglichste und für alle weiteren inhaltlichen Vermittlungen grundlegendste Ding! Denn nur durch Erfahrung seiner selbst wird beziehungsweise *kann* ein Händler erst zu der schlussendlichen einzigartigen Feststellung kommen – Achtung, aufgepasst! –, *dass ihn die Dinge überhaupt etwas angehen!*«

Peng.

Stille.

Irgendwo durch ein geöffnetes Fenster drangen leise Musiktöne zu ihnen herein. Sonst war es still am Tisch. Lediglich ein letzter zarter Rauchstreifen von Hofners vergessener Zigarette stieg ebenmäßig auf.

Boah!

Und plötzlich war Philip alles klar, ganz klar. So schmerzhaft klar, dass er fast ein Lächeln fand. Wissentlich, dass Hannes mit den nachfolgenden Begriffen noch nicht viel anfangen konnte, meinte Philip laut: »*Geldmanagement* und dessen Satellitenthemen *Rumrutschfaktor* und *diversifikativer Handel* werden einzig deshalb *nur* bei erfahrenen Tradern *das* Thema sein, weil

Tradinganfänger und teils auch fortgeschrittene Trader der Meinung sind, dass sie diese Themen nicht so recht was angehen!«

Jerome lachte zustimmend und ergänzte Philips Gedanken mit den Worten: »Genau, seien wir ehrlich: Vorher wollten wir doch gar nichts von diesen Themen wissen!«

Obwohl sich beide hierzu bestätigend zunickten, verwies Hofner eine weitere Erörterung über diese fachlich detaillierten Punkte auf einen anderen Zeitpunkt und forderte, stattdessen die Diskussion über die *Erfahrung* fortzusetzen, was John nun seinerseits dieses Thema weiterführen und so auf den Punkt bringen ließ: »Die Erfahrung mit dem Trading und die Erfahrung an mir als Erfahrendem – bitte noch mal aufpassen! – bilden überhaupt doch erst den *Lerngrund*! … Achtung, besser gleich noch mal: Die Erfahrung mit dem Trading und die Erfahrung an mir als demjenigen, der zwischen Monitoren und Stuhllehne sitzt, bilden überhaupt erst den Lerngrund! Oder anders: Was meinst du, Hannes: Wie viele von hundert Tradinganfängern werden vor ihrem allerersten Trade ein Fachseminar besucht oder ein Fachbuch in die Hand genommen haben?«

»Aber hallo-oo-oo!!!« Hannes ergriff lautstark Partei für alle unbekannten Mitanfänger. »Jetzt stellt ihr uns Anfänger aber als die vollen Deppen hin: erst traden und dann lernen … *tzzz*!«

»Nix da!« Plötzlich und unvermittelt wandte sich Nick von seiner Bekanntschaft ab, denn wenn es ums Necken von Tradinganfängern ging, hatte er ein feines Gehör, und in solchen Fällen mussten sich selbst die beiden wahrhaften Göttinnen mit ihrem glänzenden schwarzen Haar gedulden. »Nix da! Nix da!!!«, sagte Nick so laut vom Nachbartisch herüber, dass selbst die beiden Damen leicht in Verlegenheit gerieten. »Freilich ist der Tradinganfänger ein Depp, mich einst natürlich vollkommen mit eingeschlossen. – *Hannes … Junge, wach auf!!!* Das ist doch das Paradoxe am Börsenhandel: Aufgrund des leichten Zugangs – *Zack, Zack*, Konto auf – ist die Erfahrung nicht nur der Grund potenziellen Lernens, sondern … *hör zu, Hannes!* … die Erfahrung leitet eine Not ein, die erst im Lernen gewendet werden kann. Und das wiederum bedeutet … *Na?* … ›Das Lernen gehört notwendig zur Erfahrung und ist in ihr enthalten wie die Folge im Grund‹.« Nick warf Hannes einen geringschätzigen Blick zu, zuckte dann die Achseln und wandte sich wieder den zwei Schönheiten neben sich zu.

»*Pssst!* Was seid ihr denn bitte für welche?«, fragte eine der Damen, die beide keines von Nicks Worten auch nur ansatzweise verstanden hatten.

»*Ähm* … nicht so wichtig! Also, wo waren wir stehen geblieben …«, wickelte Nick ab und war sichtlich bemüht, wieder in den Ton einer leichten Unterhaltung zu finden.

Philip musste breit über Nick grinsen, während er diesen zeitgleich aber auch bewunderte, denn: Nick, dem auf der einen Seite das ganze Thema Trading tagein, tagaus so was von *sch*… egal war, konnte aber, wenn er einmal etwas dazu sagte, es kurz und knapp auf den Punkt bringen und bewies damit immer eines: Sein Desinteresse war weder versteckte Unwissenheit noch gar Dummheit, sondern einziger Beweis dafür, dass er lange, sehr lange über das gesamte Thema nachgedacht hatte, alle seine Antworten gefunden und seit ewigen Zeiten mit dem ganzen Thema einfach abgeschlossen hatte! Er war deshalb ein guter Trader, weil ihn das ganze Thema einfach nicht mehr interessierte! Das war wie beim Autofahren: Kein erfahrener Autofahrer grübelt tagein, tagaus noch über die Verkehrsregeln oder die Gebrauchsanweisung seines Wagens; der erfahrene Fahrer bewegt das Lenkrad automatisch, um auf der richtigen Fahrspur zu bleiben, genauso wie er auch automatisch mit dem Fuß aufs Bremspedal drückt, um zu bremsen, und niemand denkt beim Autofahren mehr »… ich muss das Lenkrad ein bisschen mehr nach rechts drehen, damit ich nicht auf die falsche Fahrspur gelange« oder »… jetzt sollte ich den rechten Fuß vom Gas nehmen, aufs Bremspedal setzen und dann mit dem Fuß sachte drücken!« Kurzum: Das Thema Autofahren wird durch *Erfahrung* und *Lernen* und den sich daraufhin einstellenden Automatismus gedanklich so lange »ab-«gearbeitet, bis keine Fragen mehr offen sind und man schlussendlich gar nicht mehr daran denkt – und dennoch kann man sich beispielsweise problemlos mit dem Beifahrer unterhalten und gleichzeitig über eine achtspurige Kreuzung im dichtesten Berufsverkehr fahren.

Hofner, ebenfalls über Nicks Wortwahl grinsend, setzte diesen noch das i-Tüpfelchen auf: »Es ist die Konsequenz der Erfahrung im Trading, dass negative Erfahrungen vor den Monitoren belehrend wirken und demnach geradezu positiv zu bewerten sind, was sich am deutlichsten damit beweisen lässt, dass man eine Erfahrung noch gar nicht eigentlich ›gemacht‹ hat, ehe man aus ihr lernt.« Hofners Tonlage ließ erkennen, dass er nun komplett in seinem Element war. »Erfahrung im Trading, aus der kein Lernen folgt, ist in diesem Sinne keine Erfahrung!« Mit einem leichten Kopfschütteln begann Hofner über jene Legion von Tradern zu sprechen, welche Woche für Woche, Monat für Monat vor ihren Monitoren saßen und meinten, sie hätten bereits deswegen Erfahrung, nur weil sie am Spiel der Spiele *teilnahmen*. Schaute man einem solchen Trader aber über die Schulter, würde sich offenbaren, dass keiner dessen bis heute abgelaufenen Handelstage Konsequenzen für den jeweils nachfolgenden Handelstag gehabt hatte und auch der heutige wiederum null Konsequenzen für den morgigen Handelstag haben würde. Weiter erläuterte Hofner, damit an Nicks vorherige Aussage anknüpfend: »Geht man nämlich davon aus, dass sich *Erfahrung* und *Lernen* im Trading wie Grund und Folge verhalten, dann wird deutlich, dass meist ein Ereignis auf dem Konto rückwirkend als Konsequenz eines Grundes bezeichnet wird. Oder mal ganz hochtrabend ausgedrückt: Wäre Erfahrung im Trading ein Grund ohne Folge, dann würde infolgedessen jedem Trader die notwendige Spur fehlen, welche den Grund überhaupt erst zum Grund macht, und das hätte zum Ergebnis … *na* …?« Hannes fest im Blick, vervollständigte Hofner seinen eigenen Satz: »Es hätte zum Ergebnis, dass alles vor den Monitoren *purer Zufall* wäre!«

Boah!

So herum hatte Philip das tatsächlich auch noch nie betrachtet, und während Hannes der Kopf nur so rauchte, murmelte Jerome mit einem traurigen Seufzer: »Wie wahr, wie wahr!«, und führte Hofners Ausführungen, sich selbst als Beispiel nehmend, bildhaft fort. »Drei Jahre – *DREI!* – hockte ich jeden Tag vor meiner Kiste und lernte nicht einen einzigen Tag aus meiner Erfahrung. Nicht EINEN Tag *machte* ich *Erfahrung!* Aber das fiel mir erst nach drei Jahren und einer fast gescheiterten Ehe auf. Kurzum: Mir widerfuhren drei Jahre vor den Monitoren einfach nur zufällige Sachen mit unkalkulierbaren Konsequenzen! – So, und jetzt noch mal für dich, Hannes: Die Erfahrung wurde mir als Trader erst bewusst, als ich aus ihr lernte! Im Lernen aus diesen Erfahrungen kam es aber nicht, wie du vielleicht jetzt gerade annehmen magst, zu einer Anhäufung von weiteren Kenntnissen und Fähigkeiten, sondern …«, Jerome holte tief Luft, »… zu einem Prozess des *Um*-lernens an der Erfahrung!«

Damit hatte Jerome eine *geniale* Vorlage zur Erläuterung der *entscheidenden Konsequenz* aus dem Verhältnis von Erfahrung und Wissensaneignung im Trading gegeben, und gierig wurde diese Chance von John sofort ergriffen: »Erfahrung mit sich und den Charts ist demnach nicht nur der Grund für das Lernen und macht dieses notwendig, sondern die eigene Erfahrung vor den Monitoren ist auch auf das Lernen aus alten Erfahrungen *angewiesen*. Alte Erfahrungen sind somit notwendige Voraussetzung für neue Erfahrung, und Erfahrung und Lernen stehen dementsprechend für jeden Trader auf dieser Welt in einem sich wechselseitig bedingenden Verhältnis, in dem zum einen die Erfahrung den Grund und das Lernen die Folge darstellt und zum anderen das so Gelernte der Grund ist, aus dem in der Folge weitere und neue Erfahrung entspringt.«

Hannes ließ John seine Worte sicherheitshalber nochmals wiederholen und dachte *ernsthaft* einige Momente über den letzten Satz nach!

»Jetzt alles verstanden? Sicher?«, fragte John zum Abschluss.

»Ja«, bestätigte Hannes mit einem schon wieder etwas großspurigen Unterton.

»Ganz sicher?«

»Ja-a-h!«

»Wirklich?«

»JA – AAA!«

»Ganz, ganz sicher?«

»Himmeldonnerwetter, *ja*!«

»Okay, dann ist ja Folgendes für dich nun leicht nachvollziehbar …!«, rief John, griff nach der auf dem Tisch liegenden Skizze mit Hofners Regelwerk und riss diese in Windeseile vor Hannes Augen in Fetzen.

O-oooh!

Mit einem unartikulierten Schrei sprang Hannes auf, um John die Zettelfetzen zu entreißen, und während Jerome instinktiv nach Hannes' Stuhl griff, um diesen vor dem Umkippen zu bewahren, ließ John, der mit einer solchen Reaktion gerechnet hatte, seine Hand nach vorne schnellen und meinte, Hannes' Unterarm so lange in festem Griff haltend, trocken: »Fehlt jedoch die Erfahrung als Grund, wird das Verstehen zum Problem!« Und während die letzten Fetzen der Skizze zwischen die Teller und Gläser auf der Tischplatte rieselten, hatte John Hannes' Arm schon wieder losgelassen, und Hannes hatte sich mit einem Ächzen auf seinen Stuhl zurückfallen lassen.

Philip war bei dieser ganzen Aktion zusammengezuckt, und auch Nick schaute nun mit zusammengezogenen Augenbrauen nach der Ursache des kleinen »Tumults«. Als er das zerrissene Regelwerk und Hannes' traurigen Blick sah, warf er Hofner einen belustigten Seitenblick zu und wandte sich ohne einen Kommentar wieder seiner selbst gewählten ›Aufgabe‹ am Nachbartisch zu. Und während sich die Stille ausbreitete, fand Philip derweil Zeit, sich zu sammeln und über die letzten Worte nachzudenken: Das waren *elf Worte* gewesen … elf Worte, die ein ganzes Leben als Trader zusammenfassen konnten!

Wie war das noch mal?

›Fehlt jedoch die Erfahrung als Grund, wird das Verstehen ein Problem!‹

Elf Worte reichten aus, um auszudrücken, was Philip selbst in Tausenden von Stunden vor den Monitoren nicht hatte fassen können und wollen!

Elf!

Au Mann … die Beschreibung des Lebens eines Tradinganfängers passt auf einen kleinen Post-it!!!

Hofner kehrte, von der gerade vergangenen Szene anscheinend völlig ungerührt, zu seinen letzten Worten zurück, wo er davon gesprochen hatte, dass die Erfahrung im Trading notwendigerweise am Anfang des Lernens stand, und erklärte, dass hierin die zweifache *Bedeutung des Zusammenhangs von Erfahrung und Lernen* angelegt gewesen war. »Einerseits ist die Erfahrung Anfang und Grund des stetig ansteigenden Wissens und damit des Lernprozesses eines Händlers, andererseits ist Lernen die fortschreitende Erfahrung, also ein *Dazu*lernen und schlussendlich ein *Um*-lernen.« Hofner setzte eine kurze Kunstpause und fokussierte nun die geistige Taschenlampe genauer – um so auf einen tieferen Zusammenhang zu stoßen: »Aber Achtung: Soweit es den Tradinganfänger betrifft, handelt es sich beim *Dazu*lernen allerdings fast immer nur um den Erwerb von *immer Allgemeinerem*!«

Plötzlich war es, als könne man das geistige Kauen am Tische hören.

»Wohl wahr!«, stimmte Jerome zu und begründete es damit, dass ein *Dazu*lernen im Börsenhandel schon immer etwas *geringer an Fülle* ausgelegt war als in den allermeisten sonstigen Bereichen von Wissenschaft und Lehre, was letztendlich dem begrenzteren Umfang an Stoff geschuldet war![26] »Sehr gut eignen sich als Beleg hierfür die von Philip vorhin so trefflich wie unabsichtlich angesprochenen Themen *Geldmanagement* und *Diversifikation*, aber natürlich auch das Thema *Großwetterlage*«, erklärte Jerome, »denn diese Themen können als solche mit – pauschal

---

[26] Diesbezüglich sei auf das erste Bild DER HÄNDLER, Fachteil Band 1, verwiesen.

gesprochen – wenigen Sätzen formuliert und mit wenigen Strichen skizziert werden, und dennoch handelt es sich hierbei um hochgradiges *Um*lernen. Dies ist darauf zurückzuführen, dass sich – im Allgemeinen genau wie im Besonderen – nicht nur der Erfahrungshorizont erweitert, in dessen Folge wiederum das Vorwissen näher bestimmt werden kann, sondern dass im Trading jeder Horizont weitere Horizonte impliziert. Dieses Wesensmerkmal ermöglicht es im Trading, durch das Lernen eines Regelwerks auf mehrere andere Regelwerke schließen zu können, die prinzipiell nicht einmal in einem direkten Kontext mit dem bereits Erlernten stehen müssen.« Jerome unterbrach seine Ausführungen kurz, um an seinem Glas zu nippen. »Wenn ein Trader sich mit *Markttechnik* auskennt, so sind die Themen *Elliott Wave* und *Fibonacci* und deren Verständnis nicht mehr etwas grundsätzlich Fremdes für ihn. Oder: Ist ein Händler im Umgang mit zeitbasierten Charts geschult, benötigt er für den Umgang mit *nicht*zeitbasierten Charts kein grundsätzliches *Um*denken, auch wenn diese einer anderen Horizontweite entsprechen. Gleiches gilt beispielsweise auch für die richtige Anwendung vieler Indikatorenarten. Man kann es daher ohne Weiteres die *Horizontstruktur der Erfahrung* im Trading nennen, welche die Vorbekanntheit von etwas dem Unbekannten Ähnlichen – das Unbekannte – relativiert. Aber immer steht das Unbekannte am Horizont einer gewissen Vorbekanntheit, das heißt, es ist zwar Unbekanntes in gewisser Hinsicht, aber es ist *relativ* Unbekanntes und darum immer auch schon relativ Bekanntes.«

Hannes, der Jeromes Worte aufgrund seiner zu wenigen praktischen Umsetzung des Tradings nur noch teils folgen konnte, pochte ungeduldig mit einem Finger auf den Tisch und stellte, immer noch voll Unmut wegen des zerrissenen Zettels, im harten Tonfall fest: »Das mag ja alles gut und schön sein, und vielleicht bin ich ja auch nur zu bescheuert dazu, aber … bis jetzt hat sich mir zwischen einem Erlernen auf *eigene Faust* und einem *mit Ausbilder* noch kein Unterschied gezeigt!!!« Hannes sah die ganzen bisherigen Worte irgendwie nahezu völlig vertane Zeit an.

»Keine Angst, Hannes, wir sind nach wie vor *mitten* in der Beantwortung!«, meinte Hofner, und es fiel auf, dass er und John einen Blick wechselten, woraufhin Hofner sich entspannt zurücklehnte und John nach einem kurzen Moment des Nachdenkens seine Antwort mit dem wichtigen Hinweis einleitete, dass seine Antwort hinsichtlich des Unterschieds zwischen dem Erlernen auf *eigene Faust* und einem *mit Ausbilder* teils anders ausfallen würde, befände man sich noch in den Zeiten der »vordigitalen Revolution«, also kurz vor der letzten Jahrtausendwende, statt im Hier und Jetzt. »Damals«, so John, »hatte kaum ein privater Trader die Chance, sich wie heute durch Seminare oder Bücher, vom Internet ganz zu schweigen, über grundlegende Gegebenheiten des Börsenhandels – und ich betone, dass ich hiermit *nicht* nur Regelwerke, sprich Ein- und Ausstiege meine – zu informieren oder sich damit auseinanderzusetzen. Deshalb war man damals auf ein, wie auch immer sich definierendes, Handelsbüro angewiesen, dessen Kollegen einen persönlich an die Hand nahmen, da man grundlegende Zusammenhänge des Handels nirgends anders hätte erfahren können. Um nur ein Beispiel zu nennen: Wie allen klar sein dürfte, überfällt einen allein durch pures Draufstarren auf ein Orderbuch die erleuchtende Einsicht um dessen Funktionalität und das Verhalten der Marktteilnehmer leider äußerst selten!«

»Das heißt dann ja wohl, dass es mittlerweile keinen Unterschied mehr gibt! Das hättet ihr doch gleich sagen können! Wozu also diese unendlichen Ausführung!?« Hannes beugte sich vor und erwartete selbstbewusst Hofners Bestätigung.

»Nein, mein Freund, die vorangegangenen Worte waren alle wichtig, denn …«, Hofner betrachtete nacheinander Jerome und Philip, überlegte blitzschnell, ob er wirklich alle *drei* oder im Moment doch lieber nur *zwei Punkte* ansprechen solle, erhob sein Glas und meinte: »zwei Unterschiede bleiben!«

»W-e-l-c-h-e-?« Hannes beugte sich angespannt noch ein Stück weiter vor.

Hofner sprach, da er sich gerade eine Zigarette anzündete, den ersten der beiden von den eigentlich drei großen Unterschieden zunächst nur als reinen Stichpunkt an: »Zu positive Erfahrungen können den Lernprozess eines Händlers geradezu behindern oder gar ganz verhindern!«

»*Hä?* Was? … Wie das jetzt?«

»Nun, der Unterschied zwischen einem Trader, der sich dem Thema allein im stillen Kämmerlein nähert, und einem solchen, dem es gelehrt wird, liegt darin …«, Hofner zog an der frisch angezündeten Zigarette, bis deren Spitze gleichmäßig glimmte, und trieb damit Hannes' Anspannung auf die Spitze, »dass der allein zu Hause sitzende Tradinganfänger zu vorschnellen Verallgemeinerungen neigt, die – Achtung! – gerade in der positiven Erfahrung eines Trades ihre Bestätigung finden!«

Hannes zog überrascht die Augenbrauen hoch, und Hofner verstand den Hinweis: Ein Beispiel musste her! Hofner erinnerte daher an die ersten Jahre des einstigen »Neuen Marktes«[27], als nahezu alle Trades gut liefen, und erklärte damit den zwar verständlichen, nichtsdestotrotz aber falschen Hang eines Tradinganfängers, eher die positive Erfahrung zu bejahen, als sich einem widerstreitenden Sachverhalt zu nähern; kurzum: Die menschliche Erfahrung eines Tradinganfängers an dem neuen Gegenstand »Börse« wurde von dessen Meinung über diesen Gegenstand eindeutig festgelegt. »Warum sollte ein privater Anfänger da schließlich noch *hinzu*lernen oder *um*lernen wollen?! Lief doch alles bestens! Ohne auch nur die kleinste Ahnung davon zu haben, dass es so etwas wie ein Orderbuch oder gar andere Marktteilnehmer überhaupt gab, triumphierte man über die Welt des Börsenhandels, über das Schicksal mit all seinen Widrigkeiten, über sich selbst und seine Sorgen, Ängste und Schwächen, bis man sich zuletzt sogar einiges auf sein besonderes ›Gespür für die Märkte‹ einbildete … und niemand war da, um diesem Wahnsinn Einhalt zu gebieten! – *Du verstehst?*«

Ein Nicken reichte als Antwort.

Hofner führte sein Beispiel aber noch weiter. »Wäre dem Nachbarn hingegen damals gleich zu Beginn Haus und Hof am Neuen Markt verlorengegangen, hätte man das Trading sicher kaum als einfach angesehen. Das Problem ist deshalb – und übrigens nicht nur damals, sondern genauso auch noch heute – Folgendes: Wir können schauen, wohin wir wollen, und werden feststellen, dass von der werbenden Industrie überall die *Einfachheit* des Börsenhandels bejubelt wird, was wiederum den Effekt hat, dass der mögliche Widerspruch hiergegen, der sich in der eigenen Erfahrung auftun könnte, von der durch die Werbung bereits im Vorfeld erzeugten und unreflektierten Meinung des Laien übergangen wird! *Na ja* … das Resultat kann man tagtäglich neu beobachten: *Ei, fix* ein Konto aufgemacht, und der darauf fast sofort folgende negative Moment der Erfahrung eines Minustrades wird umgehend ausgeblendet, um eine …«, Hofner suchte nach dem passenden Wort, »*bruchlose Folge positiver Erfahrungen* in seinem eigenen Trading aufrechtzuerhalten! Verständlich ist das zwar, aber dennoch ist es falsch!«

---

[27] Der »Neue Markt« war ein Segment der Deutschen Börse, das im Zuge der Euphorie um die New Economy nach dem Vorbild der amerikanischen Technologiebörse NASDAQ um 1997 eingerichtet wurde und auf dem Höhepunkt mehr als 300 Unternehmen umfasste. Durch das scheinbar explosionsartige Wachstum vor allem im Bereich des Internets, Stichwort: Dotcom-Blase, stieg der im Dezember 1997 auf 1.000 Punkte zurückgerechnete *Nemax 50* im März 2000 auf den historischen Höchststand von sage und schreibe 9.666 Punkten, um dann im Oktober 2002 einen Tiefstand von knapp 300 Punkten und damit in nur knapp 30 Monaten einen Wertverlust von 96 Prozent seines Wertes (in Geldbeträgen: über 200 Mrd. Euro) zu verzeichnen.

»Wieso soll das denn falsch sein?« Hannes war sichtlich irritiert.

An Hofners Stelle antwortete nun John: »Wenn die Werbung überall herumposaunt, wie *einfach* Börsenhandel ist, du aber Minustrades machst, kann doch da was nicht stimmen, oder? Das heißt, du musst zusätzlich zu deinem Geldverlust plötzlich auch noch eine Wahl treffen: Entweder ist Börsenhandel tatsächlich einfach oder eben halt nicht. Leider kannst du das aufgrund deiner ja noch nicht vorhandenen Erfahrung nicht beurteilen und bist gegenüber der Vielzahl von positiven Werbebotschaften mit deinem schlechten Erlebnis bereits allein durch die Menge an Aussagen, nämlich deine eigene gegen die vielen der Medien, im Nachteil – was dich logischerweise dazu bringt, dass der Fehler bei dir liegen muss. Dies bedeutet aber wiederum zwangsläufig, dass du offensichtlich zu blöd bist, um so was Einfaches wie den Börsenhandel zu kapieren. Aber … das kann natürlich überhaupt nicht stimmen, schließlich kennst du dich ja nun schon lange genug, um zu wissen, dass du kein Vollidiot bist, sondern ganz gut Bescheid weißt in der Welt und um das Leben. Übrig bleibt damit nur, dass deine eben gemachte schlechte Erfahrung eines Minustrades irgendwie zufällig entstanden ist … und das kann schließlich … *hoppla* … immer mal passieren! Zack, und schon ist diese gemachte Erfahrung ausgeblendet! Und die nächste … und *die* nächste … und die nächste *darauf* auch … und, nach dem schönen Motto ›Weil nicht sein kann, was nicht sein darf!‹, im schlimmsten Fall immer so weiter und so fort, bis nichts mehr da ist, womit man traden könnte … «

Hannes rauchte sichtbar der Kopf, und noch bevor Hannes zu irgendeiner Antwort fähig gewesen wäre, seufzte Jerome bedeutsam in sein Glas: »Der Irrtum liegt im Ignorieren des Irrtums!« Unbewusst alle Dinge in seiner Nähe in Symmetrie zueinander zusammenrückend, erzählte Jerome nun etwas ausführlicher von seinen eigenen anfänglichen Jahren, über die er vorhin ja bereits erwähnt hatte, dass er um ein Haar sogar fast sein Familienglück aufs Spiel gesetzt hatte: »Obwohl alles in allem die Zahl meiner gefühlsmäßig getroffenen Entscheidungen unendlich viel größer war als die, die ich aufgrund irgendeiner fachlichen Vernunft getroffen habe, und daher die meisten meiner ›kontobewegenden Ereignisse‹ purer Fantasie und Einbildung entsprungen sind, haben sich aufkeimende Zweifel damals eher ohne jede Ordnung eingestellt. Es geschah in der Anfangszeit also nichts, was den Namen einer gedanklichen Anstrengung verdient oder auch nur die Einsicht in deren verzweifelte Notwendigkeit angedeutet hätte.« Des Weiteren berichtete Jerome, dass er stattdessen mit allen Mitteln der Einbildung, der Suggestion und des Glaubens, oft sogar auch nur unter Zuhilfenahme der vereinfachenden Wirkung absichtlichen Dummstellens danach getrachtet hatte, einen Zustand zu schaffen, von dem er damals angenommen hatte, dass dieser der eines Traders sein müsste. Tief drinnen hatte er jedoch sehr wohl mit der Zeit die Abenteuerlichkeit verspürt, mit der er durch sein wildes Trading die notwendige Vernunft als den wichtigsten aller Punkte vollkommen außer Acht ließ, denn es war ihm nach und nach immer mehr aufgefallen, dass er begonnen hatte, sich in einen wirklichen und einen schattenhaften Teil – »einen, der unbedingt traden will« und »einen, der tunlichst nicht hinterfragen will!« – aufzuspalten.

Hofner zeigte auf Jerome. »Er hat recht, Hannes!« Von Jeromes Erzählung inspiriert, unterstrich Hofner, ein Augenrollen Hannes tolerierend, ein weiteres Mal, dass *Lernen* und *Erfahrung* im Trading wesentlich durch deren Negativität bestimmt waren, denn nur durch diese wurde ein *Dazu*-lernen und ein *Um*-lernen gefördert und damit ein grundsätzlicher Wandel des Traders ermöglicht. Denn der Trader wurde sich dadurch seine gemachten Erfahrung, um die »Baustelle Trading« bewusst und beginnt sich zu ändern. »Aber«, Hofner hob den Zeigefinger, »um diese Erfahrung der Negativität machen zu können, muss sich der Tradinganfänger letztendlich erst seiner Neigung zur Widerspruchsvermeidung stellen und widersetzen!«

»*Ha!*«, gluckste Hannes und meinte abwinkend : »Na, das dürfte doch wohl nicht schwerfallen!«

»Nicht schwerfallen?!«, hakte Hofner, wegen Hannes' »naiver«, wenn auch nachvollziehbarer, Selbstverständlichkeit seiner Aussage mit hochgezogenen Augenbrauen nach.

»Ja, na klar! Wo ist jetzt das Problem?«, bestätigte Hannes selbstbewusst und mit der Sicherheit seiner »bisherigen« Handelserfahrung, welche Hofner nach Hannes' bisherigem Auftreten und Aussagen als sich offensichtlich nur aus einer irgendwo zwischen eins und zehn anzusiedelnden Tradeanzahl einschätzte.

»Hm … du meinst also …«, Hofner kniff, als würde er Hannes' Worte sorgfältigst abwägen, die Augen leicht zusammen und legte seine Zeigefinger an die Nase, »dass kaum ein Tradinganfänger die Neigung hat, sich eher der positiven als der negativen Seite der Erfahrung hinzugeben, wenn Letztere für seinen Lernerfolg unumgänglicher erscheint?«

Hannes nickte sofort, ohne in seiner Selbstsicherheit über die gesagten Worten nochmals nachzudenken.

»Na, dann mal aufgepasst!« Hofner klang plötzlich sehr geschäftsmäßig. »Wie bereits festgestellt, bedarf Erfahrung stets eine gewisse *Vor*erfahrung. Diese Vorerfahrung besteht bei einem Tradinganfänger nun fast zwangsläufig aus Vorurteilen, denn der Anfänger stellt, gleichgültig, worauf sich diese stützen, ständig irgendwelche Hypothesen und Verallgemeinerungen über den Chartverlauf an. Da er natürlich eine Rechtfertigung für sein Handeln benötigt, verwendet er anschließend alles, was ihm an elementarem Vertrauen zur Verfügung steht, auf diese Vorwegnahmen, denn ohne diesen Aufwand an Vertrauen würde er sich nicht einen einzigen Trade zutrauen und wäre damit handlungsunfähig.« Hofner setzte eine kleine Pause, atmete tief durch und holte dann zum entscheidenden Argument aus: »So, und jetzt Achtung, Hannes: Wenn jedoch das Vertrauen in diese von ihm selbst fabrizierten Vorwegnahmen beim Tradinganfänger, warum auch immer, ein dogmatisches Für-wahr-Halten der eigenen Hirngespinste entstehen lässt, wendet sich dieses, nun ins Übermaß gesteigerte, eigene Vertrauen *gegen* die neue Erfahrung!«

»Ähm … bitte noch mal!«, bat Hannes.

Hofner kam der Bitte gerne nach und fügte anschließend hinzu: »Wie John bereits vorhin erklärt hat, behandelt der Tradinganfänger in stillschweigendem Übereinkommen mit sich selbst alles, was an Minustrades geschieht, bloß als eine Art … man könnte sagen … *Zwischenspiel*. Statt notwendigerweise und angesichts des sinkenden Kontoverlaufs – worüber man sich gleich nach den ersten Trades hätte klar werden können und müssen – vieles zu ändern oder komplett neu auszurichten, tut man lieber gar nichts, denn: Obwohl man, während man einen Trade nach dem anderen durch die Märkte schießt, vielleicht schon irgendwie ahnt, dass man gerade Fehler macht, scheut man die Aussprache mit sich selbst, da … deren Grenzen nicht abzusehen sind!«

Hannes verstand immer noch nur Bahnhof, was man ihm eingedenk seiner Laienhaftigkeit beziehungsweise seines Anfängertums aber nicht übel nehmen konnte.

»Was Hofner meint«, John stellte sein Glas ab, »ist, dass die anfängliche Vertrautheit des aus dem Alltag gewohnten Vertrauens in sich selbst beim Trading keinen positiven Grund darstellt, sondern tatsächlich sogar der Feind des wahrhaften *Lernens* ist!«

»Ja, genau!«, rief Hofner und deutete auf Jerome und Philip. »Und *genau hierin* liegt einer der Unterschiede zwischen dem *Erlernen* des Tradings ›auf eigene Faust‹ und mittels ›Ausbilder!‹«.[28]

»Wo ›genau hier‹? Ich versteh es immer noch nicht!«, klagte Hannes, denn er erkannte da immer noch keinen Unterschied.

Hofern versuchte, den Nebel für Hannes zu lichten: »Nun, für die Entwicklung wahrhafter und allgemeiner Erkenntnis im Trading muss sich das Gewicht der positiven und der negativen Erfahrung nicht einfach gleich verteilen, sondern verstärkt auf der ...«, Hofner schaute Hannes fest in die Augen, »*negativen Seite* liegen!«

»Ihr würdet mich absichtlich verlieren lassen? Ist es das, was gemeint ist?!« Hannes würgte den sprichwörtlichen Kloß herunter!

»Ja!«, antwortete Hofner, wobei ihm, und so auch Philip selbstredend klar war, dass kein Praktikant auf der Welt, nur um der »Ausbildungswillen«, zu große oder unvertretbare Risiken eingehen dürfe.

Hannes nächster Satz triefte fast vor lauter Hohn: »Und ich sollte euch auch noch Geld dafür zahlen, dass ich erst recht Kohle verliere!«

Hofner antwortete, ohne auch nur den geringsten Anflug von Zweifel oder gespielter Rücksicht, einfach: »Ja! Und für so eine Ausbildung legst du sogar ordentlich was auf den Tisch!«

»Neee, das ist jetzt nicht euer Ernst!« Hannes lachte, nahm die Weinflasche und schenkte sich in der Form nach, dass er sein Glas gleich randvoll machte. Kopfschüttelnd und mit breitestem Grinsen spottete er: »Also, nur dass ich das noch mal richtig verstehe ... einer der beiden Unterschiede liegt also darin, dass ich meine Kohle bei euch einfach noch schneller verlieren würde als allein zu Hause? Das ist wirklich das Genialste, was ich seit ewigen Zeiten gehört habe. *Chapeau!*«

Hofners Zeigefinger richtete sich zwar auf Hannes, nicht aber seine Antwort: »Was meinst du, John? Weiß er oder hat er zumindest eine Ahnung, warum unser Stan *Bambino* genannt wird? Vielleicht könnte ihm das ja auf die Sprünge helfen?«

John nickte, und zwei Runden Getränke und Zigaretten später war Hannes grob in die für Stan so desaströsen Geschehnisse – Stan sollte, während John, Nick und Philip auf Segeltörn waren, auf Johns Konto aufpassen, – eingeweiht,[29] und auch Jerome hatte mit größtem Interesse

---

[28] Hinweis vorab: Natürlich bleibt unbestritten, das ebenso die »abzugebende Rechenschaft gegenüber einem Dritten« ein wesentlicher Unterschied darstellt. Hierauf soll momentan nicht allzu großer Wert gelegt werden, da dies unter anderem aus Sicht eines »Privaten« in DER HÄNDLER Band 7 und 8 beschrieben wird.

[29] Diesbezüglich sei auf den Inhalt des 4. Bandes DER HÄNDLER verwiesen.

zugehört. John, unter dessen wohl kalkulierter Führung Stan seine bisher desaströsesten Tage erlebt hatte, fuhr nun fort: »Jetzt hör bitte genau zu, Hannes, denn ich will nicht, dass du das in den falschen Hals bekommst! Es war nicht so, dass ich diese – genau so wie viele der anderen unerwähnten Tage – schlimmen Tage für Stan heraufbeschworen hätte ... *nein, nein* ... das hat unser Bambino schon ganz brav selbst und alleine angezettelt! Was ich sagen will, ist, dass ich selbstverständlich nicht den ganzen Tag herumlaufe und nur darauf warte, bis so etwas geschieht, um dann endlich mal wieder jemandem Schmerz zuzufügen. Aber wenn beim Trading tatsächlich solch grobe Schnitzer geschehen wie hier, werde ich den Teufel tun und demjenigen sofort den Rettungsring zuschmeißen, sondern versuchen, seine Schmerzen eher noch etwas unerträglicher zu machen! – *Verstehst du?*« Abschließend berichtete John, wie diese Geschichte um Stan geendet hatte.

»Mensch, der arme Kerl!«, meinte Hannes, nachdem er grob das ganze Ausmaß kannte, kopfschüttelnd. »Ihr habt echt 'nen Knall!«

»Nix da, armer Kerl!« Unvermittelt hatte Nick sich abermals umgedreht – denn, wenn es um seinen Bambino ging, kannte er nichts! – und warf, erst süffisant, dann jubilierend, ein: »Diese Tage sind in sein Gedächtnis ... nicht sanft eingebettet, sondern ... *eingebrannt*!«

»Ganz genau!«, meinte John und äußerte, während Philip darüber nachdachte, dass Nicks permanente Spitzen Stan sicher genauso zum Nachdenken anregten wie Johns umfangreiche Erklärungen, auch wenn John Nick diesbezüglich hin und wieder zurückhalten musste, damit die Spitzen nicht zu Speeren wurden, bezüglich dieser speziellen Erfahrung Stans, der sicherlich noch viele solcher folgen würden: »Kann unser Bambino aus diesen Tagen nicht in naher Zukunft die ein oder andere Lehre ziehen und diese dann mit *starkem Willen* umsetzen«, Johns Betonung sollte an die lange Diskussion auf seiner Geburtstagsfeier anknüpfen und galt daher mehr Jerome und Philip als Hannes, der damit sicherlich noch nicht so viel anzufangen wusste, »so wird er sich ohne Wenn und Aber binnen kürzester Zeit dabei wiederfinden, dass er in Deutschland das schlechte Wetter genießen und in irgendeiner x-beliebigen Firma mit nervigem Chef und übellaunigen Kollegen sein Dasein fristen darf. Denn dann ist er für das Trading und erforderlichen Disponiertheiten einfach nicht geeignet, und hat somit keinen Anspruch auf dessen Früchte!« Hofner machte nun noch mal eindeutig klar, dass die

Bedeutung dieser negativen Instanzen nicht nur im Ausmerzen bisher positiver, aber fachlich *dennoch* falscher Erfahrungsregeln lag, sondern dass aus ihr die Einsicht in den Prozess des Erfahrens selbst resultierte. Die Erfahrung von negativen Erlebnissen vor den Monitoren stellte damit den Grund dar, für den das »Zu-sich-Kommen aus der Befangenheit« für den Trader die Folge war. »Und genau hierin, mein lieber Hannes«, kam Hofner wieder zum Ausgangspunkt seiner Erklärung zum ersten Unterschied und damit auch gleichzeitig zu dessen Ende, »liegt das *Positive* der von uns angestrebten *Negativität* von Erfahrung!«

»Okay, und was ist jetzt der zweite Unterschied zwischen dem Erlernen auf eigene Faust und in einem Handelsbüro?«, wollte Hannes wissen.

»Nun, im Trading sticht neben den vielen Schwierigkeiten *eine* ganz besonders hervor …«, sagte Hofner mit einem breiten Grinsen.

»Also, außer der, dass Tradinganfänger erst fette Verluste machen müssen, damit sie daraus was lernen können?«, spöttelte Hannes. »Na, da bin ich ja mal gespannt!«

»Die Schwierigkeit ist der – Achtung! – *fachlich richtige Minustrade!*«, lautete Hofners knappe Antwort.

»Der bitte *waaas*?« Hannes war fassungslos.

Philip bedauerte Hannes regelrecht, denn dieser Gedanke musste ihm tatsächlich vollkommen verrückt vorkommen. Hofner beließ es dennoch bei der Kurzfassung: »Stell dir vor, Hannes, du hättest fachlich alles richtig gemacht, und trotzdem zahlst du ein. Dein *Geldergebnis* lautet damit: Geld verloren. Aber wie steht es nun mit deinem *inneren Ergebnis*? Antwort … Negative Erfahrung: *Ja.* Lerngrund: *Nein!* Oder anders gesagt: Was meinst du, an wie vielen Stellen es ein Tradinganfänger zu Hause unterlässt, sich Wissen anzueignen, wo es sinnvoll wäre, und sich stattdessen an angeblich zu überwindenden Störfällen stunden-, wochen-, monatelang ›angebliches‹ Wissen beibringt, wo es völlig unnütz ist!?«

Boahh! –

Hofner verstand es wie immer, es klar und sachlich auf den Punkt zu bringen, dachte Philip und gab Hofner innerlich recht, denn »Störungen« waren zwar tatsächlich häufig die Ursache für ein gedankliches Ungleichgewicht von *Realität* und *eigener Erfahrung*, nur gab es im Trading auch eine »Störung«, die *keiner* Überwindung bedurfte: den fachlich sauberen Minustrade!

Aber das hatten wir ja bereits ausführlich, Stichwort: Urvertrauen …

Seufz …

Philip erinnerte sich und wurde bei dem Gedanken an sein früheres Ich von einer gewissen Wehmut erfasst: Auch er war als *er*fahrender Tradinganfänger damals der Meinung gewesen, jene »Störfaktoren« eines fachlich richtigen Minustrades könnten durch weiteres Lernen beseitigt werden, war sich jedoch der Bedeutung und damit der Nichtigkeit beziehungsweise der *Normalität* dieses Störfalls selbst nicht bewusst geworden. Und ebenso nicht der Widerspenstigkeit seines Vorhabens, denn egal, was er neu ausgetüftelt hatte, eines war ihm nie gelungen: die anderen Marktteilnehmer »weg-«zutüfteln!

Als hätte Hofner Philips Gedanken gelesen, setzte er nun passend ein: »Wie viele Trader tun sich dort schwer, wo sie dem *Unglück* und *Leid* eines fachlich perfekten, aber, durch die Existenz der anderen Marktteilnehmer, im Minus endenden Trade zum Opfer fallen? Also: Wer sich einbildet, dass ein weiteres Erlernen vor allen ›Gefahren‹ des Charts schützt, wer die ›unendliche Serie von Plustrades‹ für eine pure Eigenleistung hält, erliegt einer Allmachtsfantasie, denn er glaubt, jede noch so große Schwierigkeit mit Leichtigkeit durch souveränes *Mehr*-Erlernen bezwingen und so *triumphieren* zu können. Und das«, schloss Hofner mit erhobener Daumen das Thema, »wird beim Lernen in einem Handelsbüro *strikt* unterbunden und viel schneller und klarer herausgehoben!«

Die Kellner servierten – wie schon den ganzen Abend kühl, lautlos und geschickt – nun ein Dessert, und Hannes nutzte die Unterbrechung und versprach – nicht wissend, dass *noch ein* wesentlicher Punkt von Hofner bisher unterschlagen wurde –, über die letzten Worte und Begründungen zum Unterschied zwischen »Ausbildung auf eigene Faust und Ausbildung mit Ausbilder« nachzudenken.

Und während kurz darauf ein Bediensteter bereitstand, weitere Getränkebestellungen aufzunehmen und die Anwesenden Hannes' Aufforderungen, ein Glas seines persönlichen Lieblingsweines zu versuchen, gehorchten, stand es am Tische dann so, dass Hannes gern das Thema wechseln und nun seine zukünftigen Ergebnisse mit denen Hofners abgleichen wollte und hier zum anderen nun irgendwie vonseiten Hannes die beiden Frage auftauchten: »Wie viel kann ich denn so maximal aus dem Trading rausholen?« und »Wie groß muss denn nun mein Handelskonto eigentlich sein?«

Während die anderen am Tisch in letzten Zügen ihr Limonentatar »en miniature« genossen, erwiderte Hofner auf die beiden Fragen von Hannes, dass man dies so einfach, wie er es sich vielleicht vorstellte, nicht beantworten konnte. Da Hannes aber unbedingt seine zukünftigen Ergebnisse mit denen eines Profis wie Hofner vergleichen können wollte und hierzu um die »rechte« Kontogröße wissen wollte, gab er sich damit nicht zufrieden, sodass Hofner ihm nun bedeutete, dass alleine schon in der »Kontogröße« so viel Auswirkung auf das Thema »Rendite« steckte, dass ein Vergleich »Hannes zukünftig« mit »Handelsbüro aktuell« mit den sprichwörtlichen Äpfeln mit Birnen zu vergleichen wäre.

Wie nicht anders zu erwarten, hakte Hannes dennoch sofort ein und fragte nun: »Also … kommt schon! … Soll ich fünfzig oder doch lieber hunderttausend aufs Konto einzahlen? Ich krieg auch notfalls etwas mehr zusammen! Und jetzt mal ehrlich … wie viel Rendite kann ich denn *erwarten*?!«

Hofner schmunzelte über Hannes' Worte, fand diese Fragen aber dennoch spannend, sodass er die Beantwortung damit begann, zunächst zu behaupten, dass die meisten privaten Trader deshalb mit dem Börsenhandel anfingen, weil sie sich ein monatliches Zubrot verschaffen wollten.

»Yeap!« Genussvoll ließ Hannes sein Dessert auf der Zunge zergehen, und man konnte sehen, dass er gerade wieder an sein zukünftiges Strandhaus dachte. »Wenn ich jeden Monat meine … *mhm* … fünf oder zehn Prozent Gewinn mache, geht es mir finanziell ganz gut! – Wie viel macht ihr eigentlich?!«

»Nun, Hannes, das ist schon wieder die Frage nach der *Rendite*! Aber sind wir ehrlich: Man kann unsere und deine zukünftige Arbeit an den Charts in vielerlei Hinsicht schwerlich miteinander vergleichen! Denn auch wenn wir, bezogen auf die Märkte, die Erzielung positiver Trades als Gemeinsamkeit haben, so ist unsere Ausgangslage dennoch verschieden, und mal abgesehen davon, dass du mit einem eher *kleineren* Konto tradest, ist es doch so, dass es viel eher dein Ansinnen ist, einen konkreten …«, Hofner suchte nach dem passenden Begriff, »*monatlichen Nutzwert* zu erzielen, oder?«

»Genau, ich will vom Trading leben und meine Familie ernähren können!«, stimmte Hannes zu.

»Eben!«, erwiderte Hofner und nickte dabei. »Demnach heißt – anders als bei uns – der *Nutzwert* deiner Arbeit konkret, dass du einen monatlichen Scheck mit einem absoluten definierbaren Eurobetrag von beispielsweise … *ähm, was weiß ich* … 3.000 Euro benötigst. Wie du an diesen

Betrag kommst, kann dir – pauschal gesagt – ja vorerst mal völlig wurscht sein, denn wie gesagt, du willst einfach nur zwölf Mal im Jahr einen Scheck! … *Richtig?* – Okay!« Hofner unterstrich, dass es hier demnach Hannes nicht so sehr um jährliche *Rendite*, sondern um eben jenen *»geldwerten Nutzwert«* ging, und führte als Beispiel ins Feld, dass eine Rendite von zweihundert Prozent enorm, um nicht zu sagen »fantastisch« klang, was jedoch zwangsläufig bei einem Konto mit 3.000 Euro noch lange nicht zu einem »fantastischen« *geldwerten Nutzwert* führte. Daraufhin erklärte Hofner, dass damit der erste Unterschied zwischen Hannes' und Hofners Handelsbüro folglich jener war: dass die eine Seite auf eine jährliche, die andere auf einen monatliche Auszahlung abzielte, wenngleich Hofner natürlich einräumte, dass jährliche Zielwerte ebenso auf monatliche Zielfahnen heruntergebrochen werden konnten und andersherum. »Und zum zweiten unterscheidet uns«, Hofner sah Hannes dabei vollkommen neutral an, »dass du … deinen Kontobetrag selbst *festlegst*!«

»Häh, *wie jetzt*?!« Hannes verstand nicht ganz. »Ich leg doch meine Kontogröße nicht fest?! Also … *ähm* … ich meine … ich kann doch nicht *mehr* aufs Konto einzahlen, als ich habe, selbst wenn ich mir das ganz anders wünschen würde!«

»Das sicher nicht!« Hofner schüttelte belustigt den Kopf. »Aber es liegt ja immerhin in deiner Macht, auch *weniger* einzuzahlen, als du zur Verfügung hast!« Hofner erinnerte daran, dass genau dies bei John, Nick, Philip und ihm eben nicht der Fall war, denn hier wurde der für den Handel zur Verfügung stehende Betrag von Dritten festgelegt. Und Hofner begann nun im Folgenden auf ein Dilemma hinzuweisen: »Interessant werden nun diese beiden Unterschiede«, dass es unzählige weitere gab, war allen klar, »vor allem dann, wenn der zu erzielende *geldwerte Nutzwert* unter dem Blickwinkel des …«, Hofner schwenkte sein Glas und suchte abermals nach dem passenden Begriff, fand auf die Schnelle keinen und nannte es daher wie folgt: »*Wiederbeschaffungsaktes* beleuchtet wird!«

»Bitte *waaaas* für ein Ding?« Hannes kratzte sich am Kinn.

»Wiederbeschaffungsakt!« Die von John angebotene Zigarette zog Hofner vorsichtig aus dem Päckchen und ließ sich diese mit vorgestrecktem Kopf anstecken. »Oder nenne es wegen mir Wiederbeschaffungsaufwand! Wie auch immer…!« Hofner erklärte, dass hierunter jener Aufwand zu verstehen war, der vonnöten war, um den Geldbetrag eines plattgemachten Handelskontos für einen erneuten Versuch wiederzubeschaffen, und gab dazu ein Beispiel: »Ein Trader, der 3.000 Euro auf ein CFD-Konto einzahlt und sich einen bestimmten *geldwerten Nutzwert* von seinen zukünftigen Handelsergebnissen verspricht, wird immer sehr tief in das Konto greifen, um nicht zu sagen: greifen müssen. Denn bei einer vernünftigen Anwendung eines wie auch immer definierten Geldmanagements wird dieser Händler mitunter sogar ›vierundzwanzig‹ Stunden vor seinen Monitoren hocken und sich dennoch am Ende des Handelstages nicht mal einen großen Eisbecher leisten können!«

Alle außer Hannes hatten verstanden, was Hofner damit berechtigterweise angesprochen hatte: nämlich, dass man bereits mit der einfachsten Schulmathematik zur Erkenntnis gelangen konnte, dass es vertane Zeit war, einem Trader mit einem kleinen Handelskonto und *gleichzeitigen* Erwartungen an einen hohen geldwerten monatlichen Nutzwert irgendwelche Regeln des Geldmanagements vorbeten zu wollen! Aufgrund des so ohnehin nur geringen erzielbaren und absoluten Geldbetrages erschien ein Missachten des Geldmanagements demnach irgendwie fast schon gerechtfertigt.

»Ein geringer Geldbetrag«, fuhr Hofner fort, »kann, im Sinne von *angespart* oder aber erneut *eingezahlt*, schnell wieder ›hergestellt‹ werden. Was bedeutet … eine Reaktivierung ist nicht unmöglich!« Hofner schmunzelte Philip zu. »Bei uns hingegen sieht das etwas anders aus!«

Philip verstand, worauf Hofner aus war, und schlug zum Spaß die Hände über den Kopf zusammen: »Oje, Hannes, sollte ich auch nur eines der bei verschiedenen Brokern geführten Konten der mir zugeteilten Handlungsvollmacht irgendwann wirklich mal plattmachen, müsste ich, und nach mir noch eine weitere Generation, ein Leben lang sparen, um diesen Betrag wiederherzustellen!«

»Ah, okay … verstehe!«, meinte Hannes nachdenklich.

Hofner schaute über den Rand seines Glases. Für ihn klang Hannes' »Ich verstehe« nicht ganz überzeugend, weshalb er nochmals zusammenfasste, dass es nahezu immer zu einem leichtsinnigen Umgang mit dem Handelskonto führte, wenn der *geldwerte Nutzwert* dem *Wiederbeschaffungswert* diametral gegenüberstand, da die Wiederbeschaffung des Kontobetrages nicht von vornherein ›unmöglich‹ erschien. Je schwieriger jedoch der Wiederbeschaffungs- oder Reaktivierungsakt wurde, desto selbstverständlicher wurde zum einen: eine *freiwillige* Unterwerfung unter ein wie auch immer definiertes Geldmanagement und zum anderen, dass trotz des »geringen Griffs ins Konto« ein *hoher absoluter geldwerter Nutzwert* entstehen konnte.

»Aber dennoch wollt ihr doch auch eine *hohe* Rendite?!«, warf Hannes ein und gab, ohne sich darüber im Klaren zu sein, damit unausgesprochen zu verstehen, dass er beide Begriffe – den »geldwerten Nutzwert« und den alltäglichen und im Trading so oft »vergewaltigten«, weil oftmals auch zur bewussten Täuschung gebrauchten Begriff »Rendite« – wahllos in einen Topf schmiss.

Zur anschaulicheren Beschreibung der Antwort bat Hofner Hannes, über den Unterschied nachzudenken, dass ihr Handelsbüro, anders als bei einem Vermögensverwalter oder einem öffentlich zugänglichen Fonds, keine ständigen Mittelzu- oder -abflüsse aufwies und sich demnach der große Topf *nicht* aus vielen kleinen Bestandteilen zusammensetzte.

»Kein Fonds?«

»Nein! Bei uns ist es *ein* Mandant!« Wie nebenbei erwähnte Hofner, dass hierin auch der Grund zu finden war, warum solche Büros wie das seine, von denen es auf der Welt sicherlich Zigtausende gab, immer »unterm Radar« flogen. Keine Website, keine Werbeschilder, keine Anzeigen in einschlägigen Zeitschriften und Journalen, keine ausführlichen Biertischgespräche.

»Ja, aber … wie kommt ihr denn dann an neue Kunden?«, fragte Hannes leicht verwirrt.

»*Mo-mo-mo*-Moment! Wir wollen doch gar keine *neuen* Kunden«, antwortete Hofner und fügte das sich daraus zwangsläufig Ergebende hinzu, dass, da es daher keiner werbenden Maßnahmen bedurfte, der Standort zwangsläufig keinerlei Rolle spielte und damit der freien persönlichen Entscheidung der Händlergruppe und deren Vorlieben unterlag. »Und ebenfalls anders als bei klassischen Fonds«, betonte Hofner und brachte es damit auf den Punkt, »zieht bei uns der Mandatsgeber seinen individuellen *geldwerten Nutzwert* aus der *Gesamt*summe, weswegen es aus seiner Sicht *keine* Rendite der Welt rechtfertigt, diese Summe zu großen Schwankungen auszusetzen –«

»… weil jene Geldsumme mal nicht eben so wiederbeschaffbar ist?!«, brachte Hannes Hofners Satz zu Ende, worauf dieser nickte, aber sicherheitshalber nochmals den Vergleich zum Fonds beziehungsweise zum klassischen Vermögensverwalter heranzog, denn dort, drückte man es *pauschal* aus, war es dem einzelnen Anleger wiederum nur zu recht, wenn so viel Prozente wie möglich – am liebsten Hunderte davon – erwirtschaftet wurden[30], denn nur so konnten aus den eingezahlten »tausend Euro« möglichst schnell »zehntausend«, sprich: ein messbarer *geldwerter Nutzwertvorteil*, entstehen.

Hannes schaute an die Decke seines Restaurants, grübelte einige Sekunden und fragte dann: »Heißt das dann, dass der Nutzwert bei größeren verwalteten Summen abnimmt?«

»Aus der Sicht … Achtung: einer *einzelnen* Person und Mandats … *natürlich*!« Auch auf die Gefahr einer Wiederholung betonte Hofner, dass man einen *Fonds* und ein *einzelnes Mandat*, auch wenn sie beispielsweise gleich hohe Beträge umfassten, gedanklich trennen müsse. Damit Hannes erfassen konnte, was damit gemeint war, bat Hofner Hannes, sich einfach mal folgende vier aufeinander aufbauende Fragen anzuhören und intensiv darüber nachzudenken: »Frage eins: Wie schwer ist es wohl, als *Einzelner* tausend Euro zu erwirtschaften? Und wenn du als Einzelner dann im Besitz dieses Geldbetrages bist, kommt Frage zwei: Was kannst du dir für tausend Euro *nicht* kaufen, was du dir nur für zehntausend Euro, und damit tausend Prozent Rendite, kaufen könntest?! – *Okay?* Und jetzt Frage drei: Wie *schwer* ist es wohl, als *Einzelner* zwanzig Millionen zu erwirtschaften? Und wenn du das als Einzelner geschafft hast, stellt sich Frage vier: Was kannst du dir für diese zwanzig Millionen *nicht* kaufen, was du dir nur für dreißig Millionen, und damit fünfzig Prozent Rendite, kaufen könntest?!«–

John, Jerome und Philip konnten ihr Schmunzeln nicht verbergen, denn, auch wenn momentan noch nicht der Begriff des *Risikos* auftauchte[31], war dennoch der Zusammenhang von *geldwertem Nutzwert, Wiederbeschaffungsakt* und *Rendite* vortrefflich und – etwas Nachdenken vorausgesetzt – sehr *tiefgründig* beschrieben!

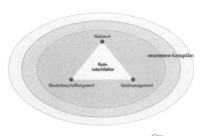

🗁 Bild 18

Während Hannes für sich diese Fragen gedanklich nochmals wiederholte, kritzelte Philip auf einer zerknüllten Quittung, zu der sich zwischen geldwertem *Nutzwert* des täglichen und monatlichen Profits, also der eigenen »Renditeerwartung« und Glückserfüllung und der *Kontogröße*

---

[30] Hier liegt in der Praxis unter anderem der Grund, warum darauf geachtet wird, dass für Fonds, je nach Land, spezielle Gesetze gelten.
[31] Der Begriff des *Risiko*, sowie dessen Messung, wird im kommenden *Band 7* genauer erörtert.

auftuenden Kluft – deretwegen man sich gerade als privater Trader zu überlegen hatte, wie man diese Kluft überwinden konnte –, ein kurzes Schema, sann dabei darüber nach und erkannte einmal mehr, dass der Bibelspruch »Suchet, so werdet ihr finden!« hier leider nicht ganz zutraf! Denn: Viele Trader, und davon besonders viele private Tradinganfänger, hatten einfach so kleine Konten, sodass die Diskrepanz zwischen ihrem angestrebten *geldwerten Nutzwert* und dem *Wiederbeschaffungsakt* mit *keinem* Kniff der Welt zu lösen war. Also nicht das kleine Konto als solches war das Problem, sondern dass aufgrund eines angestrebten hohen geldwerten Nutzwerts nahezu *immer* mit monetärem Vollgas um die Ecke gebogen wurde und sich nun das ganze Thema Geldmanagement komplett in Schall und Rauch auflöste – auflösen *musste*! –, gerade so, als würde dieses Thema sie scheinbar nicht betreffen.

Das Gespräch am Tisch zirkulierte weiter, und eine weitere Zigarettenrunde später stand plötzlich die Frage im Raum – auch wenn zwar bekanntlich dem Trader generell die Gefahr der Unersättlichkeit drohte –, welche Rolle denn nun die Kontogröße spiele, wenn ein Trader wirklich nur des *geldwerten Nutzwertes* – also der zwei-, drei-, vier- oder fünftausend Euro pro Monat, um sich und seine Familie zu ernähren – wegen an der Börse unterwegs war?

»Na, eine entscheidende! Habt ihr doch eben selbst gesagt! Ich sag nur: *Wiederbeschaffungswert*!«, krähte Hannes in dem Gefühl heraus, endlich mal nicht als Unwissender dazustehen.

Hofner wiegte seinen Kopf hin und her, denn teilweise stimmte diese Antwort zwar, zeigte aber auch, dass Hannes noch nicht tief genug nachgedacht hatte. Da Hofner nichts sagte, versuchte sich Hannes an einer Bekräftigung: »Freilich ist der Kontostand wichtig! Denn selbstverständlich ist es ja wohl schon ein Unterschied, ob einer mit 5.000, 50.000 oder 500.000 Euro bewaffnet in den Kampf zieht.«

»So, so, *ist* es das …?!«, fragte Hofner mit hochgezogenen Augenbrauen.

»Na-tür-lich!« Hannes machte in Hofners Richtung John eine spaßig gemeinte Geste, welche unausgesprochen die Frage andeutete, ob mit dessen Kollegen noch alles okay wäre.

Hofner lehnte sich zurück und verschränkte die Hände hinter dem Kopf, dann forderte er grinsend: »Na, dann erklär mir mal, worin genau der Unterschied besteht! Aber: … nicht, dass wir uns missverstehen! … Bitte beachte dabei unbedingt, dass du sagtest: *Du willst davon leben*! Das heißt, du bist *kein* Vermögensverwalter und hältst auch *kein* Handelsmandat oder Ähnliches, was im Umkehrschluss bedeutet: einzig und allein *du* selbst legst die Größe deines Handelskontos fest! – *Okay?*«

»Ja, klar!«

Und was kam? Es kam ein über mehrere Minuten verteilter Monolog, der fast alles enthielt, was vor Hannes schon Heerscharen anderer Tradinganfänger gedacht und gesagt hatten und der sich im Wesentlichen darum drehte: »… möglichst großes Konto … mehr Kontrakte … geht viel schneller … Verluste kann man viel besser auch mal hinnehmen …« und dergleichen Unfug mehr.

»Sooo, sooo, sooo …«, meinte Hofner mit langgezogenen »o«'s und wartete noch auf ein weiteres Argument, was auch sogleich kam: »… und es ist alles dann *viiiel* entspannter!«

»Sooo, sooo, *entspannter!*« Es ertönten wieder die langen »o«'s.

»Logisch!«

»Sooo, sooo …« Hofner fuhr sich durch die Haare und blickte erst John, dann Jerome an, und als diese beiden leicht nickten, sah sich Hofner auf dem Tisch um und sagte dann mit sanfter Stimme: »Hannes!?«

»Ja?«

»Wir brauchen zwei Blätter und einen Stift, bitte!«

Hannes eilte davon, und einen Augenblick später lag alles vor Hofner.

»Nicht für mich, für *DICH!*«

»Ach so!« Hannes saß, einem Schulbuben bei einer anstehenden Leistungskontrolle gleich, nun vor seinen Blättern und wartete auf die Aufgabe.

»Aufgepasst, Hannes, ich sag das jetzt nur einmal, aber es ist wichtig! Wir machen das hier jetzt *nur* grob und«, Hofner drehte seinen Daumen im Handgelenk etwas hin und her, »mit *Pi mal Daumen* gerundeten Zahlen! Wenn du die Grundidee dahinter jedoch verstanden hast, kannst du, sofern du irgendwann Lust dazu hast, das alles zu einem anderen Zeitpunkt mit einem Taschenrechner oder mit einer Exceltabelle *ganz genau* umsetzen, okay?«

»Yeap.« Hannes tippte mit dem Stift auf das Blatt. »Verstehe: Nur grob!«

»Gut. Alles, was wir auf das Blatt schreiben, sind Variablen, welche du später dann deinen eigenen und individuellen Gegebenheiten anpassen musst!«

»Yeap!« Hannes wusste zwar nicht, was auf ihn zukam, aber er war zumindest bereit.

»Also, Hannes … du meinst demnach, du bräuchtest eine Konto-größe von *50.000* Euro?!« Hofner wies Hannes an, als erste Variable das Wort *Kontobetrag* oben auf dem Blatt zu notieren.

»Kontobetrag … 50.000 Euro … okay, steht da.« Hannes schaute auf.

»Darunter, für die Variable Nummer zwei: *Zielrendite*!«

Hannes hielt inne und sagte: »Jahaaa, das ist mein Lieblingswort!«

»Na, dann schreib: Fünfzig Prozent.«

»*Fünfzig?!*«

Hofner war nicht ganz klar, ob Hannes die vorgeschlagene Rendite mo-nierte oder lobte. »Wegen mir kannst du auch hundert oder dreißig schreiben. Das ist für die Aufgabe echt nebensächlich.« Hofner wies darauf hin, dass sich die vorgeschlagene Zielrendite einzig aus der Summe einer gewünschten monatlichen Abhebung ergab und demnach »fünfzig Prozent« hier also einem *monatlichen geldwerten Nutzwert* von rund 2.000 Euro entsprachen.

»Okay, dann besser *hundert*!«, korrigierte Hannes und begründete dies damit, dass er besser 4.000 Euro pro Monat zur Verfügung haben wolle, denn: Schließlich wolle man ja nicht geizig sein.

»Wegen mir! So, darunter bitte die Variable: *Handelstage pro Woche* … sagen wir: *vier*.«

»Aber es gibt doch *fünf*!«

»Schreib *vier*, wir gehen einfach mal von einem schlechteren Fall aus!« Hannes schrieb.

»Darunter die Variable: *maximal riskierter Kontobetrag pro Position* … hmmm … sagen wir wegen mir: *1,5 Prozent*!«

»Ist das eine gute Kennzahl? Also … ich meine, wenn ihr das so macht, dann mach ich das natürlich später auch so!«

»Ogottogottogott!«, wollte Hofner sagen, hatte aber natürlich ein Nach-sehen, schließlich war Hannes Anfänger! Daher meinte Hofner, wobei er einmal tief durchatmete, dass diese Kennzahl *völlig* wahllos sei, er hätte auch 0,5 oder 3,1 sagen können, es würde nichts Grundsätzliches an der Aufgabenstellung ändern. Und *nein* – sie nehmen diese Kennzahl nicht im Büro, denn wenn mitunter hundert und mehr Positionen zeitgleich eröffnet waren, so müsste man – würden im Fall Rot alle Positionen zeit-gleich ausgestoppt werden – Geld aufs Konto *einzahlen*, um schlussendlich mit »null Euro« auf dem Konto dazustehen, und zum anderen, aber das ließ Hofner unerwähnt, gab es noch weit mehr und vor allem dynamischere Geldmanagementansätze als das starre »x-Prozent-Riskieren«.[32]

---

[32] Weitere Ansätze für Geldmanagement könnten in Anlehnung an Gewinner- und Ver-liererserien; *Optimal f* und *Secure f*; Marktvolatilitäten; Kontrakt/Stückzahl *pro Fixum* oder *Fixed Fractional* oder *Fixed Ratio*; Kelly-Formel; Crossing Equity Curve sein.

Nach kurzem Nachdenken verstand dies auch Hannes und erkannte von selbst, dass diese Kennzahl – sofern angewandt – demnach in Hofners Büro weit tiefer liegen musste. Zum anderen erwähnte Hofner, wenn auch nur am Rande, dass bei dem riskierten Betrag pro Position der *Rumrutschfaktor* eines Händlers ebenfalls immer Beachtung finden müsste, womit Hannes zuerst überhaupt nichts anfangen konnte, doch unter der fleißigen Mithilfe von John, Philip und Jerome war er wenige Minuten später sogar bereits in der Lage, zumindest oberflächlich nachvollziehen zu können, dass diese Kennzahl so gut wie immer sowieso individuell bestimmt werden musste![33] Nach diesen Erklärungen konnte Hannes nun selbst ausrechnen, dass die von Hofner angenommenen Werte von *1,5 Prozent* und 50.000 Euro dem Beispielhändler einen Rumrutschfaktor von *Minimum 750 Euro* unterstellte.

Und Hannes schrieb: *riskierter Betrag pro Position maximal: 1,5 Prozent.*

Hofner überlegte, wie er das Beispiel für Hannes noch etwas plastischer gestalten konnte, und entschied sich, zwei weitere Variablen mit einzubauen, deren Bedeutung zwar eher gering, um nicht zu sagen fast schon nebensächlich war, die Hannes aber zu intensiverem Nachdenken anregen sollten. »Schreib darunter die Variable: *Zeit pro Tag* ... ähm ... wegen mir: *fünf Stunden*!«

»Wie, nur fünf?«

»Hey, Hannes ... du sitzt auch in der Wirklichkeit nicht vierundzwanzig und daher hier im Beispiel maximal und in der Summe fünf Stunden vor der Kiste!«

Hannes schrieb und fragte dann: »Das war's?«

»Nein! Nun bitte die nächste Variable: *maximal fünf Trades am Tag*!«

»*Fünf?* Wieso nur fünf?«, beschwerte sich Hannes, und da Hofner nochmals »Beispiel« flüsterte, schrieb er.

»So, jetzt zu den Märkten! Die begrenzen wir einfach mal auf den DAX- und den Bund-Future!«, bestimmte Hofner.

»Aber ich schau mir doch immer auch noch die Aktien und den Dow...«, insistierte Hannes, aber Hofner unterbrach Hannes' Intervention mit einem strengen Blick und der Frage, welchen Teil von »Wir machen ein *Beispiel*« er nicht verstanden hätte.

»Okay, okay, ... DAX- und Bund-Future. Alles klar!« Er notierte dies, dann meinte er, »Wenn wir das Beispiel mit Future-Märkten durchgehen, brauchen wir jetzt nicht auch den Punktwert?«

[33] Diesbezüglich sei auf DER HÄNDLER, Fachteil Band 4, 🗁 Bild 6 verwiesen.

Den hatte Hannes im Kopf, und als Hofner nickte, schrieb er: fünfundzwanzig und zehn Euro.

»Jetzt zur Margin! Hier gehen wir mal beim DAX von zehntausend und beim Bund von zweitausend Euro aus«, gab Hofner vor.

»Aaaabber der DAX und der Bund haben doch …«, Hannes unterbrach sich selbst, »… *ähm, verstehe!*«

Hofner nickte und machte weiter: »Jetzt zur Intraday-Margin! Hier gehen wir mal beim DAX von … *ach, was soll's* … fünftausend und eintausend Euro aus.«

»Aber …« Hannes biss sich noch rechtzeitig auf die Lippen und schrieb.

»Darunter die Variable: *Marginauslastung* … bei der gehen wir mal von beispielsweise fünfzig Prozent aus.«

»Ähm, *was*?«, hakte Hannes nach.

»Du kannst so viele Märkte und innerhalb derer so viele Kontrakte handeln, wie du willst, nur darfst du in der Summe nicht über eine Marginauslastung des Kontos von fünfzig Prozent kommen. Nur mal ein Beispiel: Wenn du zwei DAX-Futures bereits gestern über Nacht gehalten hast und dies auch heute Nacht fortsetzen willst und diese in der Summe eine Margin von 20.000 Euro erfordern, könntest du demnach noch fünf Bund-Futures intraday handeln.«

Hannes schrieb und blickte, als er fertig war, in der Erwartung weiterer Ansagen auf.

»Okay, dann zeig mal her!« Hofner ließ sich das Blatt zeigen und prüfte dessen Vollständigkeit, obgleich er, wie auch die anderen Händler, natürlich wusste, dass diese Aufzählung sicherlich noch umfangreicher und feiner ausgearbeitet werden konnte. – Aber, um Hannes' Gedanken eine vorläufige Ausrichtung zu geben, genügte es jedoch völlig! Hofner reichte das Blatt zurück und meinte: »So, nun mach mal einen Strich darunter, und in zwei nebeneinander liegende Kästchen schreibst du mal spaßeshalber: in das eine *Held* und in das andere *Geld*!«

Hannes tat wie angewiesen. »Und welche Vorgabe wird das wohl sein?« Eine leichte Ironie schwang seinen Worten nach.

Hofner konnte sich, genauso wie John, Jerome und Philip, eines Lachens nicht erwehren. »*Ooooch*, hier machst du einfach dort ein entsprechendes Kreuz rein, worum es dir beim Handel geht …«

Hannes' Reaktion bestand aus einem verblüfften Gesichtsausdruck, ansonsten saß er regungslos.

John half nach. »Willst du mittels ›*booaah, heute habe ich …*‹ der Held auf jeder Party sein, oder geht es dir *nur* ums Geldverdienen, will heißen, es ist dir eigentlich völlig egal, wie du dieses aus den Charts rausholst!?«

Hofner beugte sich vor und tippte auf das Blatt. »Na los, mach dein Kreuz!«

Als würde er aus einer Verzauberung erwachen, blickte Hannes plötzlich nach unten auf das vor sich liegende Blatt, und wie nicht anders zu erwarten, machte er sein Kreuz bei … *Geld*.

»Na dann!«, erklang es von Hofner und John fast gleichzeitig.

»Na dann, *was*?« Misstrauisch blickte Hannes die beiden an.

»Leg los!«, meinte Hofner.

»Leg los mit *was*?!«, fragte Hannes zurück.

»Vor dir liegen die Eck- beziehungsweise Wegpunkte, die du zum Erreichen deines Routenziels«, Hofner tippte auf die *Hundert Prozent*, »beachten musst und«, er tippte auf den Rest des Blattes, »nicht verletzen darfst!«

Hannes' Gesichtsausdruck sprach Bände; offensichtlich war er mit der Situation leicht überfordert, aber davon unbeirrt, ließ Hofner seinen Blick über Hannes hinweg durch den Raum schweifen und fragte: »Mal was ganz anderes: Wo sind denn die Toiletten?«

Hannes zeigte in eine Richtung. »Vorn links … dann zweite Tür rechts.«

Beim Aufstehen meinte Hofner noch: »Falls dir das was hilft: Stell dir vor, du hast eine Wanderung zu einem schönen Ausflugsziel vor und planst nun deine Route!« Dann ging er in die angegebene Richtung davon.

Hannes blickte unglücklich auf das Blatt, und als Hofner aus Sichtweite war, fragte er in die Runde: »*Wanderung?* Wie hat er denn das jetzt gemeint?«

Jerome, Philip und John sahen sich an, dann erbarmte sich John: »Der Hinweis hat schon seine Berechtigung. Denk wirklich einfach mal an eine bevorstehende Wanderung. Dein Ziel könnte zum Beispiel ein Berggipfel oder eine Sehenswürdigkeit oder einfach nur eine bestimmte Strecke Weg sein, von der du ausprobieren möchtest, ob du sie bewältigen kannst oder von der du wissen willst, wie lange du brauchst, um anzukommen. Und nun liegen alle Informationen, die für die Planung notwendig sind oder die du bekommen konntest, vor dir, sprich: eine Wanderkarte für das Gebiet, eine Wettervorhersage und für den Rückweg ein Fahrplan für den Zug nach Hause und so weiter …«

»Wenn es eine längere Tour werden soll«, ergänzte Jerome Johns Beispiele, »vielleicht auch noch ein Infoblatt des regionalen Wandervereins, eine Liste mit Unterkunftsmöglichkeiten und ein Reiseführer für die Besonderheiten ...«

»... und ein Schreiben deines Arztes mit den Ergebnissen deiner letzten ... Achtung: *Fitnessuntersuchung*!«, setzte Philip lachend noch oben drauf.

Bevor aber nun noch mehr Beispiele genannt werden konnten, ergriff John wieder seinerseits das Wort und fragte Hannes: »Nun, Hannes, was meinst denn nun du, warum du so viele Parameter notieren solltest?«

Hannes starrte nachdenklich auf das Blatt. »Na, ich denke ... *ähm* ... ich soll ... *hmm* ... ich soll meine *maximalen* Stückzahlen ermitteln! – *Ja, genau!* Also, wenn ich zum Beispiel«, Hannes tippte nacheinander auf die entsprechenden Parameter, »die erlaubte *Marginauslastung* von der *Kontogröße* abziehe und das Ergebnis durch die *Margin pro Kontrakt* teile, dann kann ich im DAX-Future intraday mit zehn oder im Bund-Future mit 25 Kontrakten handeln! ... *Wow!* ... Aber das heißt doch dann ... wartet, wartet ...«, Hannes rechnete eifrig, »bei meiner *Zielrendite* von hundert Prozent sind das monatlich rund 4.000 Euro. Wenn ich das jetzt durch vier Wochen und die maximal erlaubte Anzahl Handelstage pro Woche teile ... ergibt das je Handelstag rund ... 260 Euro ... und wenn ich das jetzt durch die *Punktwerte* teile, sind das ... circa zehn Punkte beim DAX-Future und beim Bund 26 Punkte. *Huiii!* Das muss jetzt nur noch durch die vorhin ermittelte Anzahl von Kontrakten geteilt werden und ... *Mann, ist das geil!* ... Ich brauche beim DAX immer nur entweder zwei oder zweieinhalb Punkte und beim Bund fast immer nur einen Punkt, ganz selten mal zwei Punkte, und ich habe die volle Miete drin! ... *Yeah, Ziel erreicht!* ... *Mannmannmann!* ... Da kann man ja gar nicht danebenhauen, bei den wenigen Punkten. Die hol ich immer! ... Und wenn ich mal einen oder zwei Tage mehr frei haben will, braucht's nur ein paar Pünktchen mehr, und schon ist alles schick!« Hannes klatschte in die Hände.

Philip hatte über Hannes' Freudentaumel genauso weit die Augenbrauen in die Höhe gezogen wie Jerome und John, und Letzterem unterstellte Philip, dass dieser Hannes' eben erfolgte Berechnung am liebsten mit den Worten »Genau das denke ich eben nicht!« in kleine Fetzen reißen würde, und bewunderte Johns Beherrschung. Aus der Erinnerung an seine eigene frühere Art wusste Philip nur zu gut, dass es nun hieß,

Hannes' Euphorie wieder auf die Fragestellung »Was soll ich tun?« zurückzulenken, denn mit der von Hofner gegebenen Aufgabenstellung war ein gerade entgegengesetztes Endziel Erkenntnis verbunden.

»Du meinst also, Hannes«, begann John im ruhigen Tonfall, »dass es darum geht, beim Jagen einfach alle Hunde von der Leine zu lassen!«

»Ja, genau, genau ...«, und noch bevor sich Hannes ereifern konnte, ergriff auch schon John wieder das Wort: »Okay, du hast zwar auf jeden Fall schon mal eine Art Lösung, und auch mathematisch stimmt so die grobe Richtung, aber: ... irgendwie ist der Gedanke an diese *Wanderung* dir zu sehr abhanden gekommen, und ich glaube, für die nächsten Schritte sollten wir dort noch mal ansetzen!«

Philip konnte John für dessen einfühlsames Vorgehen nur bewundern, und ein Blick hinüber zu Jerome zeigte ihm, dass auch dieser ähnlich empfand, aber da fuhr John auch schon fort: »Vorhin hatten wir doch passend verglichen, dass die Parameter auf deinem Blatt den notwendigen Informationen zur Vorbereitung einer ... nennen wir es mal ... kleinen, mittleren oder größeren Reise entsprechen. Lass uns der Einfachheit halber hier mal von einer kleinen Reise, also einer Wanderung oder einem Ausflug ausgehen. Was hast du da nun also vor dir liegen?

Beispielsweise könnte die *Kontogröße* der Größe deines Rucksacks entsprechen, die *maximalen Verluste pro Trade* entsprächen vielleicht deinem ärztlichen Belastungstest, die *Zielrendite* gibt die Wegstrecke wieder, die du gerne bei dieser Wanderung oder diesem Ausflug zurücklegen möchtest, und die *Handelszeit pro Tag* entspricht der Zeit, die du für diesen Ausflug pro Tag zur Verfügung hast ... und nun liegt es an dir, sowohl die Route als auch alles weitere Notwendige zu planen! Die erste Frage könnte etwa lauten: Komme ich in der zur Verfügung stehenden Zeit überhaupt ans Ziel, beziehungsweise welches Fortbewegungsmittel benötige ich, damit das möglich wird und ... stehen diese überhaupt zur Verfügung? Na, und so weiter und so fort ... Was du bisher getan hast, ist jedenfalls nichts anderes, als kurz mit dem Lineal aus der Karte herauszumessen, dass dein Ziel so und so viele Kilometer *Luftlinie* entfernt ist, dir den *erstbesten* Rucksack zu schnappen und *wahllos* Proviant, im Sinne von Kontraktanzahlen, hineinzuschmeißen und loszurennen. Das heißt, mal abgesehen, dass du dein Ziel nicht nur querfeldein und in Luftlinie erreichen willst, sondern dabei auch noch deine unüberlegte Menge an Wegzehrung komplett aufessen wirst, weswegen hast du sie ja mitgenommen hast. Die Frage lautet also: Kommst du an, und wie geht es dir beziehungsweise wie fühlst du dich, wenn du dort bist?«

Da Philip solche Überlegungen in seiner bisherigen Tradingvergangenheit zur Genüge am eigenen Leib erfahren durfte und auch musste, war ihm klar, dass es hierzu natürlich die unterschiedlichsten Lösungsansätze gab – wobei der einfachste vielleicht noch in der Frage zu finden war, ob *Rucksackgröße, enthaltener Proviant* und *Wegstrecke* denn überhaupt aufeinander abgestimmt waren – welche mit fortschreitender Erfahrung an sowohl Richtung als auch Tiefgang einer gewissen Dynamik unterlagen –, und er verlieh diesem Beispiel innerlich das Prädikat »hervorragend«!

John erinnerte Hannes in diesem Zusammenhang an zurückliegende Gespräche, bei denen die drei möglichen Handelsstile *Trend, Bewegung* und *Ausbruch* angesprochen worden waren, und erklärte Hannes dabei, dass es zur Umsetzung der Aufgabe beziehungsweise der Erreichung des Ziels demnach *mehrere* Möglichkeiten – sprich *Routen* – gab und es hier zu Hannes' Aufgabe gehöre, diese einzeln und nacheinander gedanklich durchzugehen. »Angenommen, du wolltest deine Ziele«, John tippte auf das Blatt, »nicht in den verschiedenen …«, er verzog etwas das Gesicht, denn er mochte das kommende Wort nicht, »*Zeitebenen* des Intraday-Handels, sondern beispielsweise auf Basis des Schlusskurses umsetzen, so könntest du nun versuchen herauszufinden, ob dies mit den angegebenen Parametern *überhaupt* darstellbar ist. Lautet dein Ergebnis *JA*, solltest du im nächsten Schritt untersuchen, innerhalb welcher minimalen und maximalen Bandbreite dies möglich ist! – *Jetzt verstanden*?!«

Hannes schienen diese Worte Johns tatsächlich über die Hürde des zweiten Anfangs geholfen zu haben, denn er kritzelte los …

»Und?«, fragte Hofner, der den Gang zur Toilette noch nutzte, um zu Hause bei seiner Frau anzurufen und sich eine gebührende Zeitlang unterhalten hatte.

»Na ja«, Hannes drehte sein Blatt zu Hofner und zeigte auf seine zuoberst aufgezeichneten Spalten und deren verschiedene Marktsegmente und einzelne Werte. »… hier wäre beispielsweise der Derivatemarkt und der hierin angenommene DAX-Future.« Hannes deutete auf die nächste Unterteilung und erklärte, dass diese den Zeiteinheiten galt. »Tagesbasis, dann 60-Minuten-, dann 30-Minuten- … bis runter zum Tickchart!«

Hofner nickte, und Philip überlegte sich, dass dieser bei dem Begriff *Zeiteinheiten* bestimmt ebenso wie John innerlich stöhnte, denn schließlich hätte man auch einfach nur die vier Spalten in *großer, mittlerer, kleiner* und *ganz kleiner* Trend teilen können, aber es war natürlich verständlich, dass Hofner Hannes jetzt sogar lobte, denn schließlich … Hannes war *Anfänger*.

Hannes erklärte nun weiter, dass er *jede* einzelne Spalte der Zeiteinheiten nun nochmals in drei Unterspalten unterteilt habe, denn schließlich konnte man ja auf *jeder* Zeiteinheit den *Trend-*, den *Bewegungs-* und den *Ausbruchshandel* durchführen.

Auch hier wurde er von Hofner aufrichtig gelobt, wenngleich jeder andere am Tisch wusste, dass man innerhalb der Zeiteinheit von 3-Minuten – einer ohnehin völlig unsinnigen *Spalte* – sicherlich keinen *Bewegungshandel* aufzuführen brauchte, wenn in der Tabelle auf Tickbasis parallel der Trendhandel Erwähnung fand. Gleiches galt für einen »Trendhandel auf 10-Minuten«[34], da dieser dem »Bewegungshandel auf nahezu 60-Minuten« glich. Viele Spalten zeigten bei genauer Betrachtung also Inhaltsgleichheit und waren damit aus markttechnischer Sicht »doppelt«. Zum anderen war allen, offensichtlich nur Hannes nicht, klar, dass der von Hannes in die verschiedenen Zeiteinheiten eingetragene *Handel des Ausbruchs* schlussendlich keiner so detaillierten Unter- beziehungsweise Aufteilung bedurfte, da dieser – unter der Voraussetzung, dass nur die *deutlichsten Punkte 2* der »großen« und »mittleren Trends« Beachtung fanden – im gesamten Chartablauf nur *einmal* vorkam. Aus diesem Grund war es eigentlich egal, ob dieser nun auf einem 10-, 60-, 15- oder 3-Minuten-Chart betrachtet wurde. Aber Hofner ließ Hannes gewähren, denn schließlich … Hannes war *Anfänger*.

»Und weiter …?«, fragte Hofner.

Nun gab Hannes an, Pi mal Daumen geprüft zu haben, ob denn die drei Handelsausrichtungen bei Beachtung der vorab niedergeschriebenen Voraussetzungen in den jeweiligen Zeiteinheiten überhaupt zur Anwendung kommen konnten.

»Sehr gut!«, lobte Hofner auch hier.

Hannes schmunzelte seinen ›Gehilfen‹ zu und zeigte nun beginnend auf die Spalte *Tagesbasis*. »Hier könnte ich, selbst wenn ich wollte, keine Trends handeln!«, posaunte er heraus, und Philip fand sich mal wieder unangenehm davon berührt, wie mancher Anfänger sein

---

[34] Siehe 🗁 Bild 3a und 4b auf S. 145; die Aussage »Trendhandel ›auf‹ einen 10-Minuten Chart« beinhaltet natürlich, dass man auch wirklich *den* »kleinen Trend« und nicht dessen *untergeordneten* oder *übergeordneten* Trend handelt.

weniges Wissen in einer mit Lautstärke verbundenen Bestimmtheit als letzte Weisheit präsentierte.

»Okay, stimmt! Unter den gegebenen Voraussetzungen ist *kein* Trendhandel möglich. Und nun sag mir noch, *warum*«, forderte Hofner.

Nach einigen kurzen Anläufen konnte es Hannes dann in zwei Sätze fassen. »Wenn ich nur 1,5 Prozent der Kontogröße riskieren darf und diese – demnach *750 Euro* – durch den Punktwert des DAX-Futures dividiere, so erhalte ich … ähm … einen Stopp von zwanzig … *Moment, Quatsch* … dreißig Punkten *pro* Kontrakt! Aber … es gibt nun mal auf dieser Trendgröße keine Rücksetzer«, Hannes meinte damit die *Korrekturausmaße*, »von *nur* dreißig Punkten; und wenn ich dann auch noch mit mehreren Kontrakten handeln will, haut das erst recht nicht hin!«

»O-okay, weiter!«

»Den Handel mittels einzelner Kerzen«, Hannes meinte den *Bewegungshandel*, »kann ich auf Tagesbasis aus demselben Grund wie eben auch nicht ausführen!«

Hofners Augenbrauen zogen sich zum Spaß etwas zusammen, als er John ansah, und dieser gab ihm ohne Worte, nur durch ein Schulterzucken und einen schuldbewussten Seitenblick auch auf Jerome und Philip, zu verstehen, dass Hannes am Tisch tatsächlich zumindest *ein wenig* Hilfe zuteil geworden war. Hofner wandte seine Aufmerksamkeit wieder Hannes und dessen Ausführungen zum *Bewegungshandel auf Tagesbasis* zu und nickte. »Genau, weil es kaum Tagesspannen gibt, die *nur* dreißig Punkte groß wären!« Dass, selbst wenn es diese gäbe, der Bewegungshandel dennoch nicht ausführbar wäre, musste Hofner nicht erwähnen, denn er konnte zu Recht von allen am Tisch – abgesehen von Hannes – annehmen, dass diese auch an jene Situation dachten, wenn auf die der Positionseröffnung nachfolgende Periode ein *Innenstab* folgte … *Eieiei* …

Im weiteren Verlauf beschrieb Hannes auch die Handelsmöglichkeiten der anderen von ihm benannten Zeiteinheiten so weit richtig, und als dieser dann zu den kleineren Zeiteinheiten auch noch hinzuzufügen begann, dass aufgrund der durchschnittlichen »Rücksetzer« des Trends und ebenso aufgrund der durchschnittlichen Größen der einzelnen Perioden, statt bisher nur eines, nun vielleicht sogar zwei DAX-Future-Kontrakte, beim Bund-Future aufgrund dessen geringerem Tick-Wert sogar darüber hinausgehende Kontraktanzahlen gehandelt werden könnten, *ohne* im Verlustfall die vorgeschriebenen 750 Euro zu überschreiten, erhielt Hannes von Hofner einen weiteren anerkennenden Blick geschenkt, und das, obwohl all dies keine bahnbrechenden neuen Weisheiten waren, denn: … Hannes war *Anfänger*.

»Das heißt also«, fasste Hofner die bisher vernommenen Erklärungen zu Hannes' Tabelle kurz zusammen, »dass auf die Frage, ob eine Handelsausrichtung unter *bestimmten* Voraussetzungen anwendbar ist, sich in der Folge einer möglichen Durchführbarkeitsprüfung die Frage ergibt, ab welcher *maximalen* Kontraktanzahl es zu einer Verletzung der Prämissen kommt! Wenn die Aufgabenstellung also beispielsweise *hundert Prozent* im Jahr lautet und du nicht der *Held* sein willst«, Hofner wies auf das fehlende Kreuz in dieser Spalte, »sondern dir einzig das *Geld* wichtig ist, dann ist dies doch auf höheren Zeiteinheiten genauso gut erreichbar wie auf den dazwischenliegenden und wegen mir auch auf dem Tickchart, *richtig*?«

Hannes nickte.

»Gut. Dann habe ich nun eine Bitte: Errechne doch mal, stellvertretend für die anderen Möglichkeiten und nur auf die Schnelle und grob überschlagen, *bei einem Ausbruchshandel die Punkte pro Tag* und deren maximale Positionsanzahl. Später kannst du das ja dann in aller Ruhe und Ausführlichkeit auch für alle anderen Zeitebenen und Handelsausrichtungen und deren minimale und maximale Positionsgrößen angehen.«

Philip war nach wie vor beeindruckt von Hofners während Hannes' Vortrag gezeigter Ruhe, mit der dieser Hannes trotz dessen noch wenig tiefschürfender Gedanken an die Notwendigkeit des Ziehens von *Rückschlüssen* aus einer solchen Tabelle heranführte und ihn diese so weit wie möglich selbst erkennen und erarbeiten ließ.

»Na, das geht schnell …«, Hannes suchte mit dem Finger auf seinem Blatt, »… ah, da ist es ja: Also, bei angenommenen fünfzig Handelswochen und den festgelegten vier Handelstagen pro Woche … meinem Konto mit 50.000 Euro und dem Ziel von hundert Prozent, demnach also auch 50.000 Euro, macht das mit dem DAX-Future zweitausend Punkte im Jahr und demnach *zehn Punkte pro Tag*!«

»Und das bei *einem* Kontrakt!«, stachelte Hofner, auf ein bestimmtes Endziel hinarbeitend, Hannes absichtlich an.

»Äh, *stimmt ja*! Mit der vorgegebenen Marginauslastung gehen da ja auch fünf Kontrakte! Das heißt …«, Hannes klopfte mit seinem Stift auf dem Blatt herum und überlegte, »… *ähm* … sagt mal, wie weit ist bei so einem Ausbruchshandel ungefähr der Stopp weg?«

»Sagen wir mal … *zehn Punkte*«, antwortete Hofner in dem Wissen, dass für den Zweck des heutigen Abends eine wahllos gegebene Antwort genauso gut war wie eine ungefähre.[35]

»*O-oookay* … dann könnte ich also auch drei Kontrakte nehmen und bräuchte daher … *hmm* … sogar nur rund drei Punkte am Tag! Drei! *Haaieieiieii* …«

Hofner ließ Hannes' Glücksgefühl noch höher fliegen, als er meinte: »Und wenn nun noch Beachtung findet, dass du ja nicht nur *einen*, sondern drei, vier, fünf Trades am Tag machen könntest, und zum anderen hast du ja ohnehin fünf Stunden Zeit …«

»Dann bräuchte ich ja pro Trade nur … *Boah!* … *Ey!*« Hannes begann sofort wieder laut zu träumen und berichtete abermals von seinem neuen Haus an einer verträumten Meeresbucht und von den zwei, drei Trades am Tag, die natürlich bemerkenswerterweise alle Plustrades waren; erzählte davon, dass er, sobald das ginge, noch mehr Geld auf sein Tradingkonto einzahlen würde, um dann *noch mehr* Kontrakte handeln zu können. Wie die eben grob durchgeführte Rechnung ja gezeigt hatte, würde sein ganzes Tradingziel so schließlich noch viel, viel schneller vonstatten gehen … – und genau an diesem Punkt erklang von Hofner ein lautes und deutliches: »*S-T-O-P-P!*«

»*Was ist* …?!« Hannes fand eine Unterbrechung zu diesem Zeitpunkt sehr störend, schließlich wollte er doch gerade noch von dem Wahnsinnsarbeitsplatz mit den unzähligen Monitoren mit Blick aufs Meer berichten, den er sich einzurichten erträumte!

»*Was ist?* Du willst wissen, was los ist?« Hofner tippte auf das vor Hannes liegende vollgekritzelte Blatt. »Nun, mein Ansinnen bestand weniger darin, dass du nun beginnst, dich reich zu rechnen!« Hofner deutete mit dem Daumen über die Schulter: »Überlass das mal lieber den anderen da draußen! Mir ging es hier nicht darum, dir das Trading als ›das ist doch soooo einfach … ein Punkt am Tag, und alles ist schick!‹ zu verkaufen, sondern darum, dass du dich zu Beginn deines Handels zu fragen beginnst und dies mit den Wochen und Monaten deines aktiven Handels dann immer mehr *verfeinerst*: Wie lautet die *geringste* Kontraktanzahl, die ich brauche, um dennoch ohne Schwierigkeiten meinen monatlichen geldwerten Nutzwert zu erreichen?« Hofner tippte abermals auf das Blatt

---

[35] Hier sei auf DER HÄNDLER Band 3, Seite 40 ff. verwiesen.

und erinnerte Hannes daran, dass es doch dessen Vorsatz war, von seinen Handelsergebnissen *leben zu wollen* und es demnach einzig und allein um einen *absoluten Geldbetrag* auf einem monatlichen Scheck ging. »So war es doch, oder?«

Ein leises »Mhm!« erklang.

»Hannes, schau! Du hast für deine Reise einen konkreten Leuchtturm vor Augen, auf den es zuzusteuern gilt! Und dieser Leuchtturm heißt: *monatlicher geldwerter Nutz–*«

»… *ah*, ich verstehe, und meine Pflicht ist es, auf dem *kürzesten* und *schnellsten* Weg dorthin …«, die Arme hinter dem Kopf verschränkt und die Füße weit von sich gestreckt, hatte Hannes begonnen, Hofners Satz fortzusetzen, war aber von diesem daraufhin gleichsam unterbrochen worden: »… ob der Weg schnell und kurz oder langsam und lang ist, ist *nicht* deine Pflicht, sondern gehört eher in die Kategorie *persönliche Vorlieben*! Was anderes ist dagegen deine tatsächliche *Pflicht*«, Hofner machte eine kleine Pause, »nämlich, dass wie auch immer dein anvisierter Weg aussehen mag, dieser mit den geringsten *nötigen* Geldschwankungen gefahren wird! Ein guter Börsenhändler ist kein Risiko-*Sucher*, sondern ein Risiko-*Vermeider*!«

»Na, das ist doch klar!«, entrüstete sich Hannes.

»Nein, das ist es eben nicht!«, verwies Hofner Hannes in die Schranken und verwies auf die unzähligen Trader, die beispielsweise hunderttausend Euro auf ihr Tradingkonto einzahlten und infolgedessen nun mit unzähligen Kontrakten rumjonglierten, bei genauerem Hinterfragen aber angaben, dass ihre Zielstellung eigentlich ›nur‹ war, sich und ihre Familie mit beispielsweise 2.500 Euro zu ernähren. »Verstehst du langsam, Hannes, wo das *wahre* Problem liegt und was ich dir hier«, Hofner deutete auf das Blatt, »eigentlich vermitteln will?!«

Keine Reaktion.

»Wenn jemand mit seinem Trading einen konkreten *monatlichen Nutzwert* verbindet, darf die Kernfrage nicht, wie so oft und fälschlicherweise vorkommend, einfach *pauschal* mit: ›Hmm … wie viel zahl ich denn mal auf mein Konto ein? 50.000 oder doch lieber 100.000 Euro?!‹ gestellt werden, sondern muss richtigerweise lauten: ›Mit welcher geringsten Kontrakt-, Stück- oder Lotzahl bekomme ich auf meiner bevorzugten xy-Zeiteinheit«, Hofner meinte demnach *Trendgröße*, »und mit meinem xy-Handelsstil, der durchschnittlich xy-*Verlusttrades* in Serie produziert,

meinen *monatlichen Nutzwert* von xy-tausend Euro am …« Hofner nannte
es vorerst, »›stressfreiesten‹ dargestellt!«

Jerome hielt sein Glas hoch. »Nehmt doch einfach mich als Beispiel!«

»*Ja, na eben!* … Wie machst du das, Jerome?!«, griff Hannes Jeromes
Anregung sofort auf.

»Schau mal …«, begann Jerome und beschrieb in *groben* Zahlen, dass
er einst in Deutschland zur Deckung all seiner monatlichen Kosten
einen geldwerten Nutzwert von 6.000 Euro aus dem Trading hatte bezie-
hen müssen, was wiederum bei zwanzig Handelstagen in Monat 300
Euro täglich bedeutete. Obwohl Jerome von Aktien über CFDs und von
Devisen, Rohstoffen bis zu Index-Futures alle Märkte handelte, zog er
als sehr vereinfachtes Beispiel für Hannes zunächst *nur* den Bund-
Future heran und berichtete, dass er mit Vorliebe in diesem Markt
die »mittleren Trends« handelte, welche durchschnittlich eine
Korrekturhöhe von um die fünfzig Ticks kennzeichne; dass es dennoch
auch Trades auf dieser Trendgröße mit hundert und andere wiederum
mit dreißig Punkten gab, war an dieser Stelle für Jerome und die anderen Händler erstmal völlig nebensächlich, denn es ging hier schlicht
nur ums Prinzip. »… meine täglich beabsichtigten 300 Euro entsprechen beim Bund-Future dreißig Ticks, *okay?!* … *Okay!* … Da ich diese
mittlere Trendgröße dann bevorzugt handele, wenn sich der übergeordnete, sprich der ›große Trend‹ in einer *weiten* Korrektur befindet, hat
dies für meinen Handelsstil zur Folge, dass ich oft mehrere Anläufe
benötige, was bedeutet: Sollte der übergeordnete Trend trotz durch-
dachter Einstiegslogik«, Jerome hielt es in diesem Zusammenhang zu
Recht für *völlig unnötig*, diese zu erwähnen, »doch noch weiter korrigieren, produziert das oft mehrere, zwar fachlich saubere, aber nichtsdestotrotz … *Minustrades!* So, das ist der Alltag; das ist die Realität!« Um
Hannes die sich hieraus ergebende ungefähre Höhenlage der gestellten
Ausgangsfrage aufzuzeigen, erklärte Jerome im nächsten Schritt dann,
dass er davon ausging, dass beispielsweise 25 Minustrades in Folge auftreten konnten, was bei einem Stopp von durchschnittlich 50 Ticks und
einem Tickwert von zehn Euro bedeutete, dass ein Kontoguthaben von
mindestens 12.500 Euro, natürlich zuzüglich der erforderlichen Margin
für den *einen* Kontrakt, minimal, aber demnach *auch* maximal
Bedingung war. »Also, steht es um meine Ausgangslage so: Erstens, ich
habe einen sechsstelligen Betrag auf der ›hohen Kante‹; und da ich

nicht aus meinem Bestand leben möchte, ist mein Leuchtturm für das Trading daher zweitens einzig: ein *monatlicher geldwerter Nutzwert …*«

»Genau so hab ich es auch vor!«, warf Hannes ein und beugte sich vor, die Augen blinzelnd unter den Brauen.

Jerome, der so tat, als hätte er diesen Einwurf nicht gehört, fuhr fort: »… natürlich sähe das zwar toll aus, wenn ich nun den gesamten verfügbaren Geldbetrag auf mein Konto hauen würde, und einst als Trading-anfänger dachte ich auch, was ich für ein toller Hecht im Vergleich zu anderen wohl sei, wenn ich mit *soooo* viel Startkapital an den Start gehe; aber mittlerweile sehe ich, dass es zwei Nachteile hatte beziehungsweise hätte: Erstens würde mich der verfügbare Betrag mitunter dazu verleiten, übertrieben tief ins Konto zu greifen, obwohl – *Hannes, Achtung!* – ich dies, um meinen geldwerten Nutzwert zu erreichen, *gar nicht* bräuchte! Und zweitens birgt das beim Broker ›Herumliegenlassen‹ überflüssigen Geldes, verbunden mit dem wackeligen Versprechen, es ja nicht anzu-rühren – wie gesagt, es würden ja 12.500 Euro zuzüglich der Margin auf dem Konto ausreichen –, jederzeit, mal abgesehen von den kaum zu erwartenden Zinsen«, für Jerome immerhin ein nicht ganz unwichtiger Aspekt, »die Gefahr, dass das Geld permanent einer Schieflage des Bro-kers ausgesetzt ist.« Um Hannes deutlich klarzumachen, dass in diesem Fall eine einzig auf das Tradingkonto angewandte Rendite-Prozent-Be-trachtung logischerweise keinen Sinn mache, richtete Jerome diesbe-züglich ein paar weitere beispielhafte Worte an ihn: »Wenn also ein Trader äußert, dass er aus einem 10.000-Euro-Konto monatlich 5.000 Euro *geldwerten Nutzwert* erzielt und demnach fünfzig Prozent monatli-chen Profit bezogen auf dieses Konto erwirtschaftet, dann ist das entweder ein absoluter *Volldepp*, bei dem man davon ausgehen kann, dass bei ihm keiner mehr ans Telefon gehen wird, wenn man in ein paar Wochen wieder bei ihm anruft, weil nämlich diese 10.000 Euro sein *Ein und Alles* gewesen waren und er zeitgleich immer mit *maximalen verfügbaren* Posi-tionslimiten handelt und gehandelt hatte, oder …«, Jerome machte, um die Spannung für Hannes ein wenig zu erhöhen, eine kleine Pause, »es han-delt sich dabei um einen verdammt schlauen Händler, der genau weiß, dass er für seinen monatlichen angestrebten Nutzwert nur … *ähm,* … *was weiß ich* … beispielsweise zehn CFDs benötigt und daher, obwohl er noch hunderttausend in der Hinterhand zur Verfügung hätte, *nur* jenen Geldbetrag eingezahlt hat, der für diese Kontrakte als Margin zuzüglich eines … Achtung: wohl *durchdachten* ›Puffers‹ für fachlich saubere Minus-trades seines Handelsstils notwendig war; und der, obwohl er es könnte, diesen ›Puffer‹ *niemals freiwillig* … nochmals Achtung: für eine völlig unnötige Positionserhöhung anrühren würde!«

Während Hannes noch etwas über die Worte grübelnd aufstand, um ein das Restaurant verlassende Ehepaar herzlich zu verabschieden, war allen anderen am Tisch der grob dargestellte Kerngedanke von Jeromes natürlich klar: Warum soll man mit x-Kontrakten handeln, wenn es doch auch beispielsweise *einer* täte, *Beständigkeit* vorausgesetzt. Zum anderen, und das war der wesentliche Gedanke, den aber Hannes noch nicht verstehen konnte: Werden solche Überlegungen, wie gerade im Ansatz aufgezeigt, einmal konsequent und ausführlichst zu Ende geführt, wird einem die heilende Erkenntnis zuteil, dass trotz des Handels mit wenigen Kontrakten es dennoch keinerlei Notwendigkeit gibt, statt in aller Ruhe auf die »Ballkönigin« zu warten, jedem »Dreckstrades« hinterher-zurennen, um ein wie auch immer definiertes Ziel zu erreichen.

Kurzum: Mal abgesehen davon, dass es bei kleineren Positionsgrößen zu keiner Disharmonie mit dem eigenen Rumrutschfaktor kommt, stellte sich Philip bei der hier aufgeführten – und natürlich noch jederzeit sehr tiefer und genauer ins Detail gehenden Betrachtung – plötzlich die Frage, was der Grund dafür sei, dass die meisten privaten Trader nicht nur mit Kanonen auf Spatzen schossen, sondern dabei auch noch wahl-los auf *jeden* Spatz, und er erkannte, dass die Antwort wohl darin zu suchen war, dass sie sich entweder noch nie oder nur in einer zu gro-ben Form die Frage gestellt hatten, ob das, was sie hatten, auch das war, was sie brauchten, um risikoarm an den gewünschten *geldwerten Nutzwert* zu kommen. Philips Gedanken schweiften noch ein wenig weiter und stolperten dabei plötzlich darüber, ob denn die Aussage der fehlenden oder zu groben Infragestellung auch für jene Trader galt, die sich mit ihrer Rendite weder am *geldwerten Nutzwert* orientierten noch die Rendite als Funktion der Kontogröße oder der Zeit definierten … Aber wann trat so ein Fall ein? Zum Beispiel, wenn ein Händler einen beliebigen Betrag »x« auf dem Konto hatte und sich nun bei einer Aktie, einem CFD, einem Future oder einem Fondsanteil – ganz egal, für den Betrag »y« einkaufte und diese Position dann sofort wieder schloss, sobald der Wert seiner Anlage plus oder minus »z« Prozent von seinem Betrag y erreicht hatte. Dabei war die Rendite zwar keine Funktion der Zeit, aber man könnte doch durchaus argumentieren, dass ein Anlageziel von plus »z« Prozent von einem Betrag »y« durchaus einem *geldwerten Nutzeffekt* entsprach ... vor allem, wenn vielleicht der wahllose Betrag »y« selbst eine beliebige Funktion des wahllosen Kontobetrags »x« war?

Huiiuiuiii ...

Okay, alles vielleicht ein wenig theoretisch, aber ... was bleibt übrig?

Oder anders gefragt: Ist das noch traden?

Mhm ... Philip nahm sich vor, es mal anders zu betrachten: Die Chance, dass diese Art der Vorgehensweise »Ich geh mal mit ... *ähm ...* och, heut mal *so und so viel Euro* rein und nach ... *ähm ... och, was weiß ich ...* 500 Euro oder so wieder raus« ein qualitatives Trading darstellte, war, aus der Nähe betrachtet, eher dürftig. Zum ersten stand, solange unklar war, ob und wie viel der zur Positionseröffnung eingesetzte Betrag kleiner war als die gesamte Kontogröße »x«, der mögliche Vorwurf im Raum, dass ein solcher Trader möglicherweise mit seinem ganzen Kapital in den Markt ging und dabei im allerschlimmsten Fall sogar mehr verlieren konnte, als er überhaupt auf dem Konto hatte. Zum zweiten konnte davon ausgegangen werden, dass bei der Erwartungshaltung einer Rendite von plus »z« Prozent von einem Betrag »y« keine wie auch immer geartete Handelsmethode – also weder Trend-, Bewegungs-, Ausbruchshandel – zum Einsatz kam. Zum dritten war daher sehr wahrscheinlich, dass auch die vorhandene Großwetterlage bei dem Trade keine Beachtung fand, denn: Man könnte ja im Zweifelsfall auch weit mehr rausholen. Der vierte, und hier griff ebenfalls das Argument der Nichtbeachtung der Großwetterlage, letzte und eindeutigste Hinweis, dass es sich hierbei *nicht* um qualitatives Trading handelte, offenbarte sich, wenn man an die alte Börsenweisheit des ›Verluste begrenzen und Gewinne laufen lassen‹ dachte ... die Verluste mochten zwar durch die *willkürliche* Ziehung der Grenze bei minus »z« Prozent des willkürlichen Betrages »y« eingeschränkt worden sein, da das Gleiche aber auch für die willkürlich definierten Gewinne galt ... bestand eigentlich für diesen Trader kaum eine Chance, jemals eine »Rendite« einzufahren, die tatsächlich »z« Prozent des Betrages »y« erreichte, was diesem Trader bei entsprechendem Nachdenken leicht auch selbst klar werden musste. Daraus folgte zwangsläufig, dass ein solcher Trader ebenfalls dem Fehler unterlag, sich entweder noch nie oder nur in einer zu groben Form mit den notwendigsten Fragen des Tradings beschäftigt zu haben!

Hannes kam zurück an den Tisch und hielt sich die Stirn: »Oje, mein Kopf platzt gleich! Ich glaube, für heute reicht mir das erst mal …« Er schaute auf die Uhr, und tatsächlich, die Zeit war weit fortgeschritten – und auch das Restaurant hatte sich bereits merklich geleert.

»Na dann … *Prost!*«, erklang es gemeinsam am Tisch, und während die letzte Zigarette angesteckt wurde, griff John abschließend das angesprochene Beispiel der Wanderung an und setzte zusammenfassend den Schlussstein, dessen *Verständnis* sich bei Hannes hoffentlich irgendwann von selbst einstellte! »Also: Der für die beabsichtigte Tour ausgesuchte Rucksack muss angemessen sein! Je größer oder kleiner er gewählt wird oder zur Verfügung steht, desto größer wird die Wahrscheinlichkeit, dass du nicht ankommst! Ist er zu klein, kannst du nicht genug ›Proviant‹ mitnehmen und verhungerst entweder unterwegs oder musst zu oft zum Wiederauffüllen anhalten und kommst nicht in der geplanten Zeit am Ziel an. Ist er hingegen zu groß, wirst du – gerade als Anfänger – dazu verleitet, viel zu viel und vor allem unnützes Zeug mitzunehmen, erschwerst somit das Erreichen deines Zieles und kommst im besten Fall überhaupt nicht an oder hast dich nervlich wie körperlich zu Tode geschleppt, kurzum: Du kannst das Erreichen deines Ziels und die Früchte deiner Arbeit überhaupt nicht genießen!

Kurzum: Wie bekomme ich meinen geldwerten Nutzwert am risikolosesten dargestellt? Oder anders …« John sah zu Philip und Jerome, denn beide hatten nachfolgende Worte bereits in einem anderen Zusammenhang vernommen: »*WAS ist LUST, und was ist PFLICHT! – Prost!*«
»*Prost!*«

»Die Rechnung geht aufs Haus«, meinte Hannes, und kurz darauf standen die Männer vor dem Restaurant. Leise schwankten die Baumwipfel in einer unmerklichen Brise, und von den hellen Fenstern fielen weiße, an den Rändern zitternde Lichtkegel in den kleinen Vorgarten hinein, manchmal auch ein volles Lachen. Trotz der späteren Stunde herrschte rund um die Khaosan Road, auf den Fahrbahnen genauso wie auf den Bürgersteigen, immer noch ein wimmelndes Gewirr, und die drückende Schwüle eines Bangkoker Abends umhüllte alles wie ein Mantel.

Nachdem noch letzte private Worte gewechselt wurden, begann sich Hannes vor dem Restaurant von jedem mit seinem so typischen – Küsschen rechts, Küsschen links – zu verabschieden. Und einem Drang gehorchend, von letzten Zweifeln gequält, nahm Hannes Hofner verlegen hüstelnd beiseite und fragte abschließend: »Also, *ähm*, demnach … kann sich … *ähm*, der Börsenhandel einem *doch* selbst erschließen? Ohne fremde Hilfe? Ich meine also, *ohne* Praktikum und so?« Und obwohl die Frage nahezu geflüstert wurde, bekamen diese alle mit und sahen, dass Hannes scheinbar angesichts seiner einsamen Lage zu Hause auf eine hoffnungsvolle Antwort hoffte. Mit gleichmäßig verteiltem Respekt blickte Hannes zwischen Jerome und Philip hin und her und wartete auf die Antwort.

Aber statt zu antworten, trat Hofner einen Schritt beiseite und zeigte auf Jerome. Dieser blickte dem sehnsüchtig auf eine Antwort wartenden Hannes eindringlich in die Augen und nickte. »Ich denke schon, dass man sich den Handel auch *selbst* beibringen kann! Man muss nur – und du kennst sie ja jetzt – sehr lange und ausführlich über die …«, Jerome sah Hofner eindringlich, eigentlich eher schon fragend an, »*beiden* genannten Unterschiede zur ›Ausbildung mittels Ausbilder‹ nachdenken!«

Jeromes Worte malten offene Freude und Bewunderung in Hannes' Gesicht. Mit hoffnungsvollen Gedanken kehrte dieser zurück in sein Restaurant, umarmte seine Frau, und noch am selben Abend blätterten beide hoffnungsfroh in diversen Strandhauskatalogen. Allen anderen indes war klar, dass Jerome mit seiner Aussage niemals die Qualität der ausbildenden Tätigkeit Hofners oder Johns infrage stellte, was auch gar nicht möglich war, da die Qualität einer »Tradingausbildung« einzig und allein durch den Schüler selbst in den Stand von »gut« oder »schlecht« gehoben wurde.

Und während Nick – im Beisein eine der beiden Damen – sowie Philip und John nach den Taxis Ausschau hielten, nahm nun wiederum Jerome, ebenfalls verlegen hüstelnd, Hofner nochmals beiseite. »Du sprachst von *zwei* Unterschieden! Ich denke aber, es sind … *drei!* …«, und Jerome begann stichpunktartig, den aus seiner Sicht fehlenden Unterschied zu skizzieren.

»Ich weiß, ich weiß!«, lachte Hofner und äußerte, dass er *absichtlich* jenen dritten Unterschied deswegen nicht erwähnt habe, da er sich selbst als denkbar schlechtesten Vermittler hierfür sähe, denn er selbst habe a) diesen wesentlichen und wichtigen Unterschied selbst nie erlebt und b) in einem Handelsbüro würde diese wahrhafte Schwierigkeit eines privaten Händlers, der sich »Trading auf eigene Faust« beibrachte, nicht mal im Ansatz zum Tragen kommen!

»… es gibt neben den zwei von dir erwähnten Unterschieden noch einen *dritten*?«, fragte Philip, der die Ankunft der Taxis mitteilen wollte und die letzten Worte von John und Jerome daher eher zufällig vernahm, völlig erstaunt.

»Das stimmt schon, ich sprach nur von zweien! Den fehlenden Unterschied«, Hofner klopfte Jerome freundschaftlich auf die Schulter »kann unser Freund hier weitaus besser als ich berichten! Ich könnte es nur *nacherzählen* – Jerome hingegen kann es mit *Erfahrung belegen*!«

»Jungs!!!« Nick machte derweilen heftig winkend auf sich und auf die drei wartenden Taxis aufmerksam.

Jerome nahm das vordere Taxi, und noch bevor es losfuhr, klopfte Philip auf das Dach. »Sag, und du hast dir den ganzen Kram echt komplett selbst beigebracht?«

Jerome streckte seinen Kopf aus dem Fenster und meinte nickend und stöhnend gleichsam, dass es besser sei, nicht zu fragen, was er diesbezüglich alles hatte durchmachen müssen.

»Und wenn ich es doch tue?!«, scherzte Philip.

Jerome schüttelte lachend seinen Kopf. »Nun, dann würde dafür die heutige Nacht nicht mehr ausreichen!«

»So lang ist die Geschichte?«

»Länger! Viel, viel länger …« Jerome zog seinen Kopf wieder in das Taxi zurück. »Hier sind meine Adresse und meine Nummer.« Er kritzelte auf die Rückseite eines zerknüllten Belegs ein paar Buchstaben und Zahlen. »Wenn du willst, dann komm vorbei, bevor du wieder abhaust!«

»Echt?«

»Aber nur, wenn du willst und dir der Handel eines Privaten nicht zu langweilig erscheint!«, sagte Jerome im Scherz, denn er wusste Philip ebenso recht einzuschätzen wie dieser ihn.

Dann flog die Tür zu, und mit der noch zugerufenen Antwort Philips fuhr das Taxi in die helle Nacht Bangkoks …

*

»Wie komme ich am besten zu dieser Adresse?!«

Der Concierge entzifferte mühsam die Buchstaben des ihm gereichten zerknitterten Zettels und holte unter seinem Tresen einen umfangreichen Stadtplan hervor, den er, umständlich entfaltend, vor sich ausbreitete. »… one moment, Sir!« Mehrfach seinen Finger in kreisenden Bewegungen über den Stadtplan gleitend, meinte er schließlich: »Fast way is with *hang yao*!«

»Hang … *what*?!«

»*Hang yao!*«

»What is this?«

Der Alte kratzte sich am Hinterkopf und antwortete nach ein paar Sekunden: »Boat!«

»*Ooooh shit!*«

Philip gab dem Concierge ein großzügiges Trinkgeld und dieser ihm dafür eine genaue Beschreibung der Anlegestelle und Hunderte von Begründungen dafür, warum die Klongs ein nicht zu unterschätzendes Verkehrssystem in Bangkok darstellen würden. Und rund dreißig Minuten später meinte ein junger, an der linken Brusttasche einen Clip mit der Aufschrift ›Sou‹ tragender Thai: »Seien Sie vorsichtig beim Einsteigen, es schwankt etwas, aber haben Sie keine Angst!«

Angst?

ANGST?

Heute Morgen hatte Philip kurz einen Anflug von Angst erlebt, als er bemerkte, dass er unbewusst eine viel zu hohe – obwohl mögliche – Positionsgröße eingeben wollte. – *DAS war Angst!*

Der Thai half Philip, seinen Platz in dem engen Gefährt einzunehmen. Er selbst stieg nach Philip routiniert in das Boot, stieß sich vom Bootssteg ab, setzte den Ausleger ins Wasser und gab Gas. Hinter dem Boot schäumte das Wasser auf, und mit geschickten Drehungen des Motors steuerte Sou das Gefährt sicher flussaufwärts durch die Fluten des *Menam Chao Phraya*. Das Boot hüpfte über die Wellen, und Philip klammerte sich an den Bordwänden fest, während Sou hinter ihm, eine Hand in den Schoß gelegt, die Fahrt ganz entspannt zu genießen schien. Auf der rechten Seite flog die Front des *Oriental* vorbei, dahinter breitete sich der Teppich des modernen Bangkok aus, auf der linken Seite hingegen waren verfallene Holzhäuser und Pfahlbauten zu sehen. Der Fluss zog eine harte Grenze zwischen den beiden Bereichen, die Philip bei dieser

Flussfahrt abermals in ganzer Deutlichkeit offenbar wurde. Nach weiteren dreißig Minuten Fahrt wurde der Fluss schmaler, und es mehrten sich die Boote, deren Führer ähnlich wie im Straßenverkehr keine Vorschriften zu kennen schienen. Fast unmerklich näherte sich das Boot dem linken Ufer, fuhr unter mehreren Brücken hindurch und bog dann in einen der kleineren Klongs ein.

Über die Schulter schauend, war für Philip die Skyline nur noch vereinzelt und bruchstückhaft zwischen den vorbeiziehenden Häusern sichtbar, und verträumt in die Sonne blinzelnd, fragte er sich, wie viele Berufe so eine Stadt wohl beherbergte? *Hunderte? Tausende?* … Ärzte, Fischer, Schaffner, Kellner, Tischler, Köche, Bauern, Elektriker, Designer, Hausverwalter, Gärtner, Taxifahrer, Verkäufer, Studenten, Reiseleiter, Friseure, Krankenschwestern, Restaurantbesitzer …

Hmmm …

So unterschiedlich deren Bestimmungen im Einzelnen auch sein mochten – eines hatten die Menschen aller Berufsgruppen gemeinsam: dass sie sich als *Er*fahrende, durch die *Ent*täuschung am vormals fremden Gegenstand ihres Berufs, über die Jahre über ihre anfängliche *Täuschung* bewusst wurden, die sie bis zu genau jener *Ent*täuschung für eine richtige Annahme über die Wirklichkeit gehalten hatten. Genau dies hatte der tapfere Polizist mit dem mutigen Kosmonauten und jener wiederum mit der fleißigen Küchenhilfe und diese mit allen anderen Hunderten oder Tausenden Angehöriger jedweder Berufsgruppe gemeinsam.

Demnach hatten alle diese Menschen auch gemeinsam, dass die falschen Annahmen, die einst für richtig erachteten *Täuschungen*, in ihrem Erfahrungshorizont lediglich als *durch*gestrichene und nur in vereinzelten Tagebuchaufzeichnungen mitunter noch als *unter*strichene Aufzeichnungen enthalten blieben und dafür neue Erfahrungen hinzutraten.

Aber …

Philip kramte sein Tagebuch aus dem Rucksack, nahm seinen Stift zur Hand und fügte, als das Boot etwas ausgewogener auf dem Wasser lag, mit trotzdem leicht verwackelter Handschrift unter die bisher letzte eine weitere Notiz hinzu:

> *… es gibt neben dem Trading, nur sehr wenige Berufe, die den*
> *Prozess des »Sich-seiner-selbst-bewusst-Werdens« so schnell*

anschubsen, und in denen die »Negativität der Erfahrung« so eine
enorm katalysierende Wirkung hat.

Wohl hervorgerufen durch das eben Geschriebene, zogen sich Philips Gedanken unwillkürlich zusammen, und als ob er durch einen plötzlich entstandenen Riss blickte, sah er sich als den einstigen Anfänger, der bei den Worten *»Erfahrung sammeln … «* innerlich immer lächeln und stöhnen musste, denn seine Ansicht war, dass diese mahnend, *… ja fast schon nervend vorgetragene …* Begrifflichkeit einfach zu der *maßlos* übertriebenen Gruppe von sinnlos »geschwollenen Worten« im Trading gehörte. Er erinnerte sich nur zu gut seiner damaligen inneren Stimme – von der er viel zu lange meinte, es sei die Stimme des Scharfsinns –, die ihm zuflüsterte: »Long, short … ein Regelwerk … *wo* bitte ist das Problem?«

Na ja …

Philip sah auf und fragte sich, während er seine rechte Hand durch das kühle Wasser gleiten ließ, was Hofner eigentlich *je* von ihm verlangt hatte.

Hmmm …?!

»Gar nichts! *Gar nichts* hatte er verlangt!«, hörte Philip sich zu seiner eigenen Verblüffung laut ausrufen. »Gar nichts, außer … *einem*!«, fügte er, aber sehr viel leiser, noch hinzu: »Das Bewusstsein des Versuchs!« Philip formte diese Worte nur in seinem Kopf, dafür aber voll innerlicher Lebhaftigkeit. »Hofner wollte einzig mein Verständnis dafür schärfen, dass ich als Anfänger mit meinen ersten Trades *nicht* in die Tradinggeschichte eingehen werde, dies auch gar nicht *solle*, sondern nur Versuchsprotokolle auszufüllen habe, die weiteren Versuchen als Grundlage dienen konnten! Hofner wollte einzig und allein von mir, dass ich das Trading *er*fahre!«

Mehr war es nicht, was Hofner je gewollt hatte!

Das war alles gewesen, und doch war es soooo unendlich viel!

Philip tauchte langsam wieder aus seinen Gedanken auf, drehte sich zu Sou um und bewunderte, mit welch gelassener Geschicklichkeit dieser das Boot steuerte. – *Ob ich das wohl auch könnte?* Dem Anschein nach zu urteilen, schien es ja recht einfach zu sein: Motor an und Ruder links, Ruder rechts! … und einige Gedanken später unternahm Philip plötzlich den Versuch, das »scheinbar« schnelle Erlernen des *Bootfahrens* mit dem »scheinbar« schnellen Erlernen des *Tradings* zu vergleichen: Ruder links – Ruder rechts … long hoch – short runter! – … *konnte man das eine mit dem anderen vergleichen oder nicht?* Auf den ersten Blick sah es so aus, als gäbe es Gemeinsamkeiten: Der Bootfahranfänger sah sich nach kurzer Trockenübung mit dem Ruder in der Hand im Heck des Bootes sitzen und mit den Worten »Ruder links, Ruder rechts … « die Wellen des Flusses durchpflügen, während der Tradinganfänger sich, vor dem Ordermenü seines Papertrade-Kontos sitzend und mit den Worten »Aktie rauf – long, Aktie runter – short« auf der Maus rumklickend, die Ozeane der Börse, mit einem größtmöglichen Tradingkonto beladen, befahren sah, und gemeinsam war beiden der Gedanke »*O-ookay*, gar nicht so schwer … so, geh mal beiseite und lass mich mal ran, denn ich hab's begriffen!«

Hmmm …

Aber so richtig sich dieser Gedanke zunächst anfühlte, empfand ihn Philip gleichzeitig als irgendwie unbefriedigend … Aber noch bevor er so recht damit begonnen hatte, darüber zu grübeln, fiel ihm wie von selbst das fehlende Stück der Überlegung ein, das er mit einem undeutlichen Unbehagen vermisst hatte: Zwar hatten Bootfahr- wie auch Tradinganfänger so gut wie keinerlei Erfahrung mit dem jeweiligen Thema, was, aufgrund der scheinbaren Einfachheit jeweils mit dem Gedanken einer sofortigen Meisterschaft im Kopf, den einen dazu verleitete, das Boot zu Wasser zu lassen und das Ruder zur Hand zu nehmen, und den anderen dazu brachte, ein scharfes Tradingkonto zu eröffnen und zur Maus zu greifen, doch Philip erkannte, dass genau hierin der entscheidende Mangel seiner anfänglichen Überlegung bestand, denn: Setzte man mit diesem Vergleich *erst* dort an, wo sich die beiden Anfänger anschickten, sich den schaukelnden Wellen und den auf und ab tanzenden Charts auszusetzen und anzuvertrauen, übersah man eine entscheidende *Vorstufe*, nämlich jene, die fragte: »Wie kam der Tradinganfänger denn überhaupt vor die Charts und wie der Bootfahranfänger in das Boot?«

Nun gut, also … wie kommt denn nun der durchschnittliche Tradinganfänger vor die Charts?

Die dreigeteilte Antwort lag klar auf der Hand: Wenn die zahlreichen *Werbebotschaften*, die förmlich schrien »Trading ist einfach, mach schnell ein Konto auf!«, Erfolg hatten, so konnte ein Tradinganfänger *innerhalb kürzester Zeit* überall auf der Welt ein Konto eröffnen und ohne jegliche *Eignungsprüfung* sofort loslegen. Beim Bootfahren sah das – zumindest in westlichen Breiten – schon anders aus: Zwar war es durchaus möglich, mit wenigen Mausklicks ein Boot fast beliebiger Größe zu erwerben, aber sowohl die Herbeischaffung eines so beschafften Bootes wie auch dessen Inbetriebnahme war in der Regel um ein Vielfaches aufwendiger als die Eröffnung eines Tradingkontos und dessen Ausstattung mit den notwendigen Barmitteln. Auch fanden sich in etwaigen Fachzeitschriften keine Anzeigen der sinngemäßen Botschaft »Mit uns zum Kapitänspatent in nur zwei Stunden!«, denn selbst die für kleinste Bootsführerscheinklassen angebotenen Kurse umfassten üblicherweise bereits mehrere Tage, Prüfungen dabei noch nicht einmal mitgerechnet. Kurzum: Ganz generell und offiziell ging ohne vorherige Prüfung beim Bootfahren gar nichts, und sollte jemand dennoch der Meinung sein, man könne es auch ohne Berechtigung versuchen, dann riskierte er mitunter enorme Bußgelder!

Hmmm …

Philip fühlte sich auf der richtigen Spur, und Sou im Augenwinkel betrachtend, überlegte er weiter, dass dem Erlernen sowohl des Tradens wie auch des Bootfahrens zwar auf den ersten Blick ebenso gemein war, dass sowohl Erfahrung und Lernen in einem wechselseitigen Bedingungsverhältnis standen und dass bei beiden Grund und Lernen die Folge darstellten als auch die alleraller-»erste« Erfahrung jeweils selbst eine gewisse Vorerfahrung, eine Art Vorwegnahme, implizierte, welche in der Selbsteinschätzung meist fast deckungsgleich gelagert war:

> *»Trading … long, short … schon klar.*
> *Wenn die Aktie steigt, drück' ich auf long,*
> *fällt sie, drück' ich auf short …*
> *W-o-o-o-o bitte ist das Problem?!*
> *Macht mal Platz, ich will meinen ersten Trade machen!«*

> *»Bootfahren … schon klar.*
> *Wenn die Kurve kommt, dann Ruder links,*
> *will ich in die andere Richtung, dann Ruder rechts …*
> *W-o-o-o-o bitte ist das Problem?!*
> *Macht mal Platz, ich will meine erste Fahrt machen!«*

Aber genau an dieser Stelle begann sich auch das Erlernen des Tradings vom Erlernen des Bootfahrens abzuspalten und zu unterscheiden.

Denn aufgrund der bunten und *aufdringlichen Werbung* und im Zuge des *leichten Kontozugangs* sowie der *nicht geforderten Prüfung* war es der Lauf der Dinge, dass ein Tradinglaie, im Gegensatz zum Bootslaien, in seiner Wahrnehmung immer zu vorschnellen Verallgemeinerungen neigen würde, deren Folge so aussahen, dass, anders als der Bootslaie, der Tradinglaie stets in auffallender Weise zur *positiven Erfahrung* tendierte, um dem plötzlichen Widerstreit mit der *neuen* Erfahrung zu entgehen. Oder mit anderen Worten: Musste ein völliger Laie beim Bootfahren oder aber ein voreiliger Bootfahranfänger erst mal vom Seenotrettungsdienst aus einer brenzligen Situation gerettet werden, würde dieser zumindest vor sich selbst zugeben: »*Shit* … hätte ich doch nur die *geforderte* Prüfung gemacht!«, während der Tradinganfänger seine »brenzligen Situationen« *vorerst* mit einem »*Shit* … halt kein Glück gehabt!« abtat, denn: Mangels amtlich gefordertem »Führerscheins« blieb diesem zur Orientierung *nur* die marktschreierisch bunte Werbung, »wie einfach das Trading sei!«.

Au Mann … so viel dazu, wenn man dazu neigte, das Trading immer zu vorschnellen Vergleichen heranzuziehen!!!

Philip erwachte aus seinen Gedanken, er hörte plötzlich unentwegt die Wellen zwischen den Pfosten hin und her schwappen, denn die Pfahlbauten ragten jetzt links und rechts weit in die Klongs hinein. Er schaute sich um … *Uff!* Da die Wohnräume dieser Häuser zum Wasser hin offen waren, wurde er hautnah, aber dennoch nur flüchtig, Zaungast des thailändischen Familienlebens, und Philip fielen vor allem die vielen kleinen Kinder auf, die angelnd, spielend, schreiend, schwimmend, streitend, tobend, lachend, lesend oder malend ihre Welt erkundeten, und einige der Knirpse winkten Philip, vielleicht aber auch nur Sou, dem Bootsführer, fröhlich zu.

Philip erinnerte sich plötzlich an die kleine, mit den Füßen stampfende Luisa auf Johns Geburtstagsparty, und in ihm erwachten Fragen, denen die Geräusche und Stimmen des Lebens am Fluss sanfte Schwingen verliehen …

Wären Kinder vielleicht gute oder sogar vorteilhaftere Trader?

Könnte Hofner der kleinen Luisa das Trading besser und schneller beibringen als mir?

Einfach nur mal so theoretisch überlegt …

Philip beschied dies mit einem klaren »*Ja*«, denn Luisa, darin den vielen Knirpsen zu seiner Linken und Rechten gleich, hatte es noch, jenes besondere kindliche Verstehen für das Lernen *an* Erfahrung. Oder anders gesagt: Philip war einst als Tradinganfänger nicht mehr Kind, sondern bereits »Erwachsener«, und somit »ermangelte« es ihm beispielsweise gegenüber Luisa an jener ursprünglichen Erfahrung im Umgang mit dem Lernen, denn: Anders als ein Erwachsener könnte man bei Luisa feststellen, dass sie vieles mit *ungebrochener* Begeisterung lernte, obwohl ihr – aus Mangel an Erfahrung – für einen Großteil ihrer *Lerninhalte* das volle Verständnis fehlte! So zählte Luisa an jenem Abend beispielsweise stolz bereits bis zwanzig, auch wenn ihr aus Mangel an Erfahrung vorübergehend das volle Verständnis für dieses »Drei-Vier-Acht-Zehn-Zwanzig-Dingsda« fehlte. Dennoch: Sie konnte es und fragte eben *nicht*, »*Ähm* … Mama, Papa … warum soll ich das denn lernen?!« Es schien Philip daher naheliegend, dass Luisa sich hauptsächlich durch ihre *Neugier* – also ihre Gier nach Neuem, nach ihr bisher Unbekanntem – auf besondere Weise im *Er*fahren auszeichnete.

Das konnte so stimmen, aber irgendwie … Mo-Moment!!!

Das aufkommende »erwachsene« Gegenargument, dass er sich doch *auch* einst mittels der vielen Bücher, Newsletter und Zeitungen im *Lernen* auszeichnete, ließ Philip nach ein wenig Nachdenken und einigen riskanten Überholmanövern durch Sou dann doch nicht gelten, denn wenn er ehrlich war – und er versuchte es! –, sah es doch so aus: Dieses »Studieren« entsprang damals weniger der Frage: »Wie funktioniert der Handel ganz generell?«, sondern vielmehr einer aus Faulheit resultierenden Haltung, die forderte: »Sag mir, was ich machen soll!«, und hierin lag schon *ein*, wenn nicht *der* gewaltige Unterschied.

Hmmm …

Philip war sich nach weiterem Nachdenken nun darüber klar, dass gerade durch die … *mhm, wie sagt man es am treffendsten?* … Undogmatik die Erfahrung der Negation bei Luisa besonders greifen und sie daher theoretisch, das Trading betreffend, eine viel steilere Lernkurve haben würde als er selbst damals! Die kleine Luisa war für das Trading-Erlernen – anders gesagt: die »Überwindung des Befangenseins« in manifesten Vorurteilen à la »Ich dachte, so und so ist das …« – gerade mit ihrer kindlichen Wahrnehmung besonders prädestiniert. Kurzum: Lisa lernte unbefangener, schneller und … radikaler. Viel, *viel* radikaler!

Philip kramte sein Notizbuch hervor, und mit abermals verwackelter Handschrift notierte er, dass Hofner mit seiner Äußerung recht hatte, dass es keine *grundlegende* – zwei der *drei* Einschränkungen kannte er ja bereits – Rolle spiele, ob man das Trading in einem Handelsbüro gelehrt bekam oder es sich zu Hause auf eigene Faust beibrachte. Philip begründete dies beispielhaft anhand der kleinen Luisa:

> … *Luisa versucht, viel schneller und bewusster als ein diesem Zustand bereits entwachsener »Erwachsener«, ein Gleichgewicht zwischen dem eigenen Wissen und der neuen Erfahrung zu schaffen, womit in ihrem Gedankengebäude das Ungleichgewicht die Hauptantriebskraft ihrer Entwicklung darstellt!*

Philip schaute kurz auf, betrachte seine Ausbildungsjahre rückwirkend und, in dem Gefühl, dass er das noch deutlicher formulieren konnte, schrieb er dann:

> … *ich dachte, ich hätte bereits ›Erfahrung‹, nur weil ich am Spiel der Spiele teilnahm. Doch: da nahezu kein Handelstag umfassende Konsequenzen für den jeweils nachfolgenden Handelstag hatte … hatte ich demnach keine »Er«-fahrung.*
> *Erfahrung im Trading, aus der kein Lernen folgt, ist in diesem Sinne keine Erfahrung!*

> … *oder anders, mit viel deutlicheren Worten:*
> *Während im Ungleichgewicht für die kleine Luisa das Motiv ihres Strebens und Erlernens bestand, begegnete ich diesem Ungleichgewicht einst mit Demotivation, Lethargie, bewusstem »Wegschauen« von den Monitoren und … einer Menge Schokolade!!!*

> *Genau so!!!!!*

Philip schaute erneut auf und entschied ganz ehrlich: *Au Mann … Luisa wäre zum Erlernen des Tradings tatsächlich besser geeignet als ich!! – Mhm … Ich sollte Kinder machen und die traden lassen!* … was im Übrigen gar kein so schlechter Gedanke wäre, dachte Philip in sich hineinschmunzelnd.

Ein wenig in seinen letzten Aufzeichnungen wahllos blätternd, fiel Philips Blick plötzlich auf einen Teil eines der Einträge, die er *nach* Johns

Party zu den dort erörterten Themen gemacht und mehrfach unterstrichen hatte:

> *... alles, was ein Trader hinsichtlich des Tradings fühlt und tut, muss irgendwie in Richtung des »inneren oder allabendlichen Friedens als Trader« geschehen, und selbst die kleinste Abweichung von dieser Richtung, gleichgültig ob gewollt oder unabsichtlich eingeschlagen, erzeugt nur Erschrecken oder Beschwernis.*
>
> *Das ist so ähnlich wie beim Gehen oder Laufen: Man hebt ein Bein, schiebt sich nach vorne und lässt das eben noch erhobene Bein, sobald der nun verschobene Schwerpunkt dies erfordert, wieder auf den Boden fallen. Dann hebt man das nächste Bein und macht so weiter und so fort, bis das gewünschte Ziel erreicht ist. Wird aber auch nur eine Kleinigkeit daran verändert, entsteht vielleicht ein wenig Scheu vor diesem Sich-in-die-Zukunft-Fallenlassen oder das Staunen über das Wunder dieses Ablaufs erzeugt den Versuch, diesen »ganz bewusst« zu steuern, was durchaus dazu führen kann, nicht mal mehr aufrecht stehen zu können! Das Fazit hieraus lautet also: Man muss aufhören, darüber nachzudenken!*

Philip hob seinen Blick, und ihm fiel auf, dass alle Augenblicke, die in seinem Leben etwas Entscheidendes bedeuteten, ein ähnliches Gefühl hinterlassen hatten wie der Abend in Johns Haus. Er erinnerte sich an Ehrenbachs Worte, dass er nie einen Händler einstellen würde, dem der Börsenhandel »Spaß« machen würde; und daran, dass er, absichtlich überspitzt ausgedrückt, sich lieber von dem Geld den teuersten Wagen kaufen wolle, obgleich der alte noch so gut wie neu war. Lieber würde er in Begleitung seiner Rennpferde in den nobelsten Hotels der Weltkurorte absteigen, lieber Kunstpreise stiften oder für hundert Gäste an einem Abend so viel ausgeben, dass davon hundert Familien ein Jahr lang leben könnten: Für all dies wäre Ehrenbach bereit, das Geld wie ein Sämann aus dem Fenster zu werfen, wüsste er doch ohnehin, es käme auf Umwegen vermehrt wieder zur Tür herein. Aber: Einem Trader Geld anzuvertrauen, der behauptete, ihm mache das Trading *Spaß*, er sei von der Sache *fasziniert* und säße daher *voller Begeisterung* vor den Monitoren, das konnte aus Ehrenbachs Sicht nur mit einem »Meuchelmord am Geld« verglichen werden!

– Mannomann!

Philip ließ seine Hand erneut durchs Wasser gleiten und nickte leicht grinsend mehrfach mit seinem Kopf, denn: Sicherlich konnten nur wenige Tradinganfänger diese Ansicht Ehrenbachs verstehen; ein erfahrener Händler hingegen würde andächtig nicken, und Philip, obwohl Torbach die Achillesferse von Philips jüngerem Selbst traf, tat es an jenem Abend auch, und er tat es – hier im schwankenden Boot von Sou – nochmals, denn die berechtigte Frage im Trading lautete: Was machte am Trading *Spaß*? Oder noch weitaus konkreter: Konnte Trading *überhaupt* Spaß machen?

Tja, das war die Frage …

Philip erinnerte sich, dass an jenem Abend während der umfangreichen Herleitung irgendwann das Beispiel des Einschlafens gefallen war, und alles, was man zum Erreichen dieses Ziels tun konnte, war, förderliche Umstände und gegebenenfalls nötige Vorbedingungen zu schaffen!

Mehr ging nicht und m-e-h-r geht nicht!

Wenn man einschlafen *wollte*, dann konnte man dafür geeignete Bedingungen schaffen: ein frisch gemachtes Bett, Fenster auf und Licht aus. Aber das Einschlafen *selbst* stand *nicht* unter der eigenen Kontrolle! Je mehr man sich auch anstrengen mochte, Schlaf zu finden … es brachte nichts. Im Gegenteil! Einschlafen gehörte nicht zu den »fügsamen Zielen«, war also kein Ziel, bei dem schon der Versuch, es zu erreichen, das Erreichen mehr förderte als behinderte. Kurzum: So schön das Ziel des »Schlafens« auch war, es blieb nichtsdestotrotz ein *widerspenstiges Ziel*!

Philip hatte sich die von Ehrenbach, Torbach und Hofner zu dem ganzen Thema *ausführlich* gegebene Herleitung während der letzten Tage immer und immer wieder durch den Kopf gehen lassen und nach längerem Überlegen verstanden, dass das Trading, betrachtete man es aus einem bestimmten Blickwinkel, durchaus zu Recht dem *Schlafengehen* gleichgesetzt werden konnte. Er hatte erkannt, dass, hatte man die an jenem Abend gesagten Worte wirklich verinnerlicht, im Grunde gar nicht viel dazugehörte, um sich das »Plumpe«, das »Abgeschmackte« – eben das *Widerspenstige* – des technisch orientierten Tradings ehrlich vor Augen zu halten.

Hmmm … müsste demnach jeder Mensch, der das Prinzip »Einschlafen« verstanden hatte, nicht auch ein guter Trader sein?!

Gute Frage!
Und eigentlich ... müsste die Antwort JA lauten!
Und dennoch war dem nicht so!
Aber warum?

Philip wusste es nur zu gut, denn er selbst war die beste Antwort darauf: Obwohl ihm das Einschlafen eigentlich immer gut gelang, ließ er, das Trading betreffend, dieselbe *Widerspenstigkeit* lange Zeit kaum zu! Er sah es nicht ein! Nein, er *wollte* sie nicht einsehen! Ohne dass es ihm damals bewusst gewesen wäre, hatte es sich bei dieser Verweigerung um nichts anderes gehandelt als um die Angst vor dem eigenen Spiegelbild, um nichts anderes als die Angst, etwas als Lebensaufgabe und Lebensziel anzustreben, von dem sich vielleicht herausstellen würde, dass es *keinen* Spaß machte oder sogar ... gar keinen Spaß machen *konnte*! Wie hätte er sich auch eingestehen können, dass die »törichte Lächerlichkeit« öder, leerer, nur von der Sehnsucht nach dem *Kick* – der *Action* – zermarterter Traderjahre ernsthaft die von ihm bis zum Lebensende erstrebte Zukunft darstellen sollte?

Während Sou eine lang gedehnte Linkskurve fuhr, spürte Philip, dass genau hierin auch irgendwo die Geburtsstunde der Frage »Was sollte am Trading auch Spaß machen?« lag. Denn: Was soll an jenem Dauerzustand eines Händlers Spaß machen, wenn dieser, trotz aller Anstrengung, die ein Händler für ein gelingendes Leben als ein solcher auf sich nehmen musste, das Gelingen stets und ständig, bezogen auf den *einzelnen* Trade und Handelstag, ein sehr *zerbrechliches* Gut blieb?!

Wo sollten da *Spaß*, *Lust*, *Faszination* und *Begeisterung* entstehen? Die fachliche Pflicht – hier definiert durch *Großwetterlage*, *Geldmanagement* unter Beachtung des *eigenen Rumrutschfaktors* und in der, wie auch immer je nach Regelwerk angewandten *Diversifikation* – war das *Beste*, was der Trader für das Gelingen seiner Aufgabe besaß. Für das runde Gelingen reichte es dennoch nicht, denn selbst mit diesen Werkzeugen war ein Trader immer noch auf die Gnade der *anderen* Marktteilnehmer angewiesen. *Immer!* Oder mit kurzen Worten: Ein Händler *konnte* demzufolge einen Plustrade – und dies hatte sich auch Philip als Tradinganfänger einst zur Genüge beweisen lassen müssen – zwar mit Leichtigkeit massiv verhindern, aber gleichgültig, wie sehr er sich anstrengte ... *nicht* und *niemals* herbeiführen!

Philip, einigen Kindern am Ufer nahezu unbewusst zurückwinkend, fiel auf, dass die *intensive* Beschäftigung mit den Themen »Widerspenstigkeit«, »Poesie« und »zweckgebundene Handlungen« sowie deren jeweiligen Herleitungen wirklich dazu führte, dass Lust und Spaß tatsächlich *»aufgehoben«* werden konnten!

Aber Mo-Moment!

Philip korrigierte sich. Die Lust wurde nicht *aufgehoben … nein, nein …* sie wurde – er erinnerte sich in aller Deutlichkeit an Torbachs Worte – sie wurde *gewandelt!*[36] Sie wurde *neu* definiert! *Lust, Spaß, Begeisterung,* wie auch immer … es war einst genau jener Zustand, in dem alle Gefühle und Gedanken Philips den gleichen Geist besaßen und übermächtig stark in einem einzigen *Hineingerissensein* endeten, welches in aller Regel die *fachliche Pflicht* haltlos in den Abgrund riss. Jetzt aber, als bereits weit fortgeschrittener, vielleicht als sogar schon »erfahren« zu bezeichnender Trader, hatte sich für Philip deren Definition gewandelt: Statt von der Begegnung mit den Charts war er, seit die Großwetterlage seinen Dienstplan organisierte, nur noch vom eigenen »Wozu«, sprich: von der sich für ihn ergebenden *Freizeit,* hingerissen, und dennoch war das »Loslassen« des widerspenstigen Ziels »Geldverdienen mittels Trading« natürlich nicht notwendigerweise eine Absage an *jegliches* zweckgebundene Handeln, sondern nur an jenen Teil, der *widerspenstige Ziele* verfolgte – also das ständige Rumtüfteln, die Dauerobservation und so weiter … sodass sich in dessen Folge ein guter, ein »braver, friedlicher und *beständiger«* Handel einstellen konnte. Zum anderen wurde eine abgeschwächte Erwartungshaltung an die selbst gewählte Lebensaufgabe »Trading« hinsichtlich *Spaß* und *Faszination* ja ohnehin von der allgemeinen Lebenserfahrung gestützt, denn auch im Alltag hieß es ja nicht umsonst, dass der zu lustvolle Weg schnell und leicht in den Abgrund des Scheiterns führen konnte! Dementsprechend hatte jeder erfahrene Händler seine ganz persönliche, kontrollierende Einstellung eingenommen und damit im praktischen Sinn ein reflektiertes Verhältnis zur »Lust« – auch treffender: *Besonnenheit* genannt –, welche im Übrigen keineswegs zu einer zum Gähnen langweiligen Lebensführung verpflichtete; und wer von einem erfahrenen Trader deswegen Lust- und Sinnenfeindlichkeit befürchtete, wurde bei genauerem Hinsehen durchaus schnell eines Besseren belehrt …

Tja, je nachdem, wo man halt hinschaut!

Und während Sou abermals mit einem waghalsigen Manöver zwei vor ihnen fahrende Boote überholte, erinnerte sich Philip an jene Worte

---

[36] An dieser Stelle sei der Leser darauf hingewiesen, dass exakt *hierin* der Grund und das Ansinnen für die *Ausführlichkeit* dieses Band 6 liegen!

in Johns Haus, dass ein Händler, sobald er die *Widerspenstigkeit* dessen, was er da tagtäglich vor den Monitoren tat, nicht bloß *er*kannte, sondern auch als einzig leitend *an*erkannte, er den ersten der zwei notwendigen Schlüssel für den *allabendlichen Frieden* in der Hand hielt; und wurde nun noch das letzte Ungleichgewicht von dem *neu* definierten Gefühl von Lust und Spaß – sprich: die Lust »an der Freizeit« und die fachliche Pflicht »an der Großwetterlage« – geglättet und ausbalanciert, dann hielt man schließlich den zweiten Schlüssel in der Hand, und der Weg zum *allabendlichen Frieden* stand damit offen!

Wie viele Trader konnten schon behaupten, einen solchen zu empfinden? Wie viele Trader kannten tatsächlich den ihm von Torbach auf Johns Party beschriebenen Zustand, in dem eine Art Firnis abfallen, eine Suggestion sich lösen, ein Zug von falscher Gewohnheit, Erwartung und Spannung abreißen würde, um sich in einen fließenden Zustand und ein geheimes Gleichgewicht zu wandeln? Aber gerade die wahrscheinlich *geringe* Zahl solcher Trader störte Philip an diesem Gedanken, weshalb er nun zu ergründen versuchte, woran es noch liegen mochte, wenn man trotz der Befolgung der auf den drei Pfeilern *Großwetterlage*, *Geldmanagement* unter Beachtung des eigenen Rumrutschfaktors und einer dem Regelwerk angepassten *Diversifikation* ruhenden fachlichen Pflicht trotzdem keinen *allabendlichen Frieden* fand?! – *Hmm?!* Wenn es sich, wie ja bereits festgestellt, dabei um das beste und zugleich auch um das Maximum an Werkzeug für das Gelingen der Aufgabe handelte, man aber für das runde Gelingen der selbst gestellten Aufgabe trotzdem auf die *Gnade* der anderen Marktteilnehmer angewiesen war, konnte dies eigentlich nur bedeuten, dass man *deswegen* keinen *allabendlichen Frieden* erreichte, da die zwingend notwendige, ruhig als weitere Tugend zu bezeichnende, grundlegende oder zumindest ausreichend tief verankerte *Gelassenheit* fehlte!

Aber nicht jene Gelassenheit nach dem Motto »das wird schon …« war hier gemeint, sondern eine Gelassenheit, die in der Bereitschaft bestehen musste, die natürliche und sachliche Welt des Orderbuchs und damit die Existenz anderer Marktteilnehmer und deren verschiedene Handelsausrichtungen lächelnd anzunehmen und sich trotzdem *nicht* als freie Person aufzugeben! Gegen sich selbst weder zu großzügig noch zu kleinlich, musste man versuchen, seine Fähigkeiten hinsichtlich des präferierten Handelsstils fortzuentwickeln und *ohne* sich zu quälen oder in ein »Zurechtinterpretieren« zu verfallen, zu akzeptieren, dass die nicht überraschenden »Unannehmlichkeiten« eines ausgestoppten, fachlich perfekten Fünf-Sterne-Trades genauso wortlos hinzunehmen waren wie die vor den Monitoren erlebten »unangenehmen« Überraschungen, zum Beispiel das längere Ausbleiben eines Setups, was schlussendlich logischerweise wieder bedeuten musste, dass man die *Widerspenstigkeit* seines »Traumberufs« akzeptierte und nur noch das tat, was man selbst wirklich für ein gutes Gelingen des Tradings beisteuern konnte, ansonsten aber jeglichen darüber hinaus gehenden Rest schlichtweg *unterließ*. Kurzum: Man hatte jene sich durch langjährige Erfahrung angeeignete erforderliche Mitte zwischen *Erzwingen-Wollen* und *Gefügigkeit*, zwischen *Aktivität* und *Passivität* gefunden und lebte fortan mit einer Art fachlich begründeter Unbesorgtheit in den Handelstag hinein und entzog sich gelassen der Diktatur der Hetze des Charts und erfreute sich an »Zeitverschwendung«.

Das hatte den richtigen Klang!

Und das Resultat?

Obwohl weder die Pfeiler der fachlichen Tugenden noch die Verinnerlichung der »Widerspenstigkeit des eigenen Tuns« von nun ab bei jedem Trade eine Geldregen bescherten – denn Minustrades würde es geben, bis die letzte Börse schloss! –, gewährten sie in Verbindung mit der richtigen Art von *Gelassenheit* eine … *Selbstachtung*, welche im Wechsel aller Aktivitäten und Ergebnisse vor den Monitoren eine Sinnhaftigkeit stiftete, ohne welche selbst der erfahrenste Trader keinen nachhaltigen *innerlichen Frieden* finden würde, und mit deren Hilfe der monetäre Erfolg und vor allem der *innere* und *allabendliche Frieden* doch wesentlich wahrscheinlicher zu erreichen war. Und diese aus Selbstachtung erschaffene beziehungsweise erwachsene Selbstzufriedenheit trug einzig, unabhängig von den Widerfahrnissen aller Art vor dem Chart, zum erlebten Wohlbefinden, besser noch, zum *Wohlgefallen* an der Begegnung mit den Charts bei, denn: Nur wer ein – Philip erinnerte sich an Hofners Worte – »pflichtbewusstes Leben« als Trader führte, durfte ohne Selbstüberschätzung behaupten, was doch jeder ohnehin liebend gern tat: »Ich bin einer der wenigen anständigen Trader, die mir im Leben begegnet sind!« Somit schuldete der Trader die Aufgabe, den wahrhaft *inneren Frieden* zu suchen und damit

Antworten auf die Frage »Was ist Lust, und was ist Pflicht?« zu finden, letztlich nichts und niemandem als … *SICH SELBST!*

*

Wenige Minuten später, nachdem Sou seinen Weg durch das Gewirr von Booten, Häusern, Stegen und einzelnen Lastkähnen suchte und dabei das Boot auf dem Kanal in eine halsbrecherischen Kurve nach der anderen lenkte und dann die Geschwindigkeit drosselte, befanden sich beide plötzlich in einer scheinbar anderen Welt. – *O-ha!* Vom Zentrum Bankgoks weit entfernt, lagen nun links und rechts des Kanals ausgedehnte Gärten, hinter deren üppigen Mauern reich verzierte Hausfassaden im hellen Licht der Sonne glänzten. Das Boot glitt an dieser Parade unverhohlenen Wohlstands vorbei und nach einigen ans Ufer – wo einheimisches Personal am Werk war – gerufenen Fragen zum Weg steuerte er das schwankende Gefährt nach weiteren Abzweigungen auf den Landungssteg eines kleineren, etwas abseits stehenden Hauses zu.

Philip verabschiedete sich von Sou, der sich neben dem Fahrpreis mit reichlich Trinkgeld in der Hand mehrfach verbeugte, lief den Steg und dann die schmale, steile Treppe entlang, die hinauf zu einer Plattform führte, die sich zwei Meter über dem Klong befand und einer Veranda glich, und stand vor einem Haus, das aus sorgfältig fein bearbeitetem Teakholz bestand, und dessen Wände und Balken mit Drachenköpfen im Halbrelief verziert waren …

Philips Ankunft war nicht unbemerkt geblieben. Eine Frau mit einem hübschen runden Gesicht, glatten langen Haaren und Sommersprossen kam gleich auf ihn zugeilt. »*Ahhh, Philip?!* … Du bist schon da?« Sie war gut gelaunt, trug ein weißes, leichtes Sommertop mit Spaghettiträgern und Jeans. »Hallo Philip, ich bin Sabine. Jeromes Frau. Schön, dich kennenzulernen!«

»Hallo, die Freude ist ganz meinerseits … und … *ahhh*, wen haben wir da?«, Philip deutete auf ein ungefähr sieben- oder achtjähriges Mädchen, das mit keckem und neugierigem Blick um die Ecke der Veranda schaute.

»Das ist unser Schatz Sophie!«

»Hallo Sophie!«, Philip hob eine Hand und winkte grüßend.

»Wenn du zu unserem Papa willst … der ist nicht da!«, erhielt Philip als Antwort.

»Ja, Jerome ist nochmals fix weg … er kommt gleich wieder. Komm rein, komm«, sagte Sabine, hielt aber plötzlich inne, denn sie hatte eine bessere Idee: »Weißt du was, Philip, geh ihm doch entgegen. Er wird sich freuen. Bestimmt!«, und Philip erhielt eine ausführliche Beschreibung, à la »… zweimal links, dann rechts … dann … hier … dann da … und dann müsstest du ihn schon sehen!« Dann lächelte sie sanft und ergänzte: »Er fällt dort auf! Du kannst ihn nicht verfehlen!«

Philip verabschiedete sich für den Moment und schlenderte, der Beschreibung »… zweimal links, dann rechts … dann … hier … dann da …« folgend, die Gassen entlang, und befand sich zehn Minuten später in einem … *he?* … üppigen Klostergarten. Philip sah sich um. Auf einer kleinen Anhöhe machten ein paar kleine Knirpse in gelben Gewändern vor Philips Augen eine erstaunliche Transformation durch. Im Lotussitz sitzend, legten sie die linke Hand, die Handfläche nach oben, auf ihren Schoß, auf diese legten sie dann die rechte Hand, gleichfalls die Handfläche nach oben; ihre Daumen waren leicht angehoben und berührten sich sacht, und im selben Augenblick verwandelte sich das sprühende Leben ihrer Gesichter zu absoluter Gelassenheit. *Bumms* … Sie waren vollkommen entspannt, vollkommen still – und diese Stille war so tief, dass sie den gesamten Garten in sich einzusaugen schien …

Aber trotz seiner Bewunderung für diese Fähigkeit der jungen Mönche drängte es Philip, da von Jerome weit und breit immer noch nichts zu sehen war, so wie in der Wegbeschreibung noch angefügt, ein paar letzte Stufen hinauf auf einen von Palmen überschatteten Weg zu nehmen, der in einen Nebenbereich des Klosters und hin zu eine Art Innenhof führte, der dem Kreuzgang eines europäischen Klosters irgendwie sehr ähnlich war … – *Aaach du Heiliger!* Philip nahm erstaunt seine Sonnenbrille ab. – *Uff!!* Säuberlich aufgereiht standen dort Hunderte Buddhafiguren, eine neben der anderen, manche gepflegt, mit Brokatgewändern angetan,

Räucherstäbchen dufteten vor ihnen, vor einigen waren sogar kleine Opfergaben ausgebreitet, andere aber waren verfallen, zerstört, scheinbar von den Jahren oder der Gleichgültigkeit, mit der man sie einst behandelt hatte. Und während Philip zutiefst staunend gemächlich den Weg ablief, spürte er, wie nach und nach von ihm auch noch der kleinste, versteckte Funke von Hektik oder Stress abfiel. Es war so eine Art von Stille, nach der Philip lechzte, eine Ruhe, die er in Deutschland, selbst an Sonntagen, niemals empfand. Ein Reich des vollkommenen Schweigens!

»*Psst* ... hey, Philip ... *hiiier* ... hier hinten!«

Alles klar!

Sabine hatte recht!

Mit seinem knallbunten Hawaiihemd und seiner kurzen Hose fiel Jerome hier wahrhaftig auf. Philip lief in Richtung der beiden großen Palmen, hinter deren Schatten Jerome ihn mit einem kräftigen Handschlag begrüßte. »... *ha*, aber wenn du schon mal hier bist ... komm mit! Ich muss noch fix was erledigen!«, meinte Jerome nach einigen persönlichen begrüßenden Worten, und beide schritten an dieser stummen Parade vorbei. Schließlich blieb Jerome vor einer Figur stehen, die zwar so weit gepflegt war, aber dennoch bestimmt schon bessere Tage gesehen hatte. Einige gelbliche Flecken auf der von Grünspan überzogenen Bronzestatue deuteten darauf hin, dass auch diesem Buddha jene hauchdünnen Blattgoldfolien regelmäßig zum Opfer gebracht worden waren. Jerome musterte die Statue genau, klatschte zweimal in die Hände, trat näher heran, strich mit den Fingern über die Oberfläche, beugte sich vor, um die Statue auch von der Seite und – so weit es möglich war – von hinten zu untersuchen, nickte dann befriedigt und trat einen Schritt zurück.

Ähm ... waaas macht er da?

Vorsichtig faltete Jerome ein dünnes Papier auseinander, legte es auf seine Handfläche und drückte dann die Goldfolie sorgfältig auf der Oberfläche des Buddhas fest. »Warum aber gerade dieser Buddha?«, ging es Philip durch den Kopf. Warum hatte Jerome die scheinbar »touristenübliche Opfergabe« nicht wie alle anderen an dem großen Buddha angebracht? Hatte er sich als *Farang* geschämt? Aber warum dann genau dieser etwas heruntergekommene Buddha? Philip schaute sich nochmals schnell um. Den Gang, der um den Innenhof herumlief, säumten Hunderte fast identische Statuen, die alle auf einem Sockel mit dem Rücken zur Wand in einem nahezu gleichmäßigen Abstand aufgestellt waren.

»So, jetzt können wir gehen!«, meinte Jerome.

Diese Worte rissen Philip aus seinen Gedanken, aber erst, als deren Klang verflogen war, fiel ihm erneut auf, wie absolut die Stille vorher gewesen war. Und als beide wenige Minuten später den Eingang des Wat passierten, fasste Philip sich ein Herz und fragte Jerome mit einer rückwärts deutenden Geste, was denn das eben gewesen sei.

»Das?« Jerome zeigte nun über die Schulter hinweg ebenfalls auf das Kloster. »Na ja … ich habe mir diesen Buddha, den du dort gesehen hast, schon vor langer Zeit gekauft. Natürlich übernimmt man mit dem Kauf auch die Verpflichtung, den Buddha zu pflegen und zu schmücken. Ganz abgesehen davon, muss man ihm an den Feiertagen und auch sonst hin und wieder mal etwas opfern.«

»Du bist also Buddhist?!«, stellte Philip überflüssigerweise fest.

Einen Augenblick herrschte Stille, nur der nimmermüde Wind sang leise in den Gipfeln, dem vollschweren Mittagsgold entgegen, und Philip zog ein großes Taschentuch aus seiner Hosentasche und wischte sich den Schweiß von seinem Gesicht.

»Nun ja, ob ich im strengen Sinne Buddhist bin …«, Jerome ließ den Satz schulterzuckend verklingen und nahm einen Schluck aus seiner Plastikwasserflasche – ein für Europäer unverzichtbares Utensil in Thailand. Wenige Schritte weiter griff Jerome seinen nicht beendeten Satz wieder auf. »*Mhm* … ist jemand, der ein Bier trinkt, gleich ein Alkoholiker? Oder jemand, der eine Münze von der Straße aufhebt, gleich ein Dieb oder Penner? Auf die Frage, ob man Buddhist ist, gibt es keine so eindeutige Antwort, weißt du. Auch der Buddhismus selbst gibt keine eindeutigen Antworten. Alles ist irgendwie eine Bewegung, ein Übergangsstadium, ein Streben hin zu etwas Unerreichbarem, zur *Vollkommenheit*.« Jerome nahm noch einen Schluck, dann schraubte er seine Wasserflasche zu, blieb stehen und dachte über seine eigenen Worte nach. »Was … was erreicht man eigentlich, wenn man *vollkommen* ist?!« Und noch bevor Philip antworten konnte, schob Jerome seine Sonnenbrille ins Haar und blieb stehen. »Sag mal, kannst du dir vorstellen, *vollkommen* zu sein?« Er wischte sich mit dem Handrücken über die feuchten Lippen. »Jetzt mal im Ernst … *Vollkommenheit*? – Ich meine, kannst du dir vorstellen, es zu sein?!«

Philip überlegte einen Moment und schüttelte dann den Kopf.

»Ähm … ich irgendwie auch nicht«, sagte Jerome immer noch nachdenklich und zuckte wieder mit den Schultern. »Vollkommenheit ist wie Glück oder Liebe. Niemand weiß, was sie wirklich bedeutet, und dennoch hat der Begriff für jeden eine Bedeutung, wenn auch für jeden eine andere!«

Philip musste ihm innerlich recht geben und meinte seinerseits: »Das Beste, was ich in dieser Beziehung gehört habe, ist die Aussage: Glück ist Abwesenheit von Unglück!«

»Da ist was dran«, meinte Jerome und bezog die Worte auf das Trading: »Ein gutes Trading ist demnach die Abwesenheit von Aktionismus und Unvernunft.« Beide lachten, und zwei Straßen weiter meinte Jerome: »Weißt du, Philip, natürlich bin ich im strengen Sinne kein Buddhist. Wirklich nicht! Aber … mit den Jahren hier habe ich den Buddhismus irgendwie als eine individuelle Lebenseinstellung begriffen. Das Streben hat mich daran fasziniert. Der Anspruch, zu einem Punkt zu gelangen, den man *nie* erreichen *wird* und nie erreichen *kann*, denn wenn das erste Stadium der Lehre noch eine Bedeutung hat, dann ist die zweite der Gleichmut, also eine Absage an das Streben. Wie kann man mithin nach den Vorschriften des Buddhismus etwas erreichen, wobei das Erreichte die Absage an deren Kardinaltugend verkörpert?« Jerome fuhr sich mit der Hand über seinen Dreitagebart und schüttelte lachend den Kopf. »… ist schon nicht ganz ohne, die Nummer von den Mönchen! Echt *widerspenstig*, der ganz Kram!«»

Mo-mo-Moment!

Hat er jetzt …?!

Er hat!!!

Philips im Garten mit den Buddhas entstandene Vermutung, dass Jerome vielleicht einfach schon zu lange in Thailand gelebt hatte und sich daher, so wie sich eine Liane an die Äste der umherstehenden Bäume klammerte, in der Fremde wie ein zwischen zwei Welten Verlorener schlicht an den Buddhismus hängte, erschien ihm nun nicht mehr zutreffend. Philip hob seine Sonnenbrille und musterte Jerome im Gehen eindringlich von der Seite.

… Seine Worte waren doch kein Zufall …?!

Im Gegenteil … nix da, von wegen Verlorener!

Der Bursche hat seine Hausaufgaben gemacht!

Und noch dazu mit einer gehörigen Portion Tiefsinn!

»Du sprichst jetzt nicht indirekt auch von Johns Geburtstagsfeier?«, unterzog ihn Philip einem letzten Test.

»Na, natürlich, … wovon denn sonst!?«, lachte Jerome, denn auch er hatte Philip getestet.

Und ohne, dass sie es ahnen konnten, dachten beide zeitgleich voneinander: *Test bestanden!* Und jetzt, wo beide unausgesprochen festgestellt hatten, dass sich hier eine spannende Kombination gegenüberstand, wich jegliche Femdheit von ihnen, und der Rest im gegenseitigen Umgang wurde zu einem Kinderspiel.

Lachend und ohne einleitende Worte – wofür auch noch –, erinnerte Philip an jenen Abend auf Johns Party. »Wer von den Leuten, die darüber Bescheid wissen, hätte schon den Mut, öffentlich bekannt zu geben, dass das *Trading* ein widerspenstiges Ziel ist?! *Ha* … da haben Connor, Torbach und vor allem Ehrenbach den Jungs ganz schöne Gesichter aufgesetzt! – *Herrlich!*« Philip gab im Weiteren ungeniert zu, dass ihm diese ganze Sache mit der *Widerspenstigkeit* sogar mehr am Herzen lag, als er an dem Abend den Anschein gegeben hatte.

»Weißt du«, Jerome klopfte ihm freundschaftlich auf die Schulter, »aber lach jetzt nicht! Manchmal hab ich das Gefühl, dass ein erfahrener Trader, ob er will oder nicht, doch mehr Buddhist ist, als er in irgendeinem Moment glauben würde. Ich meine«, er blieb abrupt stehen, »wenn wir mal das ganze Kloster-Dingsda, die Räucherstäbchen und die Reisschüsseln weglassen, dann haben wir als Trader doch mit den Mönchen gemeinsam, dass wir uns ebenfalls vierundzwanzig Stunden am Tag mit einem *widerspenstigen Ziel* beschäftigen. – Oder wie siehst du das?«

Philip nickte. Der Gedanke hatte durchaus seinen Charme, denn das Bedürfnis nach fachlicher Eindeutigkeit, Wiederholbarkeit und Festigkeit, das die Voraussetzung für den Erfolg des Denkens und dessen Umsetzung vor den Monitoren bildete, konnte auf seelischem Gebiet nur durch eine Form der Zurückhaltung, nur durch freiwilligen Verzicht ausgeglichen werden.

»Aber vergessen wir das mal für einen Moment …«, sagte Jerome und deutete auf die nächste Einbiegung. »Gleich sind wir da!«

»Aber ich würde schon gerne noch etwas mehr über dich, deinen persönlichen Buddha und dein Trading erfahren«, sagte Philip grinsend, »oder fallen Auskünfte dieser Art unter ein spezielles Schweigegelübde?«

»Okay. Vielleicht abgesehen davon, dass ich einer der wenigen *Farang* in Thailand bin, der einen eigenen Klosterbuddha hat – vielleicht sogar der einzige auf der ganzen Welt! –, ist die Sache, was mein Trading betrifft, nicht halb so interessant, wie es scheint! Doch wem erzähl ich das!« Jerome blieb stehen. »So, wir sind da! – *Komm rein!*«

Jerome schob das Moskitonetz beiseite, öffnete die Tür, wobei mehrere Glöckchen laut *dingdingding* klingelten, und begann eine kurze Führung durch die lichtdurchfluteten Räume des Hauses, welches durch die sachlichste Einfachheit einen stilvollen Einschlag zu geben wusste, wobei die sechs großen Glastüren, die hinaus auf die dem Kanal zugewandte Veranda führten, den absoluten Blickfang darstellten.

Kurz darauf deutete Jerome mit einem Lächeln auf das direkt an der zum Kanal hin offenen Seite des Raums stehende und mit einem weißen Plaid behangene Sofa. Auf dem dazugehörigen Tisch stellte Sabine soeben ein Tablett, auf dem sich mit bunten Strohhalmen bestückte Gläser voll geeistem und mit Pfirsichstücken verfeinertem schwarzen Tee befanden, ab. Jerome bedeutete Philip nochmals mit einem Lächeln, da er seiner ersten Aufforderung bis jetzt nicht gefolgt war, doch Platz zu nehmen und sich zu entspannen. Philipp, noch immer benommen – er wusste nicht, ob von der halsbrecherischen Bootsfahrt oder von der Überraschung, hier mit einer solchen Gemütlichkeit konfrontiert zu sein –, betrachtete am Sideboard stehend die darüber hängenden gerahmten Bilder.

»Wir!« Jerome stand nun neben Philip und deutete dabei zwischen den Bildern hin und her. »Also wir – *früher*!«

Die verschiedenen Aufnahmen zeigten Schnappschüsse aus Jeromes einstigem Leben, und während Philip sich diese genauer betrachtete, erklärte Jerome: »Das hier ist mein früherer Arbeitsplatz … und das da waren zwei Kollegen von mir. Das hier war mein damaliges Auto … und auf dem Bild hier stehe ich mit Sabine vor unserem Häuschen in der alten Heimat. Und das da war unser Garten … und *haaa* … hier, unser ehemaliger Nachbar!«

Philip, den seit der ersten Begegnung brennend interessierte, wie Jerome, als einer von wenigen privaten Tradern, es geschafft habe, seinen Traum »vom Trading zu Leben und dies an einen Ort, den sein Herz begehrte« zu verwirklichen – kaute breit auf einem aus dem Glas gefischten Pfirsich: »Hm …, ein weiter Weg bis hierher in so einen kleinen Vorort Bankgoks, *oder*?«

Jerome, der wusste, dass es für Philip keiner großartigen Überleitung für seine kommenden Worte bedurfte, ließ diese daher weg und meinte stattdessen, in einer Metapher antwortend: »Ich verließ den Zug der Zeit und setzte mich in die ›gewöhnliche‹ Eisenbahn. Raus aus dem *ICE* und rein in die *Bimmelbahn*.« Natürlich gab Jerome zu, dass es, mal so ganz generell gesehen, in seiner neuen Heimat Thailand – einer für viele unverstandenen Region, die in so vielem ohne Anerkennung vorbildlich war – natürlich auch wie in Deutschland Tempo gab, aber – abgesehen von der Hauptstadt – eben nicht zu viel Tempo. Jerome zeigte zur offenen Terrassentür hinaus. »Natürlich rollen auf den Dorfstraßen auch Autos, aber nicht zu viele! Natürlich holt man auch hier E-Mails ab, aber nicht zu intensiv! Freilich entfaltet man hier Luxus, aber beileibe nicht so überdimensioniert! Natürlich treibt man hier auch Sport, aber nicht so närrisch und ehrgeizig wie bei uns! Natürlich geht man hier shoppen, aber nicht fünf Mal die Woche!« Er wandte seinen Blick zurück zu Philip: »Verstehst du, hier ist man stolz, wenn man bei allem nur der Zweitbeste bleibt.«

Philip verstand, und nach einer kurzen Pause sagte er: »Du hast als Trader jeglichen Businessehrgeiz aufgegeben!« Seine Worte hatten weniger den Anflug einer Anklage, vielmehr umwehte sie ein Hauch von Bewunderung!

Jerome nickte sichtlich fröhlich, ja fast schon stolz. »Null, wirklich – glaub mir, *null* Businessehrgeiz mehr!« Er deutete auf seinen säuberlich leeren Wohnzimmertisch. Keine herumliegenden Unterlagen. Keine Hefter. Keine mit Stichpunkten vollgeschmierten Notizzettel. Nichts. »Und obwohl ich als Trader im Mittelpunkt, da, wo alle wirtschaftlichen Weltachsen sich schneiden, sitze, hören sich für mich die Worte *Stress* und *Hektik* trotzdem wie etwas gänzlich ›Unerprobtes‹ und Fernes an.«

Haiiieii … Stress und Hektik hören sich wie etwas gänzlich Unerprobtes und Fernes an?

Teufelskerl!

Jerome klopfte sich auf den Bauch und verwies auf sein einstiges Gefühl, als würde eine Uhr in ihm stecken: morgens alles – Küche, die Kleine, sich selbst – vorbereiten, um rechtzeitig loszukommen, um die Tochter in die Kinderkrippe zu bringen, um sich danach durch den Berufsverkehr zu quälen, zu Sitzungen, zu denen man pünktlich erscheinen musste, während sich die restliche Arbeit anhäufte, und auch abends musste er sich trotz Stau beeilen, die Kleine abzuholen oder pünktlich da zu sein, wenn das Kindermädchen Schluss hatte; und musste dann noch die abendlichen E-Mails durchsehen, noch Sachen für den nächsten Tag oder die nächsten Tage vorbereiten, Präsentationen, Konzepte, Ausarbeitungen, Zusammenfassungen entwickeln oder bewerten, und das Abendessen musste auch noch zubereitet werden, und dabei gehörte Jerome noch zu jenen Männern, die ihrer Frau überall halfen. »Spät am Abend hatten wir«, er winkte Sabine, die am großen Esstisch mit Sophie die Hausaufgaben durchsah, »gerade noch ein paar Augenblicke Zeit, miteinander zu reden, und dann schliefen wir sofort ein, weil wir so erledigt waren!« Jerome stand auf, wandte sich dem Sideboard zu, nahm jenes Bild zur Hand, das ihn mit Sabine und Sophie lachend vor dem ehemaligen Haus zeigte, und setzte sich, das Bild stumm betrachtend, wieder hin. »Weißt du, Philip, *jeden* Morgen und Abend machte ich diese Erfahrungen …«, er klopfte wieder auf seinen Bauch und berichtete, dass ihm das von Jahr zu Jahr immer größere Sorgen bereitet hätte und er – ohne um den Börsenhandel bereits zu wissen – angefangen habe, davon zu träumen, gegen diese tickende Uhr im Bauch, gegen diesen *reißenden Strom* ankämpfen zu müssen.

Reißender Strom?!

O ja … das trifft es gut!

Philip konnte Jerome dies sehr gut nachempfinden, obwohl ihm natürlich bewusst war, dass dieser *reißende Strom* von jedem auf seine eigene individuelle Weise erlebt wurde. Philip erlebte ihn beispielsweise immer dann, wenn er sich in großen Städten aufhielt und miterleben musste, wie morgens wahre Menschenmassen in die sich links und rechts der Straßen auftürmenden Büros strömten, um abends müde und wie durchgekaut wieder auf die Straßen gespuckt zu werden. Philip kämpfte sich dann wie ein schwerer, Strom abstrahlender Lachs mit den Schultern durch die Menge, und als die energische Person, die er war, trat er den Entgegenkommenden nur halb aus dem Weg und überließ den anderen den Rest. Ob aus Schlafmangel, Lebensüberdruss, allgemeiner Rücksichtslosigkeit oder weiß der Teufel was – manche rempelten ihn dann sogar an! Dafür erlaubte sich Philip gelegentlich seinen eigenen Spaß … wenn eine mit Handy, Palm und grimmiger Miene bewaffnete Gruppe von drei oder mehr Personen direkt auf ihn zukam, dann senkte er den Kopf und jagte, wie aus der Pistole geschossen, mitten durch die Gruppe hindurch, sodass die Leute notgedrungen auseinander treten mussten, um sich erst hinter ihm wieder zu formieren. Und das alles machte Philip seit jener Zeit, in der ihm bewusst wurde, wie wichtig es für ihn war, auf verschlungenen und stillen Waldwegen oder in einem Café weit weg von Informationen und Hektik über Gott und die Welt zu sinnieren, aber das konnte er nur, wenn er eben jenen Zugang zu Informationen und Hektik freiwillig etwas beschränkte! Und sein Vorteil im Leben bestand darin, dass er sich dieser »Schwächen« seit Jahren bewusst war!

»Na ja, und eines Tags«, fuhr Jeorme fort, »– ich war mal wieder dabei, meinen Traum zu träumen, irgendwann mal gegen den reißenden Strom zu schwimmen –, kam es zu einem eher zufälligen Kontakt mit dem Börsenhandel.« Die Details hierzu ließ er aus, stattdessen berichtete er in aller Ausführlichkeit, wie gern und vor allem wie *oft* er damals in den Spiegel blickte und sich dabei einen Ort vorstellte, wo er sein Leben als zukünftiger Trader zubringen wollte und wo es Stil hatte, zu verweilen. Jerome hob die Handflächen und meinte, dass noch am selben Abend des ersten Kontakts mit der Börse für ihn feststand, dass DAX & Co. den *einzige* Schlüssel zur Freiheit, Unabhängigkeit, mehr Freizeit und mehr Geld darstellten, denn: Von seinen Beruf konnte er sicherlich die Familie ernähren, aber zu großen Sprüngen reichte es trotz der vielen dafür aufgewendeten Zeit und Mühe nicht, von Freizeit und der Wahrnehmung seiner Hobbys ganz zu schweigen. Mit dem Laptop bewaffnet, repräsentierte für ihn der Börsenhandel jenen Abzweig, um zum einen finanziell in einer anderen Liga zu spielen, und zum anderen jenen Ausweg, über den er endlich er Stress, Hektik und vor allem auch das Leben seiner Stadt hinter sich lassen konnte …

Und so erfuhr Philip, dass Jerome nicht mehr jene alltäglichen Bilder ertrug, wo alles mit der Stoppuhr in der Hand eilte oder stillstand und alles, Luft und Erde, einen einzigen Ameisenbau bildete. Jerome fügte an, dass es ihm immer unsinniger erschien, dass jeder Mensch nur ganz bestimmte Aufgaben hatte und dass die Berufe an bestimmten Orten in

Gruppen zusammengezogen waren, die Vergnügungen hingegen in den anderen Stadtteilen platziert waren, und wieder anderswo standen die Wohnungen und Häuser, wo sich Frau, Kinder, Familie und Couch befanden, was zur Folge hatte, dass Spannung und Abspannung, Tätigkeit und Liebe zeitgleich genau getrennt und nach gründlichen Erfahrungswerten nur noch ausgewogen wurden. »Mein Traum war es, dass der Börsenhandel endlich das Bild, welches von den unzähligen Stockwerken der Bürobauten durchzogen war, beendete ... Raus aus dem *ICE*, rein in die *Bimmelbahn*!«

Und während Jerome aufstand, um die Gläser in der Küche aufzufüllen, gestand sich Philip ein, dass Jeromes Worte genau jene oberflächlichen, unruhigen und kurzen Gefühle der rastlosen Bewegung widerspiegelten, die auch er in sich spürte: Auch er ertrug nicht mehr das Bild der Verkehrsstraßen, Flugzeuge, S-Bahnen, U-Bahnen, Busse, Autoketten, ICEs, die Menschenmassen horizontal von einem Ort zum anderen pumpten und deren Rhythmus einzig an den Knotenpunkten für wenige Sekunden unterbrochen wurde, in denen man von einem Verkehrsmittel zum anderen sprang und die durch zwei jäh wieder losdonnernde Geschwindigkeiten übergangslos beeendet wurden. Auch er ertrug es nicht mehr, dass man überall von Werbung und Meinungsmachern angesaugt und hineingerissen wurde; dass man nur, während man – und das auch noch im Laufen – aß, gleichzeitig zwischendrin hastig sprach, und Fragen und Antworten ineinander griffen wie Maschinenglieder. Auch ertrug er es nicht mehr, dass so viele Menschen die Beschränkungen ihrer meist kurz gesteckten Ziele damit begründeten, dass das Leben kurz sei und man so versuche, dem Leben ein Maximum des Erreichens abzuverlangen. – *Seufz!*

Nun wieder zurück und die Gläser verteilend, prostete Jerome Philip zu. »Verstehst du, Philip ... *Die Sache* hatte mich in der Hand! – Weißt du, wie ich das meine?!«

Die Sache?!

Philip überlegte, dass Jerome damit nur den »Takt des Gemeinwesens« im Blick haben konnte, denn: In »*ihm*« bewegte man sich *Tag und Nacht* und tat auch noch alles andere darin; man rasierte sich, man aß, man liebte, man las Bücher, man übte seinen Beruf in »*ihm*« aus; kurzum: Man tat einfach *alles* darin ... selbst davor, dazwischen und danach, ganz so, als ob die vier eigenen Hauswände stillstünden. Das

Unheimliche war aber: dass die Wände fuhren, ohne dass man es merkte, und ihre Schienen vorauswarfen, ohne dass man wusste, wohin.

»Ja! Ja, genau!«, bestätigte Jerome, als Philip seine Gedanken äußerte. »Und überdies will man ja womöglich selbst noch zu jenen mächtigen Kräften gehören, die den Zug der Zeit bestimmen. Und wenn man dann nach längerer Pause hinaussieht, bemerkt man, dass die Landschaft sich geändert hat. Was da vorbeifliegt, fliegt vorbei, weil es nicht anders sein kann. Aber bei aller Ergebenheit gegenüber dem Geleisteten nimmt ein unangenehmes Gefühl immer mehr Gestalt an. Ganz so, als ob man über das Ziel hinausgefahren oder auf eine falsche Strecke geraten wäre ...« Wenn Jerome seine letzten Worte mit der Absicht so gewählt und gesetzt hatte, um mit ihnen Philip unvermeidlich die damit verbundenen Vorstellungen des *Aussteigens* zu Ohren zu bringen, so war ihm dies gelungen, denn: Gedankenversunken vollendete Philip den Satz: »... und eines Tages ist das stürmische Bedürfnis da: *Notbremse ziehen und abspringen!*«

»Genau so!« Jerome nickte anerkennend und erwiderte: »Mich überkam die Ahnung, dass mir der Börsenhandel – an den ich bis dahin, außer den, dass es ihn gab, keinen Gedanken verschwendet hatte – endlich die goldene Chance bot, die wilde Fahrt meines bisherigen Alltags mittels ein ›paar einfachen, stressfreien Mausklicks‹ so abzubremsen und zu verlangsamen, dass ich beim Betrachten der vorbeiziehenden Landschaft wieder Details wahrnehmen könnte statt nur noch verwischte Schemen.« Jerome stellte sein Glas auf den Tisch. »Der Börsenhandel sollte meine Fahrkarte für die *Bimmelbahn* sein!« Jerome nahm sein Glas wieder zur Hand und trank es leer. »O ja ... Zurückkehren!«, er schaute auf den Grund seines Glases und schniefte: »... Zurückkehren oder Ankommen an jenem Punkt, der vor der falschen Abzweigung lag!«

Zurück zu einem Punkt, der vor der falschen Abzweigung lag ...
Das hat was!

In Philip stiegen die Erinnerungen an seine eigenen Anfänge empor: Auch er hatte vor der Eröffnung seines ersten Handelskontos beabsichtigt, das vor ihm liegende Trading bis zu einem gewissen Punkt zu fördern, ab dem er dann »die Strände der Welt« entdecken und nacheinander zu diesen übersiedeln wollte ... doch mit der voranschreitenden Zahl von Monaten des Tradings war ihm der Gedanke einer Weltenbummlerei, die ihn auf Monate oder vielleicht sogar auf Jahre oder für immer, von seinen Charts fernhalten würde, als allzu locker, um nicht zu sagen pflichtwidrig, erschienen und hatte komischerweise keine ernsthafte Option mehr dargestellt!

»Und wie ging's dann weiter?«, fragte er daher nun interessiert.

Jerome rührte mit dem Strohhalm in seinem leeren Glas; verworrene Bilder von einst schwirrten ihm durch den Kopf: Erinnerungen, die er vergessen glaubte. Nach und nach seine Gedanken zusammenbringend, entsann er sich einiger Einzelheiten seiner Begegnungen mit den Charts, und er sah sein Gesicht vor den Monitoren, nicht so, wie es jetzt war, sondern wie es vor knapp sechs Jahren war, nachdem er seinen Beruf gekündigt und fortan allein zu Hause vor den Charts saß, und zwar mit übernatürlicher Deutlichkeit! »Na ja, der Rest ist eigentlich ganz einfach …« Jerome grinste, holte tief Luft und schickte sich ohne zu zögern an, von seinen Erlebnissen zu berichten, ohne jedoch Details der Kündigung und den schwierigen Kampf der Überzeugungsarbeit für den neuen Beruf zu erwähnen. Und während er von sich und der Unfähigkeit, seine bisherige Lebenserfahrung im Umgang mit dem Trading wirksam einzusetzen, berichtete, hatte es fast den Anschein, als wäre er etwas aufgewühlt. »… jeder Tag zerfiel in zwei Phasen: das Zusammensein mit den Kursen und das Warten darauf, wieder bei diesen sein zu können!«, meinte Jerome und sprach davon, dass sich wenige Wochen nach der langersehnten Kontoeröffnung sein Ehrgeiz als Trader in einer schwierigen Phase befand, denn: Wenn er seinem einst ursprünglich angedachten Zweck ebenbürtig sein wollte, so musste sein Trading – gleich welcher Art und Natur – an die großen Ideen des »Wozu« geknüpft sein, aber: Große, lebensgestaltende Gedanken und Ziele, die widerspruchslos von ihm geglaubt würden, gab es bei ihm nicht mehr, denn seine skeptische Gegenwart jedes Handelstages glaubte komischerweise weder mehr an »Freizeit« noch an den »unendlichen Reichtum«, weder an »innere Ruhe« noch an die »Schönheit der Freiheit« – oder er träumte in einem Riesendurcheinander von innerem Zwang und enttäuschter Hoffnung von allem zusammen, was zum damaligen Zeitpunkt auf das gleiche Lächerliche hinauskam. Wie fortgeblasen war die Überzeugung, seiner Stadt, dem Takt der Gesellschaft zu entfliehen, ebenso war der Glauben, »seine Familie vom Trading zu ernähren« wie fortgeblasen, und vor allem: seine Sicherheit. Geistiger Schwindel erfasste ihn, indes der Chartverlauf tagein, tagaus alles schlimmer auf den Kopf stellte! »*Keine Bimmelbahn* …!«, Jeromes Augen hatten sich für einen kurzen Moment »festgesehen«, sie waren von der Erinnerung an einst in eine fixe und blinde Einstellung geraten, und mit einem traurigen Lächeln wiederholte er mehrfach hintereinander: »Keine Bimmelbahn! … Keine Bimmelbahn! … Keine Bimmelbahn!«

»Tja …, soviel zum Stichwort *Bimmelbahn*!« Jerome kehrte wieder in die Gegenwart zurück.

»Und wie ging's dann weiter?« Diese Frage sah Jerome in Philips Augen, und ungefragt begann er zu antworten, indem er davon berichtete, dass er sich noch tiefer in die Charts, in die Arbeit und ins Abenteuer gestürzt hatte; es schien ihm gleich zu sein, was er unternahm, sofern es nur mit noch mehr Einsatz und Risiko geschah. Jerome verglich es damit, dass *»es«* mit ihm umgegangen sei wie ein Fliegenpapier mit einer Fliege – es hatte ihn da an einem Härchen, dort in seiner Bewegung festgehalten und ihn allmählich eingewickelt, bis er in einem dicken Überzug begraben lag, der seiner ursprünglichen Form nur noch entfernt entsprach, und obwohl sich Jerome anstrengte, konnte er *»es«* nicht aufhalten – es hatte ihn ergriffen!

»–*es*?«, griff Philip erstaunt vor.

»Ja, *es*.« Jerome schaute auf. »Damals hatte ich noch keine Bezeichnung dafür, sondern spürte nur, dass *sie* am Werk war. Heute sehe ich das ungefähr wie eine Art *Gegenkraft*, die, wann immer ich vor den Charts saß, gegen alle menschliche und sachliche Vernunft in mir war und wirkte.« Diese Gegenkraft, so Jerome, zerrte und schwirrte immer heftiger in ihm. Er wollte nirgends bleiben und löste einen Sturm nach dem anderen von ziellosen, er nannte es »Fluchtbewegungen«, aus.

»– *Fluchtbewegungen*?!«

Jerome nickte bestätigend und erläuterte, dass sein damaliger scheinbarer Spott über die eigenen Minustrades, seine Auflehnung gegen das Bestehende und die Bereitschaft zu allem, was ihm irgendwie »heroisch« erschienen war, seine nahezu »dramatische Selbstaufopferung« sowie sein überzeugungsfester Ernst bei der Aussage »… das wird schon noch drehen …«, vor allem jedoch seine tagtäglich aufs Neue stattgefundene Unbeständigkeit für ihn im Nachgang nichts anderes bedeutete – und bedeuten konnte! – als eben *Fluchtbewegungen*.

Jerome deutete auf eines der Bilder über dem Sideboard, welches ihn auf einem Schnappschuss hinter seinen ehemaligen Bildschirmen seines ehemaligen Haus zeigte. »Au Mann!«, er fuchtelte mit dem tropfenden bunten Strohhalm in der Luft herum, »eigentlich kann ich sagen, dass ich die ersten Jahre unter allem, nur nicht unter einer *dauernden* Handelsidee, gearbeitet habe! Dabei müsste man ein Regelwerk und dessen Großwetterlage lieben wie seine Frau …«, er unterbrach sich und meinte, sich Sabine mit vertrautem Blick zuwendend: »Verzeih, Schatz, du weißt ja, wie's gemeint ist!« Sabine, ebenfalls lächelnd, nickte und ließ einen gespielten Seufzer hören, dann fuhr Jerome, jetzt wieder Richtung Philip, fort: »… und sich abends selig fühlen für den gemeinsam verbrachten Tag und sich schon darauf freuen, dass man am nächsten Handelstag zu ihr zurückkehren darf. Und egal, wo man ist, man trägt sie *im Inneren* immer mit sich und vergleicht alles, was man *im Äußeren* erlebt, mit ihr … Tja, diese Idee habe ich nur leider zu Beginn noch nicht gehabt!« Jerome seufzte – und jedem war klar: Dieser Seufzer war nicht gespielt! –, dann sprach er weiter. »Weißt du, Philip, stattdessen hatte ich zu den sogenannten großen Handelsideen eher ein *Mann-Mann-Verhältnis*! Aus damaliger Sicht wohl sogar zu Recht!«

»*Zu Recht?*«, hakte Philip abermals nach.

Jerome überlegte kurz. »Ja, zu Recht deswegen, weil ich glaubte, sämtliche Unterordnung endlich hinter mir gelassen zu haben!« Mit einem Blick prüfte er, ob Philip ihm folgen konnte.

Rein männliches Verhältnis?

Unterordnung endlich hinter sich lassen?

Philip konnte es – und wie er konnte! Denn auch ihn hatten die »sch…« Regelwerke gereizt! Gereizt, sie zu stürzen und andere an ihre Stelle zu setzen, ja vielleicht war er gerade von dieser Eifersucht auf andere Regelwerke verführt worden, deren Gesetze er immer wieder suchte, und wenn er sie dann fand, auch nicht für unverbrüchlich ansah! Nach einem kurzen Schweigen gab Philip sehr zur Freude Jeromes ebenfalls von sich zu, dass es ihn einst eigentlich weit mehr erregte, wenn er ein Regelwerk in einem Buch las, wo es von der Auffassung des Autors geschützt war; aber wenn er es in seiner vollen Ausführlichkeit live erleben sollte, fand er es immer schon veraltet und altmodisch-ausführlich und demnach vom Gedankengehalt her irgendwie überholt. An allem hatte er »genascht« und war dennoch nirgends »satt« geworden; er konnte sich – so Philip – nirgends genügend »festbeißen«. Tagtäglich las und suchte er irgendwo einen neuen Handelsansatz, eine neue »Tradinggebärde«, kurzum: eine neue Technik des Seins als Trader – das konnte mal ein neuer Indikator oder ein neuer Gedanke zu Trendlinien oder ein Satz zu Geldmanagement sein – *völlig egal* –, und obwohl es pure Augenwischerei war, so hatte es wie alle Schauspielerei natürlich einen Sinn – und augenblicklich stürzte er, wie die Spatzen von den Dächern, wenn man Futter streut, als junger Trader darauf zu. Man brauchte es sich ja bloß vorzustellen, so Philip zu Jerome, wenn man vor den Monitoren die schwere Welt der Kurse, der Charts, der Signalvielfalt und Regelwerke sah, und im Inneren eines Traders nichts wie ein haltlos beweglicher Nebel war, welches Glück es bedeuten musste, sobald man einen Artikel las oder einen Redner hörte, in dem man sich selbst zu erkennen vermeinte. Und so wurde, darin Jerome gleich, Philip einst von Tag zu Tag immer unruhiger, denn es dürstete ihn nach der Ausweitung seines Daseins als Trader, nach »umfangreicheren Möglichkeiten«, den Charts zu begegnen, und wirklich: Das wohl geneigte Glück des Tradings ließ ihm dies tagtäglich zuteil werden ...

Andächtig rührte Jerome mit seinem Strohhalm die letzten noch nicht aufgetauten Eiswürfel hin und her. »Wisst ihr ...«, er machte eine Pause, blickte mehr Sabine an als Philip und holte tief Luft, »kurzum: die Folge allen bisher Gesagten ist, dass ich an einen Punkt kam, wo mir mein Dasein als Trader ... zu einer schier unerträglichen Last wurde! Ja ... *Last*!«

Da sowohl Sabine als auch Philip schwiegen, fuhr Jerome wenige Augenblicke später fort zu erzählen, dass sein Leben als Trader damals wie ein Pendel zwischen »Schmerz« und unerträglicher »Langeweile« hin und her geschwankt habe: Einerseits hatten sich, nach ganz fürchterlichen Tradingtagen, die Leiden und Qualen seiner Tradinganfänge so aufgetürmt, dass ihm stellenweise zur Flucht vor diesem ganzen Leben selbst der Tod schon fast wünschenswert erschienen war und er oftmals den Gedanken hatte, freiwillig zu ihm zu eilen; und andererseits hatte sich seiner, sobald ein heroischer Plustrade ihm eine Rast von »Not und Leid« vor den Monitoren vergönnte, die *Langeweile* bemächtigt, sodass es sofort des unbedingten Zeitvertreibs »eines weiteren Trades« bedurfte. »H-i-m-m-e-l, das waren wirklich«, Jerome konnte sich wegen Sophie gerade noch bremsen, »*versch... Zeiten*!«

Philip bemerkte, wie Sabine, leicht mit den Kopf nickend, ihren Blick von Jerome löste und – sich scheinbar gedankenversunken an die damaligen Zeiten zurückerinnernd – Sophie, die noch immer über ein

Schulaufgabenheft gebeugt neben ihr saß, sanft über den Rücken fuhr; und er fand diese Stelle, an der Jerome die »Langweile« ansprach, genau passend, um ausführlichst von dem Treffen mit Torbach zu berichten. Er ließ kaum eine Einzelheit aus, und so erfuhr Jerome von der alles verändernden Frage Torbachs »Verheizt du die Axt als Brennholz, oder benutzt du sie, um Brennholz zu gewinnen?« und von Philips Bemühungen, Licht in die Sache zu bringen, genauso wie von seiner Beobachtung, dass das, was viele Trader zu beschäftigen und in Bewegung zu halten schien, auf der einen Seite das Streben nach dem erfüllten Dasein, sprich: ihrem persönlichen »Wozu«, war, sie aber andererseits mit dem Dasein, wenn es ihnen gesichert war, nichts anzufangen wussten und daher fast zwingend, als Zweites und Nachfolgendes, das Streben in Angriff nahmen, ihre Last des Daseins als Trader loszuwerden, es irgendwie »unfühlbar« zu machen, »die Zeit zu töten«, kurzum: der *Langeweile* zu entgehen.

Philip war beim Erzählen über die Begegnung mit Torbach nun auch jene Frage wieder eingefallen, die sich ihm auf der Herfahrt in Sous Boot zu den Berufen gestellt hatte, und er ließ Jerome daran nun in der Form teilhaben, als dass er seine durch den Gedanken an Torbach aktualisierte Frage offen aussprach, nämlich, ob die Hunderten oder vielleicht gar Tausenden von »normalen« Berufen in einer Stadt wie zum Beispiel Ärzte, Fischer, Schaffner, Programmierer, Kellner, Tischler, Bauarbeiter, Soldaten, Mechaniker, Bauern, Elektriker, Designer, Hausverwalter, Köche, Gärtner, Taxifahrer, Verkäufer, Studenten, Reiseleiter, Friseure und Krankenschwestern wohl auch so schnell aus der Erfahrung der *Ent*täuschung lernten, wie dies beim Trading der Fall war? Und natürlich stellte er auch die Frage in den Raum, ob denn jeder Mensch, der einen dieser »normalen« Berufe ausübte, sich dann, so wie manch ein Trader, wenn er sich seine beruflichen Ziele *erfüllt* hatte, sprich: er als von Not und Sorgen gebeutelter Berufsanfänger nun *endlich* alle »Ausbildungslasten« von sich abgewälzt hatte, sich jetzt mitunter selbst eine Last war und nun plötzlich jede durchgebrachte Stunde als Gewinn erachtete, zu deren möglichst langer Erhaltung man bis dahin alle Kräfte aufbot?!

»Au Mann«, lachte und stöhnte Jerome zeitgleich, »dieser Börsenkram ist – wenn man sich die Mühe macht, genau hinzuschauen – schon irre!«

Philip wusste, dass es keiner weiteren ausgesprochenen Antwort bedurfte! Denn was sah man, wenn man genau hinschaute? Man sah, dass die *Langeweile* ein keineswegs gering zu schätzendes Übel war, denn so wie die Not des Aktionismus die beständige Geißel des Tradinganfängers war, so war es die Langeweile des fachlich bereits vorangeschrittenen Traders, die auch auf das Gesicht eines *fortgeschrittenen* Traders noch wahre Verzweiflung malen konnte.

»So, mein Freund! Aber jetzt genug dergleichen!« Er schwang sich auf. »Komm, ich will dir mein Büro zeigen!«

Philip stand auf, und sein Gesicht sah glücklich über das Treffen mit Jerome aus, denn was Jerome von sich gab, das berührte ihn auch persönlich, und im gewissen Sinne bewunderte er Jerome, wusste er doch nur zu gut, wie schwer es war, von sich selbst zu reden! Aber ... eines kam Philip an alldem seltsam ... *sehr, SEHR seltsam!!* ... vor! Nämlich, dass Jerome – im Gegensatz zu allen Begegnungen, die Philip bisher mit privaten, zum Teil aber auch mit beruflichen Tradern erlebt hatte – *trotz* Anwesenheit seiner Familie nie zu fürchten schien, ehrlich mit seinen Worten fortzufahren und über seine Enttäuschungen im Einzelnen und detailliert zu berichten.

Aber ohne dass Philip dies bereits jetzt hätte ahnen konnte, sollte ihm darüber die kommenden Tage Aufklärung zuteil werden ...

»Nun ja, es geht hier ganz ästhetisch und spartanisch zu ...«, sagte Jerome und schob dabei die Tür auf.

Hui!!!

Spartanisch war das rechte Wort!

Denn, Philip sah ... Er sah *nichts!* Nichts, außer: einem Lederbürostuhl und einem großen eleganten Schreibtisch, darauf ein Laptop mit einem zweiten kleinen Flachbildschirm und einer Maus. Jedoch weder:

... irgendein aufgeschlagenes Fachbuch, ...

... noch Ausdrucke irgendwelcher Börsennewsletter, ...

... keine Zettelwirtschaft, ...

... keine Notizbücher, ...

... keine Bücheregale mit Börsenbüchern, ...

... keinen eingeschalteten Fernseher mit laufenden Börsennachrichten.

Aber, da Philip schon längst der Frage »ob denn die Anzahl der Bildschirme und die Menge der gelesen Zeilen mit dem korreliere, was man da raushole?!« entwachsen war, und er es ebenso vorzog, die Einsamkeit im Büro ohne »lästiges Beiwerk« anzunehmen, war Philip über Jeromes Büro nicht enttäuscht. Im Gegenteil: er war schlichtweg ... *fasziniert*! Er sah nichts außer ... einem großen Schreibtisch, der vor der großen Fensterfront stand! Dies hatte er wahrlich, bei einem privaten Trader, nicht erwartet! Philip musterte Jerome, und schätzte diesen nach allen bisherigen Worten unter anderem so ein, dass dieser – ganz allein, *ohne* Ausbilder – immer mehr aus seinem Sprachgebrauch und seinen Taten das Wort: *sinnlos* strich. Und *sinnlos* war es auch – je nach Handelsstil! – zu meinen, die Anzahl der Bildschirme und die Höhe der eigenen Trading-Bibliothek korreliere mit dem, was man da rausholte.

Jerome schob aus dem benachbarten Zimmer einen zweiten Stuhl heran, rückte den Bildschirm in beider Blickwinkel und schaltete diesen sodann ein. Der Monitor erhellte sich und zeigte seine Bilder. Philip sah Charts ... aber ... – *O-ha*! Die Charts waren nur Bruchstücke von den sonst üblichen Charts; sie waren schemenhaft, und wenige Perioden bildeten die schon weit fortgeschrittenen Handelswoche intraday ab. »Du arbeitest mit *nicht*-zeitbasierten Charts? – Sehr interessant!«, meinte Philip.

»Damit«, Jerome tippte mehrmals auf die Charts, »verbessere ich meine Chartsuche und ... verlängere meine Schäferstündchen!« Und was einem Tradinganfänger als witzige Antwort hätte gelten können, war bei Jerome in eine Fülle von Tiefsinn getaucht, welche Philip mit Vorliebe wahrnahm, denn da war es wieder, das Thema: ... *ZEIT!* ... Es zog sich innerhalb des Themas *Trading* nicht nur in philosophischen, sondern auch in allen fachlichen Aspekten durch.

Zeit! – Philip seinerseits war schon immer von den *nicht-*»zeit«-basierten Charts fasziniert, denn durch Wegfall der Zeitachse war das Kriterium für die »Fertigstellung« einer Periode nicht mehr die verstrichenen Ein-, Zehn- oder Sechzig-Minuten, sondern einzig die verstrichene *Marktbewegung* in Punkten, Pips oder Dollars entscheidend. Der Vorteil lag durchaus auf der Hand: Neben dem klassischen Marktrauschen konnten auch generell nicht für wichtig erachtete Marktbewegungen einfach *raus*- oder besser gesagt *weg*gefiltert werden, und sichtbar blieb, in komprimierter Form, die individuell für wichtig erachtete Trendintensität beziehungsweise *Trendgröße*[37]. Kurzum: *Zeit* ... nicht nur in deren »Ver«-wendung konnte man Fehler machen oder aber *Verbesserungen* anstreben, sondern auch in ihrer Darstellung.

[37] Siehe 🗁 Bild 6, S. 149.

Jerome klickte derweilen zügig in seinen selbst erstellen Watchlisten herum und zeigte auf den einen oder anderen Wert, in dem er gerade positioniert war oder welchen er interessant fand. Beiläufig meinte er: »… hab tatsächlich echt lange gebraucht, um mich an diese Dinger«, er zeigte auf einen *nicht*-zeitbasierten Chart, »zu gewöhnen! Man kann schon sagen, *Jahre*! Und du wirst nie erraten, warum mir der Umgang damit zu Anfang so schwer gefallen ist!?!«

Doch – Philip erriet es, und er wusste auch aus eigener Erfahrung von den Gründen zu berichten: »Na ja, ich sag mal so…«, begann Philip und holte, sehr zur Freude Jeromes, etwas weiter aus, indem er vorab an ein kürzlich gelesenes Buch erinnerte, wo – zwar in einem völlig anderen Zusammenhang, aber dennoch an dieser Stelle passend – die Frage aufgeworfen wurde: »Könnte man die *Zeit* erzählen, diese selbst, als solche, an und für sich?« Wahrhaftig, *nein*, denn das wäre irgendwie ein albernes Unterfangen! Eine Erzählung, was denn »Zeit« sei, die ginge so: »… die *Zeit* verrann, sie verfloss, es strömte die *Zeit* …« und so immer weiter – das könnte, erwachsenen Sinnes, wohl niemand eine Erzählung über die »Zeit« nennen. Es wäre, als wollte man hirn-verbrannterweise eine Stunde lang ein und denselben Ton oder Akkord anstimmen und das dann als eine harmonische Melodie ausgeben. Denn eine Erzählung über die »Zeit« glich der Musik darin, dass sie die Zeit erfüllt, sie anständig »ausfüllt«, sie »einteilt« und machte, dass »etwas daran« und »etwas los damit« war. Aber: Die *Zeit* war nicht nur das Element der Musik, sondern scheinbar unlösbar mit *jedem* Körper im Raum verbunden, und es war damit *das* Element des gesamten Lebens.[38]

Demnach – wie sollte es verwundern – war der Begriff »Zeit« also auch dem Börsenhandel im Allgemeinen und dem Trading im Speziellen zu eigen, und hier sogar auf unterschiedlichsten Ebenen. Beispielsweise in den gängigen, aber eher *unpersönlichen* Fragen nach:

> *Wann öffnet der Markt, und wann schließt er?*
> *Wann werden die Wirtschaftzahlen bekannt gegeben?*
> Oder: *Wann ist der jeweilige Verfallstag?*

Aber: ein jeder Trader besaß neben den eher unpersönlichen Fragen um die »Zeit« auch jene eigenen inneren Aufzeichnungen, die »Zeit« betreffend, die beispielsweise bekunden, dass ein Tradingtag »nur so im

[38] Quelleverweis: Thomas Mann ISBN: 978-3596294336; Taschenbuchverlag.

Flug« durchlebt wurde; oder aber auch, dass der durchlebte Handelstag, dessen zeitlicher Umfang sich auf nur wenige Stunden, aber auf gefühlte Jahre belief. Doch neben dieser doch schon eher persönlicheren Frage, wo denn die eigenen Grenzen der menschlichen Zeiterfahrungs-möglichkeit als Traders lägen, gab es noch weitere, die *persönliche* Anwendung von »Zeit« im Tradings betreffend:

> *Sind zwei Stunden vor den Charts für mich und meinen*
> *geldwerten Nutzwert genug oder gar bereits zu viel?*
> *Oder sitze ich doch besser zehn Stunden dafür an?*
> *Wie lange dauert es wohl, bis ich im Trading dies oder*
> *jenes begriffen habe?*

Aber: Auch auf der *fachlichen Ebene* spielte die »Zeit« eine Rolle, und hier war diese insbesondere dem Element der *optischen Darstellung* eines Charts eigen, welche diesen maß und gliederte, kurzum: sie machte den Chart »kurzweilig« oder eben »langatmig«, woraus sich, die »Zeit« im Trading betreffend, also auch noch Fragen aus der *fachlichen* Anwendung ergaben:

> *Führe ich meinen Handelsstil unter Zuhilfenahme*
> *eines 10-Minuten-Charts durch?*
> *Oder doch besser eines 24-Minuten-Charts?*
> *Welche Zeiteinheit ist denn nun die meiner Zeiteinheit*
> *übergeordnete?*

Mit anderen Worten: Auch wenn all diese Fragen noch um ein Viel-faches erweiter- und ausbaubar waren, so war doch in der Konsequenz deutlich erkennbar, dass das Thema »Zeit« im Trading *immer* in dreier-lei Hinsicht eine Rolle spielte, nämlich eine *unpersönliche*, eine *persönliche* und eine *fachliche* Rolle. Oder mit anderen Worten: Trading »behandelte« die *Zeit* in vielerlei Hinsicht als eine Komponente, wodurch man sie selbst wiederum »behandeln« konnte. Und damit bestand die Möglichkeit, dass *Zeit*, ob bewusst oder unbewusst, ob zu Recht oder zu Unrecht, zu *dem* Element im Trading, zu *dem* Gegenstand wurde.

Okay – es lag für Philip und Jerome auf der flachen Hand, dass es jene *drei*geteilte Gliederung gab; aber ebenso offen lag, dass – aus dem

Blickwinkel der *Markttechnik* betrachtet – im dritten, dem »fachlichen« Element der *Zeit*, und da, den *Chartaufbau* bereffend, noch ein weiterer Unterschied waltete! Zum Vergleich: Das »Zeitelement« eines Musikstücks war beispielsweise nur *eines*: ein Ausschnitt menschlicher »Erdenzeit«, in den es sich ergießt, um diesen damit, abhängig hoffentlich vom Geschmack, zu erhöhen. Das markttechnisch orientierte Trading dagegen weist zweierlei »fachliche« Zeit auf: zum einen die bezüglich des »Chartaufbaus« reale Zeit, die deren Ablauf und Entstehung bedingte, sowie die bezüglich ihres Inhalts, sprich: bezüglich ihrer »Marktbewegung« reale Zeit, die immer *perspektivisch* war! Nämlich so, dass die Zeit der *Marktbewegung* zum einen mit der für den *Chartaufbau* benötigten Zeit völlig zusammenfallen, sich zum anderen aber auch meilenweit davon entfernen konnte. Oder mit anderen Worten: Eine Periode eines 10-Minuten-Charts dauerte *zehn* Minuten reale »Chartaufbau-*Zeit*«; eine Marktbewegung, ganz egal, ob in ihren Einzelheiten oder als Trend im Ganzen betrachtet, konnte eine solche Periode jedoch um das Zigfache überdauern. Obgleich sie, bei Betrachtung der durch die kleine Periodenzeit bedingte *hohe Periodenanzahl*, sehr *lang*weilig erscheinen mochte, konnte dieselbe Marktbewegung bei Betrachtung im Gesamtbild sehr *kurz*weilig erscheinen lassen!

Ein Beispiel: Ein »kleiner Trend«, der sich über ein, zwei Tage erstreckte und auf einem 10-Minuten-Chart gut sichtbar war, sah im zusammenskalierten, nun mehrere zurückliegende Wochen sichtbar gemachten Chartbild klein und völlig *unbedeutend* aus, obwohl ihn, auf dem 10-Minuten-Chart betrachtet, eine *hohe Anzahl* von Perioden kennzeichnete. Andererseits war es aber auch möglich, dass die für den »Chartaufbau« benötigte Zeit die eigene Dauer einer Marktbewegung überstieg und diese durch solche »Verkürzung« unkenntlich machte, wobei es gleichgültig war, ob der Trend dabei in seinen Einzelheiten oder im Ganzen betrachtet wurde. »Verkürzung« – damit sei auf das illusionäre beziehungsweise, um ganz deutlich zu sprechen, auf das krankhafte Element hingedeutet, das dem Trading einschlägig zu eigen war; nämlich dass die Marktbewegungen sich eines optischen Zaubers in der Art einer »zeitlichen Überperspektive« bedienten. Beispielsweise: Ein kleiner, aber bilderbuchhaft sauberer Trend, der über mehrere Korrektur- und Bewegungsschwünge verfügte, wurde auf einer hohen »chartaufbau-realen« Zeit nur mittels einer

Periode dargestellt. Trendbeginn, Trendverlauf und Trendende waren nicht mehr erkennbar.

Aus diesen beiden Tatsachen heraus könnte man, um den eigentümlich *Doppelsinn* hinsichtlich des fachlichen Elements »*Zeit*« im Chartaufbau noch besser zu verdeutlichen, auf die Spitze getrieben fragen:

Sind drei Perioden eines 10-Minuten-Charts als Bewegungsast eines mittleren Trends zu lang oder zu kurz?

Nach diesen miteinander ausgetauschten Worten und Gedanken blickten beide Händler mit einer Miene, die von Gedankentätigkeit zeugte, auf den Monitor, und beide kamen sodann zu dem Ergebnis, dass in der Beantwortung dieser letzten Frage nicht nur die Geburtsstunde und die Existenzberechtigung der nicht »zeit«-basierten Darstellung eines Charts verborgen lag, sondern sich genau hier, bei Anwendung der vielfältigen Formen von *nicht*-zeitbasierten Chartdarstellungen für den Tradinganfänger und damit den »jungen Abenteurer«, ebenso die nicht zu unterschätzende Schwierigkeit, welche Jerome vorhin mit den Worten »… ich habe tatsächlich lange gebraucht, um mich daran zu gewöhnen«, verborgen lag. Denn: nicht das »Fachliche« von *nicht*-zeitbasierten Charts stellte die Hürde dar, denn deren Fachlichkeit war nahezu selbsterklärend, sondern etwas ganz anderes, was Philip mit den Worten ausdrückte: »… eben durch die fehlenden zeitlich ›fortlaufenden‹ Perioden entsteht eine … hmmm… eine Art Schwund in der Wahrnehmbarkeit der der eigenen *Betätigung als Händler*!«

Jerome war von Philips Antwort sichtlich begeistert, was seine Augenbraue noch fesselnder aussehen ließ: »Genau! Was mich einst in der Anwendung belastete, war … der … *ich nenne es mal* … Identitätsschwund als ›aktiver‹ Trader!«

Philip musste sich in Erinnerung an seine eigenen Emotionen aus früheren Zeiten genau *dies* bei der Anwendung von *nicht*-zeitbasierten Charts eingestehen, denn: Es war, bei einiger Nachgiebigkeit, bei einem *nicht*-zeitbasierenden Chart – egal, ob Spannenchart, Point & Figure oder andere Arten – nicht leicht, eine »60-minütige« Handelszeit gegen eine davor oder den heutigen Handelstag von dem von gestern oder vor- und vorvorgestern abzusetzen, da dieser – wenn keine nennenswerte Bewegung erfolgte – dem anderen optisch glich wie ein Ei dem anderen.

Und so war mitunter eine ganze Handelsstunde auch noch nicht geneigt und fähig, die Gegenwart des Tradinganfängers und jungen Abenteurers mit einer solchen zu verwechseln, die vor einer Stunde oder zwei gewaltet hatte, und mit ihr zum »Immer« zu verschwimmen. Kurzum: Ließ man die »Zeit« aus den Charts heraus, tappte der Tradinganfänger, und so auch einst Philip und Jerome, in eine Art »Bewusstseinsfalle«, da die Begriffe »10-Minuten-«, »3-Minuten-«, »60-Minuten-«, »Tageschart« plötzlich gesondert blieben. Erfahrene Trader hingegen – wie nunmehr Philip und Jerome, tauschten – indem sie sich durch die Wegsparsamkeit des Zeitmessers mit Freude eben jene Begriffe der »Zeiteinheiten« vom Leibe hielten – deren Begrifflichkeiten mit großem Wohlgefallen schlicht gegen ein »großer«, »mittlerer«, »kleiner«, »ganz kleiner Trend« aus, wodurch dann auch jene Abstandsbegriffe des »eben noch« gleichsam ihre letzte Bedeutung verloren. – *Tja, und warum sollte, wer als Trader wirken will, nicht auch unter diesen Bedingungen wirken können?*

Und dann ging es los, das gemeinsame Durchklicken der Charts …

Chart 1

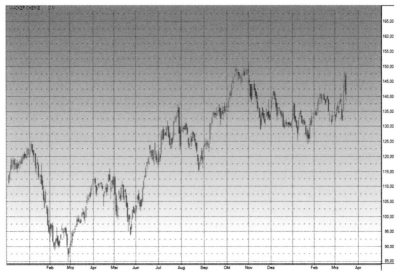

🗁 Bild 19

»Long?! … short?! … oder weiterblättern?!«, fragte Jerome und machte es sich in seinem Lehnstuhl bequem.

»… mhm«, Philip beugte sich vor, »den *mittleren* gegen den *großen Trend* … – *Long!«*

Beide nickten, und es war ein Nicken von Tradern, die als Gemeinsamkeit mit allen anderen Tradern alles ausprobiert hatten was das Trading bot, nun aber – im Unterschied zu vielen anderen – wussten, was sie im Leben und als Trader glücklich machte und was nicht.

Jerome zog die Tastatur näher zu sich heran. »Möchtest du, dass ich die einzelnen Perioden deutlicher darstelle?«

»Lass nur, ich seh auch so die lokalen Hochs und Tiefs!«

»Willst noch Details vom heutigen Tag sehen?«

»–Details? …Wozu?«, entgegnete Philip. »Super Marktphase!«

Jerome nickte bestätigend, und zeigte mit dem Mauszeiger auf seine riesige Watchliste: »Außerdem haben wir zu viele Märkte, um hier mit der Lupe noch übertriebenes Finetuning anzuwenden!«

Klick … Klick … Klick …

Und während beide auf die jeden Moment folgende Orderausführung warteten, schauten sie auf den Chart, und beiden war klar, dass ihre

Idealvorstellungen, von denen sie einst träumten, eigentlich nur Hirngespinste waren. Das »wirkliche« Trading war für beide sozusagen mit *jenem* Schlag erwacht, als sie verstanden, dass man nicht länger für das »Wie« pingelig sorgen musste, sofern dieses sich in einem *genialen* »Wo« befände; und man fortan nur noch auf die Schwierigkeiten und Enttäuschungen durch ein falsches Geldmanagement zu achten hatte, denn: Beiden war nach Jahren klar, dass die Überschätzung der Frage »Wo um alles in der Welt schließt die aktuelle Intradayperiode?«, wohl viel zu sehr der Dauerobservation und irgendwelchen Intenetforen oder Börsensendungen entstammte. Oder anders: Es wäre wichtig zu wissen, warum man sich beim um den aktuellen Kurs liegenden »großen Radarbild« ganz ungenau damit begnügte, dass es »halt rauf« oder »halt runter« ging, und nie danach fragte, innerhalb welcher *besonderen* Phase der – wenn überhaupt – vorhandene übergeordnete Trend lag, obgleich sich das doch sehr genau und eindeutig ausdrücken ließe; wohingegen man es bei etwas soviel Verwickelterem wie dem Schlusskurs der aktuellen Intradayperiode, in der man sich gerade aufhielt, immer durchaus genau wissen möchte … welche *narrenhafte Sinnlosigkeit*; es lenkt von Wichtigerem ab!

Piep!
Order Filled.

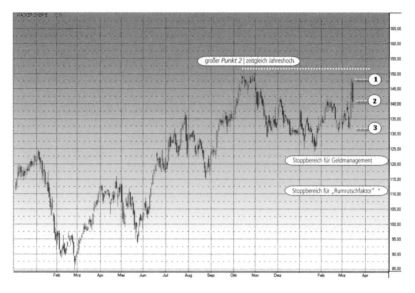

⌂ Bild 20

① mögliche Positionserweiterung am kleineren *Punkt 2*
② *Market* – Positionseröffnung
③ erster Stopp

Und noch während Jerome den nächsten Chart anklickte, rutschte die Aktie um 0,50 Cent nach unten, aber niemand störte sich daran.

Klick!

Nächster Chart …

Chart 2

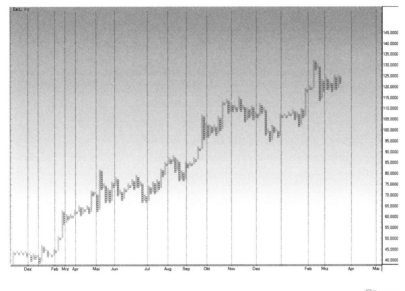

Bild 21

»Philip, wenn es dich nicht stört, nehm ich nun zum Suchen mal *Point
& Figure*-Charts, als eine der möglichen Formen *nicht*-zeitbasierter-
Darstellung?!«

Philip war natürlich damit einverstanden, wusste er doch, wie eben ausführlich besprochen, um die Bedeutung und Anwendung solcher
Charts; schließlich war es sehr viel wichtiger, bei der *Suche nach
Großwetterlagen* dem Markt »zu folgen« als Vermutungen darüber anzu-
stellen, wo die Hochs und Tiefs einer einzelnen, wahllos-parametrisier-
ten-zeit-basierten-Intraydayperiode lagen oder wie lang *Kursbewegungen* und
deren Korrekturen andauern würden. Anders gesagt: Was für die Markttechnik zählte, war nicht die Monotonie des Markts, die durch die *zeitliche Dauer*, sondern jene, welche mithilfe der Kontinuität, des Flusses,
sprich der Symmetrie des Markts gemessen wurde, und es war daher
durchaus legitim und sogar vom großen Vorteil, den Markt nicht mittels
»Zeit-Formeln« sondern seine einzig relevante markttechnische Stärke
nur »geometrisch« wiederzugeben. Kurzum: Bei einem *weit* fortgeschrittenen, markttechnisch orientierten Trader, der dem Thema *Zeit* mehr
Beachtung und Hingabe schenkte, als der *in ihr* ablaufenden reinen
Marktbewegung, erlaubte ein solches Vorgehen unzweifelhaft das Urteil

»Irrung und Verwirrung«, und damit wäre höchste Besorgnis am Platze.

Philip blickte auf Jeromes Bildschirm, und betrachtete diese etwas »bizarren« Chartdarstellungsweise, deren Kursveränderungen mit »X« und »O« gekennzeichnet wurden, wobei ein »X« einen frei definierenbaren Kursanstieg um beispielsweise ein, zwei oder 13,50 Dollar beziehungsweise 20 Punkte repräsentierte, und ein »O« für einen gefallenen Kurs um eben jene selbe Größe stand.[39] Eine Säule, sprich Reihe aus »X« oder »O« stellte demnach einen »Trend« im

 Bild 22

Sinne der Darstellung, und »Bewegung oder Korrektur« im Sinne der Markttechnik dar. Eine aus mehreren »X« bestehende Säule spiegelte also eine Aufwärtsbewegung wider, und stiegen die Kurse weiter, so werden die »X« auf der Säule weiter und weiter und weiter abgetragen, solange der Kursanstieg über dem letzten eingezeichneten »X« lag. Das Gleiche geschah analog bei einem Abwärtstrend. Eine Säule konnte also immer nur aus »X« oder »O« bestehen, eine Kombination beider Symbole innerhalb einer Säule war nicht möglich. Kurzum: Bei diesen Charts wurde auf den Faktor »Zeit« genau so wie auf den »Umsatz« komplett verzichtet, was zur Folge hatte, dass auf der Ordinate zwar die Kurse wie immer abgetragen wurden, während die Abszisse völlig – welch optischer Segen – dimensionslos blieb.

Aber es bedurfte daher eines anderen Parameters: Nahezu alle klassischen *nicht*-zeitbasierten Chartsdarstellungen – beispielsweise Point & Figure, Rengko, Kagi, Threee Line Breaks – wurden im *Sinne der Darstellung*, in der Regel nach einer Art »Reversal-Amount«, parametrisiert, wobei eine Kurs*umkehr* entweder auf einen festgelegten Dollar-Euro-und-so-weiter-Betrag oder festen Prozentbetrag ausgerichtet wurde, dass heißt: Um zu einer neuen Säule zu gelangen – demnach so ein Art

---

[39] Da der gesamte Text dieses Bandes an den fortgeschrittenen Trader gerichtet ist, wird auf eine zu intensive *Funktions*beschreibung der *nicht*-zeitbasierten Chartdarstellung verzichtet. Wer bereits damit arbeitet, kennt sich in deren vielfältigen Funktionsweisen und Besonderheiten ohnehin besser aus, als eine Kurzbeschreibung dies hier wiedergeben könnte. Eine für alle anderen Leser notwendige Langbeschreibung würde zudem den Rahmen dieses Bandes sprengen (hier sei schlicht auf das Internet oder einschlägige Literatur verwiesen), zumal ein markttechnisch orientierter Händler der im Umgang mit zeitbasierten Charts geschult ist, für den Umgang mit *nicht*-zeitbasierten Charts kein(!) grundsätzliches *Um*denken benötigt, auch wenn dieser einer anderen Horizontweite entspricht.
Oder mit anderen, hier im Buch bereits im Vorfeld erläuterten Worten: Man kann es ohne Weiteres die Horizontstruktur der Erfahrung im Trading nennen, dass die Vorbekanntheit von etwas dem Unbekannten Ähnlichen das Unbekannte relativiert. Aber immer steht das Unbekannte am Horizont einer gewissen Vorbekanntheit, das heißt, es ist zwar Unbekanntes in gewisser Hinsicht, aber es ist *relativ* Unbekanntes und darum immer auch schon relativ Bekanntes (siehe Seite 198).

»Trendwechsel« im Sinne der Darstellung, beziehungsweise Wechel von »Bewegung und Korrektur« im *Sinne der Markttechnik* –, mussten bestimmte *Gesetzmäßigkeiten* erfüllt sein, die einzig den individuellen Bedürfnissen des Traders unterlagen. Einse solche Gesetzmäßigkeit besagte, dass die »neue Säule« erst dann eingezeichnet werden dürfe, wenn die Kurse um mindestens So-und-soviel Kästchen gefallen oder gestiegen waren – abhängig davon, ob gerade ein Aufwärts- oder Abwärtstrend vorlag. Bestand vor der Umkehr ein Aufwärtstrend, so wurde das erste »O« immer *ein Kästchen unter dem letzten* »X« der vorhergehenden Reihe eingezeichnet. Analog wurde – im Sinne der Darstellung – eine Trendumkehr zu einem Aufwärtstrend grafisch dokumentiert.[40]

Und während Philip den Chart noch kurz betrachtete, fragte er Jerome ob er damit übereinstimme, dass man, je nach Softwareprogramm, die Einstellungen um diese Chartart, neben den vielen Regelwerken, die sich rein aus deren Chartdarstellungen selbst ableiten ließen, auch viele Möglichkeiten der *Fein*abstimmung böten, und man daher *zu Recht* der Meinung sein musste, dass die Verwendung unzähliger Variablen die Einfachheit – aus der Sicht der Markttechnik[41] – komplett zunichte mache.

Jerome nickte mehrfach zu stimmend. »Ich verwende sowohl die Point-Figure-Dartsellung als auch die anderen Darstellungsarten *nicht und niemals* um ihrer in ihnen selbst enthaltenen Regelwerk willen, sondern einzig, weil sie – abgesehen vom Wegfall der Dimension ›Zeit‹ – es mir durch die *indiviudelle* Wahl der *Boxgröße* ermöglichen, untergeordnete und daher störende Trends oder Kippbilder, die mich zu einer verfrühten Stoppversetzung oder auch zu einem verfrühten Einstieg verleiten, schlichweg auszublenden!«

Philip verstand Jerome Worte nur zu gut, denn: Da er seinen eigenen Handelsstil genaustens definieren konnte und somit um die *durchschnittliche* Korrekturhöhe – sei es in Prozent oder in absoluten Beträgen – der

---

[40] Das heißt in der klassischen Anwendung im Sinne der Darstellung: Ein Wertpapier, gleich welcher Art, dessen Kurs, gesamt gesehen, deutlich gestiegen oder aber gefallen war, musste an einen neuen Reversal-Amount gebunden werden, um die jüngste Marktdynamik widerzuspiegeln. Ein Beispiel hierzu wäre: Ein Reversal-Amount von einem Euro oder einem Prozent kann sinnvoll sein, wenn das Wertpapier zu einem niedrigen Kurs gehandelt wird; steigt jedoch der Kurs, muss auch der Reversal-Amount entsprechend angepasst werden. Im Gegenzug galt demnach, dass wenn der Reversal-Amount eines Papiers mit hohem Kurs bei beispielsweise zehn Euro oder fünf Prozent lag, so entspräche dieser nicht mehr der Realität, sänke der Kurs des Papiers. Daher galt in der klassischen Anwendung, dass der alte Reversal-Amount geändert werden muss, um wieder zum aktuellen Kursniveau zu passen, anschließend ist eine neue Feinabstimmung des neu bestimmten Reversal-Amounts, der nun wieder zum gültigen Kurs passt, nötig, damit die neuen Werte widerspiegeln, wie der Markt sich weiterentwickelt.

[41] Im Sinne der Suche nach Großwetterlagen.

für wichtige erachteten Trendgröße[42] wusste, konnte er die *Boxgröße* so wählen, dass *nur* die für ihn wichtigen Trends – sprich deren Korrekturenausschläge – sichtbar blieben.

Jerome wippte in seinen Lehrstuhl. »*Long?!* ... *short?!* ... oder *weiterblättern?!*«

»Long!«

Beide nickten.

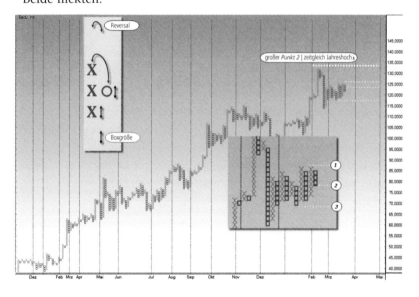

🗁 Bild 23

① Mögliche Positionserweiterung am kleinen *Punkt 2*.

② Positionseröffnung *Market*

③ *Stopp* – Hier gilt zu beachten, dass bei dieser Chartdarstellung der *optische* Tiefkurs im Chart nicht zwangsläufig auch der reale Tiefkurs sein muss. Beispiel: Aktueller Kurs eines Charts 100 Dollar; Boxgröße 5 Dollar. Nächster Kurs 104. Es wird kein neues »X« gezeichnet, womit das letzte »X« optisch bei 100 verbleibt, obwohl der Kurs bereits 4 Dollar höher liegt. Ergo: Da der Trader seine Boxgröße *selbst* definiert, und diese ihm somit bekannt ist, muss er vor einer genauen Ordereingabe, den Chart daher a) direkt anklicken um dann – je nach Chartprogramm – den realen Kurs des *Punkt 2* oder *Punkt 3* zu identifizieren oder aber, er lässt um den optischen Kurswert der Boxgröße eine gewisse *Unschärfe* walten, denn: Der wahre *Punkt 2* oder *Punkt 3* kann ja nur *maximal* »optischer Kurs letztes X« plus »eingegebene Boxgröße minus ein Cent« entfernt sein, andernfalls wäre ja bereits ein neues »X« dargestellt!

Klick ... Klick ... Klick!

Orderbestätigung!

Nächster Chart ...

  [42] Siehe 🗁 Bild 6, S. 149 (Trendgrößen).

Chart 3

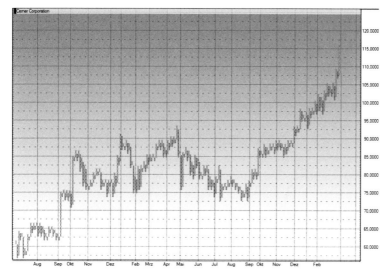

Cerner Corporation

📁 Bild 24

»Long?! … Short?! … Oder weiterblättern?!«, fragte Jerome auch hier wieder und zeigte auf einen weiteren Point & Figure-Chart.

»Weiterblättern und auf spätere Wiedervorlage legen!«, lautete Philips Antwort.

»Perfekt!« Bevor Jerome jedoch einen weiteren Wert anklickte, fügte er, auf den Monitor tippend, an: »*Ha!* Früher hätt' ich hier *sofort* auf die einsetzende Korrektur gewettet!«

»Und ich noch vor dir!«, gab Philip zurück. »Und ich hätte außerdem noch die halbe Nacht im Internet nach dem ›WARUM stieg die Aktie‹ rumgegoogelt!«

Beide grinsten sich nun in der Gewissheit an, darin fortgeschrittenste Trader sein, dass Kenntnis und Beachtung der *Großwetterlage*, sie davon befreit hatten, sich den Empfindungen der unzureichenden Gründe der eigenen Existenz als Trader, welche die meisten Trader ständig umspülten, den großen Phantasien des »Noch-nicht-Geschehenen … « oder dem »Doch-noch-nicht-unwiderruflich-Geschehenen …« ausgeliefert zu fühlen.

Chart 4

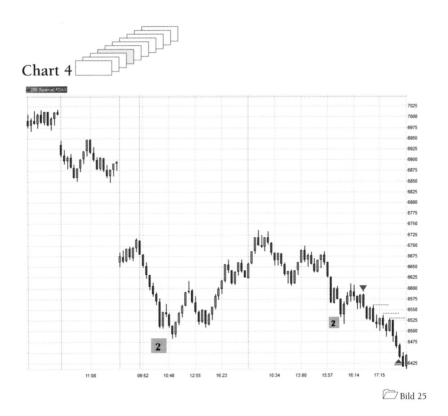

Bild 25

»Schau mal hier, Philip!« Jerome hatte mittels einer weiteren Art von *nicht*-zeitbasierten Charts den Dax-Future aufgerufen.

»Für den Handel der *kleinen* und *kleinsten Trends* von Index- oder Devisenfutures bevorzuge ich *Spannencharts* …«, meinte Jerome und zoomte den Chart auf, »… *aaahh*, … hier ein Trade der letzten Tage: Da habe ich mittels *Trendhandel* den *kleinen* gegen den *mittleren* Trend gehandelt und die Position kurz vor Handelsschluss aus den Markt genommen!«

Philip betrachtete die Chartdarstellung genauer und erkannte an der Chartbeschriftung, dass Jerome die einzige Parametergröße dieser Chartdarstellung auf *30* gesetzt hatte, was somit hieß, dass in diesem Chart einer Periode solange weitere Ticks, mitunter auch Handelstage hinzugefügt wurden, bis die Differenz aus Perioden-Hoch und Perioden-Tief die vorgegebene Spanne erreicht oder überschritten hatte. Gleichsam entsprechend würde der Aggregationstyp »Spanne Prozent« abgearbeitet, allerdings wurde hier die Spanne prozentual, bezogen auf das Perioden-Hoch und -Tief, definiert. Kurzum: Es handelte sich dabei ebenfalls um eine

Bild 25

nicht-zeitbasierte Chartdarstellung, die durch ihre implizite Filterung eine gewisse Verwandtschaft mit *Point & Figure*-Darstellungen oder *Renko*-Charts aufwies, dabei aber die gewohnten Darstellungsformen *Candlestick*- oder *Bar*-Charts beibehielt und bei der durch den Wegfall der »Zeit« und die Konzentration auf reine Marktbewegung demnach – je nach Trend-größe und Parametrisierung– jedes Perioden-Tief oder -Hoch ebenso einen sauberen *Punkt 2* darstellte!

»Aber Jerome«, Philip zeigte auf den Chart (🗁 Bild 25), »bei einen Spannenchart muss doch immer der Schlusskurs am Perioden-Hoch oder aber -Tief liegen und alle Perioden mussen gleich groß sein?!«[43]

»Stimmt, stimmt …«, meinte Jerome und begründete die scheinbar »unsaubere« Darstellung damit, dass sein Datenanbieter nur sehr wenige Tage an historischen Tickchartdaten zur Verfügung stelle, und Jerome daher als Datenaggregation für den Spannencharts 1-Minuten-Daten nehme. »Die Aussage bleibt natürlich die gleiche!«[44]

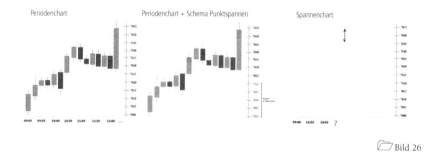

🗁 Bild 26

Zugegebener Maßen ließ sich diese Darstellung auf das Begehren, Rückschlüsse für das Trading daraus abzuleiten, nicht ohne ein bisschen Übung anwenden. Aber diese Übung wird sich lohnen, denn: *nicht*-zeitba-sierte Charts, siehe 🗁 Bild 26[45], bergen in sich den enormen und viel zu

---

[43] Siehe kleines 🗁 Bild 25. Alle Perioden schließen hier direkt am High oder am Low des Bars.
[44] Wichtiger Hinweis: Die meisten der *nicht*-zeitbasierten Charts benötigen zwangsläu-fig zur korrekten Darstellung eine Tickchart-Aggregation. Dennoch ist es so, dass die wenigsten Datenanbieter (gerade beim privaten Endkunden) eine solche »umfang-reiche« Datenhistorie (Tickcharts über mehrere Wochen hinweg) bieten. Daher muss dann die nächst höhere Datenaggregation (30-Sekunden oder 1-Minute) zur Chartdarstellung benutzt werden, was hin und wieder zur Folge hat, das ein *nicht*-zeitbasierter Chart oftmals, wie 🗁 Bild 25 extra dargestellt, etwas »unsauber« aus-schaut, da einige Ticks *innerhalb* des aggregierten Datenfeed »übersprungen« werden
[45] In 🗁 Bild 26 wurde dieses Schema beispielsweise auf *20* gesetzt.

oft *völlig verkannten* Vorteil, dass diese nicht nur bei der *Suche* nach der Großwetterlage sondern auch im *Wie*, sprich: in der den Handelsstil definierenden Nahaufnahme, für Erleichterungen sorgen: Gerade für Trader die halbautomatisiert handeln oder aber dies anstreben, ließ sich speziell mit *Spannencharts*, beispielsweise der klassische Bewegunghandel durch einfachste trendfolgende Indikatoren durchführen, da diese nicht durch »störende« Innenstäbe oder aber von Perioden, in denen außer »Ablauf von Zeit«, keinerlei nenneswerte Marktbewegung passierte, *zu nah* an die Marktbewegung heranführten, siehe 🗁 Bild 27![46]

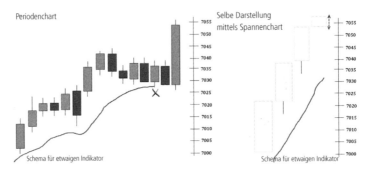

🗁 Bild 27

»Du, Jerome, darf ich dich etwas fragen?« Philip drehte sich auf seinem Stuhl leicht von den Bildschirmen weg.

»Natürlich, Philip, nur zu!«

»Okay, also: Auf der einen Seite handelst du diversifikativ gern die *mittleren Trends*, sprich: Du handelst unzählige Aktien, die völlig individuelle

---

Großwetterlagen aufweisen, und dann handelst du aber auch intraday die Standardmärkte?!«

»Genau«, bestätigte Jerome.

»… okay, aber wie gehst du da mit der Pflicht um, ›im Dienst der Großwetterlage zu leben‹? Oder anders gefragt …«, Philip kam auf den Punkt, »Wie bestimmst du da deinen Dienstplan als Trader?«

Jerome musste hier gar nicht lange überlegen, und seine kurze Antwort hierauf lautete: »Nun, … zum einen sehe ich den Handel der *kleinen Trends nicht* als mein alltägliches *Tagesgeschäft* an. Ich handele die klassischen Futures Dax, Bund, SMI, Dow und Co. und auch die Devisen nur dann, wenn deren mittlere Großwetterlage es optimal zulässt. Ansonsten lasse ich generell die Finger davon, auch wenn dort sicherlich einige gute Trades platziert werden könnten …«, Jerome macht eine Pause, »… aber wozu auch? Ich habe ja den diversifikativen Handel *aller Märkte auf der mittleren Trendebene*, – der kostet mich, wenn überhaupt, eine oder zwei Stunden Zeit am Tag – und dieser steuert weit über drei Viertel meines Geldbedarfs bei!«

»Das heißt, …«, Philip zeigte auf den Dax-Future, »dass du den klassischen, ganz kurzfristigen Handel nur so als I-Tüpfelchen machst?!«

Jerome nickte. »Der diversifikative Handel ist – um in der Sprache des Eiskunstlaufens zu sprechen – die Pflicht, wohingegen dieses kurze Hin-und-Her-Handeln nur die Kür ist!«

»Um sich als Trader noch etwas lebendiger zu fühlen?!«, scherzte Philip.

»Yeap!«, antwortete Jerome, wusste er doch genau, dass Philip damit *nicht* den *Adrenalienstoß*, oder den *Kick* meinte. »Na klar handele ich gern auch mal auf Tickchart den *kleinsten* und«, Jerome zeigte auf den aktuellen Dax-Chart, »auch mal die *kleineren Trends*. Aber, dennoch weiß ich viel zu gut, dass ich auf den höheren Zeiteinheiten, sprich: bei den höheren Trends, immer mehr rausholen werde als in dem kurzfristigen Rumgehandele intraday! Aber nicht etwa, weil intraday nichts zu holen wäre, sondern weil ich, auch wenn ich die Zeit dafür eigentlich hätte, an den wenigsten Tagen das *innere Bedürfnis* verspüre, dem Trading *soviel* Zeit zu widmen, wie dafür notwendig wäre, eine vorhandene Fünf-Sterne-Großwetterlage als ›Trade-Serie!!!‹ komplett *von Anfang bis Ende* durchzuhandeln.« Dazu erinnerte Jerome an seine Anfänge, als er fast nur mit 10-Minuten-Charts die kleineren Trends gehandelt hatte und seinem Trading pro Tag ganze zwei, drei und manchmal vier Stunden gewidmet hatte, obwohl die Großwetterlage eigentlich zwei Tage *durchgängiger Aufmerksamkeit und damit Trades* erfordert hätte … und wie er dann nach ein, zwei *Minus*trades bedrückt davon geschlichen sei oder aber nach ein, zwei *Plus*trades himmelhoch jauchzend davongestürmt war, nur um dann später bedrückt erkennen zu müssen, dass er Tausende Dollars oder Euro mehr hätte herausholen können.

»Ich weiß genau, was du meinst, Jerome!«, bestätigte Philip und berichtete Jerome nun seinerseits von Hofners Ausführungen, die dieser in den letzten Tagen an Stan gerichtet hatte und bezog sich selbst dabei mit ein: »Auch ich habe lange Zeit nicht verstanden, dass ich einfach *nicht genügend Zeit* hatte, um *kurzfristig* und *markttechnisch sauber* zu handeln …«

»Eine scheinbar paradoxe Aussage!«, warf Jerome ein.

»Ganz recht, aber wirklich nur scheinbar!!!«, bestätigte Philip.

»Und jetzt, Jahre später, wo man die Zeit dazu hätte –«, seufzte Jerome gespielt.

»– da will man kaum noch!«, schüttelte Philip in ebenfalls gespielter Enttäuschung den Kopf, und beide begannen zu lachen; wohl wissend, dass dem eben Gesprochenen eine Menge Erfahrung und tiefer Sinn zugrunde lag.

Klick!

… der nächste Chart schob sich in den Vordergrund.

Chart 5

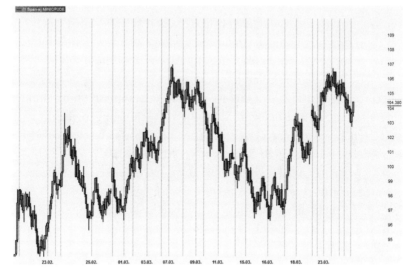

 Bild 28

»*Long?!* … *short?!* … oder *weiterblättern?!*«, fragte Jerome und zeigte auf einen weiteren Spannen-Chart, der den Marktverlauf des Öl-Future komprimiert und auf das Wesentliche begrenzt darstellte.

»Katastrophen-Stopp-Buy auf nachliegenden *Punkt 2* –«

»– und hoffen, dass sich noch vorher ein kleiner *Punkt 2* für einen früheren Einstieg entwickelt!«

Philip nickte. »Sollte der Markt aber gleich hochrauschen, dann bist du spätestens am jetzigen *Punkt 2* dabei!«

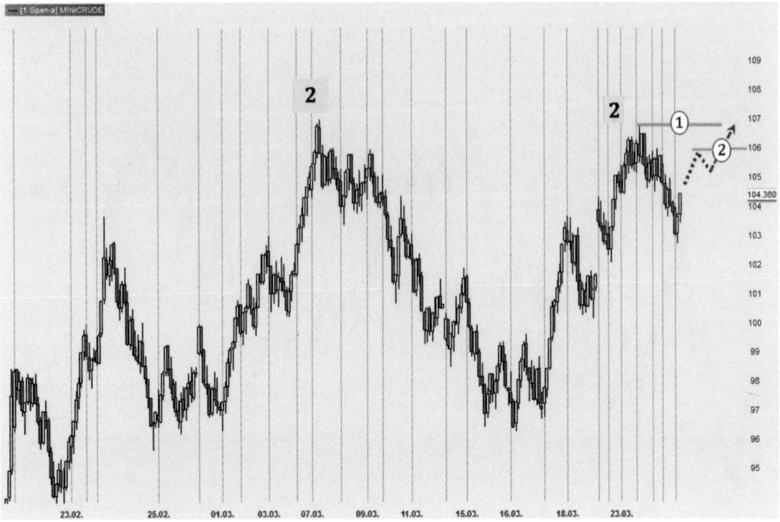

Bild 29

① *Katastrophen*-Stopp-Buy-Order; für den Fall eines schnellen Kursanstieges, ohne vorherige Ausbildung eines kleines Aufwärtstrends.

② Sollte sich ein kleiner Aufwärtstrend abzeichnen, würde die vormals am größeren *Punkt 2* liegende Order auf diesen kleineren *Punkt 2* verschoben.

Chart 6

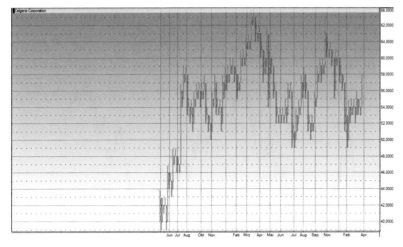

Bild 30

Auch hierzu fragte Jerome wieder: »Long?! ... Short?! ... Oder weiter-blättern?!«

»Ich bitte dich! Das überlassen wir den Laien! *Weiterblättern* natürlich!«, antwortete Philip prompt.

»Genau! Mir ist wie dir der Sinn für Kniefälle abhanden gekommen. Aber ich muss gestehen: Früher hätte ich mich hier ins Märchenreich des Glaubens gestürzt!«

Aber bevor Philip hierauf etwas erwidern konnte, klickte bereits wieder die Maus.

Chart 7

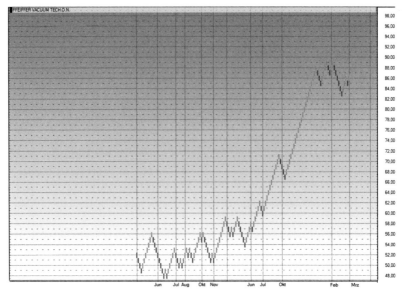

⌷ Bild 31

Jerome hatte nun auf eine *Renko*-Darstellung[47] umgeschaltet und auch hierzu erklang seine Frage: »Long?! ... Short?! ... Oder weiterblättern?!«
»Aber bilderbuchmäßig *long*!« Philip sah es mit einem einzigen Blick! Nach Jahren des Handelns reichten zwei Sekunden für diese Erkenntnis.

Jerome nickte. Auch ihn hatte die geistige Erregbarkeit, die ihn einst beunruhigte, über die Jahre nachgelassen, und war nach Jahre von Missmut, Bedrückung und Aussichtslosigkeit von einer außergewöhnlich gespannten Klarheit und durchsichtigen inneren Atmosphäre abgelöst worden. Kurzum: Es hieß nur noch *Suchen*, nicht *Interpretieren*! Jerome legte entsprechende Order in den Markt.

Klick!

... der nächste Chart schob sich in den Vordergrund.

---

[47] Auch hier wird gleich der Point & Figure-Darstellung nur dann ein neues Kästchen, gelegentlich auch »Brick« genannt, gezeichnet, wenn sich der Kurs um einen im Voraus festgelegten Mindestbetrag verändert hat, egal wie lange es dauert, bis diese Veränderung eintritt. Darüber hinaus siehe Fußnote 39.

Chart 8

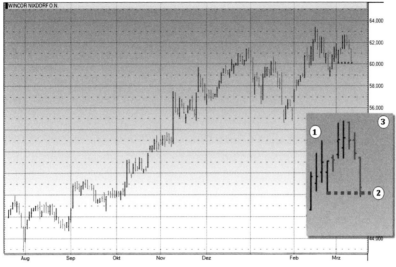

◻ Bild 32

① Ehemalige Positionseröffnung bei Durchbruch durch dem kleinen *Punkt 2*.

② Auslösen der Stopporder am kleineren *Punkt 3*.

③ Nach Positionschließung wird eine Stopp-Buy zum Wiedereinstieg am neu ausgebildeten *Punkt 2* gelegt, denn: *Trotz* vorherigen Minustrades befindet sich der Markt in einer sehr guten Marktphase (größerer *Punkt 2* und Jahreshoch liegt über dem kleinen *Punkt 2* zum Wiedereinstieg). Diese Order verliert ihr Gültigkeit bei einem Unterschreiten des *Punkt 3* auf 59 Euro.

»Ah … schau mal hier …«, Jerome hatte den klassischen Periodenchart eines Marktes aufgerufen, in welchem er vor vier Tagen eine Position eröffnet hatte und dessen aktueller Kurs nur noch wenige Cents vor der Stopporder stand.

Philip betrachtete Jeromes Gesicht. Aber dort zeichnete sich nicht mal der kleinste düstere Schatten eines inneren Schmerzes ab. Kein Hoffen, kein Zittern der Finger …

PIEP … PIEP …PIEP – erklang es aus den Lautsprechern.

Order filled!

Sauber ausgestoppt!

Jerome schloss die Orderbestätigung und erzählte dazu, dass viel seines früheren Leidens im Trading aus der irrtümlichen Annahme entsprungen war, dass solche »Kümmernisse« wie Minustrades vermeidbar wären, weswegen er nach ein paar Minustrades umgehend angefangen hatte, ein *neues Regelwerk* anzuwenden. Mit den Jahren hatte er jedoch erkannt, dass die Wahrheit, sprich: die *Realität*, lautete, dass

Minustrades unausweichliche, unabwendbare und wesentliche Teile seines eigenen Handelsstils waren, weswegen er fachlich saubere Minustrades mittlerweile als lebensnotwendigen Begleitumstand zur Erzielung von Plustrades akzeptierte. Voraussetzung hierzu war jedoch gewesen, zwischen einem *fachlich sauberen* Minustrade und einem *Fehl*trade unterscheiden zu lernen, bis zu dessen Verinnerlichung es lange Zeit intensiver Beschäftigung damit benötigt hatte, dass im Orderbuch nun mal sowohl die Handelsausrichtungen von Arbitrage und Hedging als auch strategische und spekulative Ausrichtungen – wobei letztere sogar noch auf verschiedenen Zeiteinheiten »rumturnten« – ihren Niederschlag fanden, deren Existenz und Wirkung im Chart jedoch durch Änderungen im verwendeten oder Anwendung eines neuen Regelwerks weder geändert noch abgeschafft werden konnten! Sobald er dies erkannt hatte, hatte er auf Tröstungen durch Rachetrades oder das Austüfteln neuer Regelwerke verzichten können; was wiederum keiner großen Anstrengung mehr bedurfte, da mit dieser Erkenntnis einhergegangen war, nur noch solche Trades zu akzeptieren, die auf einer nachvollziehbaren markttechnischen Grundlage beruhten.

Jerome blickte Philip ernst an und sagte: »*Trading lernen* …, das ist die Überwindung des Gefangenseins in jenem Irrtum, der in dem Glaube besteht, ein Minustrade wäre ein Konstruktionsfehler des eigenen Handelns!«

Dann wandte sich Jerome dem Monitor zu und setzte routiniert und emotionslos eine Order zum Wiedereinstieg.[48]

Klick!

Nächster Chart …

---

[48] In dem Moment, indem ein Trader erkennt, welche Bedeutung die Umsetzung des durchdachten »Wiedereinstiegs« für sein bisheriges Trading gehabt haben würde und in seinem aktuellen und zukünftigen Trading haben kann und könnte, relativiert sich alles andere um ein Wesentliches!

Chart 9

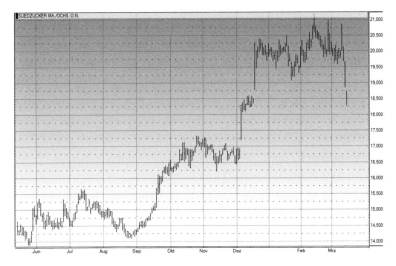

SUEDZUCKER MA./OCHS.O.N.

� Bild 33

Jerome hatte wie zur Abwechslung einen zeitbasierten Chart ange-
klickt und fragte auch hier wieder sein obligatorisches »Long?! …
Short?! … Oder weiterblättern?!«

Aber noch ehe Philip antworten konnte, meinte Jerome auflachend: »Nee,
wart' mal … viel besser!« und machte sich anschließend den Spaß, auf
dem Chart auf die verschiedensten Einstiegsregeln hinzuweisen: »Schau
mal, das hier könnte man so definieren … das so sehen … und schau mal,
dies ist hier ein … das wiederum ein … hier, das ist die Formation … und
das die Kombination … das hier heißt … und das hier nennt man …
dort könnte man sich so verhalten … wobei die übliche Regel besagt, dass
hier … aber die speziellere Regel schreit geradezu danach, dass hier …«
Dies ging noch eine Weile so weiter und nachdem er so ziemlich alles
kurz angesprochen hatte, was er sich über die Jahre des Fachwissensam-
melns angeeignet hatte, meinte Jerome abschließend: »Ich erinnere mich
noch lebhaft an meine ersten qualitativen Suchaktionen hinsichtlich einer
stimmigen Großwetterlage! Tage-, *ach was*, wochenlang habe ich mir den
Kopf zerbrochen und mich immer wieder gefragt, *wozu* denn nun die Anhäufung dieses ganzen Wissens nützlich war, *wozu* ich all die Hunderte
Regelwerke und unzähligen Handelsideen gelernt oder entwickelt und

ausprobiert habe, wenn ich mich schlussendlich doch nur auf die acht, sehr einfach zu erkennenden Marktphasen konzentrieren[49] soll?«

»Willkommen im Club!«, Philip lachte herzlichst auf, denn auch ihm war jene Leidenschaft bekannt, jeden einzelnen »Dreck« innerhalb eines Charts für »ach soooo« wichtig zu halten, dass dieser die qualitativ hochwertigen Marktphasen überstrahlte. »Wie alle Anfänger, oder?«, setzte er dazu, »denn welcher Anfänger hat schon Lust, diesen ›größten aller Genüsse‹, diese ›mikroskopische Durchleuchtung‹ jedes Charts *freiwillig* aufzugeben? … – Für mich hätte das jedenfalls bedeutet, dass mein bis dahin erworbenes Tradingwissen unbezeugt geblieben wäre!«

Jerome bestätigte Philips Worte mit einem kräftigen Nicken. »Bei mir hat es auch ewig gedauert, bis endlich das Verständnis dafür herangewachsen war, dass das ›grobe‹ Betrachten‹ nicht deshalb geschehen sollte, weil der fachlich daneben oder darüber hinausgehende Rest gering zu schätzen wäre … sondern weil es darum geht, sich selbst die Wertschätzung zu zeigen, die man am meisten verdient: Denn nur innerhalb von Fünf-Sterne-Marktphasen befindet sich das Einzige, was der Mühe wert ist … zu dessen Auffindung es jedoch keines detaillierten Fachwissens um Einstiegsregeln bedarf. Daher galt und gilt, auch wenn ich ihn selbst lange nicht als solchen erkannt oder beherzigt habe, der Rat zu Recht schon immer: Pass auf, dass du nicht *Einstiege* mit *Marktphasen* vewechselst!«

»Stimmt genau, denn nur die Marktphasen drücken das überlebensnotwendige ›Wer kauft nach mir?‹ aus, welches allzu gern und viel zu oft vergessen wird und dann ein grandioses, herzzerreißendes Scheitern zur Folge hat«, bestätigte Philip.

Und während Jerome sich von diesem Chart mit den Worten verabschiedete: »Weißt du, es ist für mich mittlerweile einfach unmöglich, einen Trade zu machen, von dem ich innerlich nicht hundertprozentig bin!«, klickte er bereits den nächsten Chart nach vorne …

[49] Siehe DER HÄNDLER Band 4, S. 147, Bild 9.

Chart 10

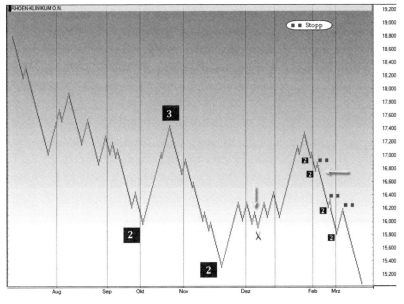

RHOEN-KLINIKUM O.N.

■ ■ Stopp

⌸ Bild 34

»Schau Philip, hier ein noch offener Trade! Ich hatte hier nach dem ersten Minustrade«, Jerome zeigte auf dem angezeigten *Renko*-Chart auf den im Dezember entstandenen kleinen Abwärtstrend, der gleich drauf wieder gebrochen wurde[50], »wenn auch zeitlich um etliches später, einen *Folgetrade* gestartet!« Er zeigte nun auf die Chartsituation Anfang Februar[51]. »Und siehe da, das Ding lief und lief und läuft immer noch … und das, obwohl die Gesamtmärkte angestiegen sind. … Aber wen kümmert das schon im *diversifikativen Handel*! Also habe ich hier den *mittleren Trend* gegen den *großen Trend* gehandelt. Und nun? … «, Jerome zeigte auf den aktuellen Kurs, »Was meinst du? Raus, oder Weiterlaufen lassen?«

Philip, der ebenfalls alles Überschwengliche, Eitle, Unvernünftige, wie zum Beispiel Gefühle des Stolzes oder Neides, der Rache oder der Wollust genau so wie übertriebenen Ehrgeiz oder völlige Hingabe, und damit die Triebkräfte seiner anfänglichen Händlerpersönlichkeit, hinter sich gelassen und sich stattdessen eine nur noch von vollkommener *Sachlichkeit* bestimmte Auffassung über angemessenen Handel angeeignet hatte,

---

[50] Senkrechter gelber Pfeil über dem Kursverlauf. Der Fehltrader wurde mit einem roten X gekennzeichnet.
[51] Waagrechter gelber Pfeil rechts neben dem Kursverlauf, auf den zweiten der kleineren *Punkte 2* deutend.

antwortete mit der schlichten Gegenfrage: »Hast du noch andere Märkte auf deiner Liste, die *vor* dem *großen Punkt 2* und damit in einer Fünf-Sterne-Großwetterlage stehen?«[52]

»Ich habe gerade erst gestern wieder einen Suchdurchlauf gemacht, und was Fünf-Sterne-Großwetterlagen angeht, stehen tatsächlich eine Menge Märkte auf meiner Bestenliste!«

»Okay, hättest du keine weiteren sauberen Fünf-Sterne-Setups in petto, würde ich, da du hier bereits *hinter* dem großen *Punkt 2* stehst, sagen: Position teilen und mal sehen, was der Markt dem Trade noch schenkt! Aber so? Ganz einfach: *Raus da* und den Rest den anderen lassen!«

»Genauso!« Jerome nickte und wenige Mausklicks später folgte am Bildschirm eine entsprechende Orderbestätigung.

    … *Klick, Klick, Klick* …
    … Ordereingabe und ein nächster Chart …
    … *Klick, Klick, Klick* …
    … ein weiterer Chart …
    …
    … *Klick, Klick, Klick* …
    … ein neuer Chart …
    … *Klick, Klick, Klick* …
    …
    … Ordereingabe und ein nächster Chart …
    … *klick, klick, klick* …
    … Ordereingabe und ein nächster Chart …
    …
    … ein neuer Chart …
    …
    … *klick, klick, klick* …
    … Ordereingabe und ein nächster Chart …

*

[52] Siehe DER HÄNDLER Band 4, 🗀 Bild 9, Schema 5.

Ein letzter Blick. »Fertig!« Jerome klatschte in die Hände, fuhr seinen Rechner herunter und schob anschließend die Maus beiseite. »Handelstag vorbei!«

Fertig?

Na, aber hallo! – Philip sah auf die Uhr. Angefangen hatten sie mit der Chartsuche so gegen 14:00 Uhr und jetzt war es 14:34 Uhr. *Nicht schlecht, wenn man bedenkt, dass wir uns dabei ja auch noch unterhalten haben!*

»Echt?! Das war's?«, fragte Philip, ohne damit die kurze Zeit monieren zu wollen, sondern eher das Gegenteil meinend.

»Das war's!«, bestätigte Jerome mit einem entspannten Nicken. »Ich mach' das hier tatsächlich nicht, weil es mir Spaß macht oder ich sonst nichts mit meiner Zeit anzufangen wüsste! Lass' uns also lieber raus auf die Terrasse gehen!«

Beide Händler verließen das Arbeitszimmer, begaben sich auf die Terrasse und genossen für einen Moment die Stille und den lauen Wind, als Jerome plötzlich meinte: »Erst muss man sich mal die Augen mit genügend Minustrades und seinem eigenen Verhalten waschen, um überhaupt etwas zu sehen! – Und *was* sieht man dann?!« Er hatte anscheinend keine Antwort von Philip erwartet, denn er sprach sogleich weiter: »Man sieht sich vor den Monitoren die gewaltigsten Bewegungen ausführen, ohne dabei jemals dieses lausige Gefühl von tierischer Arbeitsamkeit und Emsigkeit abschütteln zu können, als wäre man – … *mhm* … auf einem ja, als wäre man einen Ameisenhaufen eingeschlafen, und muss beim Erwachen feststellen, dass einem währenddessen die Ameisen in die Blutbahnen gekrochen sind …« Jerome sah Philip mit einem Blick in die Augen, der über nichts hinwegzutäuschen versuchte. »Es hat bei mir Jahre gedauert, um diese ›Ameisen‹ wieder aus mir rauszubekommen! Aber irgendwann musste … – *nein*, nicht *musste*, sondern *wollte* … – ich mich wieder *entspannen*, dass heißt, meine Aufmerksamkeit *zer*streuen und eine, ich will es mal so nennen, ein für allemal gelockerte Sichtweise hinsichtlich des Tradings annehmen …«, Jerome sprach damit nach Philips Verständnis nur in anderen Worten über den von Hofner definierten *allabendlichen Frieden* »und nur noch *einzig* auf das horchen, was dabei aus der größten Tiefe meines Innern vernehmlich war!«

»Und *was* hast du dabei gehört?!« Philip hatte Jeromes vorangegangene Worte regelrecht in sich aufgesogen und stellte diese Frage, obwohl er die Antwort darauf in der jüngeren Vergangenheit schon etliche Male gehört hatte, weil er wissen wollte, wie sie aus dem Munde eines privaten Traders klingen würde.

»*Was man hört?*«, vorsichtig hielt Jerome seine Überlegungen an, lauschte in sich hinein, und nach einer Weile antwortete ihm dann auch eine Stimme, die von innen aus einer unter dem bewussten Denken liegenden Tiefe kam, genau das, was er, so wie seit den letzten Jahren jeden Morgen, gedacht hatte: »– was ist wirklich mein Ziel im Trading, und wieviel monetäre Anstrengung und Nähe zum Markt ist *wirklich* vonnöten? Was in Kurzform auf die Frage hinausläuft …«

»… was ist *Lust*, und was ist *Pflicht?*«, erklangen beider Stimmen fast unisono.

Beide lachten auf, und anschließend bot Jerome an, neue Getränke zu holen, was Philip dankend annahm. Nun alleine auf der Terrasse sitzend, versank Philip selbstvergessen in die Bewunderung eines in einem Garten auf der anderen Seite des Klongs stehenden riesigen *Ton Nok Yoong*, eines Flammenbaumes, und erkannte dabei abermals, dass der Gedanke oder besser die Antwort auf die Frage »Was ist Lust, und was ist Pflicht?« seinem Dasein als Trader eine tiefgehende Freiheit zu schenken begann. Man stelle sich nur vor: *Ein ganzes Leben als Trader liegt noch vor einem, und man ist dabei frei von »Ameisen in den Adern«, frei von den – wie Torbach es so treffend auszudrücken gewusst hatte – Empfindungen abgenötigter Bewegung, die den Geist eines Traders zu einem äußerst unerfreulichen Ort machen konnten … und stattdessen nun so viel freier Raum, so viel freie Zeit, diesen anderweitig ausnützen zu können …* – freute sich Philip still.

»Hey, woran denkst du?«, fragte Jerome und stellte zwei frische, mit Tee gefüllte Gläser auf den Tisch.

»Nun«, begann Philip nach einem Moment der Besinnung, »ich denke gerade daran, dass der ursprüngliche ›ganze‹ Trader von den Göttern wohl in *zwei Teile* geteilt worden ist, nenn es den *fachlichen* und den *emotionalen Trader*, oder nenn es *Absicht* und *Verhalten* oder das *Innen* und *Außen*, egal! Und nun stellen die unseligen Hälften jahrelang allerhand Dummheiten an, um wieder zueinander zu finden!«

Jerome verstand recht gut, was in Philip vorging und lächelte. »Schönes und passendes Bild! Und genau das steht ja auch sinngemäß in allerlei Tradingbüchern! … nur steht leider in den wenigsten, *warum* es nicht gelingt!«

»Und *warum* gelingt es nicht?«, entgegnete Philip rhetorisch.

»Das kann ich dir sagen! *Allgemein* gesprochen sieht es so aus, dass doch kaum ein Trader weiß, welche von den verfügbaren fachlichen Hälften die ihm fehlende ist. Er ergreift also eine, die ihm so vorkommt, und macht solange die vergeblichsten Anstrengungen, mit ihr eins zu werden, bis sich endgültig zeigt, dass es nicht die richtige war. Entsteht ein Trade daraus, so *glauben* beide Hälften zwar, sie hätten sich vereinigt …, aber in den ersten Tradingjahren ist das bloß eine Illusion, der die Tendenz innewohnt, dass sich die Hälften erneut voneinander entfernen wollen, um jeweils eine andere, und damit eine dritte und vierte ›Hälfte‹ zu suchen. So ›hälftet‹ sich ein Trader weiter und immer weiter … und die wesenhafte Einigung, im Speziellen betrachtet, wird fortdauernd sowohl durch die zwei von Hofner in Hannes' Restaurant ausführlich angesprochenen Schwierigkeiten, als auch noch durch ein *dritte*, von Hofner absichtlich unerwähnte, *Sache* erschwert … und erschwert … und erschwert …«

»Und was ist das für eine *dritte Sache*?!«, hakte Philip angespannt nach, denn so sehr er die letzten Tage auch über Hofners Ausführungen zu dem fehlenden *dritten* Punkt nachgegrübelt hatte, hatte er als »nichtprivater«-Trader keine Chance gesehen, das fehlende Puzzleteil zu erkennen.

»Du willst wirklich wissen, was neben dem fachlichen eine weitere und riesige Hürde für mich darstellte, von der Hofner an jenen Abend schlecht berichten konnte?«, fragte Jerome und fuhr unvermittelt fort: »In den meisten Fällen hat ein Trader, der sich das Trading alleine, also sozusagen auf eigene Faust, beibringt, sowohl als Anfänger als auch als Fortgeschrittener tagein, tagaus mit … *ETWAS* zu kämpfen, das … *hm … also, wie soll ich sagen?! … das … Moment! …*« Jerome stockte plötzlich und trank mit der Langsamkeit eines Mannes, der einen Entschluss ein letztes Mal überdenken will, von seinem Tee. Dann lächelte er leicht und in seinen Augen blitzte es lustig auf, denn offensichtlich war ihm plötzlich ein Einfall gekommen, wie er Philip den fehlenden, aber *wesentlichen*, Unterschied zwischen einer »Ausbildung mit Ausbilder« und einem privaten Trader, der sich der Thematik »auf eigene Faust« annäherte, am deutlichsten klarmachen konnte …

Kurze Zeit und eine herzlichste Verabschiedung später, hielt vor Jeromes Haus ein Boot, und ein älterer Thai, Ende fünzig, lispelte freundlich, zwischen seinen beiden Zahnlücken, im gebrochenen Englisch: »Seien Sie vorsichtig beim Einsteigen, es schwankt etwas!«

Philip nahm seinen Platz in dem engen Gefährt ein, und während der Bootsmann das Boot vom Bootssteg abstieß, winkten ihm von der Terrasse aus Sabine und Lilly zum Abschied zu und vom Bootssteg rief ihm Jerome nach: »Pass auf dich auf, Philip!«

»Mach ich! … und, Jerome«, Philip zeigte auf seinen Rucksack, »nochmals Danke!«

»Kein Problem, viel Spaß damit!«, gab Jerome winkend zurück, dann setzte der Bootsmann den Ausleger ins Wasser und gab Vollgas. Das Wasser schäumte auf und mit einer geschickten Drehung des Motors wendete er das Gefährt und das Boot hüpfte über die Wellen, und während sich Philip an den Bordwänden festklammerte, legte hinter ihm der Bootsmann eine Hand in den Schoß und schien die Fahrt ganz entspannt zu genießen.

*

Als Hofner am nächsten Tag gefragt wurde, wo Philip sei, meinte er nur: »Philip?!… der rief mich heute morgen an, damit ich seine offenen Orders checke, und da die Großwetterlagen seiner bevorzugten Standardmärkte für die kommenden Tage ohnehin keine hochwertigsten Intraday-Trades zulassen, entschied er sich … eins, zwei Tage frei zumachen!«

»Frei? – Und was hat er sich vorgenommen?«

»Oh … ich glaube, er ist auf der Suche nach der dritten Puzzelteil, welche ein Ausbildung ›auf eigene Faust‹ von einer ›Ausbildung mittels Ausbilder‹ wesentlich unterscheidet und erstere maßgeblich erschwert!«

»Aha, … und wie will er das rausbekommen?! Er ist doch gar kein privater Trader!«

Hofner grinste. »… er liest Jeromes Trading-Tagebücher!«

Hinweise zu verwendeten Daten und Charts

Eine Vielzahl der in der Buchreihe DER HÄNDLER verwendeten Charts und Kurse sind dem Profi-Tool HTX der Firma ViTrade AG entnommen:

ViTrade ist exklusives Brokerage für den aktiven Anleger. Mit maßgeschneiderten Konditionen, schnellen, innovativen und flexiblen Plattformen und individuellen Tools. Dazu erstklassiger und persönlicher Service für den erfolgreichen Handel von Aktien (weltweit), CFDs, Futures, Derivaten, Devisen, Anleihen und Fonds. Alles aus einer Hand und zu fairen Preisen.

ViTrade HTX ist ein leistungsfähiges Trading-Tool mit Click-Trading und Multi-Exchange-Access, fairen und attraktiven Konditionen und umfassenden Sicherheitskomponenten. Integrierter Handel auf XETRA®, an allen regionalen deutschen Börsen, an der EUREX® und mit CFDs. Außerbörslicher Handel bei mehr als 20 ausgewählten Emittenten sowie Intraday- und Overnight-Short-Selling.
Ausgerüstet ist das HTX mit gängigen Chartanalyse-Tools, mit denen der Heavy Trader stets am Puls des Marktes agiert. Weitere Details zum HTX Trading-Tool finden Sie unter www.vitrade.de und www.htx.de.

ViTrade AG
Joachimstaler Straße 12
D-10719 Berlin

Kostenfreie Hotline:
Tel.: 0800 - 333 2001 aus dem Inland
Tel.: +49 30 - 233 666 33 aus dem Ausland
E-Mail: interessenten@vitrade.de

Ich, Trader _____ ,

stelle mir folgende Fragen:

Kommt es oft vor, dass ich vor dem Chart etwas tue,
um dafür etwas anderes nicht tun zu müssen?

_____

Wie viele Stunden am Tag weiß ich nicht, wo der Markt steht?

_____

Mein Leben als Trader als Film – würden ich ihn sehen wollen?

_____

_____

_____

Hat sich meine Meinung darüber, was die schönsten Momente des
Lebens sind, seit dem Trading geändert?

_____

Was lerne ich eigentlich im Trading?
Negative Ergebnisse zu umgehen? Oder den Umgang mit mir selbst?

_____

_____

Die große
markttechnisch
orientierte Buchreihe,
elegant geschrieben von
Michael Voigt, im
Gesamtüberblick …

Das große Buch der Markttechnik

Dieses 700-seitige Standardwerk beschreibt weniger einer neues Genre als vielmehr eine andere Art des Sehens. Das Genre an sich existiert bereits. Schon seit Jahren, Jahrzehnten.

ISBN-13: 978-3898-79125-0

Unter verschiedenen Namen wie Kursentstehung, Zeiteinheiten, Orderlage und Trendaufbau wird seit Bestand der Börse die Entstehung von Bewegung und Korrekturen ausgeführt und als Markttechnik klassifiziert. Dem Autor geht es nicht nur um die der genannten Aspekte, vielmehr beschreibt er darüber hinaus den Börsenhandel so, wie er ist: Ein dynamisches Konzept mit dem Ziel, den eigenen Stil zu finden.

Aufbauend auf *Das große Buch der Markttechnik* hat Michael Voigt, loyal gegenüber objektiver Wahrnehmung und allgegenwärtiger Lesbarkeit der Charts, den darauf aufbauenden, achtteiligen Buchband DER HÄNDLER niedergeschrieben. Die Buchreihe hält dem Leser einen Spiegel vor, ohne ihm neue Regelwerke zu diktieren. In den Bänden gibt es keinen dominierenden Horizont, der ein allgemeingültiges Regelwerk betont, auf die üblichen Phrasen über Börsenpsychologie wird verzichtet. Vielmehr findet der Leser eine genaue Beschreibung seelischer und geistiger Vorgänge von Händlern vor allem aus pragmatischer Sicht, als erhabenes, bezeichnendes Moment. Eine Vielzahl praktischer Verweise auf Lösungen und tiefgründige Überlegungen erheben die dem *Das große Buch der Markttechnik* folgende Buchreihe zum unverzichtbaren Kompendium für das große Spiel der Spiele.

Schlimmer als ein normaler Langstreckenflug
ist ein Langestreckenflug mit nervigen Nachbarn,

und noch schlimmer ist ein Langstreckenflug, auf dem es nur ein Thema gibt: TRADING

DER HÄNDLER BAND 2
ISBN: 978-3941-57701-5

»Lieber einen Monat in der Hölle, als einen Tag Trader zu sein.«

Behandelt ausführlich folgende Themen:
• Marktphasenbestimmung
• Wertigkeiten von Signalen
• Handelspsychologie
Fälschlicherweise glauben viele Trader allzu oft, dass die klassischen Signale der Technischen Analyse bereits eine Wertigkeit beinhalteten; und darüber hinaus wird dann der Sinn einer »Spekulation« oft komplett missverstanden ...

Die **Börse** macht auch, was sie will,

Null **Erziehung**, null **Verständnis** für den Trader.

Läuft in Richtungen, in die sie nicht laufen soll,

und **dreht an Stellen**,

an denen sie nicht drehen soll –

und das alles, ohne zu fragen!

Das reinste **Irrenhaus**

für den **Praktikanten Stan.**

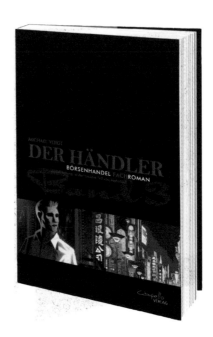

DER HÄNDLER BAND 3

ISBN: 978-3941-57702-2

»Zurückhaltung ist der bessere Teil von Tapferkeit.«

Behandelt ausführlich folgende Themen:
- Optische Fehlerquellen und deren Vermeidung
- Fehlverhalten in der Anwendung von Zeiteinheiten
- Handelspsychologie

Man kann es als Händler nicht immer vermeiden, dass der Marktverlauf einen hin und wieder zum »Idioten« macht, doch kann man seine ausgestoppten Trades auf Gebiete beschränken, in denen sie ein gewisses Maß an geschmackvoller Befriedigung, fernab optischer Täuschungen und Fehlanwendungen der Zeiteinheiten schenken ...

Stell dir vor, du sollst auf eine offene Position eines Kollegen aufpassen.

Stell dir vor, du bist **alleine im Büro.**

Stell dir vor, du siehst eine tolle **Tradingchance.**
Stell dir vor, du tradest diese
mit dem Konto des Kollegen.

Stell dir vor, dieser Trade
macht **32.500 Euro Minus.**

Was wirst du tun?

DER HÄNDLER BAND 4

ISBN: 978-3941-57703-9

»In guten wie in schlechten Tagen.

Sehr, sehr schlechten Tagen.«

Behandelt ausführlich folgende Themen:
- Geldmanagement
- Diversifikatives Trading
- Handelsstile versus Arbeitsstile

Warum oftmals das bisherige Wissen vom Geldmanagement entweder ungenügend ist oder nicht vollkommen verstanden und daher total falsch an- und eingesetzt wird, ist Gegenstand dieses Bandes ...

Wann wird ein Trader verstehen, dass

der **Börsenhandel** eine Maschine ist,

die zwar einst von Helden hergestellt wurde,

indes **keinen** göttlichen,

übermütigen Helden

braucht, um weiterzulaufen**?**

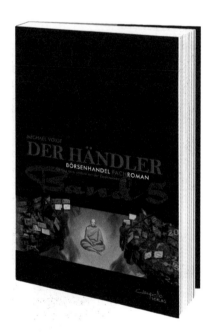

DER HÄNDLER BAND 5

ISBN: 978-3941-57704-6

»Trading – eine andere Art der Zeitverwertung.«

Behandelt ausführlich folgende Themen:
• fachliche Unschärfe
• Bewegungshandel auf der Korrektur beginnd
• Handelspsychologie

Hauptsächlich sind die Schwierigkeiten des Korrekturhandels darauf zurückzuführen, dass der Markt in der Wendephase von Korrektur auf Bewegung sozusagen etwas zögerhaft bedacht, der näheren »lupenhaften« Berührung oftmals, um nicht zu sagen immer, abhold ist ...

Was bist du bereit,

für den **großen Traum**

Börsenhandel **zu geben –**

und **welcher Preis** ist zu **hoch,**

dass er **nicht** bezahlt werden darf**?**

DER HÄNDLER BAND 6

ISBN: 978-3941-57705-03

»P.S.: Was ist Lust, und was ist Pflicht?«

Behandelt ausführlich folgende Themen:
• Widerspenstigkeit des technisch orientierten Börsenhandels
• Die Willensstärke eines Traders
• Der Unterschied zwischen *Erfahrung* und *Lernen* im Trading
• Fehler in der Anwendung des übergeordneten Trends und Nutzung von *nicht*-zeitbasierten Charts
Von seinem persönlichen Zweck, weshalb man das Leben als Trader erstrebenswert hält, zu reden, beweist noch lange nicht, auch für diesen Zweck fähig zu sein.

Warum hat die Börse

Jerome schon zu dem Zeitpunkt seiner Kontoeröffnung

auf ihrer **Liste möglicher Gewinner**

relativ **weit hinten** eingeordnet?

Ein Feuersturm hatte begonnen,

und Jerome hatte **keine Mittel**, ihn zu löschen.

Nicht einmal einen Gartenschlauch, um seine **Familie**

zur **Sicherheit** nass zu spritzen.

Voraussichtlicher zeitgleicher Erscheinungstermin: 4. Quartal 2011

DER HÄNDLER BAND 7 UND 8

ISBN 978-3-941577-06-0
ISBN 978-3-941577-07-7

»Es gibt zwei Standpunkte im Trading: meinen und den falschen.«
»Trading bildet nicht nur den Charakter, es offenbart ihn.«

Während für alle erfahrenen Händler Trading heißt: Wer blufft sich selber in die Taschen, und wer kann es wirklich?, heißt Trading für Jerome: Wer hat die stärkeren Nerven? Erst kürzlich hatte seinen gut bezahlten Job gekündigt, nun will er seine Frau und Tochter vom Trading ernähren. Aber allzu oft denkt er nur bis zur nächsten Tischkante und fühlt sich vom Pech verfolgt, denn ob Minus- oder Plustrades, egal: er hat immer das Gefühl ein gehetzter Stier zu sein. Und das, obwohl doch das Trading ihm neben Geld, Freiheit und Freizeit und Familienglück bringen sollte …

Neu im Sortiment:

Premiumpakete der Trading-Buchreihe

DER HÄNDLER

Entdecken Sie unsere neuen, vorteilhaften Premiumangebote und wählen Sie das für Sie passende Paket aus.

Lassen Sie sich die Vorteile der Premiumpakete nicht entgehen. Verpassen Sie keine Ausgabe mehr! Sie erhalten jeden Band bequem und zuverlässig direkt frei Haus.* Und auch noch günstiger als im Einzelkauf!

Und das Beste:

Sie erhalten als Dankeschön für Ihre Premium-Bestellung bei uns ein tolles Geschenk Ihrer Wahl. Interessiert? Dann entdecken Sie unsere umfangreiche Gutscheinauswahl.

*) kostenfreie Lieferung gilt nur innerhalb Deutschlands. Alle weiteren Versandkosten entnehmen Sie bitte unserer Preisliste auf

www.der-haendler.com